風雲際會，從京津陷落到西安行都
白銀谷
成一 著
此生做到京號老幫，也算舊志得酬了。
原想做到大掌櫃，也並非很為了圖那一等名分，
只不過更羨慕那一種活法：
既可久居太谷，眷顧家人，又能放眼天下，運籌帷幄，成就一番事業。

# 目錄

# 第一章　過年流水

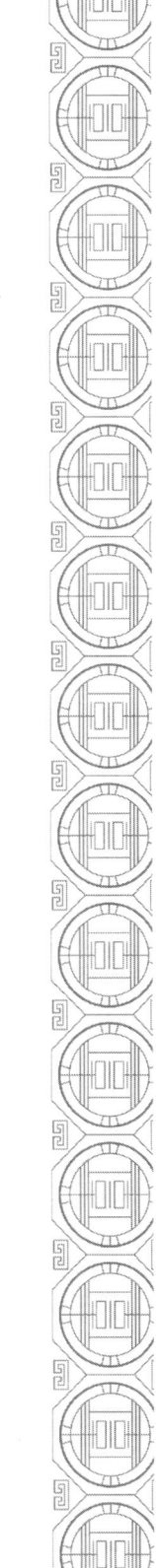

## 1

晉地商號過年，循老例都是到年根底才清門收市，早一日、晚一日都有，不一定都熬到除夕。但正月開市，卻約定在十一日。開市吉日，各商號自然要張燈結綵，燃放旺火，於是滿街喜慶，傾城華彩，過年的熱鬧氣氛似乎才真正蒸發出來。跟著，這熱鬧就一日盛似一日，至正月十五上元節，達到高潮。

西幫票號的大本營祁、太、平三縣，正月十一開市，鋪陳得就尤其華麗。內中又以「祁縣的棚，太谷的燈」負有盛名。

「棚」，就是「結綵」的一種大製作吧，用成匹成匹的彩色綢緞，在臨時搭起的過街牌樓上，結紮出種種吉祥圖案。各商號透過自家的「棚」，爭奇鬥豔，滿城頓時流光溢彩。

太谷的燈，則是以其精美鎮倒一方。與祁縣的臨時大製作不同，太谷的綵燈，雖也只是正月懸掛一時，卻都是由能工巧匠精細製作。大商號，更是從京師、江南選購燈中精品。當時有種很名貴的六面琉璃宮燈，燈骨選用楠木一類，精雕出龍頭雲紋，燈面鑲著琉璃（現在叫玻璃），彩繪了戲文故事。這種宮燈，豪門大戶也只是購得一二對，懸掛於廳堂之內。太谷商號正月開市，似乎家家都少不了掛幾對這種琉璃宮燈出來。其他各種奇巧精緻的綵燈當然也爭風鬥勝地往出掛。燈華燦爛時，更能造出一個幻化的世界，叫人們放進富足的夢。

庚子年閏八月，習慣上是個不靖的年分。所以正月十一，商家字號照例開市時都不敢馬虎。

初十下午，康家的天成元票莊、天盛川茶莊以及綢緞莊、糧莊和別家商號一樣已經將綵燈懸掛出來。天盛川掛出一對琉璃宮燈，還有就是一套十二生肖燈。這套竹骨紗面的模擬生肖燈，雖然已顯陳舊，但因形態逼真，鼠牛龍蛇一一排列開，算是天盛川的老景緻了。天成元則掛出三對六個琉璃宮燈，中間更懸掛了一盞精美的九龍燈。這九龍燈，也是楠木燈骨，琉璃燈罩，但比琉璃宮燈要小巧精緻得多，因燈骨雕出九個龍頭而得名。在當時，也算是別緻而名貴的一種燈。三對六個宮燈，加這盞九龍燈，三六九的吉數都有了。字號圖的，也就是這個吉利。

商號開市，照例是由財東來「開」。而開市，又喜歡搶早。所以，十一這一天，康家從三更天起便忙碌起來了。因為這天進城的車馬儀仗是一年中最隆重的。這一行，要出動四輛鑲銅鍍銀的華貴馬車：頭一輛坐著康家的帳房先生，做前導；第二輛坐著少東家，一般都是三爺；第三輛才是老東家康笏南；第四輛坐著康笏南的近侍老亭，殿後伺候。每輛馬車都是一個執鞭，一個驂車，派了兩個英俊車倌，另外還有一個坐在外轅的僕傭。在每輛車前，又各備一匹頂馬做引導。頂馬精壯漂亮，披紅掛綵，又頸繫串鈴，稍動動就是一片叮咚；騎頂馬的，都是從武師家丁中挑選的英俊精幹者，裝束也格外搶眼：頭戴紅纓春帽，身著青寧綢長袍，外加一件黑羔皮馬褂。頂馬前頭，自然還有提燈籠的；車隊左右，也少不了舉火把的。

康笏南也於三更過後不久就起來了。起來後，還從容練了一套形意拳才盥洗、穿戴。去年雖有五爺一門發生不測，但他成功出巡江南，畢竟叫他覺得心氣順暢。所以，今年年下他的精氣神甚好。此去開市，似乎有種興沖沖的勁頭，這可是少有的。不過，他並沒有穿戴老亭為他預備好的新置裝束，依然選了往年年下穿的那套舊裝，只要了一件新置的灰鼠披風以帶一點新氣。

穿戴畢，走出老院，五位爺帶著各門的少爺已經等在外面。康笏南率領全家這些眾男主款步來到德新堂的正堂。

堂上供著三尊神主牌位：中間是天地諸神，左手是關帝財神，右手是列祖列宗。牌位前，還供著一件特別的聖物：半片陳舊、破損的駝屜子。駝屜子，是用駝毛編織的墊子，駱駝馱貨物時，先將其披在駱駝背上，有護身作用，為駝運必備之物。康家供著的這半片駝屜子，相傳是先祖拉駱駝、走口外時的遺物。供著它，自然是昭示後人，勿忘先人創業艱難。所以在這件聖物前的供桌上是一片異常豐盛的供品。

康笏南帶著眾男主走進來，先親手敬上三炷香，隨後恭行伏身叩拜禮。禮畢，坐於供案前。五位爺及少爺們才按長幼依次上前磕頭行禮。這項儀式，雖在年下的初一、初三、破五，接連舉行過，但因今年老太爺興致好，眾人也還是做得較為認真。氣氛在靜穆中透出些祥和，使人們覺得今年似乎會有好運。

禮畢，眾人又隨老太爺來到大廚房略略進食了一些早點。

此時，已近四更。康笏南就起身向儀門走去，眾人自然也緊隨了。

儀門外，車馬儀仗早預備好。燈籠火把下最顯眼的是眾人馬吞吐出的口口熱氣。年下四更天，還是寒冷未減的時候。

康笏南問管家老夏：「能發了？」

老夏就高喊了聲：「發車了——」依稀聽著，像是在吆喝：「發財了——」

跟著，鞭炮就響起來，一班鼓樂同時吹打起來。馬匹騷動，脖子上的串鈴也響成一片。

康笏南先上了自己的轎車，跟著是三爺，隨後是帳房先生老亭。車馬啟程後，眾人及鼓樂班一直跟著送到村口。

不到五更，車馬便進了南關。字號僱的鼓樂班已迎在城門外，吹打得歡天喜地。車馬也未停留，只是給鼓班一些賞錢就直接進城了。

按照老例，康笏南先到天盛川茶莊上香。車馬未到，大掌櫃林琴軒早率領字號眾夥友站立在張燈結綵的鋪面前迎候了。從大掌櫃到一般夥友，今日穿戴可是一年中最上講究的：祈福，露臉，排場，示富，好像全在此刻似的。茶莊雖已不及票莊，但林大掌櫃今日還是雍容華貴，麾下眾人也一樣闊綽雅俊。老太爺頭一站就來茶莊上香，叫他們搶得一個早吉市，這也算一年中最大的一份榮耀和安慰吧。

老東家一行到達，被迎到上房院客廳，敬香，磕頭行禮。禮畢，再回到鋪面，將那塊櫃上預備好的老招牌拿起交給林大掌櫃。林掌櫃拿撐桿挑了，懸掛到門外簷下，鞭炮就忽然響起：此時，依然還不到五更。

這一路下來，那是既靜穆，又神速，真有些爭搶的意思。

天盛川客廳裡供奉的神主牌位，與財東德新堂供的幾乎一樣，只是多了一個火神爺的牌位。因為商家最怕火災。懸掛出的那塊老招牌也不過是一方木牌，兩面鐫刻了一個「茶」字，對角懸掛，下方一角垂了紅纓，實在也很普通。但因它懸掛年代久遠，尤其上面那個「茶」字，係三晉名士傅山先生所親書，所以成了天盛川茶莊的聖物了。每年年關清市後，招牌也取下，擦洗乾淨，重換一條新紅纓。正月開市，再隆重掛出。

今年康笏南興致好，來天盛川上香開市，大冷天的，行動倒較往年便捷。不過，他在天盛川依舊沒有久留：還得趕往天成元上香呢。等鞭炮放了一過，他便拱手對林琴軒大掌櫃說：「林掌櫃，今年全託靠你了。」

林琴軒也作揖道：「老東臺放心。」

康笏南又拱手對眾夥友說：「也託靠阿夥計們了！」

說畢，即出門上車去了。

到天成元票莊時，孫北溟大掌櫃也一樣率眾夥友恭立在鋪面門外隆重迎接。上香敬神規矩，也同先前一樣，只是已從容許多：因為吉利已經搶到，無須再趕趁。敬香行禮畢，回到鋪面，也不再有茶莊那樣的掛牌儀式，康笏南逕自坐到一張太師椅上，看夥友卸去門窗戶板，點燃鞭炮。然後，就對一直跟著他的三爺說：「你去綢緞莊、糧莊上香吧，我得歇歇了。」

三爺應承了一聲，便帶了帳房先生，出動車馬儀仗，排場而去。

開市後，字號要擺豐盛酒席慶賀。康笏南也得在酒席上跟夥友們喝盅酒，以表示託靠眾人，張羅生意。所以，他就先到孫北溟的小費房歇著。

孫北溟陪來，說：「今年年下，老東臺精神這麼好？」

康笏南就說：「大年下，叫我哭喪了臉，你才熨帖？」

「我是說，南巡迴來這麼些時候了，我還是沒有歇過來，乏累不減，總疑心傷著筋骨了。」

「大掌櫃，你可真會心疼自己！我們南巡一路，也沒遇著刀山火海，怎麼就能傷著你的筋骨？你說我精神好，那我教你一法，保準能消你乏累，煥發精氣神。」

「有什麼好法？」

「抄寫佛經。自上海歸來，我就隔一日抄寫一頁佛經，到年下也沒中斷。掌櫃的，你也試試。一試，就知其中妙處了。」

「老東家真抄起佛經來了？」

「你這是什麼話？我在上海正經許了願，你當是戲言？」

「老東家，可不是我不恭，就對著那幾頁殘經，也算正經拜佛許願？」

「孫掌櫃，你也成了大俗人了？那幾頁殘經，豈是尋常物！那是唐人寫的經卷，雖為無名院手筆跡，可寫得雄渾茂密，八面充盈，很能見出唐時書法氣象，顏魯公、李北海都是這般雄厚氣滿的。即使字寫得不傑出，那也是唐紙、唐墨，在世間安然無恙一千多年！何以能如此？總是沾了佛氣。所以，比之寺院的佛像，神聖不在其下。見了千年佛經，還不算見了佛嗎？」

「在上海，你也沒這樣說呀？早知如此，我也許個願。」

「現在也不遲，你見天抄一頁佛經，就成。《般若波羅蜜多心經》、《大悲心陀羅尼經》都不長，可先抄寫此二經。」

「老東家是抄什麼經？」

「亦此二經。抄經前，須沐手，焚香。」

「我也不用褻瀆佛祖了，字號滿是俗氣，終日忙碌，哪是寫經的地方！」

去年秋天在上海時，滬號孟老幫為了巴結老東家，設法託友人引見，使康笏南得以見識到那件《唐賢寫經遺墨》。這件唐人寫經殘頁，為浙江仁和魏稼孫所收藏。那時，敦煌所藏的大量唐寫佛經卷子還沒有被發現，所以仁和魏氏所藏的這五頁殘經就很寶貴了。嗜好金石字畫的名士都想設法一見。康笏南、孫北溟巡遊來滬上時，正趕上魏家後人應友人之邀攜這件墨寶來滬。孟老幫知道老東家好這一口，四處奔波，終於成全這件美事，叫康笏南高興得什麼似的。

孟老幫自然受到格外的誇獎。他見老東家如此寶愛這件東西，就對老太爺說：「既如此喜歡，何不將它買下來？只要說句話，我就去盡力張羅，保準老太爺回太谷時，能帶著這件墨寶走。」

孟老幫本來是想進一步邀功，沒想到，老東家瞪了他一眼，說：「可不能起這份心思，奪人之美！何況，那是佛物，不是一般金石字畫，入市貿易，豈不要玷辱於佛！」於是，當下就許了願：回晉後，抄寫佛經，以贖不敬。

孟老幫真給嚇了一跳，趕緊告罪。

下來，孫北溟才對孟老幫說：「這一向接連出事，老太爺心裡也不踏實了。所以才如此，你也不要太在意。以後巴結，也得小心些。」

從漢口到上海的一路，孫北溟就發現康笏南其實心事頗重的，他大面兒上的那一份灑脫、從容、風趣，似乎是故意做出來的。在滬上月餘，更常常有些心不在焉。孫北溟也未敢勸慰：接連出的那些倒楣事都與他自己治莊不力相關，所以無顏多言。從上海回到太谷，孫北溟又跌入老號的忙碌中，特別是四年一期的大合帳，正到了緊要關口。所以，整個冬天，幾乎沒有再見到康老東家，也不知他想開了沒有。不過，合帳的結果出乎意料得好，這四年的營利又創一個前所未有，老東家的心情似乎才真正好起來。

老東家年下有了好精神，好興致，孫北溟心裡也踏實了。抄寫佛經云云是老東臺心情好才那樣說吧。

光緒二十二年（1846）至二十五年（1899）這四年間，雖有戊戌變法、朝廷禁匯、官辦通商銀行設立等影響大局的事件發生，西幫票莊的金融生意，還是業績不俗。康家的天成元票莊，在這四年一期的大帳中，總雙贏利將近五十萬兩。全號財股二十六份，勞股十七份，共四十三股，每股生意即可分得紅利一萬一千多兩銀子。每股紅利突破一萬兩，自祖上創立天成元票莊以來前所未有，康家怎麼能不高興？

四年合帳，那是票號最盛大的節日。合帳期間，各地分號都要將外欠收回，欠外還清，然後將四年盈餘的銀錢交鏢局押運回太谷老號。那期間的老號，簡直沒有一處不堆滿了銀錠，庫房不用說，帳房、宿舍，地下、炕上，也都給銀錠占去了，許多夥友半月二十天不能上炕睡覺。而與此同時，東家府上、各地分莊、號夥家眷，以至同業商界，都在翹首等待合帳的結果，那就像鄉試會試年等待科舉發榜一樣！

康家規矩，是在臘月二十三過小年這一天釋出合帳結果。屆時，康笏南要帶領眾少爺來字號聽取領東的大掌櫃交代四年的生意，然後論功行賞。業績好的掌櫃、夥友，給新增身股；生意做蹋了的，減股受罰。其儀式，可比正月開市要隆重、盛大得多。

因為這一期生意如此意外的好，康笏南在臘月的合帳典禮上，對孫北溟的減股也赦免了，說不給孫大掌櫃加股已經是很委屈他了。除了邱泰基，也未給任何人減股。天津莊口出了那樣大的事，康笏南也很寬容地裁定：以劉國藩的死抵消一切，不再難為津號其他人。全莊受到加股的，卻是空前的多。京號戴膺和漢號陳亦卿兩位老幫都加至九厘身股，與身股最高的孫大掌櫃僅一厘之差。

這四年的大贏結果，可以說叫所有人都大喜過望了。所以，那一份喜慶和歡樂一直延續到正月開市，那是一點也不奇怪的。

# 2

正月十二，康笏南設筵席待客，客人是太谷第一大戶曹家的當家人曹培德。

去年冬天，康笏南從江南歸來時，曹培德曾張羅起太谷的幾家大戶為他洗塵。他知道，曹培德他們是想聽聽南巡見聞，甚至也想探一探：康家在生意上真有大舉動嗎？那時，康笏南心存憂慮，所以在酒席上很低調，一再申明：他哪有什麼宏圖大略，只是想整飭號規而已。各位也看見了，他剛去了南邊，北邊天津就出了事。不是萬不得已，他會破上老骨頭去受那份罪？越這樣低調，曹培德他們越不滿足。可他真是提不起興致放言西幫大略。自家的字號都管不住，還奢談什麼西幫興衰！

等年底合帳結果出來，康笏南才算掃去憂慮，煥發了精神。這次宴請曹培德，名義上是酬答年前的盛意，實則，還是想與之深議一下西幫前程。

十二日一早，三爺就奉命坐車趕往北洸村去接曹培德。曹培德比康笏南年輕得多，只是比三爺稍年長一些。見三爺來接他，覺得禮節也夠了。沒有耽擱多久，就坐了自家的馬車，隨三爺往康莊來了。他沒有帶少爺，而是叫了曹家的第一大商號礪金德帳莊的吳大掌櫃前往作陪。

帳莊也是做金融生意，但不同於票莊，它只做放貸生意，不做匯兌。西幫經營帳莊還早於票號，放貸對象主要是做遠途販運的商家。遠途販運，生意週期長，借貸就成為必需。此外，西幫帳莊還向一些候補官吏放帳，支持這些人謀取實缺。所以，西幫帳莊的生意也做得很大。曹家的帳莊，主要為經由恰克圖做對俄貿易的商家提供放貸。曹家發跡早，又壟斷了北方曲綢販運，財力之雄厚，在西幫中也沒有幾家能匹敵。所以，它的帳莊那也是雄視天下的大字號。除了礪金德，曹家還開有用通五、三晉川，這三大帳莊都是同業中的巨擘。

只是票號興起後，帳莊就漸漸顯出了它的弱勢。帳莊放貸，雖然利息比較高，但週期長，資金支墊也太大。票莊的匯兌生意，就不用多少支墊，反而吸收了匯款，用於自家周轉，所得匯水雖少，但量大，快捷，生錢還是更容易。所以，西幫帳莊有不少都轉成票號了。可曹家財大氣粗，一直不肯步別家後塵，到庚子年這個時候，也還沒有開設一家票號。這次赴康家筵席，曹培德叫了礪金德吳大掌櫃同往，其實是有個不好言明的心思：向康家試探一下，開辦票號是否已經太晚？

這位年輕的掌門人顯然被康家天成元的新業績打動了。

因聽說礪金德的吳大掌櫃要跟隨作陪，康笏南就把天成元的孫大掌櫃也叫來了。三爺迎了曹培德、吳大掌櫃一行到達時，孫北溟已經提前趕到。

這樣，主桌的席面上，除了曹、吳兩位客人，主家這面有三位：康笏南，孫大掌櫃，加上三爺。席面上五人，不成吉數，應該再添一位。在往常，康笏南會把學館的何老爺請來。他在心底裡雖然看不起入仕的儒生，可在大面上還是總把這位正經八百的舉人老爺供在前頭，以裝點禮儀。但自南巡歸來發現何老爺瘋癲得更厲害了，就不敢叫他上這種席面。管家老夏提出，就叫四爺也來陪客吧。聾大爺不便出來，武二爺又從不肯來受這種拘束，當然就論到四爺了。可康笏南想了想，卻提出叫六爺來作陪：「他不是今年參加鄉試大比嗎？叫他來，我們也沾點他的光。」

於是，就添了一位六爺，湊了一個六數。

席上幾句客套話過去，曹培德就朝要緊處說：「老太爺你也真會糊弄我們！年前剛從江南迴來時，還是叫苦連天，彷彿你們康家的票號生意要敗了，才幾天，合帳就合出這麼一座金山來，不是成心眼熱我們吧？」

三爺見老太爺正慢嚼一口山雉肉，便接上答道：「我們票莊賺這點錢，哪能放在你們曹家眼裡！」

吳大掌櫃也搶著說：「聽聽三爺這口氣吧：賺那麼一點錢！合一回帳，就五十萬，還那麼一點錢！」

孫大掌櫃就說：「吳掌櫃也跟著東家哭窮？就許你們曹家賺大錢，不許我們賺點小錢？這四年多賺了點錢，算是天道酬勤吧，各地老幫夥友的辛勞不說了，看我們老東家出巡這一趟，天道也得偏向我們些。」

吳大掌櫃說：「你們票號來錢才容易。」

三爺說：「票號來錢容易，你們曹家還不正眼看它？」

曹培德忙說：「三爺，我們可沒小看票莊。如今票號成了大氣候，我們倒一味小看，那豈不是犯憨傻！我們只是沒本事辦票號罷了。」

孫大掌櫃說：「你們曹家還有做不了的生意？」

曹培德說：「你問吳掌櫃，看他敢不敢張羅票號？」

吳大掌櫃說：「帳莊票莊畢竟不同。我們在帳莊張羅慣了，真不敢插手票莊。就是想張羅，只怕也為時太晚了。」

康笏南這才插進來說：「晚什麼！你們曹家要肯廁身票業，那咱太谷幫可就真要後來居上了。太幫振興，西幫也會止頹復興的。你們曹家是西幫重鎮，就沒有看出西幫的頹勢嗎？」

曹培德忙說：「怎麼能看不出來？恰克圖對俄貿易就已太不如前。俄國老毛子放馬跑進來，自理辦貨、運貨，我們往恰克圖走貨，能不受擠對？所以，我們帳莊的生意實在也是大不如前了。」

康笏南就說：「俄國老毛子，我看倒也無須太怕他。我們康家的老生意，往恰克圖走茶貨，也是給俄商擠對得厲害。朝廷叫老毛子入關辦貨，我們能有什麼辦法？走茶貨不痛快，咱還能辦票號呀！你們帳莊生意不好做，轉辦票號，那不順水推舟的事嗎？」

吳大掌櫃忙問：「聽說去年朝廷有禁令，不准西幫票號匯兌官款？」

康笏南笑了笑，說：「禁令是有，可什麼都是事在人為。巧為張羅一番，朝廷的禁令也就一省接一省的逐漸鬆動了。所以，朝廷的為難，也無須害怕。最怕的，還是我們西幫自甘頹敗，為富貴所害！西幫能成今日氣候，不但是善於取天下之利，比別人善於生財聚財，更要緊的，還在善於役使錢財，而不為錢財所役使。多少商家賺小錢時，還是人模狗樣的，一旦賺了大錢，倒越來越稀鬆，闊不了幾天，就叫錢財給壓扁了。杭州的胡雪巖還不是這樣！年前在上海，還聽人說胡雪巖是栽在洋人手裡了，其實他是栽在自家手裡，不能怨洋人。亡秦者，非六國也。胡雪巖頭腦靈，手段好，發財快，可就是無力御財，淪為巨財之奴還不知道。財富越巨，負重越甚，不把你壓死還怎麼著！」

曹培德說：「胡雪巖還是有些才幹，就是太愛奢華了。」

康笏南說：「一旦貪圖奢華，就已淪為財富的奴僕了。天下奢華沒有止境，一味去追逐，搭上性命也不夠，哪還顧得上成就什麼大業！可奢華之風，在我們西幫也日漸瀰漫。尤其是各大號的財東，只會享受，不會理事，更不管天下變化。如此下去，只怕連胡雪巖還不如。西幫以腿長聞名，可現在的財東，誰肯出去巡視生意，走走看看？」

曹培德說：「去年，康老太爺這一趟江南之行真還驚動了西幫。」

康笏南就說：「這本來就是西幫做派，竟然大驚小怪，可見西幫也快徒具其名了。培德，你們曹家是太谷首戶，你又是賢達的新主。你該出巡一趟關外，以志不忘先人吧？」

曹培德欣然答應道：「好，那我就聽康老世伯吩咐，開春天氣轉暖，就去一趟關外。」

吳大掌櫃就問：「那我也得效仿你們康家，陪了我們東家出巡吧？」

曹培德說：「我不用你們陪。」

孫大掌櫃就說：「看看人家曹東家，多開通！做領東，櫃上哪能離得了？可我們老太爺，非叫我跟了伺候不可。」

康笏南說：「你們做大掌櫃的更得出去巡查生意。孫大掌櫃，你走這一趟江南，也沒有吃虧吧？」

曹培德就說：「好，到時候，那吳大掌櫃就陪我走一趟。」

康笏南見曹培德這樣聽他教導，當然更來了興致，越發放開了議論西幫前景，連對官家不敬的話也不大忌諱。曹培德依然連連附和，相當恭敬。康笏南忽然想起自己初出山主政時，派孫大掌櫃到關外設莊，撲騰三年，不為曹家容納，而現在，曹家這位年輕的當家人，對康家已不敢有傲氣了：這也真是叫他感到很快意的一件事。於是，康笏南故意用一種長者的口氣，對曹培德說：

「培德賢姪，我看你是堪當大任的人，不但要做你們曹家的賢主，也不但要做咱太谷幫的首戶，還要有大志，做西幫領袖！」

曹培德連忙說：「康老太爺可不敢這樣說！我一個庸常之人，哪能服得住這種抬舉？快不用折我的壽了！」

康笏南厲色說：「連這點志向都不敢有，豈不是枉為曹家之後？」

吳大掌櫃就說：「看現在的西幫，有你康老太爺這種英雄氣概的真還不多。西幫領袖，我看除了你老人家，別人也做不了。」

康笏南真還感嘆了一聲：「我是老了，要像培德、重光你們這種年紀，這點志向算什麼！你們正當年呢，就這樣畏縮？西幫縱橫天下多少年了，只是在字號裡藏龍臥虎，財東們反倒一代不如一代不衰敗還等什麼！」

一直沒說話的三爺，這時才插進來說：「培德兄，我們聯手，先來振興太谷幫，如何？」

曹培德忙說：「那當然再好不過了！」

康笏南哼了一聲，說：「說了半天，還是在太谷撲騰！」

孫大掌櫃就說：「把太谷幫抬舉起來，高出祁幫、平幫，那還不是西幫領袖？」

康笏南說：「由你們撲騰吧，別一代不如一代，就成。」

在這種氣氛下，曹培德詳問新辦票號事宜，康家當然表示鼎力相助。康笏南一時興起，居然說了這樣的話：

「朝廷沒有出息，倒給咱西幫攬了不少賺錢的營生。甲午戰敗，中日媾和，朝廷賠款。朝廷的賠款，由誰匯兌到上海，交付洋人？由我們西幫票號！孫大掌櫃，你給他們說說，這是多大一筆生意！」

孫北溟說：「甲午賠款議定是二億兩銀子。朝廷哪有那麼多銀子賠？又向俄、法、英、德四國借。借了，也得還。從光緒二十一年（1843）起，每年還四國借款一千二百萬兩，戶部出二百萬，餘下一千萬攤給各行省、江海關。這幾年，每年各省各關匯往上海一千多萬兩的四國借款，大多給咱西幫各地票號兜攬過來了。多了這一大宗匯兌生意，當然叫咱西幫賺了可觀的匯水。所以，我們天成元這四年的生意，還不錯。」

吳大掌櫃說：「我說呢，朝廷禁匯，你們生意還那麼好！」
孫北溟說：「朝廷是不叫我們匯兌京餉，賠款沒禁匯。」
曹培德說：「吳大掌櫃，我們也趕緊張羅票號吧。」
康笏南對朝廷表示出的不恭，不但無人在意，大家分明都隨和著一樣流露了不恭。
但在酒席上，有一個人始終未吭一聲，那就是六爺。

# 3

正月十三，康笏南設酒席招待家館塾師何老爺。

這也是每年正月的慣例。康笏南心底裡輕儒，但對尊師的規矩還是一點也不含糊。否則，族中子弟誰還認真讀書呢？何開生老爺，雖然有些瘋癲，康笏南對他始終尊敬得很，以上賓禮節對待。除了平日招待貴客，要請何老爺出來作陪，一年之中，還要專門宴請幾次。正月大年下，那當然是少不了的。

今年宴請何老爺，二爺、三爺、四爺、六爺，照例都出席作陪了。敬了幾過酒，二爺、三爺又像往年一樣，找了個藉口早早就離了席。四爺酒量很小，也沒有多少話說，但一直靜坐著，未藉口離去。還是老太爺見他靜坐著無趣，放了話：「何老爺，你看老四他不會喝酒，對求取功名也沒興趣，就叫他下去吧？」

何老爺當然也不能攔著。四爺忙對何老爺說了些吉利話就退席了。六爺當然得陪到底。每年差不多就這樣，由他陪了老太爺，招待何老爺。

庚子年本來是正科鄉試年，因這年逢光緒皇上的三旬壽辰，朝廷就特別加了一個恩科，原來的正科大比往後推了一年。連著兩年鄉試，等著應試的儒生們當然很高興。

所以，在招待何老爺的筵席上，一直就在議論今年的恩科。加上老太爺今年興致好，氣氛就比往年熱鬧些。起碼沒有很快離開讀書、科考的話題，去閒話金石字畫、碼頭生意之類。

康笏南直說：「看來，老六命中要當舉人老爺，頭一回趕考，就給你加了一個恩科。何老爺，你看我們六爺是今年恩科中舉，還是明年正科中舉？」

何開生竟說：「那得看六爺。六爺想今年中舉，就今年，想明年中，就明年。加不加恩科，都誤不下六爺中舉。」

康笏南就問：「何老爺，老六他的學問真這樣好？」

何老爺說：「六爺天資好，應付科舉的那一套八股，那還不是富富有餘！」

六爺說：「何老爺不敢誇嘉過頭了，我習儒業，雖刻苦不輟，仍難盡人意。」

康笏南就問六爺：「我看你氣象，好像志在必奪似的？」

六爺忙說：「我只能盡力而為。何老爺一再訓示於我，對科舉大考不可太痴迷，要格外放得開。所以，我故作輕鬆狀，其實，心裡並不踏實的。」

何老爺說：「六爺你就把心放回肚裡吧。你要中不了舉，山西再沒有人能中舉了。」

六爺說：「何老爺你又說過頭了。我不中舉，今年晉省鄉試也是要開科取士的。豈能沒人中舉？」

康笏南說：「何老爺說的『格外放得開』，那是金玉之言！你要真能放得開，中舉真也不難。光緒十二年（1836），祁縣渠家的大少爺渠本翹，鄉試考了個第一名解元，給渠家露了臉。你也不用中解元，能中舉就成。我們康家也不奢望出解元狀元，出個正經舉人就夠了。」

何老爺說：「六爺為何不能中解元？只要依我指點，格外放得開，六爺你今年拿一個解元回來，明年進京會試，再拿一狀元回來，那有什麼難的！」

六爺說：「何老爺，我只要不落第，就萬幸了。」

康笏南說：「何老爺的意思，還是叫你放得開。當年何老爺不過是客串了一回鄉試，全不把儒生們放在眼裡，也不把考題放在眼裡，結果輕易中舉。」

何老爺聽了，眼裡就忽然失了神，話音也有些變：「老太爺，你能否奏明朝廷，革去我的舉人功名？」

康笏南沒有看出是又犯了瘋癲，還問：「何老爺，你是什麼意思，不想給我們康家當塾師了？」

六爺知情，忙說：「何老爺，學生再敬你一盅酒吧！」

何老爺也不理六爺，只是發呆地盯住康笏南，說：「老太爺，要派我去做津號老幫，五娘哪會出事？孫北溟他是庸者居其上！」

康笏南這才看出有些不對勁，便笑笑說：「何老爺，酒喝多了？」

何老爺狠狠地說：「我還沒正經喝呢！老太爺，我說的是正經話！」

六爺趕緊跑出去把管家老夏叫來。

康笏南便吩咐老夏：「把何老爺扶下去，小心伺候。」

何老爺卻不起身，直說：「我沒喝幾口酒，我還有正經話要說！」

老夏不客氣地說：「何老爺，識些抬舉吧，老太爺哪有工夫聽你胡言亂語！」

康笏南立刻厲聲喝道：「老夏，對何老爺不能這樣無禮！」說著，起身走過來。「何老爺，我扶你回學館吧。有什麼話，咱到學館再說。」

聽老太爺這樣一說，老夏一臉不自在。

六爺也忙說：「我來扶何老爺回學館吧！」

早有幾個下人擁過去殷勤攙扶何老爺。老夏畢竟老辣，見此情形，就趁機將幾個下人喝住，自己搶先扶起何老爺。受到這樣眾星捧月似的抬舉，何老爺似乎緩過點神，不再犯橫，任老夏扶著離席了。

六爺要扶老太爺回去，不想，老太爺卻讓他坐下，還有話要對他說。說時，又令下人一律都退下。獨對老太爺，六爺不免有些緊張起來。

老太爺倒是一臉慈祥，問他：「你是鐵了心要應朝廷的鄉試？」

六爺說：「這也是先母的遺願。」

「能不忘你母親的遺願，我也很高興。可你是否知道，朝廷一向看不起山西的讀書求仕者？」

「為什麼？」

「我在你這樣大年齡時也是一心想應試求功名。你的祖父卻勸我不要走那條路。我也像你現在一樣很驚奇。但你既是遵母命，我也不想攔你，只是將得失利害給你指明。」

「我也不敢有違父親大人的意願。」

「老六，你母親生前對你寄有厚望，所以我也不強求你，只是將實情向你說明。我們康家是以商立家，我們晉人也是以善商賈貿易聞名天下。可你讀聖賢書，有哪位聖人賢者看得起商家？士，農，工，商，商居末位。我們晉人善商，朝廷當然看不起。」

「那我們山西人讀書求仕，為何也被小視？」

「人家都以為，有本事的山西人，鄉中俊秀之才，都入商號做了生意；剩沒本事的中常之才，才讀書應試。所以，你就是考得功名，人家也要低看你一眼的！」

「這是市井眼光，朝廷竟也這樣看？」

「雍正二年（1724），做山西巡撫的劉於義，在給朝廷的一個奏片中寫過這樣一段話：『山右積習重利之念，甚於重名。子弟俊秀者，多入貿易一途，其次寧為胥吏，至中才以下，方使之讀書應試，以故士風卑靡。』雍正皇上就在這個奏片上留下御批說：『山右大約商賈居首，其次者猶肯力農，再次者謀入營伍，最下者方令讀書。朕所悉知。習俗殊為可笑。』你聽聽，對山西讀書人，巡撫大人視為中才以下，皇上乾脆指為最下者！」

「真有這樣的事？」

「誰敢偽造御批！晉省大戶，都銘記著雍正的這道御批。」

「父親大人，那我從小痴於讀書，是否也被視為最下者，覺得殊為可笑？」

「朝廷才那樣看。我正相反，你天資聰慧，又刻苦讀書，如再往口外歷練幾年，能成大才的。」

「父親大人還是要我入商不入仕？」

「我只是覺得你入仕太可惜，自家有才，卻被人小看，何必呢？」

「有真才實學，總不會被小看到底吧？」

「渠本翹在他們渠家算是有大才的一位。光緒十二年（1836）考中山西第一名舉人，又用功六年，到光緒十八年（1842）才考中進士。頂到進士的功名，榮耀得很了，可又能有什麼作為？不過在京掛了個虛職，賦閒至今罷了。本翅要不走這條路，在三晉商界早成大氣候了，至少也成祁幫領袖。」

「但西幫能出進士，至少也是一件光彩的事。」

「我們西幫能縱橫天下，不在出了多少進士舉人，而在我們生意做遍天下。朝廷輕看西幫，卻又離不開西幫。那些頂著大功名的高官顯貴，誰不在底下巴結西幫？去年我到漢口，求見張之洞，不也輕易獲准？我頂著的那個花錢買來的四品功名，在張之洞眼裡一錢不值。他肯見我，只因為我們康家是西幫大戶。但我畢竟老邁了，康家這一攤祖業，總得交給你們料理。你們兄弟六人，現在能指望的，只有你和你三哥了。我一向不想阻攔你走入仕的路，可去年你五哥竟為媳婦失瘋，才叫我憂慮不已。本來還指望你五哥日後能幫襯你三哥料理康家商務，哪想他會這樣？現在能幫你三哥一把的就剩你了。你要一心入仕途，你三哥可就太孤單了。」

「父親大人，我於商務，那才是真正的最下者。」

「那麼說，你還是要鐵了心應朝廷的鄉試？」

「如果父親不許，我只得遵命。」

「我不攔你。你要效忠朝廷，我敢攔你？那你就蟾宮折桂，叫我們也沾沾光！」

說畢，老太爺起身離席。六爺要扶了相送，被老太爺拒絕了，只好把下人吆喝進來。

六爺當然能看出，老太爺對他是甚為失望的。可他也只能這樣，他不能有違先母的遺願。十多年來，先母的亡魂不肯棄他而去，就是等著他完成這件事。一切都逼近了，怎麼能忽然背棄！很久以來，先母已不再來顯靈。但去年夏天以來，又鬧了幾次「鬼」。是真是假，眾說不一。但他是相信的：先母終究還是不放心他，在大比前夕，又來助他一把。他怎麼能背棄先母遺願！父命雖也不可違，但六爺更不想有違母命。幼小喪母的他，長這麼大，感到日夜守護著他的始終還是先母。父親近在身邊，卻始終那樣遙遠。

實在說，六爺對料理商事真是沒有一點興致。

# 4

正月十四，康家主僕上下又聚於德新堂正廳，舉行了一次年下例行的祭神儀式。儀式畢，康笏南向全家宣布了一個出人意料的決定：

「我已老邁，一過這個年就七十二歲了，也該清閒活幾天吧。從今年起，德新堂的商事外務，就交給你們三爺張羅了。家政內務，交給你們四爺料理。都聽清了吧？」

這樣的決定，連三爺四爺他們都沒有料到，所以一時寂靜無聲。還是管家老夏靈敏些，見一時都愣著，忙說：「三爺、四爺，快給老太爺磕頭謝恩吧。」

三爺這才慌忙跪下，可四爺仍愣著。老夏又過去提醒了一下，他這才跪下和三爺一道給老太爺磕了三頭。

磕過頭，三爺跪著說：「受此重託，為兒甚感惶恐，還望父親大人隨時垂訓。」

康笏南說：「交給你，我就不管了。」

四爺忙接著說：「父親大人，我是個無能的人，實在擔當不起家政大任的。」

康笏南說：「你大哥耳聾，你二哥心在江湖，輪下來就是你了。你不接，叫誰接？」

四爺說：「三哥獨當內外，也能勝任的。」

康笏南說：「咱家商號遍天下，你三哥初接手，也夠他張羅了。你就操心家政，幫他一把。」

眾人也一起勸說。沒等四爺應承，康笏南就站起來，說：「你們也起來吧，我把祖業交代給你們了。內政外務都有現成規矩，你們就上心張羅吧。」

目送老太爺離去，三爺面兒上還是平靜如常，倒是四爺難以自持，一臉的愁苦。

三爺心裡其實也很難平靜的。在沒有一點預示的情形下，老太爺這樣突然將外務商事交給了他，實在是太意外了。

當父親過了六十花甲後，他就在等待這一天了。可等了十幾年了，一點動靜都沒有。特別是去年，年逾古稀的老太爺成功出巡江南，彷彿永遠不會老去。從江南歸來，老爺子更是精神煥發。所以，他幾乎不再想這件事。可你不想了，它倒忽然來臨！

父親為什麼忽然捨得將祖業交他料理？三爺想來想去，覺得還是因為自己聽從了那位邱掌櫃的點撥，少了火氣，多了和氣，有了些放眼大事的氣象吧。這次從口外回來，闔家上下，人人都說他大變了。老太爺一定也看出了他的這種變化。

要是早幾年遇見這位邱掌櫃，那就好了。

他在口外時曾暗中許下心願，一旦主政就聘邱泰基為票莊大掌櫃。那時，他真是沒有料到這樣快就能接手商務。現在，他當然不能走馬上任就辭去孫大掌櫃。目前在天成元票莊，孫大掌櫃還是不好動搖的。但他倚仗邱泰基治商的意願，那也不會改變。來日方長。

感奮之間，三爺就決定親自去一趟水秀村，問候一下邱泰基的眷屬。在口外時就聽邱掌櫃說，因為他的受貶挨罰，夫人很受了委屈。尤其自家一時羞愧，真的上了吊要尋一死，不是夫人激靈，他早沒有命了。當時聽了，三爺就想，等回到太谷，一定去問候一下邱掌櫃的夫人。可回來後，只是圍著南巡歸來的老太爺忙碌，差不多將這件事給忘了。不過，現在去看望也好。自己剛主政，就去邱家拜訪，消息傳給邱泰基，他自然會明白：對他器重依舊。

當然，三爺也明白，他拜訪邱家這件事，也不宜太張揚。

所以，三爺等年節熱鬧過去了，到正月十九那天，趁往城北拜客的機會才彎到水秀。

但邱家的大門，敲了半天，才敲開。

開門的，是那個瘸腿老漢。他當然認不得康家三爺，但見來客氣象不尋常，忙賠不是，說自家耳朵不太好使，開門遲了，該死。

跟著三爺的隨從也不領情，喝道：「這是康家三爺，來見你們當家的，快去通報！」

瘸老漢一聽是康家三爺，更慌了，嘴裡卻說：「我們當家的，在口外駐莊呢……」

「我們還不知道邱掌櫃在口外？三爺是專門來看望你們內當家的，還不快去通報！」

瘸老漢這才一歪一歪跑進去了。不久，年青的郭雲生跑出來，跪了對三爺說：「不知三爺要來，我們主家夫人回了娘家，還沒有歸來。三爺快請進來吧！」

隨從喝道：「娘家遠不遠？」

三爺忙止住隨從：「誰叫你這麼橫，就不怕嚇著人家？」然後和氣地問郭雲生，「後生，邱家誰還在？」

郭雲生說：「就我們幾個下人在。」三爺又問：「管家在吧？」

郭雲生說：「自邱掌櫃改駐口外後，主家夫人就辭退了許多下人，親自料理家事，沒有再聘管家。」

三爺也早看見了邱家的一片冷清，就對郭雲生說：「你家夫人既然不在，我們就不進去了。你轉告夫人吧，就說我來拜訪過。年前我剛從口外歸來，見過你們邱掌櫃。他安好無事，張羅生意依然出色得很，請夫人放心吧。我說的這些話，你能記住吧？」

「記住了，三爺的盛意，我一定說給主家。三爺還是進去歇歇再走吧！」

「不了。」

說畢，三爺就上了馬車。他真沒有想到邱家會如此冷清。宅院還是蠻闊綽富麗的，只是裡面太淒涼了。邱家這樣淒涼，是一向如此，還是因邱泰基受罰才失了生氣？不論如何，日後他會叫邱家隆興起來的。

三爺是去過孫大掌櫃家的，那是何等氣象！

望著三爺遠去了，郭雲生才算鬆了口氣。他趕緊跑進去，告訴了二娘。

原來邱家的主婦姚夫人是在家的，但她哪裡會料到東家的三爺來訪？所以，她慌亂異常，無法鎮靜下來體面地出來迎接這樣的貴客。郭雲生只好跑了出去，謊稱她去了娘家。幸虧郭雲生現在已經老練些了，沒露餡地應對了過去。

聽了郭雲生轉達三爺的來意，姚夫人更連連詢問：三爺真的沒有生氣？三爺真的沒有起一點疑心？

郭雲生一再說：「三爺和氣得很，客氣得很，興致也好得很！」

「你不是表功說嘴吧？」

「我難道不怕三爺？」

郭雲生這樣一說，姚夫人才稍微放心了些。

姚夫人暗中將郭雲生納入自己房中，果然如願以償很快有了身孕。她仔細算計了一下，只是比男人離去的時間晚了一個月。一個月，那是太好遮掩了。所以，姚夫人確認自己有孕之後，只有驚喜，沒有驚慌。她本來是下了決心的，即使一年半載後有孕，也要設法把孩子生下來。現在，幾乎用不著費什麼心機來遮掩，她當然只有驚喜。這樣快就有了身孕，最好的遮掩之法就是公開了，叫世人都知道。因此，在別人什麼都看不出來的時候，她已經在親友間做了張揚，也捎信向口外的男人報了喜。

到正月，姚夫人已是身懷六甲，體態明顯笨拙了，不過，她成天也是挺著這樣的身體到處走動的。三爺來訪，本來也無須遮掩，但姚夫人終於還是無法自恃，有些亂不成陣了。大正月的，東家三爺專程跑來，就送來有關男人的那一番話，這更叫她心裡翻江倒海，平靜不下來了。

對於以商立家的人家來說，財東那可是比官家還要令他們敬畏。她的男人就剛剛領教了東家的厲害！而在她的記憶中，康東家還從沒有哪位老爺少爺來水秀登過邱家的門！所以，一聽說三爺來訪，就先心虛了：她有何顏面來接待這樣的貴客？三爺為何來訪，是不是聽到了什麼傳聞？及至聽了三爺的來意，心裡依然不踏實：三爺破天荒登一回門，就為了來說男人如何好？是不是知道了她的什麼事？姚夫人哪裡能知道，三爺剛當家，心氣正高？更猜不出，三爺是把自家的男人當作未來的大掌櫃對待。三爺的突然來訪，真使她驚慌了好幾天。直到郭雲生進城打聽到三爺繼位的消息，姚夫人這才鬆了一口氣。

三爺新當家，自然要顯擺一下。來看望一個受貶老幫的家眷，為表示這位少東家的寬宏大量，禮賢下士吧。可她哪能知道，倒給嚇得心驚肉跳！

自家受些驚嚇倒不怕，萬一嚇著未出世的孩兒，那可了不得！終於想到這一層，姚夫人才真正平靜下來了。為了這個未出世的男娃，她真是可以什麼也不在乎！有了這個男娃，她也相信自家能巧為應對一切的。她真該聽了雲生的話，從容出來見三爺。不要驚慌太甚，小心傷了身子，這也是雲生提醒了她！

雲生這個小東西，跟了她以後，好像忽然之間長大了。不僅把一切遮掩得那樣好，人好像也變機靈了。尤其是他這樣一個小東西，居然像有情的男人那樣，真心細心地體貼她！男人的體貼，姚夫人得到的真是太少了。所以，郭雲生對她的體貼，雖然有些像母子間那樣，她還是感動不已。

這半年多來，日夜近侍在姚夫人身邊的就是雲生了。那個伺候姚夫人的女僕，本來就帶幾分傻氣，機靈不了，加上姚夫人的有意為難，遭斥責哪能少？越捱罵，越發怵，也越機靈不了。這時候，雲生就趁機替她把事情張羅了。雲生因機靈得到讚揚，這個傻丫頭也不忌恨，反倒很感激雲生。當然，這個傻丫頭更不可能猜到，其實主家夫人和雲生是合計好了，這樣來演戲。等到姚夫人公開了自己已有身孕，就乾脆不叫傻女僕走近，叫她伺候好小姐就得了。伺候姚夫人的差事，就公開由機靈、細心的雲生擔當。這在邱家的幾位僕傭看來也沒有什麼奇怪。

白天沒人覺得奇怪，夜間就更無人操心了。不用說，郭雲生是夜夜都在姚夫人房裡度過的。

起先，姚夫人引誘郭雲生，只是為了生養一個兒子，託付晚年。引誘成功了，懷孕也成功了，她對雲生的感情也不一樣了。像大多偷情的商家婦一樣，剛毅而有主見的姚夫人並沒有成為例外，她和年輕的小僕雲生也生出了濃烈的戀情。擁著這個小男人，不再有那可怕的孤寂長夜了。度過了最初的驚慌和羞愧，也能從容來享受有男人的夜晚了。不再像以前苦熬三年後等回男人，先是為以前補償，接著又為以後貪吃。相聚得越甜美，越叫人想到別離的可怕。現在，她終於可以一味沉醉其中，不再擔憂那許多了。

因為雲生也一樣沉醉了，他一再說，他已經不想去住商號，只想這樣永遠伺候她。

「你是說嘴吧？」

「我說嘴，二娘就永不舉薦我，不就把我留住了？」
「饞貓似的，我才不想留你。」
「攆我也不走！」
「你就不怕？」
「我情願為二娘死！」
「又說嘴吧！」
「二娘這樣待我，真是死也請願！」
姚夫人知道雲生不是說嘴。能不能把他長久留在身邊，那真難以卜測，但他有這樣一份心，姚夫人也很感動了。她慶幸自己沒有看錯人。尤其那樣快就如願以償地有了身孕，她對雲生就更喜歡不盡。她甚至相信，自己夜夜相擁著這樣一個大男娃似的男人，足月之後，一定會生一個男娃。所以，她依然聽任雲生叫她二娘。
現在聽到男人在口外的消息，他張羅生意依然出色。他或許還會受重用吧。可他無論得志，還是失意，都一樣遠不可及，一樣只是她的夢。所以，三爺的來訪，除了叫姚夫人驚慌了那麼幾天，實在也沒有改變了什麼。
只是在得知三爺繼位的消息後，姚夫人備了一份賀禮，叫郭雲生送到了康莊的德新堂。

# 5

每年正月十五，康笏南都要攜同杜筠青老夫人進城做一次觀燈之遊。在康笏南冷落了杜筠青後，這成了一年之中他們僅有的一次相攜出行。今年康笏南興致好，當然更要依例進城觀燈，但杜筠青卻託說有病，不去了。

康笏南也沒有多問，就帶了二爺、三爺及一群下人浩浩蕩蕩地進了城。

在那一群下人中，今年有一個新人，那就是康笏南去年從江南帶回來的一個女廚師。這個女廚師是松江人，三十出頭了，燒的一手上好的淮揚菜。康笏南一直喜歡吃淮揚菜，去年到上海，感嘆歲月無情，不覺就老不中用了，只怕以後再來不了江南，嘗不到道地的揚州菜了。滬號孟老幫會巴結，就給老東家尋來這樣一位女廚師。康笏南很喜歡，問了問，人家又願意跟了北來，就帶回來了。這位女廚師就放在康笏南的小廚房，專門伺候他一人。因為是初次北來，十五觀燈，康笏南就特別吩咐：「叫宋玉也相跟了，看看咱太谷的燈！」

宋玉，也是康笏南給起的名字，她本名叫什麼都也不知道。

杜筠青看這位女廚師的情形，很有些可疑處。那三十出頭的年齡，怕就不實：哪有三十歲呀，至多二十出頭！他們都說，江南女人生得水色，所以面嫩。豈不知南地炎熱，人也易老！如真是廚師，不過一個粗人罷了，哪會養得這麼面嫩嬌媚不顯老？所以看這個有幾分嬌媚的女人，似也不像廚師。杜筠青的母親，就是松江人，是不是道地的淮揚菜，她也能吃得出來。但這個宋玉自進了康家老院，也沒有做一道拿手的菜送過來叫她這位老夫人嘗嘗。只伺候老東西一人，他說什麼就是什麼。

杜筠青曾經把宋玉叫來問過一些話。聽口音，是江南人，但對松江似乎也不熟。所以，是不是松江人，也可懷疑。將她稱為松江人，或許也是老東西有意為之？你不能叫他稱心，他故意再弄一個道地的江南女人來！

他愛弄誰弄誰，杜筠青才不想為這種事生氣。她早知道老東西是什麼東西了。他內裡以帝王自況，想誰是誰，外頭面兒上還要裝得像個聖人，多不痛快。明著放置一個三宮六院，誰又敢不依？

然而，杜筠青不想生氣，康笏南似乎尋著讓她生氣。

康笏南帶這個嬌媚的女廚師回來不久，就將杜筠青身邊的呂布改派到五爺的門下。五娘遇害，五爺失瘋後滯留在津，家裡丟下孤單的一個幼女。康笏南將呂布從老院派過去，名義上是對這個可憐的小孫女表示一種體撫。但在杜筠青看來，老東西分明是對著她的：呂布是她使喚最熟的女傭，老東西能不知道？她已經完全將呂布收買過來了，老東西偏給她支走，是不是已經知道了她和三喜的事？

老東西知道了這件事那倒好了：她做這件事，就是為了叫老東西知道。可看老院裡的動靜，不大象。老東西城府深，能裝得住，別人怕不能裝得這樣沉穩吧？尤其那個冷面的老亭，他就是老東西的貼身耳目，什麼事也瞞不過他。老亭要知道了這種事，他那一張冷臉上還不漏出殺機來？可看老亭，也是冷臉依舊。往江南走了一趟，老亭似乎顯老了。

老東西調走呂布，看來只是為了往自家身邊安放那個嬌媚的女廚師。他把貼身伺候他的杜牧，打發過來接替了呂布。杜牧顯然不想過這冷宮來伺候她這個失寵的老夫人。

可哪能由你？

攆走杜牧，老東西說了，留在身邊伺候他的，有老亭就得了，不再安放女傭。其實，那不過是說給面兒上聽的話。

果然，杜牧一過來就說：「哪是做飯的？狐狸精！」

杜筠青故意問：「說誰呢？」

「給老太爺做飯的，能是誰！」

「你是說江南來的那個宋玉？」

「可不是她！」

「她怎麼是狐狸精？」

「哼！」

杜筠青當然看出來了，杜牧生這麼大氣，顯然是因為新來的宋玉取代了她。可她以為自己是誰呢！縱然你能鋪床疊被，也不過一個女傭吧，老東西喜歡誰，不喜歡誰，能論得著你生氣？這幾年老東西一味寵著你，我這個做老夫人的還沒有生氣呢！

看著杜牧生氣的樣子，杜筠青真覺著好笑。

「杜牧，你也不用生氣，誰不想討好老太爺！人家孤身從江南來，不巴結住老太爺，還不得受你們欺負？」

「我們哪敢欺負人家？就是想欺負，也見不著人家！」

「你們都見不著？」

「成天只她守著老太爺，不叫旁人挨近！」

「老太爺是誰，她是誰，她能攔著旁人去見老太爺？」

「要不說是她是狐狸精！」

「哼，狐狸精，她再狐狸精，能精到哪兒？老太爺要是還愛見你，她敢攔？」

「可不是她攔著！」

「杜牧，你以為你是誰？你跟那個女廚師也一樣，不過是下人，老嬷子！主家愛見你們，就受幾天寵，不愛見你們了，就悄悄離遠些。呂布還不是跟你一樣？派來我這裡，可沒見人家生過氣。我看，你是給慣壞了，忘了自己是誰！」

聽老夫人這樣一說，杜牧不再敢放肆了，低了頭說：「老夫人，我哪敢忘了主家的大恩？只是怕這個宋玉從南方來，伺候不好老太爺。」

杜筠青依然厲色說：「這更不是該你操心的！老太爺身邊有老亭，外頭有管家老夏，更有老太爺親生的六位老爺，還有字號裡的一千掌櫃老幫，能輪上你操心？連我這個老夫人都輪不上操心，能輪上你？」

杜牧不再敢言聲了。

「都一樣。還說人家是狐狸精，你也一樣！老太爺他也一樣，喜新厭舊，喜歡新鮮的，年輕的。杜牧，你看這個宋玉有多大歲數？」

「不是說她三十出頭了？」

「我叫你看，不用管別人說她多大！」

「我看她不夠三十……」

「夠不夠二十？」

「還能不夠二十？老亭說，江南人面嫩。」

「你聽他的？我母親就是江南人，面嫩不面嫩，我還不知道？大戶人家的女子，能養得面嫩，做廚師的，誰給她養！何況江南炎熱，人更易老。」

「我看這個宋玉，也不大象當慣了廚師的，端個盤子都不麻利。」

「你吃過宋玉做的飯菜嗎？」

「沒有。人家只給老太爺做那麼有限的幾口，誰也嘗不上。」

「那叫你看，這個宋玉既不夠三十，也不像是廚師？」

「老夫人，這可是你讓我猜的，猜走了眼，也不能怪罪我吧？」

「我怪罪你吧，你能怕我？」

「老夫人要這樣說，那真比怪罪還厲害。」

「那叫你看，這個宋玉她是什麼出身？」

「我可看不出來。」

「看出來，也不說了，是吧？」

「真是看不出來。」

「那我再問你，杜牧，你今年多大了？」

「老夫人，我在老院多少年了，還不知道我多大？」

「你又不伺候我，我哪能知道？」

「我四十多了。」

「那你也養得面嫩！」

「老夫人笑話我做甚?」

「哼，我笑你也是狐狸精！我初進康家時，都說你也是老嬤子，真把我嚇了一跳：這麼年輕的老嬤子！」

「老夫人快不用笑話我了。」

「哼，我哪敢笑話你！你說，你那時也不夠三十吧?」

「老夫人，把我說成多大歲數，實在也不由我。」

「你也知道不由你呀?我還以為你至今沒醒呢，以為自家是誰似的！你就是不夠四十吧，也不年輕了，還想賴著不走，不是尋倒楣呀?跟了老太爺多年，就沒看出老太爺也是喜新厭舊，也是愛見年輕的，新鮮的?」

杜筠青一開頭就給了杜牧一個下馬威，倒不是想吐出漚在心中的惡氣。她早知道老東西是個什麼東西了，所以也早不生那種閒氣。她是見杜牧還那麼惦記著老東西的寵愛，就故意格外難為她，不叫她和自己親近。在她這裡有受不盡的氣，杜牧一定更惦記著老東西。這樣，杜筠青就能利用她了。

利用她做甚?給老東西傳話。

她對老太爺不恭的話，由杜牧傳給老東西，那才算沒白說呢。特別是她和三喜偷情的事，老東西知道不了，那就算白白害了三喜。她得慢慢把這事說給杜牧，說得叫她相信。她相信了，就一準會傳給老東西的。

冬天過去了，杜筠青一直有意難為杜牧，給她種種氣受。同時，又不斷對她說道：自己也是喜歡年輕英俊的男僕，對英俊，機靈，會體貼人的三喜，是如何懷念不已。奇怪的是，她說的這些話，杜牧似乎並不在意！

難道杜牧也和別人一樣，不相信她敢做那樣的事？

怎麼才能叫她相信？

你要說得再詳細，她會以為你說瘋話吧？

進了臘月後，杜筠青曾經帶著杜牧坐車幾十里到三喜家裡去了一趟。明著就說，是因為喜歡三喜，想念三喜，所以備了一份厚禮，來看看。三喜有音訊沒有？

杜筠青沒有想到，三喜的父母、媳婦都不知道他失蹤，卻說他是給東家改派到外埠碼頭學生意去了。有音訊來嗎？

家信倒是還沒有捎回一道來，可外出學生意，誰不是先專心伺候掌櫃，一兩年後才捎信回來報平安？

這個三喜，難道真是給改派外地，並不是為她赴死去了？

回來，杜筠青問了管家老夏。老夏說，也只能那樣對三喜家中交代，不然，好好一個人，在東家就給丟了，人家能信？再說，傳到外頭，於康家也不好，連個車倌都管教不了，說跑就跑了？

謊說改派外埠，過三五年也不見回來，到時候又怎麼交代？

緩三五年就好說了，三五年中總會有個下落，就是仍無下落，也好措辭的。咱祁太平一帶，外出學生意下落不明的常有。

聽老夏這樣說，杜筠青也無意多問了。謊話也能編得如此練達，真是左右逢源，輕易就能說圓滿。老夏既然這樣擅長說謊，那對她說的這一切會不會也是說謊？說不定，三喜真給打發到什麼邊遠苦焦的地方去了？

他們若攆走三喜，那一定是發現了什麼。可老東西要是知道了那件事，還會裝得這樣沉穩？還會如此從輕發落捅破了天的三喜？

杜筠青就向杜牧打聽，老太爺從江南迴來後，說起過三喜跑了的事沒有？杜牧說，沒怎麼聽老太爺提過。一個小車倌，跑就跑了吧，也值得老太爺操心？這個杜牧，又以為她是誰呢！

三喜是跑了，死了，還是給打發走了？老東西是知道了，還是不知道？一切都是真假難辨，深淺莫測。她捨棄了自家的一切，就是想氣一氣老東西居然也這樣難。說是近在咫尺，就是氣不著他，中間隔著太多的遮攔。

所以，在今年年下，杜筠青的心情是格外不好。她再也不想陪了老東西，到外面給他裝潢門面了。

# 6

年下的時候，太谷公理會的萊豪德夫人，專門來康家拜見過杜筠青。這也算是慣例了吧，每年年下，這位美國女傳教士都要依本地習俗來給康家的杜夫人拜年。杜夫人雖然一直不願入公理會，皈依基督，但她們還是不肯疏遠杜夫人。她們知道康家在太谷的地位。

今年來康家拜年，叫萊豪德夫人感到意外的是杜夫人居然有了想入公理會的意思。萊豪德夫人當然是喜出望外了，連說夫人能皈依基督那真是太谷公理會的榮幸了，一定會有更多的大家貴婦效仿杜夫人加入公理會的。特別是在今年這樣的時候，夫人能入教，那真是偉大的主在幫助我們。

杜筠青就問：「入你們基督教，有什麼戒規嗎？」

萊豪德夫人忙說：「什麼戒規也沒有，只是去愛所有的人就成了。」

愛所有的人？

杜筠青聽了，心裡冷笑了一下。她早就聽父親說過基督教的這種教義，也多次聽萊豪德夫人宣講過，只是現在聽了覺得分外刺耳。她忽然想入西洋基督教，實在不是想行善贖罪，只不過是想氣一氣老東西。老東西從江南迴來，好像說過：外頭的拳民正在起事，專和洋教過不去。入了洋教的中國人被喚做二毛子，也受拳民追殺。入了洋教，就成了二毛子，這使杜筠青大感興趣：她要入了公理會，那老東西就有了一個二毛子夫人！傳出去，那才叫人高興。

杜筠青就是出於這種動機，才提出想入公理會。

萊豪德夫人哪裡能看出杜筠青的這種動機？她還滿以為自己堅持不懈傳布了十幾年主的福音，終於把這位康老夫人給打動了。所以，她當下連連問了幾次：真是想皈依基督？

問得杜筠青以為看出了自己的什麼破綻，就露出不高興，反問萊豪德夫人：「怎麼，嫌我心不誠？」

萊豪德夫人忙說：「不是，不是。老夫人通英法語言，在太谷，你本來就是離基督最近的人！實在說，我們早把老夫人看成自己人了。」

「我哪能跟你們一樣？入了你們的洋教，頂多是個二毛子，對吧？」

「老夫人，那是拳匪罵街呢，絕不能這樣說！皈依基督後，無論我們西洋人，還是你們中國人，在上帝面前都一樣平等，四海之內皆兄弟！」

「入你們公理會，還得舉行洗禮吧？」

「入公理會，那是神聖的事，當然要有隆重的儀式。」

「怎麼隆重？能把太谷的上流人物、大戶人家、都請來？」

「康老夫人皈依基督，請他們來，他們一定會出席。現在，我們在城裡已有寬敞的福音堂，典禮場面一定會很壯觀。」

「那就好，洗禮越隆重越好！不隆重，我可不接受你們的洗禮。」

萊豪德夫人一口答應下來。像杜筠青這樣的貴夫人，為她舉行入教洗禮，那當然是越隆重越好了。公理會來太谷傳教十六七年，真還沒有得到這樣一位豪門貴婦做信徒。太谷民風敬商，像杜筠青這樣的商家貴婦皈依基督，效仿的婦人一定不會少。

一向臉面冷清的萊豪德夫人今天也有了燦爛的喜色。

送走歡天喜地的萊豪德夫人，杜筠青心裡也很快意。她怎麼沒有早想到入洋教呢？初入康家時，萊豪德夫人就不斷勸她信洋教，可那時老東西不許。後來呢，她自己對洋教也沒有一點興趣了。對父親的失望，尤其使她對洋人洋教膩歪透了。將她丟進康家，父親倒帶了那個寫有五厘財股的摺子重返京城，東山再起去了。出使西洋多年，還不是一樣！不過，為了氣老東西，入洋教真還是一步可走的棋。你不是不許入嗎？我偏要入，偏要給你頂一個二毛子的名聲。

為了能氣得著老東西，就得叫他知道！這事可是能張嘴就說的。

杜筠青心裡一時充滿快意，就決定立刻去對老東西說。面兒上是向他請示，實在是為氣他。他要不答應，就回答說：她已經答應了人家，人家磨了十幾年了，不答應，也太無情。

但想了想，還是先叫杜牧去稟報一聲，看老東西怎麼說。要把杜牧罵出來，她自己再親自出馬。這樣，她就有更多的話可說了。

可惜，她在客房院見萊豪德夫人時沒把杜牧帶去。她只得向杜牧細加交代：自己從小怎麼嚮往西洋法蘭西，跟著父親又怎麼學法國語、英國語，又怎麼原本是要跟了父親出洋的；到了康家，太谷的這些美國教士又如何磨了十幾年，勸她信洋教；磨了十幾年，還不答應人家，只怕也要遭報應：她雖不是洋人，但已會說西洋話，洋神洋鬼報應她，那也能尋著門戶了；要報應，那也不只是報應她一人，只怕也要給康家招禍。

這個杜牧，似乎還聽得有些不耐煩，老嘟囔：「知道，我早知道。」

杜筠青立刻拉下臉，怒罵道：「知道，知道，你知道你是誰？不要臉的賤貨，你知道你是主，還是奴？在我這裡，誰伺候誰，你得先給我分清！我說話，你就靠邊聽著！我吩咐你的事，還沒有說幾句呢，就知道，知道，誰慣下你這不知天高地厚的毛病？今天我給你說清了：以後再這樣不懂規矩，趁早給我走人，愛去哪，你去哪，反正不用你不伺候我！」

叫杜筠青這樣一罵，杜牧什麼也不敢說了，呆呆聽完，就趕緊去見老太爺。

罵了一頓杜牧，杜筠青心裡更覺很快意。杜牧這樣捱了一頓罵，到了老東西那裡，還不訴苦？交代她稟報的事，也不會給你添好話。這正是杜筠青所希望的：杜牧這樣一鬧，老東西一準不高興；他一不高興，當然更反對你信洋教了。見老太爺是這種態度，杜牧一準會帶了幾分得意回來。你得意，那更好，正好再臭罵你一頓。

罵完杜牧，再親自出馬去見老東西？

或者，乾脆不再見他！知道他反對就成了。她不動聲色，照樣等待舉行洗禮的那一天。等進城參加完洋教洗禮，回來再去見老東西。木已成舟了，那才叫真氣著老東西了。

杜筠青越想越覺著快意。

只是，杜牧去見老太爺，轉眼間就回來了。看那一臉委屈依舊，好像是沒有見到。

「沒有見到老太爺？」

「見到了。」

「見到了？」

「真是見到了。」

「見到了，你怎麼還哭喪著臉！老太爺不會罵你吧？」

「老太爺統共就說了一句話：老夫人想入，就入。別的，什麼也沒說。」

「他同意入洋教？」

「可不，他說，老夫人想入，就入。」

這太出杜筠青的意料了！老東西居然同意她去信洋教！既同意，那也就根本氣不著他了，還入那洋教做甚！

「老太爺答應得就這麼痛快？杜牧，你倒真會傳話。你是怎麼稟報老太爺的？」

「老太爺就沒讓我說幾句。我一去，老太爺就問：有什麼事？我就照老夫人交代的說。沒說幾句呢，就給老太爺打斷：怎麼學會囉唆了，有甚事，就不會乾脆些說？我只好直說：是老夫人想入美國洋教。老太爺緊跟著就說：她想入，就入。就這事？我說，就這事。老太爺一擺手，把我攆出來了。」

「杜牧，你怎麼不照我交代的說？」

「我跟老太爺說了：不是我囉唆，是老夫人交代我這樣說的。可老太爺仍不叫我多說。」

「老太爺他正在忙什麼？」

「我哪能知道，就只見那個女廚師在跟前，也沒見別人。」

老東西迷那個江南女人，也不至於迷成這樣吧？連他們康家的名聲也不管不顧了？或者，他正想叫你走入這樣的危途？

杜筠青真想再大罵杜牧一通，藉以發洩心中的怒氣，但她還是作罷了。

過了幾天，萊豪德夫人又興沖沖跑來，想向杜筠青說說公理會是多麼歡迎她皈依基督，還想先給她布一次道，為洗禮做些準備。可一見面，杜筠青不耐煩了，說：

「我不入你們公理會了！」

萊豪德夫人一聽，以為杜筠青是在開玩笑，就說：「康老夫人在說笑吧？可既想皈依偉大的主，這樣的說笑就不相宜了……」

「我真是不想入你們的公理會了。」

萊豪德夫人這才一驚：「這是為什麼？康老太爺還是不同意？」

「與他無關，是我不想入了。」

萊豪德夫人還想開始勸說，杜筠青居然發了怒。

萊豪德夫人還從未見過杜筠青發怒，不由說了聲：「仁慈的主，寬恕她吧。」就匆匆告辭出來。

# 第二章　京津陷落

## 1

今次四年合帳，業績出人意料地好。京號戴膺老幫已得到太谷老號的嘉許：可以提前歇假，回家過年，東家要特別招待。受此嘉許的，還有漢號的陳亦卿老幫。在天成元中，戴膺和陳亦卿的地位本來就舉足輕重，這次身股又加到九厘，僅次於孫大掌櫃，所以康笏南就想將這兩位大將召回來，隆重嘉獎一番。

戴膺當然很想回去過年，接受東家的嘉獎。他離家也快三年了，要到夏天才能下班回晉歇假。老號准許提前下班，那當然叫他高興。他已經很久沒有在太谷過過年了。但年前聽到朝中的許多消息，令人對時局憂慮不堪，他哪敢輕易離京？

所以，他回覆總號，只說京津兩號的生意開局關係重大，年前年後實在不便離開，只能遙謝東家和老號的厚愛了。後來知道，漢號的陳老幫也沒有提前回去。漢口局勢雖不像北邊這樣吃緊，陳亦卿也想為新一屆帳期張羅一個好的開局。相比之下，戴膺所企盼的，只能是一個平安的開局而已。

在許多令人生憂的消息中，山東的義和拳已成燎原之勢，最叫人不安。

魯省巡撫毓賢，幾年來對拳民軟硬兼施，又剿又撫，結果還是局面大壞。義和團非但沒有遏制住，反倒野火般坐大，連許多州縣也落到拳團手中了。各地洋人教堂被燒無數，教士信徒死傷多多。列強各國對這位毓賢大人憤恨之極，美國公使康格已經再次出面，要求朝廷將他罷免。到去冬十一月，朝廷還真將毓賢免了，調了袁世凱出任魯撫。

聽說朝廷派袁世凱去山東，原是指望他收攏義和拳，將其安撫為效忠朝廷的鄉間團練，以遏制洋人勢力。可這位袁項城，帶了七千武衛右軍入魯後，竟毅然改變宗旨，取了護洋人，剿拳匪的立場。初到任，就有「必將義和團匪類盡行剿絕」之言。不日，即發出布告，禁止義和拳，凡違禁作亂者，殺無赦。

戴膺和西幫的一班京號老幫，起初對義和拳還有幾分好感的。義和拳在山東起事，仇教殺洋，專和洋教洋人過不去，那也是因為朝廷太一味縱容洋人了。聽說西洋的天主教、基督教，幾乎遍及魯省城鄉。鄉間的士民，哪有幾個能曉得天主和基督是什麼神仙，洋教教義又有什麼高妙？一窩蜂跟了入洋教，還不是看著人家的教堂教士，官家不敢惹嗎？所以入了洋教的教民，就覺有了不得了的靠山，橫行鄉里，欺男霸女，奪人田產，什麼壞事都敢做。一般鄉民，本來過日子就艱難，忽然又多了這樣一種禍害，官府也不給做主，那民怨日積月累，能不出事？一般鄉民氣急了，誰管你列強不列強？朝廷不能反，西洋鬼子還不能反？

鄉民受洋人洋教欺負，揭竿聚嘯，出口惡氣，實在也沒有什麼不可。誰叫朝廷不能給子民做主呢！就說那些西洋銀行吧，步步緊逼，欺負西幫，朝廷哪裡管過？

只是，拳民敬奉的那一套左道邪術，實在愚之又愚。他們揚言天神附體，刀槍不能入。可信奉的天神，大都採自稗官小說中的人物，穿鑿附會，荒誕不經得很。戴膺多次請教過武界鏢局的高人，凡深諳武功的人，對義和拳都不屑得很。但也正因為如此，才叫人覺得十分可怕：愚民而自視為神兵，必是無法無天，什麼都不顧忌！

教民依仗洋教，橫行鄉里，逼出一個義和拳；拳民更依仗了神功，無法無天。一邊是橫行鄉里，一邊是無法無天，兩相作對，還不天下大亂啊？

可嘆朝廷官府，對義和拳也是一樣無能，令其坐大，成了燎原野火。現在袁世凱忽然如此大肆彈壓，真能頂事嗎？當年的太平天國，就是越剿越大，以至丟失了半壁江山。

西幫以天下為生意場，最怕亂起天下了。看今日義和團情形，還沒有洪、楊那樣的領袖人物。但這次生亂，將西洋列強拖了進來，實在也是大麻煩。朝廷既惹不起西洋列強，又管不住義和拳民，這才是真正叫戴膺他們憂慮不堪的！

聽說朝中一班王公大臣，尤其軍機處的幾位重臣，很主張借用義和拳民的神功，壓一壓洋人跋扈的氣焰。這不是糊塗嗎？朝廷傾舉國之力，尚且屢屢敗在西洋列強手下，賠款割地不迭，靠鄉間愚民的那點邪術，哪能頂事？袁項城他是不糊塗，手握重兵也不去惹洋人，倒是對拳民的神功不放在眼裡，剿殺無情。

袁世凱能不能滅了義和拳這股燎原野火，一半在他的本事，一半還在朝廷的態度。朝廷當然怕義和拳坐大作亂，但又想引這股野火，去燒一燒洋人的屁股。自慈禧太后滅了戊戌新政，重又當朝後，西洋各國就很不給她面子，所以太后對洋人正有氣呢。義和拳驅教滅洋，太后心裡本來就高興。她能贊同袁世凱一味這樣護洋人、滅拳匪？

去年臘月，太后立端郡王載漪之子傅儁為皇子，俗稱大阿哥。列強各國公使都拒絕入宮慶賀，以抗議太后圖謀逼迫當今皇上退位。這一來，太后對洋人更是氣恨之極了。得勢的端王載漪，還有巴結他的一班王公大臣，更乘機大讚義和拳，說那既是義民，又確有神功。太后對義和拳也就越發曖昧，給袁世凱發去的上諭，仍是叫他按「自衛身家」的團練，對待拳民，不要誤聽謠言當作會匪株連濫殺。

袁項城會不會聽朝廷上諭，誰也不知道。但就在庚子年大正月，京師就盛傳：在袁項城的無情剿殺下，山東的義和團已紛紛進入直隸境內，設壇授拳。直隸的大名、河間及深州、冀州，本來早有義和拳勢力，現在山東拳勢大舉匯入，這股燎原野火竟在京畿側畔沖天燒起來了。當年洪楊的太平軍就是從廣西給剿殺出來，一路移師，一路壯大，一直攻占了江寧，定都立國。義和團看來比太平軍要簡捷，逃出山東，就直逼京畿了。

山東直隸兩省的義和團匯成一股後，更公開打出了「扶清滅洋」的旗號，討好朝廷，避免被剿殺。這一來，局面就越發難加卜測。

到二月，已盛傳京南保定至新城一帶，義和團勢力日盛一日，各州縣村鎮拳壇林立，指不勝屈。東面的靜海、天津也一樣拳眾蜂起。在獨流鎮還出了個「天下第一團」，聚眾數千。

不出幾天，戴膺又聽手下一位夥友說：在東單牌樓西表褙衚衕的于謙祠堂，義和團已設了京中第一個壇口。那夥友是去東單跑生意，聽說了此事，就專門彎進西表褙衚衕。一看，真還不是謠言！祠堂裡滿是紅布卦符旗旌，進出人眾也都在腰間繫了紅巾。他只遠遠站著，望了片刻，就有一繫紅巾者過來，塞給他一張揭帖。揭帖，就是現在所說的傳單吧。

義和團這股野火，已經燒進京師了？

戴膺接過夥友帶回的義和團揭帖，看時，是編得很蹩腳的詩句：

庚子三春，日照重陰，
君非桀紂，奈有匪人。
最恨和約一誤，致皆黨鬼殃民。

上行下效兮奸究道生。
中原忍絕兮羽翼洋人。
趨炎附勢兮四畜同群。
逢天壇怒兮假手良民。
紅燈暗照兮民不迷經。
義和明教兮不約同心。
金鼠漂洋孽，時逢本命年，
待到重陽日，剪草自除根。

——劉伯溫伏碑記

這揭帖上傳達的是什麼意旨，雖也不大明瞭，但這揭帖是拳會所印發，卻沒什麼疑問。看來，義和團真是進了京師了！現在雖只是聽說于謙祠堂有這第一罈口，可拳會蔓延神速，說不定十天半月，京中也會香壇林立的。

義和拳進京，會不會生出大亂？朝廷容忍拳勢入京，西洋列強會坐視不管嗎？京中既有洋教禮堂，更有各國公使館，拳民要往這些地界發功降神，京中不就大亂了？

戴膺越想越覺不安，就帶了這份揭帖，趕往崇文門外草廠十條衚衕，拜見日昇昌的京號老幫梁懷文。在這種時候，戴膺最想見的，還是蔚泰厚的京號老幫李宏齡。李宏齡見識過人，又常有奇謀，尤其是臨危不亂，越是危機時候，越有良策應對。可惜，李老幫下班歸晉歇假，不在京中，所以才來見日昇昌的梁老幫。

梁懷文接過那份揭帖，草草看了一過，說：「京中有了義和團的壇口，我們也聽說了。」

「那占奎兄你看不當緊嗎？」戴膺見梁懷文神情平常，並不很把這份揭帖當一回事，便這樣問。

「那靜之兄你看呢？」

「我看還是不能大意。義和團蔓延神速，我們稍一愣怔，說不定它已水漫金山了。」

「靜之兄，你把這幫拳民看得也太厲害了。京師是什麼地界？你當是下頭的州縣呢，發點潑，就能興風作浪？」

「這幫拳民，也不能小看。雖說都是一幫烏合的鄉間愚民，一不通文墨，二沒有武功，可一經邪術點化，一個個都以為天神附體了，那還不由著他們興風作浪？什麼京師，什麼朝廷，他當天神當到興頭上，才不管你呢！」

「哈哈哈，靜之兄，你是不是也入了義和團了？」

「占奎兄，我可是說正經的。」

「我看你還是過慮了。這幫義和團，雖說鬧得風浪不能算小，可它一不反朝廷，二也不專欺負咱西幫，只是跟洋人過不去。我看朝廷還睜一隻眼，閉一隻眼呢，我們又何必太認真？」

「說吧也是，義和團作亂，也是亂朝廷的江山，我們認真又能怎樣！只是天下亂起，我們還做什麼生意？這兩年，我們天成元在山東的幾間字號，雖說沒有撤莊，生意也清淡得很。」

「山東生意清淡，你們天成元合帳還合出那麼一座金山來，要是不清淡，再合出一座金山？」

「日昇昌今年合帳，也差不了。你們做慣老大了，我們賺的這點錢也值得放在眼裡？當前時局迷亂，做老大的更該多替同業操心才是。占奎兄，你看用不用叫同仁到滙業公所聚聚，公議一下，義和拳進京是吉是凶？」

「叫我看，現在還無須這樣驚動大家，靜觀一陣再說吧。我還是那句話，京師是什麼地界？朝廷能由著這班愚民，在太后眼皮底下興風作浪？軍機大臣，兵部刑部，九門提督，步軍統領衙門，順天府，五城御史，有多少衙門在替朝廷操心呢！我們盡可一心做生意。以西幫的眼光看，京中要對付義和團這個亂局，必向各省加徵、急徵京餉，我們倒可以多攬一點匯兌的生意。再說，朝廷忙著打點洋人，管束拳會，對西幫禁匯的事，也不再提了。我們不是正好可放手做生意了？」

「但願如此吧。山東情形，占奎兄也聽說了吧？義和團不光是燒教堂，殺洋人，還砍電桿，割電線，扒鐵道。弄得大碼頭電報不通，小地方信差不敢去，我們的匯票都送不過去。走票都走不通了，我們還能做什麼生意？許多急需匯兌的款項，只好叫鏢局押送。義和團折騰得厲害的地方，鏢局也不大敢去，只好出厚資，暗請官兵押運。各地局面都成了這樣，我們票號可就給晾起來了！」

「山東局面大壞，那是因為毓賢偏向義和拳。袁項城一去，拳會的氣焰不就給煞下去了？」

「可義和拳倒給攆到了直隸、天津，眼看又進了京師！聽說京南從新城到保定、正定一路，信差走信已不大暢通。信局的郵差常有被當作通洋的『二毛子』，抓了殺了。這一路是京師通漢口的咽喉，咽喉不通，還了得嗎？」

「聽說朝廷已叫直隸總督裕祿管束拳民。」

「裕祿也是對義和拳有偏向的一位大員。不然，山東的拳勢會移師直隸？」

「裕祿對義和拳並不像毓賢那樣縱容的。再說，直隸不同於山東，畢竟是京師畿輔，他也不能太放任的。」

說了半天，梁懷文仍是叫他沉住氣，靜觀一些時候再說。戴膺想了想，也只能如此了。自家再著急，其實也沒有什麼用，最多也不過是未雨綢繆。局面不好，就收縮生意吧。這種時局，就是想大攬大做也難實行。

庚子新年，本指望有個好的開局，沒有想到時局會如此不濟。也許真是自己過慮了？朝廷畢竟還是可以指望的，京師局面再壞吧，還會壞到哪兒？不過就是這樣了。對西幫來說，北方生意不好做，還有江南，還有口外關外。但在心裡，戴膺依然不敢太大意。駐京許多年了，還沒有這點見識：朝廷也有指望不上的時候！

見過日昇昌的梁懷文老幫後，戴膺還是給總號的孫大掌櫃寫了很長的一封信報，將直隸、天津、京師一帶義和團的動向做了稟報。自己對時局的許多憂慮也婉轉說了。對朝廷的憂慮，當然不能在信中直說。這些情形，他也向漢口的陳亦卿以及其他幾處大碼頭的老幫做了通報。

孫大掌櫃的回信依然是不痛不癢，多是相機張羅一類的話。對義和拳大掌櫃倒明確說了：彼係鄉民愚行，成不了氣候。因為去年夏天在河南，他和康老東臺已經親自領教過了。大掌櫃的回信，分明洋溢著一種喜氣：太谷老號，大概還沉浸在合帳後的喜慶中吧。

漢號陳亦卿的回信，竟也說不必大慮。湖廣的張之洞，兩江的劉坤一，兩廣的李鴻章，閩浙的許應騤，還有督辦蘆漢鐵路大臣盛宣懷，都與山東的袁世凱取一樣立場：對義和拳不能姑息留情！以當今國勢，也萬不能由這些愚民驅洋滅教，開罪多國列強。他們已紛紛上奏朝廷，請上頭及早做斷，不要再釀成洪楊那樣的大禍。這些洋務派大員，在當今的疆臣大吏中舉足輕重，朝廷不會不理他們吧？義和拳進京，正可促使朝廷毅然做斷。吾兄盡可專心生意的。

陳亦卿所報的情況，倒也能給人提氣。只是朝中圍在太后四周的盡是偏向義和拳的端郡王那一夥。太后會聽誰的，真還難說呢。

不過，讀了陳亦卿的信報，戴膺也開始懷疑自己：誰都能想得開，就自家想不開？

## 2

但三月過去，進入四月了，朝廷雖也不斷發出上諭，叫嚴加查禁京中義和拳會，拳會還是在京師飛速蔓延開了。壇口越來越多，拳民與日俱增，特別是周圍州縣的拳民也開始流入京城。在這個庚子三春，義和拳真是野火乘春風，漫天燒來。

一國之都，天子腳下，居然擋不住這股野火？

朝廷是不想擋，還是無力擋，依然叫人看不明白。

天成元京號駐地在前門外打磨廠。在打磨廠街中，聚有京城多家有名的鐵匠鋪。三四月以來，戴膺是親眼看著這些鐵匠鋪生意一天比一天火爆：入了義和團的拳民紛紛來定製大刀。鐵匠鋪日夜爐火不息，打鐵錘鍊之聲，入夜更清晰可聞。大刀的售價比往常貴了數倍，依然還是求購不得。

看著刀械這樣源源流散到拳民手中，戴膺是憂慮更甚了。這樣多的愚民持了大刀，就真是「扶清滅洋」，不反朝廷，只滅洋人，那也是要惹大禍的。京中也有西洋教士，但洋人聚集最多的地界，還是各國公使館。殺進公使館，去滅洋人？那豈不是要與西洋列強開戰了？朝廷要依然這樣曖昧，那班愚民，他們才不會顧忌什麼。說不定哪天興頭來了，說殺就殺進公使館了。

聽說各國公使已不斷向總理衙門提出交涉，要求朝廷彈壓京中義和團。就靠這班愚民，也敢跟西洋列強開戰？結果不用猜，一準也是割地賠款！甲午賠款還不知幾時能還清呢，再賠，拿什麼賠？

更叫人害怕的是國勢積弱如此，真要和洋人打起來，天下真還不知亂成什麼樣子呢！西幫生意，已日見艱難，再遇一個亂世，真要潦倒了。

只想一想，也叫人寢食不安的。

進入四月以後，日昇昌沉著樂觀的梁懷文也坐不住了。他終於出面，召集西幫各京號老幫聚會於蘆草園滙業公所，公議京中義和拳亂事。到這個時候，已經沒有人敢太樂觀了，但也議不出什麼良策，無非是收縮生意，各號間多加照應，並及時將京中危局報告老號。

只是，收縮也不容易。

京中局面眼看一天比一天亂，商界、民間，尤其是官場的權貴更紛紛來票號存銀換票，其勢簡直銳不可當。紛紛來存銀的用意，顯然是怕亂中有失，存了銀錢，握一紙票據，畢竟好匿藏。當此亂局，票號收存如此多的銀錢就能安全了？但京中商、民、官，在這個時候簡直一同鐵了心，無比信賴西幫票號，彷彿他們也有神功似的，可以轉手之間，將收存的銀錢調到平安的江南。他們只知道西幫有本事將巨銀調往千里之外，那是比匿藏在祕密的暗處，或由武衛把守還要保險。

你們只把帳本守妥不就得了？

票號的異地匯兌，北存南放，哪是這麼簡單！可是，在此危亂之際，京中官、商、民如此信賴西幫票家，你也實在不能拉下冷臉，把人家推出字號吧？西幫百餘年的信譽，總不能毀於此時。既沒有撤莊歇業，人家找上門來的生意總是再三推拒也說不過去。尤其京師官場的權貴們更是得罪不起。大家公議了半天，覺得還是以西幫百年信譽為重，不能收縮太狠了。當此非常時候，一旦自毀了名譽，就如覆水難收，再不用想修復。

公議中，祁幫大德通的周章甫老幫提出，是否可仿照當年太平天國起事時，西幫票行報官歇業，從京師撤莊，回山西暫避一時？

從京師撤莊，不是小舉動。要撤，那得由祁、太、平的老號議定。京師亂局，大家也不斷向老號報告了，東家大掌櫃都沒有撤莊的意思。再說，咸豐年間，為了躲避洪楊之亂，西幫票號紛紛從京師撤莊，攜走巨資，弄得京中市面蕭條，朝廷很不高興。目前的義和團，能不能成了太平天國那種氣候，還難說呢。所以，對撤莊之舉，也沒有多議，就一帶而過了。

後來回想，這可是京師滙業同仁所犯的最大錯誤了！如果在庚子年四月間，西幫票號能未雨綢繆，斷然從京津撤莊，那會是怎樣一著良策：早一步就躲過塌天之禍了。當時分明已是風雨將來，可還是對朝廷有所指望，局面再壞，也沒有預料到京師的天，國朝的天，真還能塌下來！

西幫再自負，也斷然不敢公議國朝的天，是不是會塌下來。

那次集議之後，京號各家倒是紛紛求助於京師鏢局，僱武師來字號下夜。聽說有幾家，還從山西招來武師。後來才知道，這些武師功夫再好，也擋不住洪水般的拳民。

四月中旬，聽說正定、保定一帶也發生了燒教堂，殺洋人的教案。後來又聽說，從涿州到琉璃河，拳民已在扒蘆漢鐵路，割沿途電線，焚燒鐵路的車輛廠、橋廠、料廠，鐵路聘來的洋工住所更不會放過。駐京各國公使館，更向總理衙門提出嚴厲交涉，要求盡快彈壓義和團、大刀會，否則，要出兵來保護公使及僑民。

京中局面，真是眼看著一天不如一天，可朝廷似乎依然穩坐不驚。查禁拳會的布告不斷貼出，可查禁的官兵卻不見出來。倒是義和拳的揭帖也在滿大街散發。京中義和拳壇口傳說已有一千多處，拳民已有十萬之眾！鐵匠鋪的刀械生意，那可是千真萬確地更見火爆。戴膺拜見了戶部幾位相熟的郎中、主事，他們說朝廷還是不斷有上諭，命步軍統領衙門、順天府、五城御史，嚴厲查辦義和拳會。可哪裡能看見官兵的動靜？

字號櫃檯上來存銀子的客戶也依然很多。收銀很旺，往出放銀卻越來越難。京城四面幾乎給義和團圍死了，連官兵解押的京餉都只能勉強通過。戴膺極力張羅，四處拉攏，將利息降了再降，千方百計把收存的銀子借貸出去。其中第一大戶，就是戶部。京餉不能按時解到，戶部也正支絀。不過，各家都爭著借錢給戶部，天成元也無法獨攬。所以，除了戶部這個大頭，其他衙門，以及錢莊、帳莊、爐房也盡力兜攬。加上江南各號的勉力配合，攬到一些兌匯京餉的生意，又拉攏官家的信使，夾帶了匯票，設法捎來。這樣才抵消了一些存銀壓力，生意還算能維持。

四月二十二，櫃上來了一位宮中的小太監。他是替管他的大宮監來存私蓄的。戴膺聽說，趕緊把這位小公公請進後頭的帳房，上茶招待。這位小太監是常來的，所以戴膺與他早已熟悉了，他的小名二福子，櫃上也都知道。說了一些閒話，就問起宮中知道不知道外間的義和拳。

二福子就說：「怎麼不知道？宮中和外間一模一樣！」

「一模一樣？」戴膺還不明白一模一樣是說什麼。

「可不是一模一樣！宮中也練義和拳，也盡是頭包紅巾，腰繫紅帶的，進進出出。」

戴膺聽了，真有些瞠目結舌：老天爺，皇上宮中也練義和拳？

「宮中也都練義和拳?這是老佛爺的聖旨嗎?」

「倒也不是老佛爺的聖旨,所以,也有不練的。可老佛爺信得過的那些親王、貝勒,都迷上了義和拳,別人還能不跟著練?義和拳呢,也不大講究尊卑貴賤,像我們這些宮監、護衛、宮女,也都准許跟著練。滿眼看去,可不宮中也跟外間似的,紅紅一片。」

「喜歡義和拳的,有端郡王大人吧?」

「豈止端王呢!慶親王、怡親王、貝勒載濂、載瀅、輔國公載瀾都迷義拳迷得邪乎呢!你們是見不著,載瀅、載濂、載瀾這些主子,多大人物,近來裝束也照著義和拳的來,短衣窄袖,腰間繫了紅巾。精氣神也跟平時不一樣了,彷彿底氣足了,人也凶了。我還親眼見過一回,載瀾大人呼來天神附體,兩眼發直,一臉凶煞,一邊呼叫,一邊蹦跳,就像瘋了醉了似的,真嚇人呢。」

「小公公,真有這事呀?」

「我能哄您戴掌櫃?可戴掌櫃千萬不敢對外間說。」

「小公公您還信不過我們?」

「信不過你們,我能說這些?」

「老佛爺、當今聖上,就由著他們這樣在宮中練功?我們是外間草民,總覺在朝廷的宮禁之地,竟也如此做派,不傷聖朝大制嗎?皇上貴為天子,老佛爺,當今皇上,本就是神命龍體,本就是天神下凡,還能再這樣亂請神?」

「聽說老佛爺也說過他們,他們還有理呢。有一回,載瀅居然跟老佛爺抬起槓來,聽說險些兒把御案給掀翻了!」

「這麼厲害？」

「他們有他們的理呀！」

「有什麼理？」

「說練義和拳的都是義民，又忠勇，又守規矩，法術神功又了不得。天神附體後，刀刃不能入，槍炮不能傷，那都是千真萬確的。為嘛就呼啦一片，出了這麼多神功無比的義民？那是上蒼見洋人忒放肆了，派來保咱大清的。京外人心都一夥兒向著拳民，滿漢各軍也都與拳會打通一氣了。要不宮裡會有那麼多人跟隨了練義和拳？」

「小公公，您也常從宮禁出來，見到過外間練義和拳的吧？」

「碰著過。尤其近來，一不小心就碰著了。」

「那您看外間這些拳民，真像宮中傳說的那樣好？」

「我哪能看出來？只是那股橫勁兒，凶樣兒倒差不多。他們好不好，我說了也沒用。今兒是到了你們字號，見了您戴掌櫃了，悄悄多說了幾句。在宮裡，誰敢多嘴？就這，前些時還嚷嚷，說宮裡也有二毛子，要一個一個拉出來查驗。嚇得有頭臉的宮監、宮女都跑到老佛爺跟前，哭哭啼啼告狀。」

「宮裡也抓二毛子？那怎麼個查驗法？」

「聽說是念幾句咒語，再朝你腦門上狠拍一巴掌，要是二毛子，腦門立時就有十字紋顯現出來。說是如何如何靈驗，邪乎著呢，誰心裡能不發毛？」

「這麼在宮裡查驗二毛子，老佛爺就允許？」

「老佛爺說了，神佛也不冤枉人，你們就由他們拍去。」

「真拍出幾個二毛子？」

「老佛爺這樣放了話，誰還再真去查驗？嚷嚷抓二毛子的，得了面子，也就糊塗了事。」

「小公公，我還是頭回聽說這麼查驗二毛子。勞駕您也朝我腦門拍一下，驗驗我是不是二毛子？」

「哈哈，戴掌櫃，我哪有那本事！」

「那我來拍您一下？」

「乾拍哪成？聽說還得唸咒語。」

「義和拳的咒語，我也會念幾句：天靈靈，地靈靈，奉請祖師來顯靈。」

「戴掌櫃會唸咒，我也不叫您拍。」

「為什麼？」

「我還嫌疼呢！」

「哈哈哈！」

小太監給戴膺說了這許多宮廷中情形，臨走戴膺特別提醒：「小公公出來跑這一趟夠辛苦，敝號孝敬的一點茶錢，就寫在您的摺子上了？」

小太監說了句：「戴掌櫃不用客氣。」一邊抬腳就走了。

西幫京號拉攏能出入宮禁的太監也有周到的手段。像這類跑腿的小太監也毫不輕視，每次都打點得他們心裡高興。他們收了禮金，也不敢帶回宮中便給立了摺子，存在字號，什麼時候取，哪怕十年二十年，以至老邁出宮後，都認。所以，西幫票號在宮監中也信譽，許多不該說的他們也悄悄說。

送走小太監，戴膺心裡才真害怕了。皇宮裡居然也有那麼多人信義和拳！愚之又愚的邪術，當今得寵的王公大臣們居然也深信不疑。滿大街剿滅拳會，彈壓拳匪的布告，看來根本就不用指望。真要如此，京師局面還不知要往何處動盪呢！

當夜，戴膺就將宮中這種情形寫成隱祕信報寄回太谷老號。京中局面已經壞成這樣了，撤莊，還是留守，老號也該早做決斷了吧？

只是這封緊急信報何時能寄到太谷也叫人難以估計。以往私信局往山西走信是出京向南，經涿州、保定、正定，再西行入晉。現在京南一路正是義和拳的天下，所以只好由北路出京，繞到宣化，再南下入晉。可近來北路也漸不平靜，義和拳已蔓延到京北，走信常有阻隔。

寧波幫開的私信局，與西幫票號是老「相與」了，承攬走票走信，歷來所向披靡，很少出差錯的。近來也大嘆苦經，說出入京師簡直就是出生入死，信差被當成二毛子遇害的事已經出了好幾起。信局的生意也快不能做了，誰願意去送死？

票號經營異地金融會兌，全靠信局走票。信局一停業，票號也只好關門了。

## 3

進入五月，京號收到津號的信報也稀少了。京津間近在咫尺，郵路居然也受阻，這更不是好兆。

傳說各國列強的軍艦已經麇集於天津大沽口，要派兵上岸，由津入京，保護各國公使館。義和拳民就扒毀了蘆津鐵路，阻擋洋人進京。京津間已成戰場，郵路哪還能順暢得了？

得不到津號信報，戴膺更是憂心如焚。

去年劉國藩惹禍自盡，津號就大傷了元氣。年底大合帳畢，本來應該派一位新老幫到天津及早扭轉頹勢。但老號的孫大掌櫃卻依然叫京號的戴膺代為照應；津號那頭，叫副幫楊秀山暫時領莊。

其實，孫大掌櫃已選定了新的津號老幫，那就是在張家口領莊的王作梅。俗稱東口的張家口也是大碼頭，生意不亞於津號。王老幫駐東口已經多年，無論才幹手段，還是年資功勞，也都遠在劉國藩之上。孫大掌櫃此次將王老幫調往津號，顯然有自責懺悔的意思在裡面。但王作梅接到新的任命卻提出了延期赴津的請求：他再過一年才到下班的期限，所以想在東口做滿三年，再離任休假，轉赴津號。他鋪開的攤子，怕別人不好半路收拾。不知王老幫是不是有意難為孫大掌櫃，反正孫大掌櫃居然准許了王作梅的請求。

這在以往可是從未有過先例的，不能說一不二，令行禁止，哪還叫領東的大掌櫃！看來孫北溟在真心自責懺悔。

王作梅這一延期，倒叫他躲過了一場大劫難。

這中間只是苦了戴膺！京師局面已經夠他招架了，還要多一個天津。進入庚子年，京津都鬧義和拳，天津比京師鬧得還邪乎。

津門是北方第一大通商口岸，洋行洋教比京師就多，紫竹林一帶又早成了洋人買下的夷場，也即後來所說的租界。津門百姓受洋人欺負也就更甚，義和團一說仇教滅洋，響應者自然是風起雲湧了。靜海、獨流、楊柳青都出了領袖似的大師兄，傳說神功非凡，彷佛真能呼風喚雨。

天津還獨有一種專收婦女的拳會，叫紅燈照。入會婦女通通穿了紅衣紅褲，右手提紅燈，左手持紅摺扇，年長的頭梳高髻，年輕的挽成雙丫髻。紅燈照的大師姐被稱作「黃連聖母」，傳說功法也了不得。入了紅燈照的婦女，跟著這位大師姐在靜室習拳，用不了幾天，就能得道術成。一旦術成，持了紅摺扇徐徐搧動，自身就能升高登天，在空中自由飛翔。這時右手的紅燈投擲到哪兒，哪兒就是一片烈煙火海，其威力宛如現在的轟炸機了。

在津號的信報中，副幫楊秀山不時寫來這類情形。戴膺看過，自然對那些大師兄、大師姐的神功不會相信，但對天津義和拳的囂張氣焰卻非常憂慮。京師義和拳朝廷還遏止不住呢，天津誰又能彈壓得了？

果然，近來津號來信，連說天津已成義和團天下，神壇林立，處處鑄刀，拳民成千上萬，滿大街都是，官府也只能一味屈辱避讓。拳會的大師兄在街市行走，遇見官員，不但不迴避，反要一聲令喝，命官老爺坐轎的下轎，騎馬的下馬。官老爺們倒都聽喝，趕緊下來，脫去官帽，站到路邊迴避。局面已至此，燒教堂，殺洋人的事件也不稀罕了。

只是局面危急如此，津號的楊秀山也沒有提出撤莊的請求。從寄來的正報、復報看，津號生意做得也不比平常少。戴膺去信一再告誡，當此亂局，千萬得謹慎做事，生意上寧可收縮少做，也不敢冒失。平常偶然冒失了，尚可補救，現在一旦失手，誰知道會引發什麼災禍？在今亂局中，拳民、洋人、官府，我們對誰也得小心，不敢得罪，也不敢太貼近。對黑道上的匪盜、街市間的青皮混混，也得細加防範。世道一亂，正給了他們作惡的良機。

可楊秀山似乎是處亂不驚，說津門局面雖然危機重重，但還能應付。義和拳勢力高漲，洋商洋行只好退縮，尤其西洋銀行幾乎不能跟華商打交道了，正好空出許多盤口，由我們來做。

楊秀山說的那當然是個不尋常的商機。但這樣的商機也不是尋常人能駕馭得了。

楊秀山以往給戴膺的印象並也不是那種有大才、有膽略的人，他也敢走這樣的險招？或許以往在平庸的劉國藩手下不便露出真相？

戴膺對楊秀山處亂不驚，從容出招，當然不能潑冷水，只是叫他前後長眼，謹慎一些。但心裡對津號是擔憂更甚了。

現在，京津間的信報越來越不能及時送達，電報也是時斷時通，戴膺哪能不著急？到五月初九，終於收到津號的一封信報。這是進入五月後戴膺頭一回收到津號的信件。急忙拆開看時，還是寫於四月二十四的信！從信報能看出，津號依然平安，楊秀山也依然從容不迫。可是這封信件居然在京津間走了十四五天，實在也叫人不敢寬心。

戴膺打發手下夥友，給津號發一封問訊的電報，跑了幾天電報局，還是發不出去：有一段電報線，又被義和團給割了。說是派了官兵護線、搶修，誰知什麼時候能修通？

熬到五月十五，依然得不到津號的一點消息。就在這天午後，櫃上閃進一個乞丐似的中年人，站櫃的夥友忙去阻攔，那人已癱坐在地，啞著嗓子無力地說：

「快告戴掌櫃，我是津號來的……」

聽說是津號來的，站櫃的幾個夥友都圍過來，看了看，又不敢相信。義和拳入京以來，街頭乞丐也隨處可見。一夥友便說：「你要是津號來的，那你用太谷話說。」

那人嗓音嘶啞，又疲憊之極，但改用太谷鄉音說話卻是道地的。

京號幾個夥友聽了，才真驚慌起來，有的趕緊攙扶這位津號來客，有的已跑進去稟告戴老幫。

戴膺一聽，慌忙跑出來，見真是乞丐似的一個人，吃驚不小。

「戴掌櫃，我是津號跑街李子充……」

戴膺是常去天津的，對津號的夥友都熟悉。只是眼前這個乞丐似的人，滿臉髒汙，聲音嘶啞，實在辨認不出他是津號的李子充不是。但對方能認出他來，似乎不會有錯吧——時局這樣亂，他不能不小心些。

「你既到了京號，就不用慌了。」他轉而對櫃上的夥友說：「你們快扶他進去，先洗涮洗涮，再叫夥房做點熨帖的茶飯伺候。」

「戴掌櫃，我有緊急情況稟告！」

「我能看出來。還是先進去洗涮洗涮，喘口氣。既已到京，不在乎這一時半會兒。」他極力顯得鎮靜。

來人被攙扶進去了。戴膺心裡當然鎮靜不了：要真是津號派來的人，那天津就不是出了小事！

果然，他回到自己的帳房不久，這位天津來客就急急慌慌地跑來求見：他已經洗涮過，換了衣束，但只是吞嚥了幾口茶水就跑來了。現在，戴膺能認出來了，此人的確是津號的跑街李子充。

「戴掌櫃，津號遭搶劫了……」

果然出了大事。

## 4

天成元的津號，是在五月十一凌晨遭到搶劫的。

那幾天津門局面亂是亂透了，但國人開的大商號鋪子還沒聽說誰家遭了搶劫。遭義和拳打劫焚燒的，主要還是洋人教堂、洋人住宅。洋行、銀行早都關門停業了，貨物、錢款也隨之轉移。津門是大商埠，商家不存，立刻就會成為一座死城。所以，洋商收斂後，國人自家的商貿買賣依然在做。特別是銀錢行業，似乎想停也停不下來。市面混亂，生計艱難，當鋪、錢莊的生意，似乎倒比平素還火熱一些：大多生計斷了，靠典當、借貸也得活呀！而當鋪、錢莊的資金，又一向靠票號支持。所以，那幾天津號的生意也一直在照常做著。

副幫楊秀山見局面太亂，也從鏢局請了一位武師，夜裡來護莊。初十那天夜裡，鏢局武師恰恰沒有來櫃上守夜：他往五爺的宅子護院去了。

五爺失瘋後，什麼都不知道了，就知道不能離津。所以只好給他買了一處宅院，長住天津。原先跟著五爺五娘出來的保鏢田琨，深感五娘的被害是自己失職，就留下來陪伴瘋五爺。那幾天，五爺的宅院忽然有了異常。白天，常有敲門聲，可開了門，又空無一人。尤其到了夜晚，更不斷有異響，提了燈籠四向裡巡查，卻什麼也查不見。

女傭就說是鬧鬼，怕是五娘嫌冤屈未伸，來催促吧。

田琨卻說，真要是五娘回來顯靈，倒也不怕。怕的是活著的匪盜歹人！現在外頭這樣亂，要有強人來打劫，五爺又不懂事，再出意外，我們也別活了。

田琨跟津號說了說這番異常，楊秀山就把字號僱的鏢局武師打發過去了。因為字號一直還算平靜。兩位武師守護一處宅子，強人也該嚇跑了吧。等五爺那頭安靜了，再回字號來護莊。

誰能想到，鏢局武師只離開了兩天，這頭就遭了搶劫！

十一那天凌晨，楊秀山和津號的其他夥友幾乎同時被一聲巨響驚醒：那是什麼被撞裂了的一聲慘烈的異響。緊接著，又是連續的撞擊，更慘烈的斷裂聲……晨夢被這樣擊碎，真能把人嚇傻了。

老練的楊秀山給驚醒後，也愣了，還以為仍在噩夢中。定過神來，意識到發生了不測，急忙滾下地來，將自己房中幾本字號的底帳翻出，抱到外間一個佛龕前。這佛龕內，有一個隱祕的暗門，打開，裡面是一個藏在夾牆內的祕窯。楊秀山拉了一把椅子，跳上去，移去佛像，打開暗門，飛速將那幾本底帳扔進了祕窯。隨即關了暗門，又將香爐裡的香灰倒了些，灑在佛龕內，掩去暗門痕跡，再放回佛像。

楊秀山在做這一切時，儘管迅疾異常，但外面已是混亂一片，砸擊聲、喝罵聲如暴風驟雨般傳來。他剛衝到院裡，就見一個夥友滿臉是血，一邊跑，一邊說：「楊掌櫃，他們撞毀門面護板，破窗進來了！」

楊秀山剛要說什麼，一夥紅巾蒙臉，手提大刀的人已經湧進來。

前頭的一個喝道：「爺爺們是義和團天兵天將，來抓二毛子！大師兄說了，你們字號的掌櫃就是通洋的二毛子！哪位是掌櫃？還不出來跪下！」

別的蒙臉人跟著一齊喝叫：「出來，出來！」

楊秀山聽說是義和拳的，知道已無可奈何了，正要站出來跟他們交涉，忽然發現：這夥人怎麼用紅巾蒙臉，只露了兩隻眼，就像強人打扮？街面上的義和拳也見得多了，都是紅巾矇頭，趾高氣揚，一臉的神氣，沒見過這樣用紅巾蒙了臉的呀？

正這樣想，櫃上帳房的孔祥林已經站出來，拱手對那夥人說：「各位師父，在下就是敝號的掌櫃。各位可能聽了訛傳，敝號一向也受盡洋行洋商的欺負，對洋人憤恨得很，決不會通洋的……」

領頭的那人立刻就喝道：「你找抽啊？大師兄火眼金睛，能冤枉了你孫子？」

說時，已舉手向孔祥林狠搧去。孔祥林比楊秀山還要年長些，被這一巴掌扇下去，早應聲倒地了。

「去看看，是不是二毛子！」

領頭的一吼，有兩人就過去扭住孔祥林的臉，草草一看。

「不是他，不是他！」

楊秀山見這情形，就過去扶孔祥林，一邊說：「各位不要難為他，他只是本號的二掌櫃，敝人是領莊掌櫃。我們西幫對洋商洋行的確是有深仇大恨，早叫他們欺負得快做不成生意了！各位高舉義旗，仇教滅洋，也是救了我們。能看出各位都有神功，敝人是不是通洋的二毛子，願請師父們使出神功來查驗。」

領頭的那人瞪了楊秀山一眼，就又一巴掌扇過來：「嘛東西，想替你們掌櫃死？滾一邊待著！」

楊秀山只覺半邊臉火辣辣一片，兩眼直冒金花，但他挺住了，沒給扇倒下。

「搜，快去搜！他就是鑽進地縫，也得把他搜出來！」

領頭這樣一喊，跟他的那夥人就散去了幾個。

其實，自這夥人破窗而入以來，砸擊、摔打、撕裂、破碎的聲音就一直沒有停止過。闖進來的肯定比剛才見到的這五六個多。現在散去幾人，還留著三人，但不斷還有別的蒙臉人押了櫃上的夥友送過來。很快全號的夥友都押來了，他們還在翻天覆地地搜尋。他們在找誰？找已經死去的劉國藩？

領頭的還在不停地喝叫：「說，你們的二毛子掌櫃到底藏哪兒了？」

大家已不再說話，因為無論說什麼，都只會遭到打罵凌辱。

楊秀山也希望，眾夥友不要再冒失行事。這是禍從天降，也只能認了。別處的帳簿，不知是否來得及隱藏？還有銀窖！西幫票號的銀窖，雖然比較隱祕，但這樣天翻地覆地找，也不愁找到。只願他們真是搜查人，而不是打劫銀錢。

不久，就見匆匆跑來一個蒙臉同夥，低聲對領頭的說了句什麼。領頭的一聽，精神一振。他過去一腳踢開了楊秀山住的那處內帳房，吆喝同夥，揮舞起手裡的大刀片，把津號所有的人都趕了進去。跟著，將門從外反鎖了。

「你們聽著，爺爺要燒香請神了，都在屋裡安分待著，誰敢惹麻煩，小心爺爺一把火燒了你們字號！」

領頭的吼完，外間真有火把點起來了。天剛灰灰亮，火光忽忽閃閃映在窗戶上，恐怖至極。門被反鎖，真要焚燒起來，哪還有生路！

外面，砸擊摔打的聲音已經沒有了，忽然顯得安靜了許多。他們真要請神了。請了天神來，到底要抓拿誰？

漸漸的，聽到外面有雜沓匆促的腳步，但聽不見說話聲。他們在舉行降神儀式嗎？

雜沓的腳步聲，很響了一陣。後來，這腳步聲也消失了。外面是死一般沉靜，但火把的光亮仍在窗紙上閃動。

又停了一陣，見外面依舊死寂一片，有個夥友就使勁咳嗽了一聲。

外面，什麼動靜也沒有。有人就走到門口，使勁搖晃了搖晃反鎖著的房門。

依然沒有動靜。

楊秀山忽然明白了，慌忙喊道：「趕緊卸門，趕緊卸門！」

幾個年輕的夥友擠過去，七手八腳，就卸下一扇門來。那時代的民居門板，雖然厚重結實，但都是按在一個淺淺的軸槽裡，在屋裡稍稍抬起，便能卸下來。

門被卸下，大家奔出來，見火把只是插在院中的一個花盆裡，似乎一直就沒人在看守！

楊秀山又慌忙喊道：「快去看銀窖！」

奔到銀窖，果然已被發現，洗劫一空！

西幫票號做全國性的金融會兌生意，銀錢的進出量非常巨大。因此，銀錢的收藏保管成為大事。票莊一般都是高牆深院，有的還張設了帶鈴鐺的天網。在早先，西幫還有一種特殊的保管銀錠的辦法：將字號內一時用不著的銀錠，叫爐房暫鑄成千兩重的大銀砣子。那時代法定流通的銀錠，最重的僅五十兩。所以這千兩銀砣子，並不能流通，只是為存放在銀窖內安全：如此重的銀砣子，盜賊攜帶也不方便。縱然是能飛簷走壁的強人，負了如此重的銀砣子，怕也飛不起來了。所以這銀砣子有一個俗名，叫「莫奈何」。不過到後來，西幫票號也不常鑄這種千兩銀錠了：事業走上峰巔，經營出神入化，款項講究快進快出，巨資一般都不在號內久做停留。

當然了，再怎麼進出快捷，票莊也得有存放銀錢的銀窖，也即現在所說的金庫。西幫的銀窖，各家有各家的巧妙，各家有各家的祕密。外人不易發現，號內自家人存取時又甚方便。

天成元津號的銀窖，處置得不算是太巧妙：只是將設銀窖的庫房，布置成為一處普通夥友的住房：盤了一條大炕，炕前盤了地爐子，火爐前照例有一個深砌在地下的爐灰池，池上嵌蓋了木板。看外表，沒有一點特別。津號的銀窖，就暗藏在地下的爐灰池一側，尋常的爐灰池其實正是銀窖的入口處。當然，地面上嵌蓋的木板，暗設了機關，外人不易打開。

這夥蒙臉的劫匪，居然把隱藏在此的銀窖尋出來，打開了。他們沒耐心破你的機關，砸毀蓋板就是了。存在裡面的四萬兩銀錠，自然全給搶走了。

他們哪裡是來抓二毛子？不過是來搶錢！

楊秀山忙趕到臨街的門面房，那裡更是一片狼藉，但劫匪早無影無蹤。從被撞毀的那個窗戶中已有晨光射進來。

開門出來，見門外撂著一根碗口粗的舊檩條。顯然，劫匪們是舉著這根檩條，撞毀了臨街的窗戶。門外，還有牲口糞和分明的車輪痕跡。劫匪是趕著車來打劫？

看了這一切，楊秀山更斷定，這夥人不是義和拳民，而是專事打家劫舍的一幫慣匪！

朝街面兩頭望了望，尚是一片寂靜。這幫劫匪為何偏偏來打劫天成元？

京號的戴膺聽了津號遭劫的情形後，也問李子充：「當天，還有誰家遭劫了？」

李子充說：「沒有了，只我們一家。遭劫後，到我離津那幾天，也沒聽說誰家又遭劫。」

「就偏偏拿我們天成元開刀？你們得罪義和拳了？」

「津門已經是義和團天下，我們哪敢得罪？看那工作，也不像拳民所為。」

「那就怪了！」

「出事後，我們僱的武師和五爺的保鏢都趕來了。他們依據搶劫的手段推測是江湖上老到的強盜所為。出事前，騷擾五爺的宅子，只怕就是他們聲東擊西。從破窗而入，到盜了銀窖，工作做得夠俐落。尤其他們只劫財，未傷人，更不是義和拳那些烏合之眾所能做到。義和拳真要認定誰家有通洋的二毛子，不殺人能罷手？」

「江湖上老到的盜匪？那你們津號得罪江湖了？」

「沒有呀？」

戴膺忽然拍了一下額頭，說：「我明白了！這次津號遭劫，只怕與去年我在你們那裡演的空城計相關吧？」

李子充忙說：「我們招的禍，哪能怨戴老幫！」

「你還記得吧？去年夏天，五娘被撕票，你們劉老幫又忽然自盡，惹得擠兌蜂起，眼看津號支持不住。不得已了，我由京師調了四十多輛運銀的橇車，號稱裝了三十萬兩銀子，前來救濟津號。這四十輛銀橇在津門招搖過市，還能不驚動江湖大盜？那一次，叫你們津號露了富，人家當然要先挑了你們打劫！」

「戴老幫，你也自責太甚了。我們楊掌櫃，還有津號別的夥友可沒人這樣想。」

「這也不是自責。津號出了這樣的事，我也得向老號和東家有個交代。你回去，也跟楊掌櫃說，津號出了這樣的事，不會全怨他，更不會難為各位夥友！」

「戴掌櫃，你一向深明大義，待下仁義，我們是知道的。楊掌櫃派我來，除了稟報津號的禍事，還特別交代，要向戴掌櫃請罪：當此亂局，我們未聽戴老幫忠告，生意做得太猛，號內防範也不夠，才招了此禍。日後受什麼處罰，都無怨言的。」

「你們也先不要想那麼多了，京津這樣的亂局，誰能奈何得了？津號遭此劫難，號內同仁全平安活著，已是萬幸了。你回去對楊掌櫃說，劫後如果難以營業，就做暫時撤莊避亂的打算吧。與老號聯繫不暢，我就做主了，日後老號要有怪罪，我來擔待，與津號各位無關。」

「有戴老幫這句話，我們也好辦了。不過眼前還能勉強營業的。」

「遭了這樣的打劫，也沒有再引發擠兌吧？」

「我們遭劫的事，楊掌櫃盡力做了掩蓋，沒有怎麼張揚出去。出事當時，盜匪前腳走，楊掌櫃後腳就吆喝眾夥友，收拾鋪面，清除殘跡。到天大亮時，鋪面大致已拾掇出來，氣象如初。只是被撞毀的那處窗戶，難以一時修復，就將熱天遮陽的篷布，先掛在那兒，遮嚴了。銀窖被洗劫空了，我們在別處另放的不到一萬兩銀子未被發現。所以遭劫的當天，我們津號不聲不響地照常開門營業了。」

「也沒有報官嗎？」

「報是報了，官衙哪能管得了？楊掌櫃也暗暗通報了西幫同業，叫大家小心。還向同業緊急拆借了一些資金。此外，櫃上還購置了一些刀械，夥友輪流與鏢局武師一道值夜。」

「你們楊掌櫃這樣處置，非常得當！忍住不張揚，非常得當。如張揚出去，說是義和拳搶劫了票號，那滿大街的拳民會給你背這種惡名？他們真能一把火燒了你們津號！」

「我們也看出來了，楊掌櫃這次真是臨危不亂。我來京報訊，要不是聽了楊掌櫃的，裝扮成乞丐，真還過不了這一路的刀山火海。」

戴膺又細想了一下，對津號這位楊秀山副幫，真是沒有太深的印象。看來，在劉國藩這樣平庸的老幫手下，有本事也顯示不出本事。如果還是劉國藩領莊，遇此劫難，真還不知他會怎麼處置。

戴膺送李子充返津時，也沒有再多做交代，只是說：「一定告訴楊掌櫃，津號該撤該留，全由他做主了。遇此亂局，損失什麼都不要太在乎了，唯一要保住的是津號全體同仁的性命。一旦撤莊，就由天津直接回山西吧。只是無論走哪條道，都得經過拳會勢力凶險的地界，叫楊掌櫃再想些計謀，千萬平安通過。」

李子充說：「戴掌櫃不用太操心我們了，京師局面也好不到哪兒，你們更得小心！」

「你回天津真有把握嗎？還是聽我的，就暫留京號。京津間郵路、電報，總不會斷絕太久，一旦修通，就能聯繫了。何必叫你再冒險返津？」

「戴老幫，你就放心好了。我已走過一趟，也算輕車駕熟了。」

送別李子充，戴膺感傷無比：這才幾天，京津間往來就要冒生離死別的危險了！誰能想到時局會驟變如此？

# 5

李子充是五月十七一早走的。到這天下午，前門一帶就忽然起了大火。

當時，戴膺正在查看京號臨街的門窗，看如何加固一下。眼瞅著京師局面越來越壞，發生津號那樣的劫禍也不是不可能。

昨天又聽說，日本公使館的一位書記生，在永定門外被義和團截住給殺了。也有人說，不是義和團殺的，是董福祥的甘肅兵給殺的。不管是拳民殺的，還是官兵殺的，都一樣捅了大婁子了。兩國交戰，還不斬來使呢，公使館的人敢輕易殺？日本東洋人跟西洋人本來就聯著手欺負中國人，這倒好，正給了人家一個結實的藉口！京師局面，真是不能指望了。

戴膺站在字號的門外，左右看看，見別家都沒有什麼動靜。只天成元一家加固門窗，會不會叫人覺得你太驚慌了？

就在這時，街面上的行人忽然自西向東奔跑起來。

「怎麼了？」

「火！著了火了！」

戴膺忙倒退幾步，向西望了望：天爺，果然瞅見幾團濃煙正滾滾而上，直衝藍天！高聳的前門樓子，在黑煙中時隱時現。

那是起了戰火，還是什麼地方失了火？

問路上奔跑的人，沒有給你說。但看那起火處，就在前門附近。天成元京號所在的打磨廠街，離前門實在也沒有幾步！

戴膺慌忙跑進店裡，打發了一個年輕機靈的夥友往前門一帶打探火情，一面就招呼大家，緊急收拾各處的帳簿、票據。帳簿、票據是票莊的命，大火來了，最容易毀的也是帳簿、票據。

真是轉眼間，就禍從天降，跌入一片危急之中。字號內，人人都神色凝重，手忙腳亂。

不過，應對這類突變，戴膺已有一些準備。適宜轉移帳簿、票據的輕便鐵皮箱，已定製了一些。作為臨時躲藏的寺院也祕密交涉好了。唯一不好應付突變的，是櫃上的現銀。盡量少存，盡量少存，那也得夠維持生意。存了夠維持生意的銀錠，突然要轉移走，總不是太好辦。何況，來存銀的客戶，又總是推都推不走。

現在，櫃上的存銀大該還有七八萬兩吧？這七八萬兩銀子怎樣轉移？裝銀橇，太顯眼。偽裝在雜物中運走，數量還是太大了。

戴膺極力冷靜下來，等待探聽消息的夥友回來。

有夥友跑出去又望了望，西面的火勢分明更大了。

大概過了半個時辰，探聽消息的夥友才一臉黑汙跑回來。他說，火是義和團放的。他們尋著燒洋人的教堂，路過前門外鬧市，瞧見老德記洋貨鋪和屈臣氏大藥房，就丟了幾把火。火初起時，他們還不許臨近住戶救火，揚言能使出神功，令火勢聽他們調遣，指哪兒燒哪兒，不會累及鄰近無辜。可那火依舊無情，轉眼間就漫天燒起來了，哪會聽他們調遣！東西荷包巷、珠寶市、大柵欄、廊房頭條二條、煤市街都已火燒連營，一片火海。

有夥友問：「火燒大發了，也沒人救？」

「起先義和團在，誰敢救？火一起，他們也跑了。到這時，店主住戶想救，哪還能救得了？今年天這樣旱，真是乾柴烈火！人們能跑出來，不給燒死，就萬幸了。」

戴膺就問：「珠寶市也著火了？」

「珠寶市火勢還大呢！京城爐房都在珠寶市，我本來想擠進去瞅瞅，已經進不去了。滿街都是濃煙，什麼也瞧不見，只能聽見一片哭天喊地聲。」

戴膺一聽是這樣的火情，更覺形勢危急了：打磨廠西頭，只隔著一條前門大街，就是荷包巷、珠寶市了。別說沒人救火，就是有人救，只怕也救不了了：大火很快就要燒過來。

他只能做出決斷：趕緊做棄莊的準備，越快越好！

拾掇帳簿，緊急起銀，在慌張中總算張羅得差不多了，但就是僱不到一輛車！馬車、驢車、小推車，不拘什麼車，全僱不到！水火無情，瞅見到了這麼大的火，誰都是潑了命往遠處躲，車馬也不傻，能給你來送死！可是沒有車馬傢伙，怎麼撤莊？

打磨廠街中，還有幾家西幫票號，有的已經僱了挑夫，往外挑帳簿。其他大小商號，也都在轉移財物，緊急撤離，一片兵荒馬亂的可怕景象。

這樣兵荒馬亂的，將帳簿交給陌生的挑夫去逃難，實在也是太冒險了。

戴膺再次站到當街，向西瞭望那頭的火勢，依然是濃煙蔽天，沒有一點減弱的跡象。看來是不能再等待了。車馬僱不到，但也不能冒險僱挑夫。京號十多個人呢，將帳簿票據每人分一份，不拘你使什麼法子，設法弄出去就得，只要求你一條：人在東西在。那七八萬兩銀錠呢，只能盡力就地隱藏了。即使過了火，一時也燒不著，就是燒化了，也能設法收拾起來吧。沒有十全的辦法，也只好走棄銀保帳這一步了。

戴膺正在心裡做這樣考慮，無意間發現遠處的濃煙是在向西飄蕩。是呀，濃煙要是朝東飄，打磨廠也早給濃煙罩住了！

他再看了看附近商號懸掛著的招牌幌子：的確是在刮東南風！

這也算是不幸中的萬幸了。打磨廠在前門東頭，也許大火不會蔓延過來？

戴膺心裡稍有寬慰，又站在當街，朝前門那頭靜觀了一陣，才回到字號。回到字號，仍是一臉嚴峻，緊急把全體夥友都叫來，很有些悲壯地做了棄銀保帳的安排。只是最後交代了一句：

「什麼時候撤離字號，聽我吩咐。」

必須帶走的帳簿、票據，很快就分到各人的名下。戴膺老幫也分了一份，以示要有難同當吧。銀錠也做了進一步的隱蔽。其他值錢的東西，也盡量做了隱藏，希圖能躲過火災盜賊的洗劫。

該張羅的已經張羅完，戴老幫卻沒有發出撤離的命令。

在既焦急又安靜的等待中，黃昏漸漸臨近。遠望前門那頭，在濃煙中已能依稀看出火光。派去打探火勢的夥友，幾次回來都說：火還沒有向打磨廠這頭蔓延。等蔓延過來，還能來得及跑？看看打磨廠街的商號店鋪，已經撤離了不少。只有鐵匠鋪，還是爐火閃耀，依舊在趕著打製大刀，彷彿一點都不知大火臨門似的。

戴老幫也依舊沒有發話叫走。

天色漸漸暗下來了。前門火場那頭，只能見明亮的火光，其餘什麼也看不分明了。

忽然，有個站在門外的夥友跑進字號，大聲嚷叫：「前門樓子也著了，前門樓子也著了！」

戴膺和大家一齊跑到門外，翹首西望，果不其然，巍峨高聳的前門樓子已在噴吐火苗火花。在夜幕的映襯下，它彷彿在噴金吐銀，比平素不知晶瑩璀璨多少倍，真是壯觀之極：只是，那壯觀太叫人恐懼了！

前門叫正陽門，為內皇城第一道門臉，居然就這樣任大火毀了它？

前門樓子都著了，我們還不快走？但戴老幫依舊沒有發話，只是站在當街，一直望著大火中的前門樓子。

戴膺望著起了火的前門，驚慌了一陣，就平靜下來了：前門著火，說明乘著東南風，火勢在向西北蔓延，在前門東南的打磨廠，也許能躲過這一劫？再說，皇城的正陽門都著火了，官家還能再坐視不管？

所以，戴膺仍是叫大家全神待命，不要冒失行動。

那一夜，戴膺和京號的全體夥友，就那樣坐守待旦，沒有棄莊逃難，也不敢丟一個盹。到天將亮時，火場總算熄滅了。

大家終於鬆了口氣，當然也更佩服戴老幫的臨危不亂。

# 6

天成元京號雖然躲過了這場大火，但第二天卻沒有開門營業。事實上，從五月十八這天起，它就再沒有開業，直到兩年以後。

這也不光是天成元一家，京師金融業的所有商號，包括票莊、帳莊、錢莊以及典當鋪，在前門大火後，差不多全關門停業了。因為在這場大火中，京城的二十六家爐房都被燒毀。

爐房，是那時代金融界的一種重要行業。簡單說，爐房就是澆鑄銀錠的店鋪，類似於現代的造幣廠。那時作為貨幣流通的白銀，須鑄成法定的三種銀錠。最大的一種，重五十兩，為便於雙手捧起，鑄成兩頭翹起的馬蹄形，俗稱元寶。其次為中錠，重十兩，有元寶形的，俗稱小元寶，但通常都鑄成秤錘形。最小的一種，稱作銀錁，或三兩，或五兩。這三種銀錠之外，還有更小的碎銀，輕重不等。

因為白銀易於磨損，使用稍久就會分量失準，所以銀錠得不斷重新澆鑄。各地銀錠的「平色」又有差別，外來銀錠也需改鑄成本地通寶，才好流通。特別是出入於各省藩庫及中央戶部的銀錠，更得鑄成「平色」統一，留有「紋印」的「官寶」。所以，各地的爐房，就成了金融業中的上游行業，實在比現代的造幣廠還要須臾不能開。不拘你做什麼銀錢生意，不經爐房新鑄的銀子，真還沒法流通。

早先的爐房，都是民商開辦，當然得由官府發執照。到晚清時候，官府也開辦了「官爐房」，鑄造「官寶」。

京城的官爐房，加上有執照的民商爐房，到庚子年間共有二十六家，全都聚集在前門外的珠寶市。五月十七這場大火，吞沒了珠寶市，二十六家爐房沒能剩一家。

爐房全軍覆沒，等於把京城金融業的上游給掐了，下頭誰家能不給晾起來？

當然，前門大火後，京城的金融商號跟著全都關了門，也是因為大家對時局已經完全絕望。反正局面已經亂得無法做生意了，又出了這樣大的災禍，還不乘機關了門，避一避？

前門大火後，西幫滙業公所很快有過一次緊急集議，大家都主張盡快從京師撤莊，暫回山西避難。但將這樣的請求報官後，戶部竟不予批准。

咸豐初年，為避洪楊之亂，戶部過早准許了西幫票商攜帶巨資，撤莊回晉，一時造成京城市面凋敝，很受了朝廷非難。那時，戶部也未料到，西幫票號一撤，京師金融的一大半江山，竟給他們帶走。這一次，戶部當然不敢輕易准許了，誰敢擔這樣的責任！而且，珠寶市爐房全毀，京城金融已是一片混亂，哪還敢再叫西幫撤走？

撤又不叫撤，留下，你朝廷官府又保護不了，義和團說燒就把爐房給全燒了，留下這不是等死嗎？

可這樣的怨氣，跟誰去說？

皇城正陽門被焚，清廷也受了震驚，再次嚴令下頭查禁義和團的橫暴行徑。可憐這樣的嚴令，已經不能生效。義和團不但未有什麼收斂，反而揚言要焚燒外國公使館。

這時的京師，已經是義和團的天下了。不但滿大街都是拳民，三五成群，持刀遊行，許多王公世爵也把拳團的大師兄迎入府第，殷勤供奉起來。這時義和團散發的揭帖，已經是直指洋鬼子了：

兵法易，助學拳，
要擯鬼子不費難。
挑鐵路，把線砍，

旋再毀壞大輪船。
大法國，心膽寒，
英吉、俄羅勢蕭然。

所以，義和團說要焚燒外國公使館，朝廷也怕了。只得通告東西洋各國公使，請暫時回國避一避。

東西洋各國見清廷已壓不住京師局面，早在五月初就提出蠻橫要求：准許他們派兵進京，保護公使館。日本使館的書記生被殺後，東西洋各國更強橫提出：讓出天津大沽炮臺，以便更多外國軍隊登陸，進京保護各國公使館和僑民。現在，你叫人家回國避難，哪能答應？

五月二十一，俄、英、美、日、德、法、意、奧八國聯軍，攻占了大沽炮臺。

五月二十四，德國公使克林德，在東單牌樓附近被清兵擊斃。

第二天，五月二十四，清廷頒布了《向各國宣戰諭旨》，明令將義和團招撫成民團，「借禦外侮」。當政的西太后所以下了決心，向洋人宣戰，據說是在大沽失守後，接到了謊報：各國列強將勒令她歸政光緒。這不是戳在太后的心窩上了！這種謊報，不用問也是端郡王載漪一夥弄的勾當。

朝廷宣戰後，怎麼戰法？不過是叫莊親王載勳和協辦大學士剛毅統領京城的義和團，再加上董福祥帶的一些甘肅兵，去圍攻東交民巷的外國公使館和西什庫教堂。這一圍攻，就是五六十天，久久攻打不下。義和拳刀槍不入的神功，這時也不靈驗了，使館區射出的洋槍洋炮，還是一片一片將拳民打倒，血流成河。

京城已亂成了這樣，官府哪還顧得上給你保護商家！戶部雖然不叫西幫撤莊，但珠寶市的爐房也根本無法修復，金融生意就是不想歇市也得歇了。

天成元京號的戴膺老幫，見京城局面一天比一天險惡，當然也是加固了門戶，購買了刀械，還僱了位相熟的鏢局武師，進駐字號。生意既不能做了，夥友們只剩了一件事：日夜輪流保衛字號。

字號裡最值錢的，當然是帳簿、票據。現在已從容做了處置，該匿藏的精心做了匿藏；必須攜帶走的，也做了精簡、偽裝，到時候，說走就能帶走。

戴膺感到不大好處置的還是銀窖裡那將近八萬兩銀子。對於京號來說，八萬兩現銀不是一個大數目的存底。去年年底大合帳，庫底剛剛清了，今年又遇了這種亂世，生意清淡，所以現銀的存底實在不多。但經歷了前門大火的熬煎，才知道突然出個事，這八萬現銀真還不好帶走！票號走票走慣了，突然要走銀，真還得多費心思。眼下京師已成孤島，信報電報都不通，往外調銀只有請鏢局。可這麼兵荒馬亂的，已經沒有一家鏢局肯攬這種危險的營生了。銀市一停，放貸已不可能。再說，商家都岌岌可危，輕易又敢放貸給誰？

戴膺經幾天苦思，終於想出了一個大膽的辦法：京號全體夥友都可以向京中的親朋好友出借銀錢；以字號的商銀或個人的私銀出借都成；寫不寫利息也都成；往出借多少，字號給你支多少；日後時局平靜，能收回多少，算多少，收不回的，絕不怪罪。

聽了戴老幫的辦法，誰都不敢相信！

西幫票號本來有鐵規的：在外駐莊的夥友，從老幫到小夥計，都不准個人與外界發生借貸關係，也就是私下裡既不能借外人的錢，也不能借錢給外人。為了這條號規，夥友駐外期間，字號只發給有定例的一點零用錢；辛金，身股所得紅利，都是下班回到山西後，由總號發給。平時在外，誰也沒有自己的私蓄。一旦查出誰有私錢，那是要被立刻開除出號的。

所以，初聽了戴老幫的辦法，誰敢相信？這不是叫大家違犯號規嗎？

而且，那樣優待的條件，簡直等於是拿了字號的銀子，到外面去白送人！

但戴老幫毅然決然說：「這事由我做主，日後老號、東家怪罪下來，與各位不相干。現在遇非常之變，所以要有非常的應對。看京師局面，我們就是拚死守衛，只怕也保全不了這八萬兩銀子。與其如此，還不如借給京城的朋友，日後就是收不回來，也算是花錢買了許多人情。這總比被歹人搶去，要強得多！」

這樣一說，大家才明白了些。

「再者，及早處置了這八萬現銀，我們也可一門心思來自衛保平安了。遇此非常戰禍，作為領莊人，我拚死守衛的，首先還是各位同仁的平安。老號把各位派到京號來，能不能建功立業先不說，我總得叫各位能平安下班，有個囫圇身子回到太谷吧？」

戴老幫這幾句話，更說得大家心熱眼溼了。

結果，沒有幾天，天成元京號就不動聲色將八萬兩存銀處置了。說是借給了親朋好友，其實也都是京城的一些「關係戶」，做生意用得著的一些老「相與」。因為大家在京城既無家室，也無私蓄，實在也有不了幾個私交。

這樣賙濟京中的親朋好友，當然還是戴老幫和梁子威副幫借出去的銀子多：畢竟他們在京交際廣，常拜的衙門也多。除出借給私人外，他們也暗暗張羅著，借給戶部和順天府幾筆官債。

天成元這一仗義之舉，果然在危難之時圍下了朋友。京城的金融業癱瘓後，許多人拿著銀票無處兌錢，正犯急呢，真難為天成元還能記著他們。這些受了優惠的朋友，當然是感激不盡，多少年後說起來還是念念不忘。

戴膺這一著棋，隨著時局一天比一天險惡，更顯出其英明來。

京城的西幫票號同業雖然也都關了門，在竭盡全力保衛字號，但對京師局面卻有不同看法。大多老幫還是抱有一絲幻想的，尤其是幾家大號，一直以為京師局面總不至壞到塌了底。朝廷雖然對洋人宣了戰，可也不見調集各地兵馬開赴津門。像張之洞、劉坤一、李鴻章、袁世凱這些疆臣重鎮，不但按兵不動，還都在緊急上奏：怎麼能向東西洋這麼多強國同時宣戰？一國尚不敵，如此刺激眾強國聯合起來，一齊來犯大清，實在是魯莽失當！聽了這樣的消息，許多老幫還以為與洋人這一仗不會真打，至少是不會打到京城來。

蔚豐厚的李宏齡老幫，素有毒辣的眼光。可惜他正回山西歇假，不在京城。日昇昌的梁懷文和蔚字號的在京老幫，也對京師局面抱有幻想。這更影響了許多老幫。

既認為亂局不至亂到穿幫塌底，各號就在一味拚死堅守，大多沒有做棄莊撤離的準備。不但字號裡的存銀未做緊急處置，就是對帳簿、票據，也沒有做大的應急處理。等死守到七月，京師陷落，朝廷出逃，天塌地陷一般的大劫難降臨時，真都抓了瞎。臨時起了鉅額現銀出逃的，沒有不被搶劫一空的。許多京號連帳簿也沒有帶出來。蔚泰厚是在八國聯軍攻入京城前夕，起了十萬兩現銀往出逃，只行至彰儀門，就遭到搶劫，一兩銀子也沒留下。當然，這是後話了。

在五月六月間，對京師局面未存幻想的除了天成元，只有喬家的大德通等少數幾家。不過，大德通的周章甫老幫，也還沒有戴膺那樣的魄力，散盡存銀，輕裝應變。周章甫倒是早做了收縮，字號存銀不多。

到六月十八，天津被八國聯軍攻陷，消息傳到京師，大多票號才慌了。洋人能攻下津門，京師大概也難保。但這時再張羅著做撤莊的準備，已經不太容易了。特別是處置各家的存銀，真是運也運不出去，貸也貸不出去，還是只有死守。

戴膺聽到天津陷落的消息後，倒是很容易就能做出決定：盡快從京城撤離。他們說走就能走人，已經沒有太大拖累。需要妥當謀劃的，只是選哪條路回山西，路上又如何對付義和團。

走南路，路過的涿州、保定、正定，那都是義和團的大本營。走北路，打聽了一下，南口、延慶、懷來，直至張家口，也都成了義和團天下了。既然都一樣，何必走北路繞遠。

在天津陷落前，戴膺已經和夥友們密謀了一個出逃方案：大家裝扮成販賣瓦盆瓦罐的小商販，三兩人推一輛裝瓦盆的獨輪車，慢慢往山西走。這種賣瓦盆的小商販，本就遊走四方，又都是賣苦力的，義和團多半不會找麻煩。瓦盆瓦罐，也不是什麼值錢的東西，不用怕攔路搶劫。而瓦罐裡，也正好藏匿必須帶走的帳簿和盤纏碎銀。這樣推車走千里，雖然苦了大家，但路上平安得多。

在這種時候，還能說苦？

夥友們都說，「別人倒好說，就怕戴老幫、梁副幫受不了這份罪。」

戴膺說：「我不想受這份罪，難道想等死！」

真是也沒有選擇。

因為早定了這樣的出逃方案，買來推車、瓦盆，以及做苦力穿的衣束，也就先一步辦妥了。這也不難，不過是遇見賣瓦盆的，多出一點銀錢，連車帶貨都盤下來，就是了。做苦力穿的衣束，那更好辦，滿街都是。

戴膺本來打算在六月二十四就棄莊離京。但就在二十一那天，梁子威副幫卻提出：他要留下來守莊。反正是一處空鋪子了，也不用怕搶劫偷盜，他一人守在這裡，也沒有什麼危險。但空鋪子裡留守一個人，對天成元的名聲畢竟好些。西幫都沒走呢，就我們頭一家人走樓空？

梁子威這樣一說，許多夥友也爭著要留下。

戴膺見此也深受感動。他何嘗沒有這樣想過？但這分明是生死未卜的差事，交給誰？他自家留下，那誰也不會走了。可答應梁子威實在也是於心不忍。梁子威跟了他多年，是個難得的人才，正可擔當大任呢。

他就說：「算了，算了。我看也用不了幾天，西幫各號也得跟我們一樣棄莊離京。就這麼幾天，能壞了我們的名聲？我才不信。」

梁子威說：「戴老幫是信不過我吧？我留下晚走幾天，也危險不到哪！我跟戴老幫這許多年，也學了些本事，看著守不住，我也撤得出來，不會傻等著送死。要是西幫都撤了，我保證帶了一條囫圇性命回到太谷。」

梁子威一再這樣說，戴膺也只好答應了。

見答應了梁副幫一人，別人也更爭著想留下給做個伴。戴膺想留一個精明的跑街，可梁子威只叫夥房的一個年輕夥友留下來陪自己。西幫駐外的字號並不專門僱傭夥伕，新去的年輕夥友都得從司廚做起。梁子威要留下的這個司廚的年輕夥友倒還蠻精明，戴膺也就答應了。

因為出了這檔事，戴膺就有意推遲撤離的日子，想看看局面能否稍有好轉？但已經很難打聽到什麼真實的消息了，一會兒是朝廷已經跟洋人議和，一會兒又是洋人已經打到廊坊了。京師官場中平時的一些熟人都很難見到。而街面上見到的義和團已顯潰敗相，隨意搶劫的事更屢屢發生。一切都沒有好兆。

所以，在六月的最後一天：六月二十九凌晨，戴膺帶著天成元京號的十多人裝扮成賣瓦盆的小商販，悄然離開了打磨廠，出京去了。

梁子威在京號守到七月十六，也帶著那個年輕夥友撤出了京城。

七月二十，八國聯軍從齊化門、東直門、崇文門，分頭攻入京城，竟無人向朝廷稟報，內廷的西太后一點都不知道。

七月二十一黎明，洋人聯軍攻破東華門，直入紫禁城，洋槍洋炮聲已傳入大內了，太后這才聽到稟報。她拉了被禁的光緒，倉皇逃出神武門，走京北官道，奔張家口去了。

八國聯軍攻入京城後，當然是見義和團就殺。各國官兵，還被允許公開搶劫三日。京中商號，無一家能倖免。

# 第三章　血染福音堂

## 1

庚子年四月，義和拳也傳入了太谷。傳入太谷的第一站正是城北的水秀村。

恰在四月，邱泰基的夫人姚氏到了臨盆分娩的時候。

對這一次分娩的期待，姚夫人實在是超過了九年前的頭胎生養。那一次也寄放了許多的期待和美夢，也一心希望生下一個男嬰。可頭胎到底還是恐懼多於期待。這一次不一樣了，自從斷然將小僕郭雲生攬入懷中，如願以償地很快有了身孕，姚夫人似乎什麼也不懼怕了。無論如何，自己也會把這個孩子順利生下來，十二分企盼的，只要他是一男娃！

如果再生一個女娃，那她付出的一切都算白費了。要真是這樣，她會用棍棒將郭雲生這個小東西遠遠趕走！

十個月來，她沒有一天不相信自家懷著的是一個男娃。

不過，在分娩日漸臨近後，姚夫人也不免隱隱生出一些恐懼：也許偏偏還叫你再生一個女娃，甚至還有血光之災等著你。你不守婦道，報應正在等你。今年的天象也是這樣的不好，不但是不吉利的閏八月，旱象也是越來越凶險。去年就旱，今年連著大旱，麥子肯定不會有收成了，秋莊稼又旱得下不了種。糟年景是一準無疑了。生這個野種，偏偏就趕了如此可怕的一個年景，真不是好兆。

她極力想驅散這些胡思亂想，就是不行。

她又不想把心中的這番憂愁告訴郭雲生。告給他吧，又能怎樣？你想聽的話，他都能說，但他太稚嫩，不是女人的靠山，不是能擎天的把式。

就是在這種心境下，姚夫人終於答應了本村那個二洋老婆的提議：請城裡美國公理會西洋診所的女大夫給她接生。

這位婦人婆家姓郭，男人就在本地經商。家道只是小康吧，夫婦倆倒都雙雙入了公理會洋教。在水秀村，這可是絕無僅有，村人就把這位婦人喚做二洋老婆。二洋老婆成天勸人入洋教，信基督。說入了洋教，以前的神神鬼鬼都管不著你了，還可以不納糧，不交稅，不服差役，因為官府也不管洋教。可惜，水秀村裡沒人聽她的。聽了她的，那不是既得罪官府，又得罪神鬼，今生來世都不用好活了？

先前，姚夫人跟這個婦人還能說得來。自三年前入了公理會，姚夫人就不大願意她來串門了。她來串門，也是不厭其煩勸說姚夫人信基督，入公理會。姚夫人當然不會聽她的。為給常年駐外的男人保平安，自家天天求拜各路神仙呢，怎麼敢得罪！近一年來她跟雲生偷情，更不敢得罪神鬼了。

不過，二洋老婆發現姚夫人有了身孕後，倒不再死纏了勸她入洋教，只是一味說公理會的西洋診所，如何會接生，如何會保母嬰平安，大人娃娃都不受一點罪。尤其是產後，女人只躺七天，就能跟平素一樣下地了，沒有那麼多坐月子的忌諱。西洋人為甚那麼強壯？就是坐月子坐得好。

無論說得多麼好聽，姚夫人依然不會信。自己臨盆分娩，叫洋人來接生？那更不成體統了！

只是，過年，開春，跟著花紅柳綠的三月天，又一天接一天過去。對身孕的過分期待和暗生的罪孽感也在與日俱增。女人臨盆，那是過生死鬼門關。在這種生死關口，誰會更寬恕她？二洋老婆總是說，洋教的基督最能寬恕人了，洋教也沒有太多的忌諱。而自家天天求拜的各路神仙，他們會寬恕了你？總是說善有善報，惡有惡報。自家是造了孽了，能逃了惡報？姚夫人像是走投無路了，只好去求助於洋教。她並不入洋教，只是求洋教的大夫幫助自己一回，把孩子生下來。

二洋老婆見姚夫人終於聽從了自己的非常高興。邱家在水秀村，也算是大戶了。能勸下這樣一位大戶娘子，信洋教洋醫，也算是很大的功德。

三月十六，二洋老婆陪了姚夫人，坐邱家的車馬，趕往城南的里美莊，去拜見西洋大夫。

那時公理會的西醫診所，設在里美莊的順來子花園。里美莊是公理會在太谷的老基地了，不過庚子年間在診所施醫的倒是兩個中國人：桑愛清夫婦。先前在診所施醫的美國大夫，兩年前患病返美，教會便從山東聘請來這對華人夫婦。二洋老婆說，桑大夫是留過洋的，西洋醫術也差不了。

姚夫人見大夫是中國人，倒先不太害怕了。拜見也沒有什麼儀式，進門就叫坐。坐下，男大夫問了問幾個月了，飲食無何，有沒有異常，就叫女大夫領進裡間去了。女大夫也只是摸了摸，看了看腿腳腫不腫，又用一個冰涼的玩意兒貼住肉，聽了聽。臨了，說什麼事也沒有，只是不敢老躺著，盡量下地多走動，飲食上也是該吃什麼就吃。

真會順利臨盆，順利生下孩子？

姚夫人一再問，桑大夫夫婦回答都沒有含糊。這一對中國西醫大夫，一直和氣慈祥，不帶仙氣，也不威嚴，倒很叫人能指望。

他們問了問水秀有多遠，然後交代下月臨盆前，他們會先去一趟水秀，再做一次這樣的檢查。臨別的時候，姚夫人要留禮金，桑大夫高低不要。說他們已經拿了公理會的薪水，施醫是不收禮金的。二洋老婆也說，公理會施醫是為行善，不收銀錢。弄得姚夫人很過意不去。

晚清時代，由教會帶去的西洋醫術，最初實在沒有多少人敢相信，特別是在一般百姓中間。所以，教會施醫即便不收費，也沒幾個人敢領受。當然，教會施醫，也是為擴大它的影響。

不過對姚夫人，這一次拜見西洋醫師卻很給了她不小的安慰。這兩個慈祥的大夫毫不含糊地說：你什麼事也沒有！真要是如此，能順利生下這個男娃，她就入洋教！

在拜見時，姚夫人問過那位女大夫：能摸出是男女嗎？可惜人家說摸不出來。

回到水秀，姚夫人心寬了許多。她聽了桑大夫的話，不時在自家庭院走動。吃喝上也不再忌諱那麼多，想吃什麼就吃。總之是期待更多，恐懼稍減，專心等待臨盆的那一天。

但在四月初八，眼看臨盆期更近了，雲生忽然從外間跑回來，說村裡來了二十多個直隸義和拳民。他們住進了村邊的大仁寺，要在水秀設壇傳功。

姚夫人也依稀聽說過義和拳，並未太在意。她的心思全在自己的身孕上，閒事都不管。現在，聽雲生說了，仍也不太在意，還以為是打把式賣藝的。雲生又說，這幫義和拳是專和洋人洋教作對的。這才引起她的注意。

專和洋人洋教作對？洋人惹他們了？怎麼個作對法？

他們為何專跟洋人作對，雲生說他也不清楚，只聽說義和拳是一種神功，擒拿洋人洋教，一拿一個準。

一聽說是神功，姚夫人就心裡就一震：難道這是天意，不叫她去求洋大夫？她趕緊叫雲生什麼也別說了，誰愛來誰來。

沒過幾天，二洋老婆也慌慌跑來，說：「桑大夫兩口不便來水秀了。你也快臨盆了吧，也不敢再坐車顛簸。得有個準備，到時候請不來桑大夫，還得跟村裡的收生老婆說一聲吧？我怕耽誤了你。」

姚夫人就問：「桑大夫兩口為什麼不能來水秀了？」

二洋老婆就激動地說：「你還不知道？咱水秀駐了直隸來的義和團了！義和團，聽說過吧？專門仇教滅洋的，在山東、直隸，他們是見洋教堂就燒，見洋人就殺，跟土匪似的！誰料他們也跑到太谷來？咱水秀還是他們落腳太谷的第一村，你說桑大夫他們還能來？」

「他們為何專恨洋人？」

「土匪發橫，還知道他為甚！像我這種入了洋教的，他們叫二毛子，也是不肯輕饒的。幸虧他們勢力小，要不，我哪還敢回村？」

「這麼厲害？」

「可不是呢！」

二洋老婆走後，姚夫人的心一下就冰涼到底了。她倒不是向著洋人洋教，只是感到自家恐怕難逃惡報了！剛剛想求助洋人洋教，忽然就有專門仇教滅洋的義和拳從天而降，第一站就落腳在水秀，這不是衝著她呀？

絕望了的姚夫人，坐臥不安了兩天，倒也慢慢平靜下來。該咋就咋吧。反正她只要有一口氣，就要把孩子生下來。

熬到四月十六，身子還沒有什麼動靜，姚夫人已有一些不踏實。正巧在這天，雲生又從村裡拿回一張義和團的揭帖。他說是鄰家傳給的，叫看完再傳出去，傳了，就能消災滅禍。可揭帖上的許多字，他認不得。

姚夫人也沒有多想，就要過來，看了下去：

光緒二十六年傳單

山東聖府孔聖人、張天師傳見。見者速傳。傳一張，免一身之災。傳十張，免一家之災。如不傳，刀砍之罪。

神助拳，義和團，只因鬼子鬧中原。
勸奉教，自信天，不信神佛忘祖先。
男無倫，女行奸，鬼孩俱是子母產。
天無雨，地焦乾，都是鬼子支住天。
神也怒，仙也煩，一同下山把道傳。
非是邪，非白蓮。唸咒語，讀真言。
升黃表，敬香菸，請出各洞眾神仙……

她沒有能讀完，已覺有些心驚肉跳。跟著一股疼痛從腹中泛起。老天爺，生死關口，真要來了？

姚夫人扔下揭帖，朝雲生喊了聲：「快去，快去叫你大娘！」

郭雲生還要彎身去撿那張揭帖，姚夫人變了聲調，怒喝道：「挨刀的，快去叫你大娘！」

雲生一驚，才慌忙跑走了。

天爺，真到了生死關頭！

當天夜裡，姚夫人終於順利生下一個嬰兒，而且真還是一個男嬰！說順利，當然是在分娩畢姚夫人意識到自己還活著，又聽說了真是男嬰，才將剛才那死了一回似的痛苦丟去不計了。那幾個時辰，她真覺得自己要死去了，想抓什麼都抓不住，只在向死的深淵跌落下去。「天無雨，地焦乾。男無倫，女行奸。」揮之不去的這幾句話，真是在逼她死去……

可她終於沒有死。

還真是得了一個男娃！

老天爺，你還是有眼。

## 2

太谷的基督教公理會，由美國歐伯林大學的中華布道團，在1883年，即光緒八年，派牧師來建點傳教，到庚子年已歷十七年。十七年間，在太谷也只是發展了一百五十來個教徒。福音傳布，實在也不怎樣。

當初，美國牧師把太谷選為山西的第一個布道點，是看太谷商業繁榮，交通也便利。豈不知，太谷人視商業幾乎有種宗教似的崇尚和敬畏。人們見商家大戶對公理會幾乎視而不見，瞧不在眼裡，也就跟著不理不睬。太谷商業繁榮，從商者眾，也使一般人家無衣食之虞，不至為占一點眼前便宜就入洋教。

所以，公理會在太谷布道，真也算艱難了。

不過，公理會屬基督新教，傳教比較務實，也更有苦行精神。歐伯林大學的公理會在太谷除直接布道外，更多是透過開辦戒毒所、診療所和洋式學校來擴散它的教義。再者，它從美國總會也能得到有保障的經費。所以到庚子年間，公理會與太谷鄉民可以說並無太多的恩怨。它的影響無足輕重，同時也沒有積怨本地。

但義和團終於也傳到太谷，公理會的美國傳教士還是大受震動。義和團在山東、直隸、京津的作為，他們哪能不知！尤其叫他們害怕的是在山東縱容義和團的那位毓賢大人，又被清廷派到山西來做巡撫了。毓賢去年被免去山東巡撫，就是美國公使帶頭參了他幾本。他到山西任上，還不好好「照顧」你美國教會？

所以，直隸的義和團來到水秀沒幾天，公理會的美國教士就坐不住了，紛紛出動，四處求援。不用說，官府和商家大戶是他們求援的重頭。

萊豪德夫人自然又匆匆跑到康家，求見老夫人杜筠青。

杜筠青沒有聽說太谷來了義和團：這樣的消息誰告她呢？她見萊豪德夫人竟那樣萬分焦急，就有些摸不著頭緒。

「太谷也來了義和團？」

「可不是呢。聽說太原府更多！」

「太谷來得不多？他們在哪兒？」

「不多，也有二三十人呢，住在水秀。」

「水秀也不遠。老聽你說義和拳，義和拳，我還真想見見他們。他們究竟是什麼三頭六臂，把你們西洋人都嚇成這樣？」

「老夫人，不是他們有多麼厲害，是官府太縱容了他們！山東的義和團鬧成那樣，到處殺人放火，就是因為山東的巡撫毓賢太向著他們。老夫人還不知道吧？這個毓賢已經調來做山西巡撫了。」

「誰做巡撫，我也管不著。太谷的義和拳真住在水秀？那看什麼時候，我套車去見識見識他們。」

「老夫人，現在真不是說笑的時候了！義和拳蔓延很快，一旦人多勢眾了，不只我們會受傷害，就是你們大戶人家，也難保不遭搶掠的。山東、直隸就是先例，義和拳猖狂的地方，官府也管不了，還不是由著他們燒殺搶掠！」

「入了你們洋教的中國人，他們也放不過嗎？」

「可不是呢！貴國信教的，他們叫『二毛子』，也要濫加殺害的。」

「萊豪德夫人，要是這樣，那我就還想入你們的公理會！」

「老夫人又想皈依基督了？」

「怎麼，不能入了？」

「當然能，當然能。只是在這種時候……」

「我就是想在這種時候入一回你們的洋教，看看義和團怎樣跟我作對！他們也會把我拉出去殺了嗎？」

「那些匪類，什麼事幹不出來？」

「那就好！我決定入你們的洋教了，越快越好。入你們公理會，還要舉行洗禮？明天能舉行嗎？越快越好！」

「明天？老夫人又說笑了吧。皈依基督，那是神聖的事，要依教規行事的，哪能如此草率？」

「現在不是緊急時候嗎？不要太麻煩，越快越好。錯過義和團，我可就不入你們公理會了！」

萊豪德夫人越來越有些聽不明白了。正月時候，康老夫人忽然提出要皈依基督，萊豪德夫人真是驚喜萬分。還是主偉大啊！可剛把這個喜訊告訴了公理會的長老，沒幾天老夫人又變卦了：不入了，不入了，不入你們洋教了。這是怎麼了？剛問了幾句，老夫人居然發了怒。現在，太谷來了義和團，公理會正面臨危局，老夫人倒忽然又要入教，還越快越好！而且，聽說義和團也殺二毛子，好像很高興，更急著要入會。她這麼急著要入會，彷彿是為了叫義和團給殺害？這簡直不是常人的思路！

所以，萊豪德夫人只是含糊答應下來。看這情形，求助康家也沒有多大希望。萊豪德夫人就略略提了幾句：貴府是太谷有名望的大家，出面聯繫各界，制止義和團在貴縣蔓延，避免大禍害，應當是義不容辭的。

沒有想到，康老夫人一聽，居然說：「既然要入你們的公理會，保教護洋，我也是義不容辭的。我給三爺說一聲，叫他出面聯繫各界！」

見答應得這樣痛快，萊豪德夫人就又提了一句：「貴府二爺，是太谷有名的拳師。如二爺能出面聯繫武術界也能威懾義和團的。」

「二爺好求，只怕他沒那種本事。三爺出面，商界武界都能聯繫起來！」

萊豪德夫人說了些感激的話匆匆走了。她覺出杜筠青有些異常，所以也不敢抱什麼指望。至於老夫人為何會這樣異常，她是顧不上細想了。

其實，杜筠青又忽然要入洋教，也還是想叫老東西不舒服。她倒希望義和團真鬧大了，圍住康家，要抓拿她這個二毛子老夫人：那局面，才有意思。到那時，老東西、他們整個康家會不會救她這個老夫人？或者，他們會趁機借義和團之刀將她殺了，然後說是營救不及？

就是真去死，她也想看個究竟。

她答應替公理會去求新當家的三爺，也是想試一試三爺。三爺當家後，對她這個老夫人還算很敬重的。按時來問候，有些事也來稟報一下，還不斷問：有什麼吩咐？跟著，三娘對她也變得孝敬異常了。三爺早先可不是這樣，哪把她這個年輕的老夫人放在眼裡？所以，誰知道這一份敬重是真心呢，還是做給面兒上看的？

前腳送走萊豪德夫人，後腳她就去見三爺。

剛進三爺住的庭院，就見三爺三娘迎出來，三娘更搶先一步，過來扶住老夫人，一迭聲說：「有甚吩咐，打發下人先來叫一聲，他三爺還不小跑了過去，哪用老夫人親自跑來？」

杜筠青說：「看看你說的，我一來，好像就只為了求你們三爺！沒事，我就不興來了？」

三娘忙說：「老夫人要這麼想，可就太冤枉我們了！我是說，老夫人就是來疼我們，也得先叫杜牧來說一聲，我們好去接呀？」

杜筠青在心裡冷笑了一下，說：「我哪會擺那麼大的譜？」

進屋坐定，杜筠青就問三爺：「太谷也來了義和拳？」

三爺就說：「聽說從直隸來了三二十個義和拳，住在了水秀，要設壇傳功。」

「真來了義和拳，也沒人跟我說一聲？」

三爺忙說：「我也是剛聽二爺說的。他們武界鏢局比一般人看重這件事。」

「你不把義和團當一回事？」

「我也不是這意思。義和團今年在直隸、京津鬧騰得真叫人不放心。京津有我們的字號呀！太谷，我看倒不要緊的。太谷的洋教，只有美國公理會一家，信了教的鄉人也不多。像山東直隸那種洋教徒橫行鄉里，霸人田產，包攬詞訟一類教案，咱太谷也未發生過。所以，我看義和團傳到太谷，也成不了什麼氣候。」

「在京津都鬧騰起來了，在太谷成不了氣候？」

「老夫人跟公理會的女教士也相熟，你看她們辛苦了十幾年，才有幾個信徒？公理會的信徒不多，義和團的信徒也多不了。它們兩家是互克互生，一家不強，另一家也強不到哪兒。」

「真能像你說的那倒好了。可公理會他們已經慌了，說義和團蔓延神速，有一套迷惑鄉人的辦法。還說，省上新來的一位巡撫，向著義和拳。」

「新來的巡撫毓賢大人，他在山東也不是專向著義和拳吧，只是壓不住，就想招安。結果越招越多，更壓不住了。」

「所以說呢，趁義和團在太谷還不起山，你們得早拿主意。三爺你是有本事的人，趁早出面聯繫各界，防備義和拳蔓延，不正是你一顯身手的良機？」

三娘忙說：「他哪有那麼大本事？」

杜筠青就說：「不叫你家三爺出面，還等老太爺出面？」

三爺忙說：「我能在前頭抵擋的哪敢再推給老太爺？只是，老太爺好像也不把義和拳放在眼裡。老夫人剛才說的，是老太爺的意思嗎？」

「老太爺可沒叫我來傳旨，我不過隨便說說。洋教也好，義和拳也好，其實與我也不相干！」

三爺趕緊說：「老夫人的示下是叫我們未雨綢繆，以防萬一，哪敢不聽？我這就進城去，跟票莊孫大掌櫃、茶莊林大掌櫃謀劃謀劃，看如何防備義和團作亂。」

「你也得聯繫聯繫武界吧？都是弄拳的，太谷形意拳抱成一股勁，還壓不住外來的義和拳？」
「聯繫武術界有二爺呢。」
「你們二爺有武功，可不是將才，聯繫武界也還得靠三爺你！」
三娘又說：「他有什麼將才？老夫人這麼誇他，就不怕他忘了自己是誰？」
三爺也說：「聯繫武界還得靠二爺。」
杜筠青就說：「我的話你們就是不愛聽！」
三爺忙說：「哪能呢？抽空，我也去見車二師父。」
不管是真假吧，杜筠青說到的三爺都答應下來了。她帶著幾分滿意回到老院，還真想去見見老東西。義和拳傳到太谷了，問問老東西他怎麼看？但想了想終於作罷了。
她要入公理會的事沒有向三爺提起，更不想跟老東西說。等成了公理會教徒，再叫他們吃驚吧。

## 3

三爺盼望了多年，終於接手主持外務商事了，怎麼就遇了這樣一個年景！
過了年，大旱的景象就一天比一天明顯。去年就天旱，大秋都沒有多少收成。今年又連著旱。一冬天也沒落一片雪花，立春後，更是除了颳風，還是颳風。眼看春三月過去了，田間乾得冒煙呢，大多地畝落不了種子。荒年是無疑了。

康家雖然以商立家，不太指望田間的莊稼，但天旱人慌，世道不靖，也要危及生意的。山東的義和拳能蔓延到直隸、京津與今年大旱很相關。真是天災連著人禍。

因為是剛剛主政，三爺往城裡的字號跑得很勤。票莊和茶莊給他看的盡是些有關義和團的信報。先是山東義和拳流入直隸，又危及京津；跟著口外的豐鎮、集寧、托克托，關外的營口、錦州、遼陽，也傳入了義和團。各地老幫都甚為憂慮，屢屢敦促老號：是否照洪楊之亂時的先例及早做撤莊打算？

要不要早做撤莊打算，票莊的孫大掌櫃和茶莊的林大掌櫃主張很不相同。

孫大掌櫃分明不把義和團放在眼裡，斷然說：那不過是鄉間愚民的遊戲，成不了氣候。他們鬧到京津，倒也好，朝廷親見了他們的真相，發一道上諭下來，就將他們吹散了。孫大掌櫃一再說，他和老太爺南巡時親身遭遇過義和團，簡直不堪一擊！咱太谷的兩位拳師，略施小計，就把一大片義和團給制服了。官府準是有貓膩，想借拳民嚇唬洋人，故意按兵不動；官兵略一動，義和團哪能流竄到京師！

茶莊的林大掌櫃卻是力主撤莊的。他說義和拳要真鬧起來，那比太平軍還可怕。洪楊的太平軍，畢竟還是有首領，有軍規的，不是人人都能加入。加入太平軍後，至少也得發兵器，管飯吃。義和拳呢，沒有洪楊那樣的首領，首領就是臨時請來的神怪。更沒有什麼團規會規，男女老少，誰想加入誰加入，找一條紅布繫上就得了。入了義和拳，除了習拳傳功，也不用管飯。這樣的拳會，那真是想發展多少人就能發展多少人，反正也不用籌集軍餉，不用守什麼規矩。念幾句咒語，說神鬼附體了，就能提了自家打造的大刀上街殺人。天下都是這樣的烏合之眾、放肆之徒，我們還做什麼生意！官府太昏庸，見打著「扶清滅洋」的旗號，就縱容他們。這樣就能扶了清，滅了洋？做夢吧！

三爺比較贊同林大掌櫃的主張，何況，總是有備無患。但孫大掌櫃位尊言重，他不叫票莊撤，那三爺一時也沒辦法。票莊不動，只撤茶莊？

三爺多次去問過老太爺，無論說得怎樣危急，老太爺總是說：「我不管了，由你們張羅吧。」

老太爺是在冷眼看他吧？

在這種時候，三爺總是想起邱泰基來。邱掌櫃要在身邊，那一定會給他出些主意。自家身邊，就缺一個能出意的人！可邱泰基遠在口外的歸化，也不能將他叫回來。連直接跟邱泰基通書信也還不方便呢。

西幫商號都有這樣的老規矩：大掌櫃以下的號夥，誰也不得直接與東家來往。駐外分號的信報只能寄給老號，不能直接寄給東家；給東家的書信必須經過老號轉呈。這是東家為了維護領東大掌櫃的地位不許別人從旁說三道四。三爺雖然把邱泰基看成了天成元未來的領東，也不便破這個老規矩。

所以，三爺想知道邱泰基的見識也只能在老號要了歸化的信報仔細翻閱。但從歸號的信報中得知，邱泰基並不在歸化，一開春，他就往庫倫、恰克圖那一路去了。

眼看著京津局面越來越壞，孫大掌櫃依然是穩坐不動，三爺真也沒有辦法。

現在，義和團已傳到太谷了，孫大掌櫃還能穩坐不驚？連一向不問世事的老夫人也坐不住了。老太爺呢？也依然不管不問？

三爺在寬慰老夫人時，極力說義和拳成不了氣候，那並不是由衷之言。他這樣說另有一番用意：想將孫大掌櫃的見識透過老夫人傳遞進老院。老太爺聽老夫人說了這種論調，要是贊同，那自然是平平靜靜；要是不贊同，一定會有什麼動靜傳出來吧。

因此，見過老夫人後，三爺沒有再去見老太爺，而是匆匆進了城。

果然，孫大掌櫃對太谷來了義和拳只是一笑置之：

「我早知道了，從直隸來了那麼幾個愚民，躲在水秀，不敢進城。聽說只有一些十四五歲的村童，見到新鮮，跟了他們請神練功。不值一提。在太谷，他們掀不起什麼風浪的。」

三爺也只好賠了笑臉說：「聽大掌櫃這樣一說，我也就放心了。聽說太原府的拳民已經很不少，鬧騰得也厲害？」

「太原信天主教的教徒就多，太谷信公理會的沒幾個。」

「都說新來的巡撫毓賢在山東就偏向義和團。」

「山西不比山東，他想偏向也沒那麼多拳民的。」

「京津局面依然不見好轉，總是叫人放心不下。」

「京津局面，就不用我們多操心！朝廷眼跟前，我看再亂也有個限度。朝廷能不怕亂？太后能不怕亂？滿朝文武都在操心呢。」

孫大掌櫃既然還是這樣見識，三爺真也不好再說什麼了，就對孫大掌櫃說起別的：「今年，本來想效法老太爺和大掌櫃也到江南走走，不想叫義和拳鬧得處處不靖。義和拳真成不了什麼事我就趁早下江南了。」

「三爺，我叫你早走，你只是不聽。四月天，往南走也不算涼快了。不過，比我們去年六月天上路還是享福得多。要走，三爺你就趁早。」

「那就聽大掌櫃的，早些走。這次南下，我想索性跑得遠些。先下漢口，跟著往蘇州、上海，再彎到福州、廈門，出來到廣州。我喜歡跑路，越遠越不想往回返。」

「三爺正當年呢，有英雄豪氣。去年到了上海，我和老太爺也想再往南走，去趟杭州。就是年紀不饒人了，一坐車轎，渾身骨頭無一處不疼，只好歇在上海。歇過勁來，還得跋涉幾千里，往回走啊！」
「大掌櫃陪老太爺如此勞頓，我理當走得更遠。我出遠門，倒是喜歡騎馬，不喜歡坐車轎。車轎是死物，馬卻是有靈性的，長路遠行，它很會體貼你。」
「我年輕時也是常騎馬。馬是有靈性，只是遇一匹好馬也不容易呀！就像人生一世，能遇幾個知己？」
「大掌櫃說得對！我常跑口外，也沒遇見幾匹很稱心的馬。」
三爺和孫大掌櫃正這麼閒聊呢，忽然有個年輕夥友驚慌萬分跑進來，前言不搭後語地說：「快，要殺人！大掌櫃，少東家，要殺人！」
孫大掌櫃就喝了一聲：「慌什麼！還沒有怎麼呢，就慌成個這！前頭到底出了什麼事，先給我說清楚！」
那夥友才慌慌地說出：公理會的洋教士魏路易來櫃上取銀錢，剛遞上摺子，忽然就有個提大刀的壯漢衝進我們的字號來。他高聲嚷叫爺爺是義和團，撲過去揪住了魏路易，舉刀就要殺……
孫大掌櫃一聽，也慌了，忙問：「殺了沒有？」
「我走時還沒有……」
三爺已經麻利地脫下長衫，一身短衣打扮，對孫北溟說：「大掌櫃你不能露面，我先出去看看！」丟下這句話，就跑出來了。
太谷的基督教公理會接受美國總會撥來的傳教經費，是先經美國銀行匯到上海，再轉到天成元滬號，匯到太谷。那時，西幫票號對洋人外匯並不怎麼看重，不過天成元承攬這項匯兌生意已經十幾年。所以，魏路易也是天成元的老客戶了，有什麼不測發生，那不是小事。

前頭鋪面房，果然劍拔弩張，已經亂了套：幾個年輕的夥友，正拚命攔著那個提刀的漢子，這漢子又死死拽著魏路易不放！門外，擠了不少人，但大多像是看熱鬧的本地人。

三爺也會幾套形意拳，長年在口外又磨練得身強體壯。他見這種情形，飛身一躍，就跳到那漢子跟前。漢子顯然沒有料到這一招，忽然一驚，洋教士魏路易趁機拚命一掙扎，從大漢手中掙脫出來，向櫃房後逃去。

那漢子定過神來，奮起要去追拿，卻被三爺擋住了。

三爺抱拳行禮，從容說：「請問這位兄弟，怎麼稱呼？」

那漢子怒喊道：「閃開，閃開，我乃山東張天師！奉玉皇爺之命來捉拿洋鬼子，誰敢擋道，先吃我一刀！」說時，就舉起了手中的大刀。

三爺並不躲避，依舊從容說：「放心，洋鬼子跑不了。在下是本號的護院武師，他進了後院，就出不去了。天師光臨敝號，我們實在是預先不知。來，上座先請，喝杯茶！天師手下的眾兄弟也請進來喝杯茶！上茶！」

這位張天師，顯然被三爺的從容氣度鎮住了，蠻橫勁兒無形間收斂了一些：「這位師父怎麼稱呼？」

「在下姓康，行三，叫我康三就得。快叫你手下的兄弟進來吧！」

但字號門口圍著的人沒一個進來。

張天師坦然說：「今天來的就我一個！我有天神附體，捉拿幾個洋鬼子不在話下。康三，你也知道義和團吧？」

這時，櫃上夥友已經端上茶來。三爺就說：「天師還是坐下說話，請，上座請！」

張天師終於坐下來了。

「康三，聽說過義和拳吧？」

「在下日夜給東家護院，實在孤陋寡聞得很。請教天師，義和拳屬南宗還是北宗？我們太谷武人都練形意拳，是由宋朝的岳家拳傳下來的，講究擒敵真功夫，指哪兒打哪兒，不同於一般花拳繡腿。天師聽說過吧？」

「我們義和拳是神拳，和你們凡人練的武藝不是一碼事！天神降功給我們，只為捉拿作亂中原的洋鬼子。你看今年旱成什麼樣了，為何這麼旱？就是因為洋鬼子橫行中原，惹怒了神佛。我這裡有一張揭帖，你可看看。你既有武藝，我勸你還是早早練我們的義和拳吧，不然，也得大難臨頭！」

說時，張天師從懷中摸出一張黃紙傳單來，遞給三爺。

三爺接了，也沒有看，就說：「在下是武人，大字不認得一個。」

「叫帳房先生唸給你聽。一聽，你就得跟了我們走！」

「不怕天師笑話，能不能練你們的神拳，還得聽我們東家的。我給東家護院，賺些銀錢才能養家餬口。東家是在下的衣食父母，東家若不許練義和拳，我也實在不便從命的。好在我們東家掌櫃很開通，請他看了揭帖，也許不會攔擋？」

「告訴你們掌櫃，不入義和團，他這商號也一樣大難臨頭！」

「一定轉告！聽口音，天師是直隸冀州一帶人吧？」

「胡說！本人是山東張天師，無人不知的。」

「那就失敬了。直隸深州、冀州有在下的幾位形意拳武友，所以熟悉深冀一帶話語。粗聽天師口音，倒有些像。」

「像個鬼！」

「失敬了，失敬了。」

「康三，把那位洋鬼子交出來吧！」

「天師在上，這可是太難為在下了！」

「我是替天行道！」

「天師也該知道，武人以德當頭。在下受僱於東家，不能白拿人家銀子。東家又是商號，最忌在號中傷害客戶。這個洋鬼子，要是大街上給你逮著，我不能管；今日他來本號取銀，給你逮走，這不是要毀東家名譽嗎？東家僱了在下，就為護院護客。所以，我實在是不能從命的！」

「我不聽你囉唆！交，還是不交？」

「在下實在不能從命。」

張天師騰地一下站起來，握刀怒喝道：「那就都閃開，爺爺進去捉拿！」

這時，三爺已經掃見：鋪面房內除了字號的夥友已悄悄進來兩位鏢局的武師。他就忙遞了眼色過去，不叫武師妄動。

跟著，他也從容站起來，擋在了張天師前頭，帶笑說：「天師，這是實在不能從命的。本號是做銀錢生意的，一向有規矩：生人不許入內。」

「放屁！洋鬼子能進去，爺爺進不去？」說著就奮然舉起刀來。

三爺從容依舊，笑臉依舊，說：「洋鬼子有銀子存在櫃上，他是本號的主顧，不算是生人！」

「放屁！那爺爺是生人？那天上的玉皇爺也是生人？閃開，今天爺爺偏要進去！」

三爺依舊笑著說：「天師這樣難為我，那我只得出招了。我敵不過天師，也得拚命盡職的。只要殺不死我，我就得拚命護莊！」

說時，三爺已取一個三體站樁的迎戰架勢，穩穩站定。

那兩位悄然趕來的武師又欲上來助戰，立刻給三爺拿眼色按下去了。

三爺和張天師就這樣對峙了片刻，張天師終於放下刀來，憤憤地說：「今天先不跟你計較！等我拿下這個洋鬼子，再來跟你算帳！在大街上，我一樣能拿下這個洋鬼子！」

說完，張天師提刀奪門而去。

誰也沒有料到氣勢凶狠的張天師會這樣收場。站在一邊觀戰的眾夥友除稍稍鬆了一口氣，似乎還不相信張天師是真走了。

兩位被緊急招來的武師過來大讚三爺：「今日才開了眼界，三爺這份膽氣，真還沒見過！」

三爺一笑，說：「就一個假山東人，還用得著什麼膽氣！」

## 4

剛說義和團成不了氣候倒提刀殺上門來了！這件事，叫孫北溟吃驚不小。尤其才接手主持商務的少東家三爺，親自出面退敵，更令孫北溟覺得尷尬。

三爺早給他說過：世道不靖，櫃上該從鏢局僱一二武師來以備不測。可他一笑置之，根本沒當一回事：在太谷，若有人敢欺負天成元，那知縣衙門也該給踏平了。

現在倒好，誰家還沒動呢，就先拿天成元開刀！今天還幸虧三爺在，靠智勇雙全，嚇退了這個膽大妄為的張天師。要是沒三爺，還不知鬧成什麼樣呢！老號這些人，真還沒有會武功的。不用說把這位美國教士給砍了，來個血染天成元，就是稍傷著點皮肉，也得壞了行市！不管人家是美國人，還是中國人，總是來照顧你家生意，結果倒好，剛進門就先捱了一刀！以後，誰還敢來？

那天三爺嚇退張天師後，孫北溟頭一件事就是趕緊撫慰躲在後院的魏路易，說了不少賠禮的話。好在魏路易驚魂甫定，嚇得不輕，只顧連連感謝三爺救了他一命。臨走，只請求派個人護送他回南街福音堂。孫北溟當然答應了，安排一位鏢局武師去護送。

送走洋教士，孫北溟自然要大讚三爺。三爺不叫誇他，只是再次提起：還是僱一二鏢局武師來護莊守夜，較為安全吧？孫北溟當然一口答應了。

三爺走後，孫北溟匆忙換了一身捐納來的補服，坐轎趕往縣衙，去見知縣胡德修。

見是天成元的大掌櫃求見，胡德修當然立刻就叫進來了。

見到胡大人，孫北溟也沒客套幾句，就將剛剛發生的一幕，說給他聽。

真有義和團提刀上街殺洋人？胡德修聽了也是大吃一驚！

「真有這樣的事？」

「我能編了這樣的故事嚇唬胡大人？」

「這幫拳匪才來太谷幾天，竟敢如此膽大妄為！」

「胡大人，乘他們在太谷還不成氣候何不速加剿滅？」

「孫掌櫃，你是不知，省上新來的這位巡撫大人有明令，對義和拳不得剿滅，只可設法招為民軍團練，加以管束。還說這是朝廷的意思。」

「我看還是這位巡撫大人自己的意思，都說他在山東就向著義和拳。朝廷不叫剿滅，那袁項城到了山東，怎麼就貼出布告，公開剿滅拳會？」

胡德修嘆了口氣，說：「我們攤了這樣一個巡撫大人，能有什麼辦法？」

「叫我看，就是因為這位毓賢大人移任山西，才把義和拳給招引來了。山西教案本來也不多的。」

「身在官場，這樣的話我是不便說的。」

「那胡大人真打算招撫這幫直隸來的拳匪？」

「我也正拿不定主意。」

「叫我看，那幫愚民，你收羅起來，只怕是光吃軍糧，不聽管束的。我們津號來信說，義和拳在天津得了勢，竟把官府大員當聽差似的，吆喝來，吆喝去。」

「那坐視不管，我也罪責難逃的。」

「胡大人，我倒是有一個主意，不知該說不該說？」

「孫掌櫃，你今天就是不來，我也要去拜訪你們各位鄉賢，共謀良策的。孫掌櫃已有高見，那真是太好了！快說，我恭聽。」

孫北溟瞅了瞅胡大人左右。胡德修會意，立刻將左右幕僚及差役都打發走了。

「我這主意是剛才忽然思得，如不妥，盡可不聽。」

「說吧，不用多慮。」

「剛才聽胡大人說，毓賢大人有明令，叫你將義和拳民招為民軍團練。我看，正可以由此做些文章。招撫直隸流竄來的那幫拳匪，是萬萬不可行的。但太谷本地鄉間，習拳練武的風氣也甚濃厚，所練的形意拳又是真武藝。所以，胡大人不妨借招撫義和拳的名義，在太谷鄉間招募一支團練，以應對不測之需。」

「招募一支團練？」

「對。胡大人手下如有一支強悍的團練，誰想胡作非為，只怕也得三思而行。」

胡德修沉思不語。

孫北溟一眼就看出，胡大人是怕自擁強大民軍，引起上頭猜疑。尤其是遇了毓賢這樣的上司，更得萬分小心。就說：

「胡大人也無須多慮，太谷不過巴掌大一個地界，招募一二百人，就足夠你鎮山了。再說，兵不在多，在精。有形意拳功底的一二百人，還不是精兵？」

「唔，要這樣，倒真是一步棋。」

「胡大人如願意這樣做，團練的糧餉，我們商界來籌措。」

「真難得孫掌櫃及時來獻良策！局面眼看要亂，本官手下實在也沒有幾個官兵武人。經孫掌櫃這樣一點撥，才豁然開朗！那我就和同僚合計一下，儘早依孫掌櫃所言，招募民軍團練。」

孫北溟的這一偶來靈感真還促成了一支二百來人的團練在太谷組建起來。雖然為時已晚，到底也為數月後收拾殘局預備了一點實力。

孫北溟這次來見縣太爺，本來也不是為獻策獻計，不過是受了那位假張天師的忽然襲擊，想找胡大人發發牢騷。結果，倒意外獻了良策！出來時，當然有幾分得意。

三爺勇退張天師這件事很快就傳到老太爺耳朵裡了。他立刻召見了三爺。

自從老太爺把料理外間商務的擔子交給三爺後，真還沒有召見過他。他倒是不斷進老院請示彙報，可老太爺就是那句話：「我不管了，由你們張羅吧。」所以，聽說老太爺召見他，三爺當然很興奮。這一向，老太爺對他不冷不熱，原來是嫌他沒有作為。

所以，進老院前，三爺以為老太爺一定要誇他。

老太爺見了他，果然詳細問了他勇退張天師的過程，有些像聽故事那樣感興趣。三爺心裡自然滿是得意。

「你怎麼知道這個張天師是假的？」

「義和團的揭帖上，哪一份沒打張天師的旗號？要說在京城、天津，張天師親自出山打頭陣，那還有人信；來太谷打頭陣，他能顧得上嗎？」

「京師、天津鬧得更厲害了？」

「可不是！天津滿大街都是拳民。京師設壇傳功的也不少。」

「京號、津號有信報來嗎？」

「有。他們都問撤不撤莊？」

「孫大掌櫃叫撤不叫撤？」

「不叫撤。仍舊說義和拳不足慮。」

「你說該撤不該撤？」

「我還是贊同茶莊林大掌櫃的，早做撤莊準備，畢竟好些。」

老太爺聽他還是這樣說，就把話岔開：「不管他們了，還說這個張天師吧。即便是假的，你就一定能打過人家？」

「就他一個人，看著又不像有什麼武功；就是真有武功，也得跟他拼了。那貨氣焰太甚，不壓住他，真能給你血染字號！」

「你倒成了英雄了。」

「為兒不過盡力而為吧。」

「叫我看，你這是狗拿耗子！」

三爺真是沒有料到老太爺會來這樣一句！這是什麼意思？他多管了閒事？眼看拳匪在自家字號要舉刀殺人，他也不管呀？

三爺不解其意，想問問，老太爺已揮手叫他退下。他也只好離開。

他表了半天功，老太爺卻給他了一句：狗拿耗子，多管閒事！字號是有規矩，東家不能干涉號事。這也算是西幫的鐵規了。可他這也是干涉號事？

老太爺或許是嫌他這樣露臉，叫孫大掌櫃太難為情了：堂堂天成元老號，竟然這樣無能無人？但他當時實在也沒有多想，一聽說拳匪要殺人，就跳出去了。難道他見死不救，就對了？

三爺實在也是想不通，悶了兩天，倒將原先火暴好勝的舊脾氣又給悶出來了。不叫管自家字號，難道還不叫管那些直隸來的義和拳！

這天，三爺叫了護院武師包世靜，專程到賈家堡拜訪車毅齋師父。

車二師父當然知道從直隸來了義和拳，而且居然也聽說了三爺勇退張天師的事，很讚揚了幾句。

三爺趕緊把話岔開，說：「這個冒充張天師的直隸人，我聽他口音，像是深州、冀州一帶人。那一帶，習拳練武風氣也甚，你們有不少武友。」

車二師父一聽，笑了說：「三爺意思，是疑心我們跟這些義和拳有交情，把他們勾引到太谷了？」

「車師父，我可沒這意思！我只是想問問，這些義和團是不是以前練過武功？」

車二師父又笑了，說：「三爺，你是親自跟他們交過手的，有沒有武功，你比我們清楚吧？」

三爺忙說：「誰也沒碰著誰，哪能叫交手？」

「我連見還沒見過這些人呢。不過，有形意拳的兄弟去水秀見過他們。倒真是深州、冀州一帶人，可跟我們這些練武的實在不是一路。領頭的大師兄叫神通真人、二師兄是他胞弟，三爺你遇見的那個張天師，還不算領袖呢。神通真人，張天師，一聽就不是真名，不過是頂了這樣的大名，張揚聲勢吧。」

「嚇唬我們太谷人呢！」

「聽我們那位兄弟說，他還真想跟那大師兄、二師兄過過招，可人家非得叫他先入夥，再比武。他沒答應，在水秀躲了兩天，偷偷看了一回人家祭壇演武。跟跳大神一樣，真與我們不是一路。」

「可人家就敢提刀上街殺人呀！」

「這就跟我們習武之人更不一路了。我們習形意拳的最講究武德在先！否則，你傳授高強武藝，豈不是度人做江洋大盜嗎？就是押鏢護院，沒有武德，誰敢用你？」

「可人家也說是替天行道，扶清滅洋。」

「要不它能傳得那樣快？」

說時，車二師父從案頭摸來一張義和團揭帖，遞給三爺：「三爺你看看，一般鄉人見過這樣的揭帖，誰敢不跟他們走？」

三爺接住一看，跟那天張天師遞給他的一個樣：

山東總團傳出，見者速傳免難。

增福財神降壇。由義裡香煙撲面來。義和團得仙。庚子年，刀兵起。十方大難人死七分。祭法悲災，可免。傳一張免一身之災。傳兩張。免一家之災。見者不傳，故說惡言，為神大怒，更加重災。善者可免，惡者難逃。如不傳鈔者，等至七八月之間，人死無數。雞鳴丑時，才分人間善惡。天有十怒：一怒天下不安寧，二怒山東一掃平，三怒湖海水連天，四怒四川起狼煙，五怒中原大荒旱，六怒遍地人死多一半，七怒有衣無人穿。若言那三怒，南天門上走一遭去。戊亥就是陽關。定六月十九日面向東南，焚香。七月二十六日，向東南焚香大吉。

車二師父問三爺：「你看了信不信？」

三爺說：「我時常跑口外，出生入死也不算稀罕了。陷到絕境，常常是天地神鬼都不靈。等到你什麼也指望不上，鬆了心，只等死了，倒死不了，力氣也有了，辦法也有了，真像有神顯了靈。我只信這一位神，別的神鬼都不信。」

車二師父說：「可一般鄉人，只是今年這大旱，也會相信他們。」

三爺說：「車師父，你們練形意拳的，不會相信吧？」

車師父又笑了，說：「三爺你先問包師父。」

包世靜說：「去年我跟了老太爺下漢口，在河南就遇見過義和拳。他們哪有武功！我看，裝神弄鬼也不大精通。就會一樣：橫，見誰對誰橫！」

三爺說：「我是想聽聽車師父的見教。」

車二師父說：「我早說過了，跟他們不是一路。」

三爺就說：「那我今兒來，算是來對了。」

車二師父忙問：「三爺有什麼吩咐？」

三爺說：「今兒來，就是想請車師父出面，將太谷武界的高手招呼起來，趁義和拳還沒坐大，把它壓住、攆走！太谷真叫他們禍害一回，誰能受得住？」

車二師父聽了，卻不說話。

三爺忙說：「車師父，這是造福一方的義舉善事，還有為難之處嗎？」

車二師父說：「三爺，你還不知道我？我不過一介鄉農，雖喜歡練拳，實在只是一種嗜好。叫我號令江湖，聚嘯一方，真還沒那本事。」

「車師父，哪是叫你聚嘯落草？只是招呼武界弟兄，保太谷平安而已。師父武名赫赫，人望又高，振臂一呼，太谷形意拳就是鐵軍一支，那幾個直隸來的毛賊，哪還敢久留？」

「哈哈，三爺真把我們形意拳看成天兵天將了。其實，我們哪有那本事？我知道三爺是一番好意，可我們實在不便從命的。義和拳雖和我們不是一路，但人家有『扶清滅洋』的旗號，朝廷官府還睜一隻眼閉一隻眼呢，我們就拉一股人馬跟人家廝殺？真走了那一步，我車某豈不是將形意拳的兄弟置於聚嘯落草、反叛朝廷的死境了？再說，義和拳招惹的是洋人，我們也犯不著去護洋助洋。洋人畢竟也夠可惡！」

「車師父，我看官府也不是都向著義和拳。袁世凱去了山東，就大滅義和團。」

「官府出面，怎麼都行。我們能？」

「太谷的知縣胡老爺，我們能說上話。」

「三爺，就是官府允許我們起來滅義和拳，那也只怕越滅越多！山東、直隸遍地都是義和團，你攆走他這一小股，還不知要招引來多少呢！再說，我們有武藝的，去欺負他們那些沒武功的，於形意拳武德也有忤逆。」

三爺終於說服不了車二師父，心裡窩得火氣更大了。在老太爺那裡碰了一鼻子灰，在車二師父這裡又碰了軟釘子，真不知道是怎麼了！

## 5

太谷的義和團真如車二師父所預料，很快就野火般燒起來。四月傳來，到五月，平川七十二村，已是村村設壇了，隨處可見包紅巾的拳民。

拳民多為農家貧寒子弟，年輕，體壯，不識字。鄉間識字的子弟，都惦記著入商號呢，他們不會摻和義和團。除了農家子弟，摻和進來的還有城裡的一些閒散遊民。他們聽人唸了念義和團的揭帖，又看了看直隸師父的降神表演，當下就入了拳會。這其中有一大股，係抽大菸抽敗了家的破落子弟。

太谷財主多，吸食鴉片的也多，這在晚清是遠近聞名的。大戶人家，多有戒賭不戒抽的風氣。因為家資肥富，抽大菸那點花銷，畢竟有限；而賭場卻是無底洞，即便富可敵國，也不愁一夜敗家。此風所及，太谷一般小富乃至中常人家也多染菸毒。可他們哪能經得住抽？一染菸毒，便要敗家。公理會大開戒菸所，戒成功的也不多。這一幫敗落子弟，見洋人送來鴉片害他們，又開戒菸所救他們，仇洋情緒特大。好嘛，你們錢也賺了，善也行了，倒楣的只是我們！所以，一聽說要反洋教，當然踴躍得很。

這比基督教公理會發展洋教徒，不知要神速多少。

五月間，太谷義和團的總壇口，已從水秀村移到縣城東關的馬神廟。在直隸大師兄的號令下，拳民們在城裡遊行踩街，焚燒洋貨，盤查老毛子、二毛子，一天比一天熱鬧。

不久，他們就放出風來：要在六月初三，殺盡洋人！

這股風一吹出來，還真把公理會的美國教士嚇慌了。當時在太谷的六名美國教士匆匆集中住進城裡南大街的福音堂。受到恐嚇、抄家的十多名本籍教徒，也陸續躲進了福音堂。這十多名太谷教徒中，就有日後成為國民黨財長、蔣介石連襟的孔祥熙。當然，這時他還是一個因貧寒而投靠教會的平常青年。

萊豪德和魏路易是太谷公理會的頭兒，他們將中外教徒分成八人一班，日夜輪流守衛教堂。同時，向各方求救。

初時，知縣胡德修還派了縣衙兩名巡兵保護福音堂。

公理會這座福音堂，緊挨著城中名剎無邊寺，那座巍峨高聳、雄視全城的浮屠白塔，正立在它的身後。所以，福音堂初建成時，太谷鄉人看著就有些刺眼：它會不會毀了太谷的風水？現在，義和團成天散布「洋教棄祖滅佛，上干神怒，天不下雨」，人們看著它自然更有些可惡了。福音堂的大門，又向東開在繁華南大街。門前本來就人流如梭，有巡兵守護，自然更招人注目。尤其是有義和團來叫陣時，大門外就聚集得萬頭鑽動，水洩不通，路都斷了。

困守其中的中外教徒，見外面這種情形，驚恐之餘，只得把一切交給他們皈依的主了。各地教士、教徒遇難的消息，他們已經聽到很多。

不過，義和團並未在六月初三攻打福音院。進入六月後，義和團開始攻打的，只是鄉間的一些布道所、戒菸所、診療所，但殺戒已開。被殺的都是本地教徒，數目可在一天比一天增多。

縣衙雖已著手組建團練，可面對洪水般瘋狂的拳民，哪能趕上趟！知縣胡大人對太谷局面顯然已無力控制。

到六月十五，義和團終於開始圍攻城裡的福音堂。

六月十八，青年孔祥熙翻牆潛入相鄰的無邊寺，偷偷坐上一輛糞車，逃了出去。對於他的臨陣逃脫，公理會的美國牧師倒不阻攔，也沒有譴責。孔祥熙提出逃生願望時，是很難為情的，但美國牧師們倒一點也沒有難為他，反而出謀劃策，只希望他成功出逃。基督教與我們的儒教，真是很不相同。否則，後來國民黨的四大家族，就要少了孔家。

孔祥熙逃出後，福音堂內只剩了六名美國教士和八名中國教徒，包括太谷第一個受洗禮、已成華人長老的劉鳳池，西醫桑大夫。這十四名中美教徒，當時擁有的武器只三支西洋手槍耳。

可外間成百的義和團，一直圍攻到七月初，仍然殺不進去。教堂裡面，魏路易拿一把手槍，把守教堂後門，另一美國牧師德富士持手槍把守前門。見有欲破門者，就放一槍示警。拳民聽見槍聲，便往後退，只是將磚頭瓦塊更猛烈地投入教堂院內。有「刀槍不入」功夫的直隸大師兄神通真人，一直也沒有發一次神功，他只是坐鎮總壇口，發號施令。一般拳民，不用說神功，就是本地形意拳的那番真功夫也沒有。

形意拳功夫深厚的武師，受車毅齋師父影響，把武德放在前頭，對義和拳冷靜相看，不助，也不反。

所以，到七月初，見福音堂久久攻打不下，一般拳民已有些心灰意懶了。圍在福音堂外面的拳眾已日漸減少。知縣胡德修看到這種情形，才鬆了一口氣，開始籌劃派出官兵加團練，驅散圍攻福音堂的拳民。

這位知縣老爺也不是怎麼向著美國人，他是怕慘案發生，難向朝廷交代。

誰料，到七月初五，省上的毓賢巡撫大人居然派出一支官家馬隊來太谷給義和團助陣。一聽這個消息，洩了氣的拳民才忽然來了勁。當天，平川七十二村都有拳民湧進縣城，對公理會的福音院重新發起猛攻。

只是大師兄二師兄依然未能把天神請來，開戰時還是磚頭瓦塊打頭陣。接著，將附近一家「四順席店」搶了，搬出許多葦蓆；又從「洋油莊」搶來煤油，煤油澆葦蓆，展開一場火攻。

可惜到後半晌了，仍然沒有能攻下。兩名英勇的本地後生並無神功，卻大義凜然從後牆翻入教堂院中。但沒衝鋒幾步，就給魏路易用手槍放倒了。群情激憤，只是無計可施。官家馬隊，既躍不過教堂高高的院牆，又不操洋槍洋炮，實在也頂不了大事。

幸虧後來請到一位叫聾四的鄉下獵戶，扛了火槍趕來，從後門縫隙朝魏路易放了一冷槍。一片鐵砂鐵丸散射進去，這位洋牧師真被打倒了。

外間重兵，這才趁機奮勇攻入。

不用說，六名美國教士、八名本地教徒，當下就給殺死了。六名美國教士中，有三人是女性，其中就有萊豪德夫人。本地教徒中，劉鳳池長老臨死不口軟，更激怒了拳民。被殺後，心給剜了出來，懸掛了示眾：「快看，教鬼的心，又大又黑！」

義和團圍攻福音堂，是太谷城中發生的一件大事。可是，這期間的太谷大商號，誰家也顧不上多管眼跟前發生的一切了：直隸、河南、天津、京師以及關外、口外的字號，紛紛告急，信報、電報又不時中斷，誰家不是急得火燒火燎！

西幫的生意在外埠，它的命也在外間世界。

康家三爺和孫大掌櫃、林大掌櫃一樣也是身在太谷，心繫外埠，全顧不及理會本地的義和拳了。那時，津號遭搶劫的消息已經傳來。但那是京號在信報中轉告的，津號的信報卻是很久沒有收到了。就是京號這封告急的信報，也是寫於五月十六；眼下，則六月十六已過！一個多月了，京津兩號都沒有傳來任何新的音訊。

電報不通，信局走信又不暢，一封急信，給你走三四十天，什麼都耽誤了。三爺就僱了兩名鏢局的武師，派他們往京津打探消息。先是走榆次、壽陽，東出山西，但只走到平定，未出東天門，已無法前行：他們屢屢被懷疑為二毛子。返回來，走北路，出了大同，也沒有音訊了。

口外、關外加上京津兩號，那是康家商務的半壁江山。現在，那半壁江山生死不明，你說，誰還能顧得上福音堂那幾個美國洋和尚？

在康家，只有老夫人杜筠青關注著福音堂的事。

義和團剛傳到太谷時，杜筠青曾向萊豪德夫人表示：她要皈依基督，加入公理會。那天還一再說：越快越好。可萊豪德夫人一走，就再沒有下文了。

她進城洗澡，路過南街的福音堂，一直是門戶緊閉。有一次，她專門停了車，叫車倌去敲門。剛敲開，沒說兩句話，呼嗵一聲就又關上了。

怕車倌是拳匪呀？

杜筠青就叫女傭杜牧再去敲門，始終就沒有敲開。

過了幾天，她又把馬車停在福音堂門口。這次一開頭，就叫杜牧去敲門，她自己緊跟在杜牧身後。敲了半天，門總算敲開了，可一個本地老漢只在拉開的門縫間伸出頭來，冰冷地問：「你們做甚？」
杜牧回話也不客氣：「你沒長眼？我們家老夫人要見你們萊豪德夫人，還不快大開了門，接老夫人進去！」
那個給洋人當茶房的老漢聽了，依然冰冷地說：「萊豪德師母今兒不在！」
說畢，咣一聲，又關上了大門。杜牧在外頭連聲責罵，哪能頂事？
那天路上，杜筠青狠狠責罵了杜牧：「你真是本性難改！出來拜客，也是這副德性，你還不知道你是誰？」
只是，杜筠青終究也沒見到萊豪德夫人。
義和團如火如荼，真是鬧大了。入不成公理會，杜筠青真有心思要加入義和團。加入義和團，也能氣一氣老東西吧？當然，這也不過是心裡一想，解解氣吧。她也認不得義和團，找誰去入？
義和團鬧大了，杜筠青進城洗澡也越來越不順當。遇著拳民圍著福音堂叫罵，南大街就走不通，馬車繞半天繞不過去。有時候，縣衙為了防備拳民作亂，大白天，就關了城門。六月十五，拳民開始圍住攻打福音堂，她們就進不了城，一直到七月初五，二十天沒能進城洗澡，真把她骯髒死了，也憋悶壞了。
七月初六，傳來義和團血洗福音堂的消息。杜筠青聽了，吃驚是吃驚，倒也沒怎樣失態，只是對杜牧說：「攻下福音堂，我們也能進城洗澡了。」當天，就要套車進城。
杜牧勸不住，就去找老亭。老亭冷冷地說：「你告老夏，編個瞎話，說馬車壞了，不就得了！」杜牧跑去見了管家老夏，老夏說：「現在四爺主內，請四爺去勸勸吧。」
四爺一聽，真跑去了，可哪能勸得下？

四爺只好去向三爺求助。三爺說：「明天，叫包師父跟著，進城就得了。」

七月初七，包武師真奉四爺之命，護送了老夫人進城洗澡。

一路上，杜筠青坐在車轎裡，才慢慢意識到那個萊豪德夫人已經不在人世。這個強壯而美麗的美國女人，雖然有些乏味，可與之交往也十多年了。十多年，眼看著這個美國女人既不再強壯，也不再美麗：西洋女人真這樣不耐老，還是不服太谷水土？還說人家，自己一定也老了！初結識萊豪德夫人，還是父親帶領著，可現在父親也不在人世了。父親要活著，真像他當年所說，就在太谷養老了，他也是二毛子。不去想他，永遠都不去想他！

拳民殺一個女人，是不是很快意？

將來，誰會來殺她？

想著這些，杜筠青已經有些不能自持。她總是想問包武師：「將來，誰會殺我？」

車馬進城後，不久就行走不暢。臨近福音堂，圍了觀看的人夥還很不少，車馬更不好走。

杜筠青趁機就叫停車。車剛停了，她就跳下地，往圍觀的人夥裡擠。杜牧和包武師緊跟了都沒跟上。

福音堂臨街的圍牆外，植了幾株合歡樹。七月正是它滿樹紅纓的時候，可惜剛歷戰火，扶疏的枝頭只殘留了幾片細葉。人們圍了觀看的，當然不是它的敗枝殘葉，是一樹枝下懸掛著的那個教鬼的又大又黑的心臟！黑心上，血已凝固，爬滿蒼蠅。

杜筠青擠進來，並不知那懸掛物是什麼。就問左右：「你們這是瞧什麼？」

「劉鳳池那教鬼的黑心！」

劉鳳池？就是太谷第一個受公理會洗禮的那個劉鳳池？十五年前他受洗禮那天，父親本來是帶她去開眼界的，誰也沒有料到，就在半路上她被老東西劫回來了。從此，她就淪落到今天……

這樣想時，杜筠青終於看清了那真是爬滿了蒼蠅的人心，不由就大叫一聲：「你們誰殺我——」

跟著就一頭栽倒。

# 6

七月二十，京城陷落，兩宮出逃。在塌了天的狼狽中，朝廷才下了剿滅義和團的上諭。太谷知縣胡德修得了上頭新精神，帶領二百來人的團練，開始抓拿本地義和團的領袖時，天成元大掌櫃孫北溟依然是焦頭爛額。京津已經陷入八國聯軍之手，可自家的字號仍舊沒有一點消息。三爺派去的兩位鏢局武師也不見返回。

到七月二十五，白天還是等不來什麼動靜。黃昏時候，孫北溟正在老號院中乘涼。說是乘涼，其實心裡煩悶異常。

忽然，後門的茶房驚慌異常跑進來，稟報說：「大掌櫃，京號的戴掌櫃……」

孫北溟一聽，就從躺椅上站起來：「快說，京號的戴掌櫃怎麼了？」

「戴掌櫃他們回來了……」

「在哪？快說！」

「就在後門外頭。」

孫北溟抬腳就快步向後門奔去。

剛出後門，因天色昏暗，看不太清，只見是一夥販賣瓦盆的，一個個衣衫破爛，灰頭土臉。

這時就有一人，撲通一聲跪在孫北溟面前：「大掌櫃……」

跟著，其他人也一齊跪下了。

聲音沙啞、疲憊，一點都不像是戴膺。孫北溟正要去扶跪在面前的這個人，就有個小夥友提了燈籠從老號跑出來。就著燈光，這才看出真是戴膺！可眼前的戴膺，哪裡還有京號老幫昔日那種光鮮瀟灑的影子？人消瘦不堪，髒汙不堪，精神上也憂鬱不堪！要在平時，誰也不敢認他。

再看京號其他夥友，與戴膺無異。

孫北溟慌忙雙手扶起戴膺，說：「戴掌櫃，你們受大罪了！」

戴膺不肯起來，說：「大掌櫃，戴某無能，京號毀了……」

孫北溟忙說：「遇此大亂，你們哪能扛得住！戴掌櫃快起，快起來！各位掌櫃，也快起來！」

這時，老號的協理、帳房、信房及其他夥友也聞訊跑出來，都慌忙過去扶起戴膺及各位。

進入老號後，孫北溟問戴膺：「京號夥友都帶回來了吧？」

戴膺說：「我們撤離時，梁子威副幫挑了一個年輕人執意要留守。除他二人，總算都回來了。只是……」

「戴掌櫃，你能把京號夥友都平安帶回來，就是大功勞了。梁掌櫃對字號的仁義甚是可嘉，可他們孤孤單單留下太危險吧？」

「大掌櫃知道，梁副幫是有本事的人。走時，我也交代了，守不住，就趕緊撤。大概不會有事吧。」

孫北溟說：「那就好。只要夥友們都平安，別的就好說了。戴掌櫃，我看你們跟叫化子似的，先去華清池洗個澡，換身衣裳吧？」

老號協理，也就是二掌櫃忙說：「俗話說，飽不剃頭，飢不洗澡。看各位掌櫃又餓又累，還是先略微洗涮一把，趕緊吃飯吧。」

「真是，我也糊塗了！我們夥房怕也封火了，趕緊就近去晉一園飯莊傳幾道菜，點幾樣麵食，叫他們趕緊送來，越快越好！」

真沒等多久，晉一園飯莊就抬來幾個食盒。

飯菜上桌後，屋裡就忽然安靜下來：戴膺和他的夥友們全埋下頭來，狼吞虎嚥地吃喝起來，十幾人的進食咂嘴聲，把一切聲音都驅散了。孫北溟和老號的夥友，是被忽然出現的這一幕驚呆了，鴉雀無聲，瞪著眼看。

還是二掌櫃清醒，趕緊悄悄把孫大掌櫃及老號的其他人拉了出來。一出來，孫北溟就不禁流出了眼淚。

京號平常吃喝的是什麼！不用說戴膺，就是一般京號夥友往年下班回來，還說吃不慣太谷的茶飯呢。平素，就是吃山珍海味吧，也沒這麼饞過。從京城逃回來這一路，真不知他們吃了什麼苦，受了什麼罪！

六月二十九清晨，戴膺帶了京號的十來個夥友假扮成賣瓦盆瓦罐的，離開京號，撤往山西。一路上，自然是歷盡千辛萬苦，甚至幾度出生入死。

不過，對於西幫商人，長途跋涉、苦累生死似乎都容易適應。

在最初幾天，戴膺和他的夥友們還真有些狼狽。多年沒有這樣走路了，僅是頭一天走出京城，就沒把他們累趴下！加上都不太會推那種賣瓦盆的獨輪車，一個個又長得細皮嫩肉的，不像受苦人，路途不斷引起懷疑。懷疑成歹人，倒還不大要緊，在這種亂世，歹人反倒沒人敢欺負。最怕的是被懷疑成逃跑的二毛子！當時京師周圍，義和團正鬧得如火如荼。幸虧他們在商海歷練得足智多謀，長於應變，總還能一一應對過去。

艱難走過涿州，也就開始適應了。只是，限於賣瓦盆的身分，住店得住最簡陋的，吃飯得買最便宜的。大暑天，推著重車奔走一天，歇不好，又吃不到一點油水。人都消瘦了倒也顧不上多管，那種想吃一點能解饞的油腥東西的願望，卻是怎麼也壓不下去。野外寂寞旅途，大家不說別的，就一個話題：在京號吃過的東西！

戴膺見此情形，心裡雖然難受，但也不敢放縱。夥友們就是想在街頭食攤買點滷肉解饞，他也是堅決不許。為商一生，他能不知道亂世露富的惡果？

過正定時，大家的饞勁更火辣辣往上拱。因為過了正定，就要西行進山，一路都是苦焦地界，就是敢吃，也吃不上什麼能解饞的了。

戴膺終於也心軟了，說：「那就等出了正定吧，尋家郊外小店開一次葷。」

這次開葷，戴膺還是盡力節制，也不過是要了一盆骨頭肉，幾斤牛肉而已。在店家的一再攛掇下，要了一點燒酒。均到每人頭上，不過三兩盅而已。

離京以來這是最奢華的一頓飯了，但在外人看來，那實在也算不得奢華吧？而當時大家的吃相，一個個像餓死鬼似的，也不至露出富商馬腳。與店家，也是斤斤計較，瞪了眼討價還價。

然而，這樣剛開了一次葷，真就出了事！

這頓飯是在午間用的，用畢，就繼續上路了。但到黃昏時分，他們就遭了搶劫。那是從路邊莊稼地裡突然跳出的五六個漢子，手持棍棒刀械，不由分說，就將他們的瓦盆瓦罐打得粉碎！瓦罐一碎，藏在裡面的碎銀製錢全露出了來，那幾本命根似的京號底帳也掉了出來。劫匪搶去銀錢，那是自然的，可他們竟然將那幾本帳簿也掠去了！

十來個夥友，對付五六劫匪，按理應有一拼。只是，劫匪來得太突然，又持有傢伙，簡直還沒弄清是怎麼一回事，人家已經搶掠了東西，鑽進莊稼地，不見了。

劫匪散盡後，夥友都一齊跪到戴膺面前，連說：遭此大禍，都是因為他們嘴太饞，連累了老幫。

戴膺嘆了一氣，說：「也不能怨你們。這樣的劫難，或許是躲不過的。都起來吧。」

京號的底帳丟了，那是大過失。京號是外埠第一大號，欠外、外欠的未了帳務實在不是小數目。可眼前，十多人身無分文，撂在野地，也是更緊急的事。戴膺極力鎮靜下來，安撫住眾人，共謀走出絕境之策。

被劫地在正定與獲鹿間。正定與獲鹿，都沒有康家的字號，但有西幫的字號。路過正定時，雖見大多字號已經關門歇業，還是有西幫商號沒有撤離。太谷曹家的綢布莊，祁縣幫的糧莊，好像都有照樣開張的。想來，獲鹿也會如此的。

於是，就決定推了空獨輪車趕到獲鹿，找一家西幫字號，借一點盤纏，先趕回太谷再說。

誰能料到，筋疲力盡趕到獲鹿，那裡的義和拳民正在攻打城中教堂，街面上的商號，沒有一家開門。再一打聽，西幫的字號都撤回晉省了。

這可真是雪上加霜了！戴膺只好親自出面，尋當地商號借錢，可哪能借到？天成元大號，人家都知道，但戴膺那副打扮、那副落魄相，誰敢信他的話？

借不到錢，十幾張嘴就得繼續吊起來了。他們除了那七輛破舊的獨輪車，已經一無所有。可在這兵荒馬亂時候，就是變賣那破舊的推車，誰要呢？

在此絕境中，兩個做跑街的夥友，要求准許他們返回正定，就是一路討吃，也要找家西幫字號，借錢回來。戴膺也只好同意了。留下的，就各顯神通，分頭去變賣獨輪車。

這樣，光是在獲鹿就困了五六天，有兩天幾乎就沒有吃到東西。

不過，回到太谷老號後，戴膺並未細說一路遭遇，只是向孫大掌櫃請罪：京號毀了，匆忙散出去的七八萬兩銀子，還不知能不能收回來，尤其是將京號的底帳也丟了，真是罪不可赦！

孫北溟雖極力寬慰，但聽說連底帳也丟了，心裡就有些不悅。他儘管極力不形之於色，戴膺還是覺察出來了。戴膺並無委屈和怨恨，只是心情更沉重而已。一生遇多少風浪，還沒有像今次這樣走了麥城！

戴膺他們回到太谷第二天，東家的三爺就匆匆趕來，說：「老太爺聽說戴掌櫃平安回來了，就立刻叫我進城來接戴掌櫃，還特別吩咐，把京號的各位掌櫃都請來！」

老東臺請戴膺到府上閒話，那是常有的事，可把京號夥友一堆都請去，這卻從未有過！所以，戴膺一聽就知道東家是破格慰勞，慌忙對三爺說：「戴某無能，毀了東家京號，實在無顏見老太爺的！」

三爺說：「老太爺只交代我，務必把戴掌櫃和京號各位請來；請去是罵你們，還是誇你們，我可不知道。」

三爺這樣一說，戴膺也只好遵命了。

跟著三爺出城到康莊，在德新堂大門外下車時還平平靜靜。可一進大門，繞過假山，真把戴膺他們嚇了一跳：康老太爺率領各位少東家及塾師、武師、管家一大群人，站在儀門外迎接他們！戴膺慌忙跪倒，他的夥友們也跟著跪倒。

「老太爺，各位少東家，戴某無能，未能保住京號……」

康笏南已經走過來，拉了一把戴膺，說：「戴掌櫃快起來！你再無能，有朝廷無能？朝廷把京城都丟了，你丟一間字號算甚！」

老太爺這句話，說得在場的所有人都瞪大了眼睛。

這天，康笏南設筵席招待了戴膺及京號其他夥友。開席前，就先招呼各位少爺，誰也不能半道退席，都得陪各位掌櫃到底。席間，他對戴膺臨危時處置京號存銀，特別是能將眾夥友平安帶回來，大加讚揚。對冒險留守的梁子威副幫，除了讚揚，還破例給加一厘身股。

康老東臺如此仁義，戴膺他們真是感激涕零。

五六天後，梁子威帶著那個年輕夥友回到太谷。

又過三四天，津號眾夥友在楊秀山副幫帶領下，歷盡艱辛，也回到太谷。

# 第四章　尼庵與雅園

## 1

三爺跟前，頭大的是個千金。這位女公子叫汝梅，十六歲了，兩年前就與榆次大戶常家定了親。她雖為女子，卻似乎接續了乃父的血性，極喜歡出遊遠行，尤其嚮往父親常去的口外。她從父親身上看到，口外是家族的聖地，可就是沒人帶她去。

三爺很喜愛他這個聰穎的長女，老太爺康笏南也格外疼愛這個既俊俏、又有俠風的孫女。但他們都沒帶她出過遠門，更不用說到口外了。她的要求，在他們看，不過是孺兒戲言。

在汝梅，越去不成，嚮往越甚。所以，定親後，她就執拗地提出：嫁給常家以前，一定要帶她去趟口外，否則，她決不出嫁。

三爺就含糊答應下來，其實，也沒有認真。三爺照常去了口外，根本就忘記了女兒的請求。到去年冬天，他從口外回來，汝梅簡直叫他認不得了：人瘦小了許多不說，更可怕的是，自小那麼聰穎的一個女娃，怎麼忽然變痴呆了，就像丟了靈魂似的？花朵一般的年齡，怎麼忽然要衰老了？

三爺大駭，忙問三娘：「梅梅是怎麼了？得了什麼病嗎？」

三娘說：「還問呢，都是你慣的！你答應過帶她去口外？」

三爺說：「沒有呀？」

「她說你答應過，所以你前腳走，她後腳就成了這樣。問她怎麼了，她就一句話：既然不帶她去口外，她就不出嫁了。我就問：誰答應帶你去口外了？她說：我爹。你真答應過她？」

「嗨，你還不知道，她從小就纏著我，叫帶她去這去那，我能說不帶她去？」

「要不說是你慣的！眼看要嫁人了，還這樣任性。」

三爺問明白後，就趕緊去寬撫汝梅。這小妮子還不想見他，看來是真生氣了。他就賠了笑臉說：

「梅梅，我這次去口外，幾乎回不來了。好不容易才死裡逃生！回到家了，你也不問問我受了什麼罪，就顧你自己生氣呀？」

「我沒有生氣。我哪會生氣？」

「看看你，說的都是氣話！還當我聽不出來？」

「我生氣，也是生自家的氣，不與誰相干。」

跟來的三娘聽了，就說：「梅梅，你這是跟誰說話呢！」

脾氣不是很好的三爺，這時一點也不在乎，依然賠了笑臉說：「梅梅，我知道你是生我的氣。這次去口外，不是光到歸化城，還到了外蒙的前後營，經歷四五千里荒原。千難萬險，出生入死不說，駝隊拉駱駝的、坐駱駝的，全都是男人；你一女娃，我怎麼帶你去？」

「你是不想帶我去，想帶，還能沒辦法？」

「你說，有什麼辦法？」

「我女扮男裝呀！」

「哈哈，我怎麼沒想到呢！梅梅，你既然有此豪情，我一定成全你！等明年開春後，我要先去京津一帶走走。這次，一定帶你去。先往京津看看，日後再去口外，成不成？」

三娘就慌忙說：「五娘剛出事，你就帶她去京津？只怕老太爺也不許！」

三爺就說：「我可不是五爺！要連自家閨女也護不住，我還能成什麼事？」

汝梅這才變了些口氣，說：「老太爺那裡我去說！」

當時，三爺還沒有接班主持外間商務，他只是聽從了邱泰基的點撥，決定不再悶在口外，要往京津及江南走走。所以，他就拿出遊京津來安慰汝梅。在這個時候，他還是安慰多於承諾的。

過年時，老太爺忽然將外間商務交給他料理，驚喜之餘，三爺就決定實踐對汝梅的許諾：不僅僅帶她出遊京津，還要帶她去趟江南！

十多年前，出遊過西洋的杜長萱，帶了他那位一半洋氣、一半京味的女公子，風情萬種地出入太谷富家大戶時，三爺也曾驚嘆不已的。杜長萱的開明、大度、新派，叫他大開眼界。而杜家女公子那別一種姿色風韻，更令他豔羨。他根本就料想不到，這位新派佳人後來居然做了他的新繼母！當年，他聽到這個消息，心裡頓生一種悵然若失的疼痛。暗藏了這份疼痛，他對這位新任老夫人，那真是既不想見，也生不出敬意的。現在，那份疼痛是早已遠逝了，他重新記起這件事，是想模仿當年的杜長萱，也攜了自家的女公子，出遊京津，再遊江南。

他這樣做，也是要告訴康家的商號，他與老太爺是不同的。

父親的這一股心勁，汝梅很快覺察到了，她自然是欣喜異常。整個人也像活過來了，恢復了以往的聰穎和淘氣。她滿心等待跟了父親去遠行。

汝梅是自小就野慣了，常愛尋了藉口跑出德新堂大院，到村中野外去淘氣瘋跑。她所以能這樣滿世界瘋跑，首先是因為老太爺寵她。她一鬧，老太爺就替她說話，誰還敢逆著她？再就是因為她也是天足。

幼時開始纏足，她總是拼了命哭叫。那時，正趕上杜家父女回太谷大出風頭，京味加洋氣的傾城風采，似乎全落實到杜筠青那一雙天足上了。激賞杜家新派佳人的三爺，就當即作斷：他家梅梅也不纏足了！可三娘哪裡肯答應：不纏足，長大怎麼尋婆家？三娘告到老太爺那裡，老太爺居然也說：梅梅嫌疼，就不用給她纏了。皇家女子不愁嫁，我們康家女子也不愁嫁。老太爺說了這話，三娘還能怎麼著？就這樣，汝梅也成了一個不纏足的新派佳人。

不過，她自小滿世界瘋跑，也沒有跑出多遠，最遠也就是太原府吧。所以，對這次真正的出遠門，不用說，那是充滿了十二分的期待。

誰能想到，剛過了年，天還沒有暖和，就不斷傳來壞消息：義和團傳到直隸了，傳到天津了，跟著又傳到京師！父親成天為外埠的字號操心，哪還顧得上帶她出行？

她曾問過父親：「你那麼惦記京津的字號，怎麼不親自去一趟？」

父親的脾氣又不好了，火氣很大地說：「我去一趟，能頂甚事！我能把義和拳亂給平了？」

汝梅不敢再多問，只盼亂子能早日過去。可越盼，拳亂鬧得越大，非但沒有離遠京津，反而倒傳入太谷。

太谷一有了義和拳，老太爺就放出話來：德新堂的女眷和孫輩都不許隨便外出。

這下可好了，一春天一夏天，就給圈在家裡，汝梅哪能受得了？她很像今年的莊稼，受了大旱，一天比一天蔫，無時不盼天雨，又總是盼得無望。可現在，誰也顧不上注意她了。就是成天像丟了魂似的痴待著，父親也不再理她。她無聊之極時，就只好想：自己的命不好。有時憂鬱難耐了，又很想偷偷跑出去，看看義和拳是什麼樣。當然，這也只是憤然一想吧，很難實現。

等到義和團終於遭到縣衙的彈壓，汝梅實在是忍無可忍了，立刻嚷著要出外面透透氣。外面兵荒馬亂，三娘哪裡會叫她出去？汝梅就使出慣用的一招，直接跑進老院，向老太爺求救。

老太爺也遵慣例，一點沒有難為這位孫女，痛快地說：「想出去，成。叫個武師跟著，不就得了！義和拳一散，外間也就平安了。」

汝梅忙說：「還是爺爺有氣派！」

老太爺就問：「你爹呢，他也不許你出門？」

「我可不大容易見到父親，他比誰都忙！」

「你爹當家了，料理外間字號呢。」

「爺爺當家時，我看也不沒他這麼忙。」

「梅梅，你這是說爺爺比你爹懶？」

「我是誇爺爺，舉重若輕。」

「哈哈哈，你倒嘴甜！」

「爺爺就是舉重若輕！爺爺要像我爹那樣心裡焦急，手腳忙亂，哪能這麼長壽？早累得趴下了！」

「梅梅，越說你嘴甜，你倒越來了！現在，世道也不一樣了，我們康家字號遍天下，張羅起來也不容易。」

「我知道。去年，爺爺出巡江南，受了多大罪！」

「我喜歡出遠門，一上路遠行，就來了精神。所以，那不叫受罪。」

「我也喜歡出遠門，可你們總攔著，不叫我去！」

「我說呢，今兒你嘴這麼甜，嘴甜甜巴結我，原來在這裡等著！梅梅，你這麼想出遠門，是圖甚？」

「什麼也不圖，就跟爺爺似的，圖一個樂意。我也是一出門，就來精神！」

「你倒會說。」

「爺爺把字號開遍天下了，我出去一路走，一路有自家字號，給了誰，能不樂意？」

汝梅這句話，還真說到老太爺心上了，他精神一振，說：「梅梅，你有這份心思，真比你那幾個叔伯都強！早知你這樣有心，去年我下江南，就帶你去了。」

「去年，我也這樣對爺爺說過的，只是你沒有進耳朵吧？」

「你哪說過這話？」

「說過！」

「那就是我老糊塗了。」

「去年爺爺要下江南，全家都攔著不叫你去，就我一人贊成你，可爺爺你卻不理我！」

「真是這樣？爺爺老糊塗了，老糊塗了。以後，爺爺再出遠門，一準叫你陪著。」

「年下，我爹本來也答應我了，要帶我去趟京城，哪想到就偏遇了義和拳作亂？爺爺你跟我爹說說，等平了義和拳，叫他別忘了答應我的話！」

「這話，我能給你說！」

目的都達到了，汝梅要走，老太爺卻叫她別慌著走，留下再跟爺爺多說一會話。她留下只說了幾句，忍不住就尋了個藉口，跑走了。

汝梅跑走後，康笏南窩在椅圈裡，久久一動沒動。下人來伺候，他都攆走了，連那位正受寵的宋玉進來，也給攆走了。

他喜愛的這個孫女，居然不肯留下來多陪他一會，這忽然引發了康笏南的一種難以拂去的孤寂之感。他把字號開遍了天下，可自己身邊哪有一個知心的人？

身後雖有六子，可除了老三，都不成器。不成器倒也罷了，竟然都對商事了無興趣！就剩一個老三，立志要繼承祖業，但歷練至今，依然是血氣太盛，大智不足。孫一輩中，一大片丫頭，又是到老三這裡才開始得子。但看老三為他生的這個長孫，真還不及乃姊梅梅有丈夫氣。三娘都快將他寵成一個嬌妮子了。孫輩一大片，就還數汝梅出類拔萃，可她偏是一個女流。

字號遍天下的祖業，可以託付予誰？

看看眼前時局，朝廷又是這樣無能之極，連京師都給丟了！真不知大清還能不能保住它的江山。大清將亡，天下必亂，沒有大智奇才何以能立身守業？

世道如此凶險，族中又如此無人，康家難道也要隨了大清，一路敗落？

## 2

老太爺放了話，誰也不敢攔著汝梅了。但三娘哪裡能放心？她叫來管家老夏，吩咐他派個武藝好的拳師跟了去，並向車倌交代清楚：不許拉梅梅進城，城裡正亂呢。

老夏連連應承，說：「三娘不吩咐，我也要這麼檢點。我還挨門都問了問：還有哪位小輩想出去遊玩，一搭結伴，人多了勢眾。可惜沒人想去。那我就叫他們上心伺候梅梅吧。」

三娘就說：「老夏你也知道，梅梅她太任性了。我們可不是想成心難為底下的人。」

老夏忙說：「三娘你就放心吧。」

老夏是康家的老管家了，伺候老太爺那是忠心耿耿，鞠躬盡瘁，不打一點折扣。對三爺這樣晚一輩新主子，就不免有一點鬆心。所以，對三娘的吩咐，應承得好，辦起來其實也沒有特別上心。只是交代包世靜武師，從他手下的護院家丁中選兩個，跟了去伺候。

七月底了，本該是秋風送爽，滿目絢爛的時節。可庚子年大旱，野外莊稼長得不濟，其間旱得厲害的，就像捱了霜打一樣，已蔫枯得塌了架。舉目望去，綠野中一團一團盡是這枯黃的版塊，真似生了瘡痍。樹木也是灰綠灰綠的，沒有一點精神。

不過，汝梅她這樣的大家小女子，哪能注意到田間旱象！整整一夏天，圈在家裡，現在終於飛出來了，她只覺得快樂。

果然，一出村，她就叫車倌拉她進城去遊逛一趟。但老夏有交代：不能拉小姐進城，車倌自然不敢違背。不過，車倌也機靈，他眨了眨眼就編了一個藉口，對汝梅說：「這兩天，縣衙正清剿城裡的義和拳殘兵敗將，城門盤查甚嚴，一般人是不許進出的。」

汝梅就說：「我爹昨兒還進了城呢，我怎麼就不能進？」

車倌不動聲色地說：「三爺有官府的牒帖呢。」

跟著汝梅的女僕也說：「我聽說，即便進了城，也是到處受到盤查，走動甚不方便。我們好容易出來一趟，進城受那拘束，圖甚？」

車倌跟著說：「我們還是去趟鳳山吧。我聽說，近來那裡已經熱鬧起來了。」

汝梅只好答應去鳳山。

到了鳳山的龍泉寺，卻並不像車倌說的那樣熱鬧，與平素相比，來遊玩的人實在不多。不過，汝梅也沒有顧上抱怨，人少空曠，倒可以更自由地跑動。

所以，下車後也沒有歇，汝梅就四處跑去了。

俗稱鳳山者，就是太谷城南的鳳凰山。龍泉寺在鳳山山麓，以寺中有長流不敗、清冽似酒的酎泉得名。也因有此名泉，進入寺院山門，便是一個名叫克老池的秀麗小湖；湖中立有一座玲瓏古雅的水閣涼亭。它倒映水中，更使克老池變得空靈異常。龍泉寺的主殿，是倚山而立的三佛殿，殿中供奉一尊數丈高的大佛，香火很盛。

在龍泉佛寺周圍，還散布著龍王廟、二郎廟、關帝廟、財神廟、娘娘殿、真武道觀。當然還有俗界的戲臺、看棚、商號、飯莊。

總之，鳳山龍泉寺因為離城不太遠，成為商家富戶春天踏青、盛夏避暑、秋日登高、隆冬賞雪的便當去處，所以這裡幾乎是縣城之外的第二繁華地界。當然，這裡的繁華秀麗，還是得益於本邑大商號的不斷布施捐募。

在庚子年夏天，這裡是忽然冷清了許多。來此避暑散心的富人幾乎絕跡了：富人是最惜命的。常來這裡的，只是附近的農戶，他們來祭龍王，祈天雨。大旱年景，連酎泉也勢弱了些，但克老池卻依舊充盈不減。因為附近鄉人為敬龍王，已停止從酎泉取水。

寺中景色雖空靈秀麗依舊，汝梅卻沒有多做逗留。她只是到三佛殿匆匆敬了香，便從寺後旁門跑出，沿了山坡小徑快步而上。等她登上半山間一座六角小亭了，跟著伺候的兩個女僕許久都沒有追上來。她們雖也算大腳老嬤，可也是纏過足的，無法似汝梅那樣連跑帶跳，健步飛行。那兩個跟來做保鏢的家丁，居然也沒有跟上來。

汝梅倒是非常得意，獨自坐在小亭裡，向北瞭望：太谷城池方方正正現出全貌，城中南寺那座浮屠白塔更分明可見。她想尋出白塔下那處美國洋人的福音堂，卻實在難以分辨得出。畢竟太遠了。

她正欲離開小亭，繼續向上走，才見一個家丁匆匆趕上來。

汝梅就問：「你們還是練武的，也走這麼慢？」

那家丁忙說：「跟小姐的兩個老嬤，在後頭趕趁得太急了，上了山坡沒幾步，就有一個崴了腳，沒法走路了。我來向小姐討示：看能不能暫歇一會，容我們將老嬤抬下山？」

汝梅一聽，就樂了，說：「都這麼不中用！你們快去照護她吧，不用管我了。」

家丁趕緊說：「哪能呢！我們出來是伺候小姐，不是伺候她們。」

汝梅說：「那你們把她扔了？我在這裡等著，你們把她送山下，交代給車倌，趕緊再回來，不就得了！」

家丁說：「還是小姐仁義，我這就去傳你的話。委屈小姐在此稍候，我下去就叫沒崴腳的老嬤上來伺候。我們也快，說話就回來。」說完，就跑下去了。

見家丁一走，汝梅更有一種自在感：能躲開他們才好呢！這種感覺，使汝梅異常興奮。忽然就上來一股衝動：趁他們都不在，她獨自躲到一個幽靜處遊玩，叫他們滿世界找吧。能找見，算他們有本事！

這樣一想，她便立刻起身，離開了六角小亭，急忙沿山坡小徑繼續往山上走去。只是，沒走幾步，就覺這樣不成：老路線，老地界，他們找你還不容易？

汝梅停下來，朝周圍望了望，忽然有了去處：不往山上攀行，而岔開往西，不久便下坡了；中間路過關帝廟，再往下，沿山溝走一二里路，就能彎進一座尼姑庵。這尼姑庵倒不出名，周圍風景也無獨到處。只是，汝梅以前每瘋跑到此，只要向爺爺提起，就要遭到斥責。那種時候，爺爺可是真生氣了。沒有把她管住而任她跑到尼姑庵的下人，也要遭到管家老夏的訓罵，彷彿任她踏入的是怎樣一處險境。

在鳳山中間，尼姑庵所在的地界，實在是既平淡，也安靜，並沒有什麼可怕。去一下，他們為什麼要大驚小怪？

越不許去的地界，才越有種神祕的吸引力。

現在，趁獨自家自由自在，汝梅就決定再往那兒跑一趟。再說，跑到那裡，尋她的老嬤和家丁，也不容易追了來。

就這樣，汝梅獨自向那處尼姑庵跑去了。

以前來時，尼姑庵是山門緊閉的。可今天，不但山門未閉，門外還閒坐著一個老尼。見有人跑來，老尼欲起身進庵，但細瞅了一眼，又坐下不動了。

老尼看清是個小女子，就不迴避了吧？

汝梅很快跑過來，對老尼施了個禮，說：「唐突到此，打擾師父了。」

老尼無精打采地說：「本庵是不招待香客的，只我們自家修行。」說話間，老尼的目光也是極度無神的，那真是世外的目光。

汝梅就說：「我也不是來此進香，只是遊玩中跑迷了路。」

「此處哪能迷路？一條溝，走出去就是了。」

「謝師父指點。我先在此歇歇腳，成吧？」

「由你。」

「能進庵中，討口水喝嗎？」

「我們有規矩，不許紅塵中人踏入庵中。」

「賜口水喝，也算善舉吧。是因善小而不為？」

「我們有規矩！」

真夠無情。還有不許進香的寺院？也沒去過別的尼姑庵，不知是否都這樣？汝梅從門外向裡張望，什麼也望不見：門裡有一道隱壁擋著。愈是這樣，她愈想進去。

汝梅先在山門外的臺階上坐了下來，心裡一轉，想出了一個話題：「師父，我其實是專門跑來的，我也想出家。」

老尼冷冷掃了她一眼，說：「小小年紀，胡言亂語。」

「家中逼婚，非要我嫁給一個又憨又醜的男人。出不了家，我就只有死了。」

「哼。」

老尼只是這樣冷冷地哼了一聲。汝梅編的這個瞎話，似乎一點都沒有打動這個冷漠的老尼。難道老尼佛眼明亮，已看出她說的是瞎話？

「我知道出家比死更難。師父既然看我沒有事佛的慧根，我也就甘心去死了。其實，我早下了決心要死。只是近日做夢，不是寺院，就是佛爺。就想，這是不是佛祖顯靈，召我出家？」

「哼。」

老尼依然只是這冷冷的一哼。真看穿她的瞎話了？

經過一陣端詳老尼，汝梅發現，她似乎並不年邁，也不醜。尤其在嘴角斜上方，生了那樣一顆不大也不小的痣，倒給滿臉添了幾分嫵媚似的。只是一臉太重的憔悴和憂鬱，又不像是跳出苦海的世外僧人所應有。她不是真尼姑？或者是個壞尼姑？汝梅這時才忽然生出一些懼怕。

難怪呢，老太爺不許她往這裡跑！

好在汝梅不膽小，她盡力不露出慌張來，也沒有立刻起身跑走。她裝著發呆，坐在那裡不斷說：「還是死了乾淨，還是死了乾淨……」

這時，那老尼忽然冷冷問：「你是哪裡人？」

「離鳳山不遠，康莊。」

「康莊？」老尼一聽是康莊，似乎大吃了一驚。

「是康莊。」

「康莊誰家？」

「康家呀！」

「康家？」老尼聽了是康家，分明更驚駭了一下。

「是康家。」

「康家誰跟前的？」

「三爺。」

「三爺。你常見六爺嗎？」

「常見。」

老尼忽然又是一臉冰冷，緩緩站起，轉身走進山門：這時汝梅才發現，老尼原來有一條瘸腿。不過，她移入庵中時還算麻利，跟著，山門就吆吆嗵嗵關上了，更顯得有力。

望著緊閉的山門，汝梅這才意識到：這個古怪的老尼，彷彿對她們康家還有幾分熟悉？不過，她也沒有來得及細想就趕緊離開了。在太谷，誰不知道康家！這時，只惦記著：跟她的那幾個下人，不知在怎麼找她？

汝梅繞道回到了停馬車的地方，果然，他們真慌了。車倌也跑上去尋找了，只有那個崴了腳的老嬤留在馬車旁。她一見汝梅回來，大叫一聲：「小祖宗，你是到哪去了？快把我們急瘋了！」

汝梅平靜地說：「你們著急，我比你們還著急呢！我一個人走迷了路，幾乎尋不回來了。一個一個都不中用，跟都跟不上我，還說出來伺候我！」

老嬤見汝梅這樣說，慌忙說：「今兒是我不中用，叫小姐受了委屈，也連累了大家！小姐福大命大，平安回來，我就是捱罵挨罰，也情願了。」

汝梅問：「他們到哪找去了？」

「滿世界找吧！怕你獨自上了鳳山頂，更怕有歹人綁票，真把我們急瘋了！」

「在太谷，誰敢綁我的票！」

「今年兵荒馬亂的，叫人不踏實呀！」

「看看你們吧，就會大驚小怪！我就那麼不中用？得了，不說了。我去把他們叫會來。」

老嬤立刻驚叫道：「小祖宗，你千萬不能再走了！人找人，找煞人！誰知道他們跑哪找你了？他們滿世界找你，你再滿世界找他們，那得找到什麼時候？」

汝梅笑了：「看看你們吧！以為鳳山有多大呢，巴掌似的一塊地界。」

老嬤還是緊張地說：「你萬萬不能走了！鳳山不大，小姐剛才不是也走迷了路？我們就在這裡死等他們吧，不敢再獨自走了！」

汝梅只好坐等了。有了這點小波瀾，她心裡倒有幾分快意。

很等了一氣，一個老嬤、一個車倌、兩個家丁才陸續返回來。他們見到汝梅，心裡一塊石頭落了地，驚恐的情緒卻一時緩不過來。現在他們是擔心，出了這樣的差錯，回去怎麼交代？

汝梅看出他們的心思，就慨然說：「今天這事，也怨我，我在前頭跑得太快了。你們虛驚一場，也罷了。回去，誰也不能再提這事。誰要是多嘴，叫老夏知道了，收拾你們，我可救不了駕。」

聽汝梅這樣一說，下人們都鬆了口氣，連連道謝不已。

## 3

從鳳山回來，一直平平靜靜，汝梅幾乎將那次鳳山之遊忘記了。六七天之後，她忽然發現跟她去鳳山的那兩個老嬤都不見了。

她問母親，母親說：「都打發走了。」

她急忙問：「為什麼呀？」

母親說：「打發她們，是老夏的意思。說她們年紀偏大了，各家也拖累大，都想辭工回去。其實，我也使喚慣了，不太想叫她們走。」

「那還不是都給打發了！」

「老夏的意思，是物色到更精幹的女傭了，總得把老的替換下來。叫我看，老夏是巴結我們呢：你爹當家了，他能沒一點表示？所以，我也只得領情。」

汝梅聽了，覺得也有幾分理，便沒有再多說什麼。她跑出去尋見一個家丁，問了問，才吃驚了：跟她上鳳山的那兩個家丁也給打發了！

因為自家的淘氣，四個下人全給攆走了，這叫汝梅覺得很過意不去。

這些不守信用的奴才！叫他們不要多嘴，偏不聽。他們中間一定是有人在老夏跟前多嘴了，可那會是誰？誰就那麼笨，不明白多嘴多舌的結果，是大家都得倒楣？

汝梅忽然想起，那次鳳山之行，除了兩個老嬤、兩個家丁，還有一個車倌。他是不是也給攆走了？

她跑到車馬院問了問，得知那個車倌還在，只是出車了，暫時見不上。

不用說，在老夏跟前多嘴的，就是這個車倌了。你倒好，把別人都賣了，自家啥事沒有！

汝梅跑了幾趟，終於見到了這個車倌。一問，車倌還極委屈，說他也幾乎給老夏攆走！多虧三爺四爺都說了話，才叫留下戴罪立功。

「那天上鳳山，我們沒有伺候好小姐，就是攆走也活該了。可真不是我回來多嘴！三爺四爺說了話，我能留下，可還是捱了老夏的一頓惡罵，真沒給罵死！工錢也減了。小姐不叫我多嘴，我多嘴圖甚？」

看這個車倌失魂落魄的樣子，也不像是編了瞎話洗刷自己。

那這就怪了。誰也沒多嘴，那天鳳山上的事，老夏他怎麼知道的？

從車倌嘴裡知道，父親為此事也說了話，汝梅就決定問問父親。等了幾天，才好不容易等著父親回到家。提起攆走下人的事，父親說他也不大知道，好像四爺跟他說過一聲，詳細情形，他哪能記得？這一向，外埠字號的掌櫃夥友，幾乎天天有逃難回來的，他哪還能顧得家裡這些雞毛蒜皮的事！

見父親這樣，汝梅也不想再問了。正要走，父親忽然叫住她，正聲說：「梅梅，你又到哪瘋跑了？惹得老太爺都生了氣，嫌我太放縱了你。都快嫁人了，還這樣野，不成吧？常家也是大戶人家，你這樣嫁過去，就剩下叫人家笑話我們康家了！」

老天爺，連爺爺也知道了這件事！

不過，汝梅倒是覺得，爺爺知道了這件事也好。她去問一問爺爺，那一切都能問明白了。爺爺可不像別人，準會把她想知道的一切都說出來。

所以，聽完父親的訓話，汝梅就去見老太爺。

絕對出乎她預料的情形發生了：她居然連老院的門也進不了！她剛要邁進老院的大門，就有下人出來擋住她，說：「裡頭有交代，現在老太爺誰也不見。」

汝梅還從沒這樣被攔擋過，就喝叫了一聲：「瞎了眼了，沒看見我是誰！」

那下人依然攔著說：「我哪敢得罪小姐？真是裡頭有交代……」

「我不管！我要見老太爺！」

汝梅任性地喊叫起來，但那個奴才還是死攔著不讓開。正緊張時，貼身跟老太爺的老亭從裡頭出來了。他沒等汝梅張口，就冰冷地說：「不用跟他們鬧，是我交代的，老太爺誰也不見。」

「為什麼？」

「老太爺說他誰也不想見，我哪能多問？小姐請回吧，關門！」

老院門房的下人，真噝嗵將大門關上了。

汝梅呆呆站在那裡，彷彿面前並不是她熟悉的老院。到底是發生了什麼事？從她記事以來，還從來沒有這樣受過老太爺的冷遇。

她跑回來問母親：「老太爺怎麼了，病了？」

三娘瞪了她一眼，說：「老太爺好好的，你胡說什麼！」

「那怎麼不見我？」

「這一向外間兵荒馬亂，連京城都丟了，各地的鋪子關門歇業，掌櫃夥友一撥跟一撥逃難回來。老太爺哪還有閒心見你？你沒見你爹忙成什麼樣了？」

汝梅想了想，覺得像是這樣，又不像是這樣。攆走兩個老嬤、兩個家丁，處罰了車倌，老太爺又拒絕見她，幾件事就正巧都碰在一起？攆走僕傭，處罰下人，這倒不稀罕。叫汝梅感到驚異的還是老太爺的冷淡。她從小就是一個淘氣的女子，什麼出格的亂子沒有惹過？老太爺非但沒有責怪過她，倒反而因此更偏愛她。她要是規矩溫順，老太爺會那麼寵她？外間兵荒馬亂就是真叫老太爺操心，也不至於待她這樣無情吧。老太爺是有氣魄的人，就是天塌了，也不至於朝她這個小孫女撒氣的。

這中間一定有什麼事。

汝梅這才仔細回想那天出遊鳳山的經過。想來想去，才好像有些明白了：她大概是不該去那處尼姑庵吧。以前，就不許她們走近。每瘋跑過去，連爺爺也不高興。這次居然騙過下人，獨自家跑近了它，還和一個古怪的老尼說了半天話。

但這又有什麼不妥呢？

對了，那個老尼似乎對康家不生疏，她還問到六爺。

六爺是不是也去過那處尼姑庵，見過這個老尼？

於是，汝梅決定去見六爺。

康家為族中子弟開設的學館也收一些本家女童，令其發蒙識字。不過，達到初通文墨程度，年齡也近青春期，就得結業返回閨房了。汝梅因為受老太爺寵愛，又帶男子氣，被允許在學館多留兩年。所以，她真是能常見到六爺。

六爺雖比汝梅長一輩，年齡卻相近。只是，六爺對她的淘氣瘋野，可不喜歡。六爺比那位在學館授業的何舉人似乎還要凜然不可犯。所以，汝梅不能在學館見六爺，因為見到了，也不會聽她說閒話。

她是瞅了個機會，專門到六爺家中，正經拜見的。拜見的由頭，是問六爺：「聽說朝廷把京城都丟了，今年秋天的鄉試大比，還能照常嗎？」

這話，可是正說到六爺的痛處了，哪會有好臉給她？他張口就給了她一句：「怎麼，鄉試大比不成，你高興了？」

汝梅忙說：「看六爺說的，我就那樣心黑？我是替六爺擔心呢！春天還好好的，怎麼忽然就一天不如一天了，亂到這步天地？」

「你問我，我去問誰？」

「六爺對時務一向有高見的。」

「誰能預見到這一步天地，才算真有高見！」

「何老爺呢？他成天說對京師瞭如指掌，也沒有一點預見？」

「那你得問他。」

「事到如今，問何老爺也沒用了。別人倒也罷了，就是六爺你太倒楣，正逢上要大比。苦讀多少年，就等著今年秋闈的佳期呢，出了這樣的亂子，誰能不為六爺著急！」

「著急吧，也是白著急！」

「六爺，你也沒有到寺廟進次香，搖支籤？」

「我不信那。」

「前不久，我去了趟鳳山，在三佛殿還想為六爺許個願：秋天若能金榜題名，就為佛爺再塑金身。又怕我是女身，有辱儒業，不敢許。」

「我不信那！」

「可我在鳳山一處尼姑庵，見到一位老尼，她還問起六爺你。」

「一個尼姑問起我？你又瘋說瘋道吧！」

「真有這樣的事！那位老尼知道我們康家，真問我：常見六爺嗎？」

「胡說八道！我長這麼大，還沒見過一個尼姑！」

「我說呢！六爺去進香、抽籤，也不會到那處尼姑庵吧？」

「胡說八道！我可從沒到什麼寺廟抽過籤！」

六爺就這樣矢口否認他見過什麼尼姑，汝梅也只好打住，不再探問下去。但心裡的疑團卻是更大了。六爺既然壓根就沒見過任何尼姑，那老尼是怎麼知道了六爺？

過了一些時候，汝梅陪了母親來前院的大堂燒香。偶爾掃視側面牆上掛著的四位過世老夫人的遺像，忽然發現有一位彷彿眼熟似的。

這怎麼可能？

最晚故去的一位老夫人在世時，汝梅還很幼小，根本就沒有一點印象。再說，她也不是第一次來此，以前可從來沒有這種眼熟的感覺！

那麼，她看這個老夫人像誰呢？她嘴角斜上方有一顆點得好看的痣。

想來想去，逮不著一個確切的對象。所以，她也不去想了。可還沒走出大堂，突然就跳出一個人來：鳳山尼姑庵的那個老尼！眼熟的這個老夫人，原來是有幾分像那個老尼姑？

老尼可不就生了這樣一顆好看的痣！

天爺，老尼姑像康家一個死去的老夫人，那天是見了鬼吧？

汝梅越想越怕，不禁大叫一聲，失魂落魄跑出大堂。

## 4

庚子年時局的突變，真把六爺給氣蒙了。

今年恩科鄉試，定在八月初八開考。六爺本來打算，七月二十就赴省府太原，駐紮下來，早做臨考準備。同時，亦可會會各地來趕考的士子。然而，一進七月，無論太原，還是太谷，義和拳都大開殺戒了。幾起教案，弄得太原血雨腥風，趕考的士子，誰還敢早去？

到七月二十，竟正好是朝廷丟了京師的日子！六爺聽到這個消息，除了仰天長嘆，又能如何！十年寒窗苦讀，就等著今年八月的鄉試大比呢，誰能想到眼看考期將近了，竟出了這樣的塌天之禍！京城丟了，太后皇上帶著滿朝文武逃難去了，天下已經亂了套，誰還顧得上鄉試會試？

何老爺說：出了這樣大的變故，朝廷會推延考期的。

可朝廷逃難逃到哪兒了，誰知道？

六爺像捱了窩心腳似的，真是有苦說不出。因為在康家，幾乎就沒人關心他的科考。老太爺便是第一個不想叫他赴考求仕，更不用說別人了。新當家的三哥、四哥，誰會惦記他的科考！三哥當政後，倒是不那麼脾氣大了，可對他苦讀備考，還不是依然不聞不問？四爺是善人，也只問問寒暖而已。

學館的何老爺，當然惦記大考，可他瘋瘋癲癲的，連句知心的話也沒法跟他說。

以前，母親總在冥冥之中陪伴著他，使他不感孤單。實在說，他苦讀求仕，也完全是為了報答早逝的母親。可母親也早放下心來，離他而去：母親的英魂不再來，康宅不再鬧鬼，已有許多年。去年夏天，母親忽然又回來幾次，顯然也知道考期將近了！

可考期將近了，厄運卻接踵而至：何老爺幾次犯病；老太爺又對他明言：能不能放棄儒業，輔助你三哥理商？更要命的，是開春後時局就急轉直下，拳亂加洋禍，一天不如一天，終於塌了天。

母親，你的英魂也不能保佑我了？我十年苦讀就這樣毀了，不能結果？

今年春夏以來，每當靜夜，六爺總盼著母親再度顯靈。有時，給母親的靈位敬香後，就長跪不起，默禱良久。可是，母親再沒有顯過靈。

就在這種憂憤又孤寂的時候，汝梅跑來問起他的科考事。在康家，這要算唯一還惦記著他科考的人了。闔家上下，就這麼一個淘氣的姪女還惦記他，這使六爺更覺孤寂。所以，他也沒有給汝梅好臉看。

汝梅走後，六爺才覺得不該這樣對待她。她一個小女子，竟然比誰都關心你，總該說句叫她中聽的話吧？汝梅建議他去拜神求籤，問一個吉凶，也是好意：抽到一個好籤，他會少一些憂憤？

至於汝梅說到的尼姑庵，六爺只當成了昏話聽。汝梅說此昏話，是想引誘他去拜佛求籤吧？她一向就愛這樣沒邊沒沿的昏說。

要是沒有這場拳亂，這幾日恐怕已經坐在太原的貢院了。眼看初十已過，什麼消息也沒有。六爺真決定到寺廟去求一次籤。

鳳山龍泉寺的籤，一向很靈。可六爺不願意跑那麼遠路。想了想，決定還是進城一趟吧。在城裡，不拘南寺、東寺，求個籤看看。求完籤，還能到別處探聽到一些消息。

正做這樣的準備時，何老爺興沖沖跑來了：「六爺，有消息了！朝廷已頒布詔書，展緩今年恩科：鄉試改在明年三月初八，會試推至明年八月初八。明年的正科，以此遞推。」

六爺就問：「何老爺，消息真確嗎？」

何老爺就有些不高興，說：「這是什麼事，我能瞎說八道！」

六爺趕忙說：「何老爺在上，學生哪能不相信？我是怕現在天下大亂，朝廷還不知逃到哪兒了，會不會有假傳聖旨的事？」

何老爺說：「我親自進城跑了一趟，尋著學宮的教諭。正是教諭大人對我說，朝廷頒了此詔書。他是衙門中人，不想活了，假傳聖旨！」

「朝廷真頒了這樣的詔書，還叫人放心一些，只是頒得太遲了。」

「遇了這非常之亂，頒布及時，也傳不下來。我們晉省還算近水樓臺呢，詔書傳來得早。」

「何老爺，我們怎麼算近水樓臺？」

「我已經得了確切的消息，太后皇上逃出京城後，是先沿了京北官道跑到宣化。離開宣化府，已改道南下，要奔山西來了。」

「要奔山西來了？」

「六爺還是不相信我？」

「我不是不相信何老爺，只是這消息太震耳了。」

「震什麼耳呀！京城丟了以後，什麼事你也不用大驚小怪了。還有什麼事能比丟了京城更震耳？」

「是呀，朝廷丟了京城，真是塌天之禍。兩宮逃來山西，是看晉省表裡山河，還平安一些？」

「我看朝廷也是再沒好地界可去了，不來山西，還能去哪兒？躲進承德離宮，洋人不愁追殺過去！逃往口外關外，兩宮能受得了那一份苦焦？不來山西，真還沒好地界去。」

「何老爺，你看兩宮會暫時駐鑾山西嗎？」

「誰知道？朝廷真要駐鑾山西，明年也不用指望有鄉試會試了。」

「為什麼？」

「沒有國都的朝廷，還能開科取士？」

六爺聽了這話，心裡不是滋味。

「叫何老爺這樣一說，那我該投筆從戎了？」

「從戎又有何用！朝廷連京營大軍都不用，只用鄉間一幫拳民，你從戎有何用？」

何老爺又在說瘋癲話了吧。六爺就說：「何老爺，也不用埋怨朝廷了。朝廷又豈是我們可以非議的？國都一丟，商家也更不好立身。京城字號不是都逃回來了？」

何老爺瞪了六爺一眼，說：「六爺，你這是說什麼話！是朝廷守不住京城，任洋人進來燒殺掠搶，商家才難以立身！」

六爺忙說：「何老爺，我們不說朝廷了。鄉試既已推延，也只好指望明年能如期開考。」

「六爺，我看你也不用多指望。」

「難道從此就沒有轉機了？」大清敗亡的話，六爺不敢說出。

何老爺卻瞪了眼說：「大清就是不亡，你去入仕這樣無能的朝廷，能有什麼出息？」

六爺知道何老爺的瘋癲勁兒又上來了，不能彆著勁跟他論理，你越別勁，他越要說沒遮攔的話，只好順著幾分說：「何老爺，即便遭逢了末世，也不該躲避吧？一部《呂氏春秋》，傅青主激賞的只一句：『天下非一人之天下也，天下人之天下也』。顧亭林也有句名言：『保天下者，匹夫之賤，與有責焉耳矣』。」

「六爺，你是錯將杭州當汴州了！今之末世，實在不能與傅山、顧炎武所處末世相比。看看當今士林，都是些猥瑣、苟且之輩，哪有傅氏、顧氏那樣的偉岸人物？你縱然有拯救天下的大志，只怕也無處放置！士林太不堪了，你一人有志，又能如何？」

「天下有難，與我們無關涉？」

「六爺，你總算說了句明白話：朝廷也好，士林也好，就任其去敗落、腐爛，我們何必管它！」

「何老爺，我可依舊不明白！」

「已經無可救，你還要去救，這能叫明白？」

瘋癲的何老爺，說得毫無顧忌。可六爺想想，也真是不謬。自己真該像父親所希望的那樣，棄儒入商，改邪歸正？可母親生前的遺願怎麼交代，就這樣丟棄了？

何老爺見六爺不言語了，就說：「六爺還是信不過我吧？那我帶六爺去見一個人。聽聽此人議論，六爺就不會疑心我了。」

「去見誰？」

「京號戴掌櫃。」

「戴掌櫃有高見？」

「他駐京多少年了，對京師朝野瞭如指掌，我們去聽他說說，看大局還有救沒救。以前，見戴老幫不易，現在避亂在家，正好可以從容一聚。」

六爺當然聽說過戴老幫，知道是能幹的掌櫃，但從未見過。以前，他也不想見這些掌櫃，能幹的掌櫃，也無非會做生意吧。現在，遇了這樣的局面，見見這位京號老幫，也許真能知道京城何以會丟失？

# 5

戴膺家在城東南的楊邑鎮，離康莊也不過一二十里路。何老爺當年在京號做副幫的時候，戴膺就是老幫了，所以何老爺對戴家是不生疏的。他陪了六爺去拜訪戴老幫時，也就沒有勞動別人，套了車，便直奔楊邑了。

此去一路，也是旱象撲面來。年輕的六爺，對旱像似乎也沒有太深的感觸，他只是覺得秋陽依然炎熱，田園之間也似當今時局，瀰漫了疑慮和不爽。何老爺算落魄已久，所以對田間旱象還是深感刺眼驚心。他指點著滿目的旱象，不斷說：「今年流年不利，遇了這樣的大旱，又出了這樣的大亂，真是應了閏八月的凶兆。」

六爺就說：「今年還有一個不一般。」

何老爺問：「除了大旱、大亂、閏八月，今年還有什麼不一般？」

六爺說：「我不便說。」

何老爺忙叫道：「大野地的，有什麼不敢說！」

六爺還是說：「不便說。」

何老爺眼一瞪，說：「怕什麼，說吧！」

六爺才說：「何老爺怎樣就忘了？今年為何加恩科？」

何老爺一聽，連連叫道：「是了，是了，這樣一件事，我怎麼就忘了？今年是當今皇上的三旬壽辰！」

「皇上三十壽辰，竟遇了大旱、大亂、閏八月，這麼不吉利？我說呢，好不容易加了一個恩科，卻招惹來這麼大的禍害。」

「叫我看，這不是皇上招惹來的，倒像是上天的一種報應！」

「報應什麼？」

「報應那些欺負皇上的人呀！」

「何老爺是說洋人？」

「什麼樣人！上天報應的是幾十年騎在皇上頭上不肯下來的那個女人。」

六爺吃了一驚：「何老爺是說西太后？」

見六爺這樣吃驚，何老爺笑了：「我們是在野地裡說閒話，放肆些怕什麼！」

六爺就說：「我倒不怕，你可是朝廷拔出來的正經舉人老爺！」

「我早就不想頂這個舉人了。大清給這個女人禍害到今天這步天地，六爺你還考她那個舉人進士做甚？她考你們，出的題目都是如何忠君報國，可她自家倒天天在那裡欺君誤國！戊戌年，皇上要變法圖強，她大不高興，居然將皇上軟禁了。讀遍聖賢書，也沒教你這樣欺負君王吧？她能耐大，連皇上都敢欺負，怎麼惹不起洋人？棄都逃難，她算是把國朝的體面都丟盡了！歷朝亡國之君，也不過如此。」

「何老爺，你小聲點吧。」

「我正盼他們定我一個忤逆之罪，摘了我這舉人帽子呢。」

「定你一個忤逆罪，只怕連首級也一道摘去了。」

「摘去就摘去，只是眼下他們可顧不上摘。六爺，今日局面，我們西幫早在百年前就看透了：朝野上下，官場士林，真照了儒家聖賢大義立身處世的，本也沒有幾人。官場士林中人，誰不是拿聖賢大義去謀一己私利？既圖謀利，何不來商場打自家的天下？」

何老爺越說越上勁，六爺只好不去惹他。雖說在野地裡，畢竟也說得太出格。只是，冷眼看當今局面，也真有亡國跡象。國之將亡，你棄儒入商，就可有作為了？天下不興，誰又能功德圓滿？

何老爺此番帶他去見戴掌櫃，難道還是勸他棄儒入商？

戴宅自然不能與康家府第相比，但它的高貴氣派還是叫六爺大吃一驚。尤其戴宅於闊綽中，似乎飄散著一種靈秀之氣，這更令六爺意外。

畢竟是駐京多年的掌櫃。

他們到達時，戴老幫正在後園侍弄菊花。一說是東家六爺來了，何老爺又不是生客，管家就慌忙將他們讓進來，一面派人去請戴掌櫃。

說話間，戴老幫已經快步跑出來。他依然還有些消瘦，特別是回晉一路給晒黑的臉面，依然如故。但戴老幫的精神已經好得多了。他一出來，就殷勤異常地說：「不知道二位稀客要來，你們看，我連泥手都沒來得及洗，實在是不恭了。」

六爺忙施禮說：「我們不速而至，想戴掌櫃不會介意。」

戴老幫忙說：「我早想見見六爺了，今日幸會，高興還來不及呢！這也是沾了何老爺的光吧？」

何老爺說：「我們是來沾戴掌櫃的光！」

戴掌櫃就說：「我剛從京城逃難回來，晦氣尚未散盡，有什麼光可沾？」

何老爺說：「六爺正是想聽你說說京都淪陷的故事。」

戴掌櫃說：「頭一回招待六爺，就說這樣晦氣的話，哪成！走，先去後頭園子裡，看看我的幾盆菊花。」

何老爺有些不想去，但戴膺並不大管他，只招呼了六爺往園子裡走。

戴家的園子不算太大，可鋪陳別緻，氣韻靈動。尤其園中那個水池，很隨意地縮成一個葫蘆形；在中間細腰處架了一道小橋，橋為木橋，也甚為隨意，一點沒有那種精雕細琢的匠氣。池邊一座假山，也很簡約，真像移來一截渾然天成的山岩。只有假山邊的一處六角涼亭，是極其精美的，為全園點睛處。雖為大旱年景，園中卻沒有太重的頹象，花木扶疏，綠蔭依依。

六爺不禁感嘆道：「戴掌櫃的園子，這麼品味不俗！是請江南名匠營造的吧？」

戴膺快意地笑了：「我們哪像東家，能請得起江南名匠？不過是自家一處廢園，隨便點綴了點綴，遮去荒涼就是了。」

何老爺說：「戴掌櫃在京城常出入官宦府第，名園也見得多了。自家的園子，還能堆砌得太俗了？」

戴膺說：「何老爺，我可不是仿京中名園。那些園子極盡奢華，想仿也仿不起的。我這是反其道行之，一味簡潔隨意。園子本也是消閒的地界，太奢華了，反被奢華圍困其間，哪還消閒得了？再說，在鄉間堆一處華麗的園子，家裡什麼也別做了，就日夜防賊吧！」

六爺說：「我看戴掌櫃的園子，沒有一點商家氣，也無一點官宦氣，所以才喜歡。」

戴掌櫃又快意地笑了：「六爺真會說話，不說寒酸，倒說沒有官氣、商氣。我領情了！六爺，何老爺，你們看我這幾盆菊花有無官氣商氣？」

六爺看時，哪是幾盆，是洋洋一片！其間，有少數已破蕾怒放，只是黃、紅、紫一類豔色的不多，唯白色的成為主調。

戴膺指點著說：「花竹中，我只喜歡菊花。但長年駐京理商，實在也無暇侍菊，只是由京下班回來歇假時，略過過癮罷。今年後半年，本也輪我回來歇假，他們就預先從貫家堡訂了些菊花。我不在，家裡也無人喜愛此道的。」

六爺就問：「戴掌櫃只喜愛白菊？」

戴膺說：「六爺倒看出來了？其實也說不上是特別嗜好，只是看著白菊心靜些吧。駐京在外，終年陷於官場商界的紛亂嘈雜中，回來只想心靜一些。六爺是讀書人，何老爺是儒師，我真沒有你們那麼高雅的興致。」

何老爺說：「靜之兄不要提我，我現在哪有餘力伺候菊花？」

六爺見何老爺又來了，趕緊攔住說：「戴掌櫃，我還真沒見過這麼多白色菊花。色同而姿態各異，有許多種吧？」

戴膺說：「也沒有多少種。白菊不好伺候，稍不慎，就會串種，致使色不純淨。這是白西施，那是白牡丹，那是鄧州白，還有白疊羅、白鶴翎、白粉團、白剪絨、白臘瓣、四面鏡、玉連環、銀荔枝都還沒有開呢。這幾株你們猜叫什麼？叫白褒姒。」

何老爺打斷說：「外間有塌天之禍，靜之兄倒悠閒如此！」

戴膺笑了笑，說：「時局至此，朝廷也無奈，都棄京逃難去了，我一介草民，著急又有什麼用？我看二位對菊花也不大喜愛，那就回客廳喝茶吧。」

六爺忙說：「我還沒有看夠戴掌櫃的白菊盛景！今日秋陽這樣明麗，就在園子裡坐坐，不也很好嗎？」

戴膺就說：「我本也有此意，只怕怠慢了二位。六爺既有此雅興，那就往前頭的亭子裡坐吧，我得去洗手更衣了。」

六爺跟了何老爺來到那座精美的亭子前，一眼就看見了亭柱上掛著的一副破格的對聯：

行己有恥

博學於文

有些眼熟的兩句話，是誰說的呢？六爺一時想不起來，就問何老爺。

「顧亭林。旁邊刻有落款，你不會去看！」

何老爺還真眼尖。這副木雕的對聯，果然有上下題款。此兩句為顧亭林所言，當然用不著驗證，經何老爺一點，六爺也記起來了。只是看了落款，才知道這副對聯為戶部尚書翁同龢書寫。

六爺在老太爺那裡見過翁大人書贈的條幅，不想在京號戴掌櫃這裡也有翁大人的賜墨！

「何老爺，你看這真是翁尚書的親筆？」

「怎麼不是！翁同龢做戶部尚書年間，戴掌櫃一直做京號老幫，討這幾個字還不容易！」

「翁大人賜下這幾個字，有什麼意思嗎？」

「這幾個字，是應戴掌櫃之請而寫的。戴掌櫃取顧亭林這兩句，也只是看重其中兩個字：有恥。他這亭子，就取名『有恥亭』。」

「此亭叫『有恥亭』？」

「為商無恥，哪能成了大事？西幫從商，最講『有恥』二字。戴掌櫃以『有恥』名此亭，實在也很平常。六爺覺得意外，是一向太輕商了。」

聽何老爺這樣一說，倒覺無味了：何老爺把他帶到這裡來，篤定了是誘勸他棄儒入商。再看園中初現的靈秀氣，似乎也要消退。

僕人端來茶，跟著，戴膺也出來了。

戴掌櫃還未進亭，何老爺就說：「靜之兄，我看你優雅依舊，準是對當今危局別有見識！」

戴膺進來，邀客坐定，說：「何老爺別取笑我了！要有見識，我能像乞丐似的逃回山西？」

何老爺說：「你老兄畢竟是預見了京師要失，提前棄莊撤離的。」

戴膺苦笑了一下：「快別提這次棄莊出逃了！六爺，我這次敗走麥城，真是既愧對東家，也對不住京號的眾夥友。」

六爺說：「大局亂了，哪能怨戴掌櫃？只是，這亂局是否還能收拾？」

何老爺說：「六爺本已經預備停當，只待赴這八月的鄉試，哪曾想就出了這樣的塌天之禍！考期已過了，才傳來本年恩科推延至明年的詔令。遇此大禍，也只有推延一途。推延就推延吧，只怕推延至明年，還是沒有指望。六爺自小就有志博取功名，苦讀到赴考時候了，偏偏遇了這樣的波折！靜之兄，你看明年是否有指望？」

戴膺說：「當今朝局，誰也看不準了。就是朝中的軍機，也分明失算！否則，朝廷能淪至棄都出逃這一步？六爺自小有大志，我們駐外夥友也都知道。逢此亂世，深替六爺惋惜。只是，戴某不過東家字號中一個小掌櫃，哪能預見得了如此忽然驟變的時局？」

六爺就說：「戴掌櫃一定瞧不起我這讀書求仕的人吧？」

戴膺慌忙說：「不能這樣冤枉我！六爺，我是十分敬重讀書人的。這，何老爺知道。」

何老爺就冷冷哼了一聲，說：「我當然知道！不是你老兄貪圖文名，我能落到今天這般天地嗎？若仍在京號，再不濟，也添置了這樣一處園子！」

戴膺笑了笑說：「何老爺，等亂事過去，我送你一處園子！六爺，這許多年，何老爺沒少罵我吧？」

六爺也笑了說：「他誰不敢罵！」

戴膺說：「當年我們攛掇何老爺一試科舉，實在是想為西幫爭一個文名。西幫善商賈貿易，將生意做遍天下，世人都以為我們晉人又俗又愚，只圖求利，不知取義。天下又俗又愚的勢利者多多，為何獨我西幫能將生意做遍天下？西幫能成大業，我看除了腿長，不畏千里跋涉，還有兩條，為別的商賈不能比。這兩條，就是我掛在亭下的一副對子：一邊是有恥，一邊是博學。腿長，有恥，博學，有此三條，何事不能做大？」

六爺就說：「戴掌櫃說了半天，還是不離商賈二字！」

何老爺說：「當年戴掌櫃若這樣在商言商，也不會把我推下火坑了。」

戴膺說：「何老爺當年客串了一回科舉，居然就金榜題名！那時，真是轟動一時，官場士林都另眼相看西幫了：原來西幫中也藏龍臥虎，有博學之才。」

何老爺說：「文名你們得了，我只落了一個倒楣。」

戴膺就說：「當時實在也是疏忽了。我還做美夢呢：天成元京號有一位正途舉人做副幫，那可要名滿京師了！光顧了高興，沒去細想朝制，以為商號中人既能捐納官場虛銜，也就能頂一個舉人的功名吧。哪能想到，民商使喚舉人老爺，竟是有違朝制的？因中舉而離開字號，不只是何老爺自家失意，對號內年輕夥友也影響甚大。他們都不大肯苦讀以求博學了，只滿足記帳算帳，這哪兒成？有恥為德，博學生智。西幫不求博學，哪能駕馭得了天下生意！」

何老爺就說：「靜之兄，那你就求一次孫大掌櫃，叫我回京號得了。」

戴膺說：「孫大掌櫃也摘不了你的功名。既不能從商，何不做名滿一方的儒師？何老爺，你應當振作才是。能輔佐六爺博取功名，舉人進士一路上去，也是壯了西幫聲威。」

何老爺說：「六爺有志儒業，我攔不著。我何某可是厭惡透了儒業！」

戴膺說：「六爺，你可不能聽他的混話！東家能出舉人進士，就是不圖官場榮耀，對自家字號也是一份鼓舞，夥友們當會以苦讀博學為榮。」

六爺就問：「戴掌櫃，朝局已淪落至此，我哪還有博取功名的機會？」

何老爺說：「我看戴掌櫃是處亂不驚，像吃了定心丸似的。」

戴膺又笑了：「何老爺，朝廷都逃難去了，誰給我吃定心丸！」

六爺問：「那大局真是不可收拾了？」

戴膺說：「六爺，以我之見，局面還不至塌底。京津丟失，北方諸省都有拳亂，但南方大半江山未受波及。今疆臣中幾位舉足輕重的人物，如湖廣之張之洞，兩江之劉坤一，兩廣之李鴻章，都坐鎮南方。他們既是理政鐵腕，又善與西洋列強打交道。所以當今國勢重頭在南方，南方不亂，大局就有救。」

何老爺說：「就是暫有一救，也到殘局時候了。」

戴膺說：「六爺，你不要聽他混說。即使真到殘局，也正呼喚大才大智呢。臨絕境而出智，此正是我們西幫的看家功夫。」

戴掌櫃的輕儒意味，那是分明的。但六爺從戴掌櫃身上，也分明感染到一種令他振作的精神氣。戴掌櫃與何老爺是不同的，與孫大掌櫃也很不相同。與老太爺，與三哥，也不相同。

危局絕境，正呼喚大才大智。

他好像從未聽過這樣的斷喝。

## 6

從戴宅歸來，六爺精神好了一些。反正已經停考，你憂愁也無用，還不如趁此鬆快幾天。訪問戴掌櫃，叫六爺意外地開眼開竅，所以他就還想再訪問幾位駐外老幫。問了問，津號的掌櫃夥友也都棄莊逃了回來。六爺就想去拜訪津號老幫，但何老爺看不起在津號主事的楊秀山副幫，說什麼也不肯陪了去。

沒人引見，自己貿然造訪，算怎麼回事？

所以這天六爺就去問管家老夏：誰還跟駐外掌櫃相熟？到了老夏那裡，見四爺也在，一臉愁苦的樣子。

又出了什麼事嗎？

一問，才知是為行善發愁。

康家自發跡以來，就留下一個善舉：每到臘月年關，都要為本康莊的每一戶人家，備一份禮相贈，以表示富貴不忘鄉鄰。禮品一向是實用之物，又多為由口外辦回的食品，如幾斤羊肉或斤把胡麻油。

今年大旱，眼看到八月秋涼時候了，災情已是鐵定。所以，本莊農戶佃戶都無心也無力籌辦中秋節，災後長長的日子還不知怎麼過呢！新主理家政的四爺，就想在中秋節前也給村中鄉鄰送一份節敬：一戶一包四塊月餅，聊以過節。

這動議對管家老夏一說，老夏皺了眉：「四爺心善，我們都知道。只是，今年遇了這樣的大旱，又出了這樣的大亂，凡入口能吃的東西，市價都騰飛暴漲。月餅這種時令之品，漲價更劇！」

四爺就問：「那一包月餅，能貴到多少？」

老夏說：「一斗麥已貴到兩千七八百文，一斤麵也要一百二三十文，四塊月餅，平常的也要一千多文呢。」

四爺說：「一千文，就一千文吧。若是便宜，也用不著我們接濟了。全莊百十來戶，也就四五十兩銀子吧？」

老夏說：「四五十兩銀子也不是小數目。再說，一時到哪兒去置辦這麼多月餅？今年，月餅本就缺貨，為我們自家置辦的百十斤，費了多大勁，還未辦齊呢。」

四爺說：「既不好辦貨，那就送禮金吧。一戶一千文，我們一點心意，人家怎麼花，由人家了。貧寒的，先糴幾升米也好。」

老夏卻說：「給農戶佃戶送禮金還沒有先例。四爺既要行善，那我們還是盡力而為吧。我這就立刻派人往鄰近各縣去，看能不能將月餅置辦回來。」

四爺對直送禮金，忽然覺得甚好：在此饑荒年景，叫那些貧寒人家吃如此昂貴的月餅，實在也不是善舉。所以，就對老夏說：「今年月餅既如此昂貴，那就不用費力置辦了。就一戶送一千文禮金吧！這對貧寒人家，不算雪中送炭吧，倒也能頂一點事。」

老夏依然說：「給鄉鄰直送禮金，實在是無此老例。要破例，只怕得老太爺放話。」

四爺就說：「我去跟老太爺說。」

但說了此話，四爺又犯了難：自從將家政的擔子交給他後，老太爺似乎已經撒手不管了。每遇猶豫難決的事，恭恭敬敬跑去向老太爺討示，總是碰一鼻子灰：「該怎麼張羅，由你們，我不管了。」今日這點事，再跑去請示老太爺，那不尋著丟人現眼！屁大點事，也來問，還要你做甚：不挨老太爺這樣的罵就算走運。可不討來老太爺的話，老夏不會高抬貴手。

六爺跑來時，四爺就正在這樣犯愁。問明白，六爺便對老夏說：「我去見老太爺。你就照四爺的意思先去預備錢。」

老夏依然口氣不改，說：「把銀子兌成制錢，那還不容易？當緊，得老太爺放話。」

這個老夏，誰的面子也不給？

六爺本來只是想兩面打圓場，並不想真管這種瑣碎事，可老夏這樣不給面子，有些激怒了他。

「四哥，你等著，我這就去見老太爺！」

說罷，真往老院去了。可氣的是，老院門房死活攔著不叫進，說老太爺有話，誰也不見。他叫出老亭來，老亭也一樣，冷冷擋著不叫進。

六爺就問：「那見見老夫人，成不成？」

「老夫人也有話，誰也不見。」

老亭口氣冷淡，六爺也只好作罷。他只是想，老夏一定跟老亭串同好了，成心難為綿善的四哥。給了別人，他們哪敢這樣！

六爺因為停考窩著的氣，這下更給引逗出來了。他一定要治治這個老夏！自四哥主理家政以來，老夏就有些不把新主子放在眼裡。還有，老夏一向也看不起學館的何老爺，一有機會，就要羞辱何老爺！六爺想了想，就決定拉上何老爺，一道來治治老夏。

回到學館，六爺就將四爺如何行善不成的前因後果對何老爺說了個詳細。

何老爺一邊聽，就一邊冷笑。聽完，更冷笑說：「老狗才，耍的那點把戲誰看不出來！」

六爺忙問：「何老爺，老夏耍的是什麼把戲？」

何老爺反問：「那老狗才說，一斗麥漲到多少錢了？」

「他說一斗麥，市價已到二千七八百文了。」

「一斤麵漲到多少？」

「一百二三十文。」

「一個月餅？」

「說四塊月餅就一千多文。」

「老狗才！」

「何老爺，價錢不對嗎？」

「六爺，你去市面問問，就明白了。」

六爺再怎麼問，何老爺也不多說，只叫去市面問價。六爺本想打發個下人去，想想，還是親自跑一趟吧：下人都歸老夏管。

六爺為此真套了車，到城裡逛了一趟。探問結果，真叫他吃驚不小！一斗麥只漲到一千二三百文，一斤麵也只漲到三四十文，但人們已叫苦不迭。月餅呢，即便京式廣式的，四塊一包也不過百十來文，但已過分昂貴，不很賣得動，何曾缺貨！

這個老夏，報了那樣的天價，來欺負四哥，真是太過分了。一斗麥，老東西多報了一千五百文；一斤麵，多報了將近一千文；一包月餅，也多報近千文！

老東西是隨口報價，嚇唬四哥，還是一向就這樣瞞天過海，大撈外快？不管怎樣，反正是拿到治他的把柄了。

六爺這樣一想，順便將米、油、菜、肉等入口東西的市價，也問了個清楚。臨了，還到自家的天順長糧莊坐了坐，問了問。自家開著糧莊呢，老夏就敢這樣漫天要價？

六爺回來，自然是先見何老爺。

何老爺聽了市價，也依然是冷笑：「哼，老狗才，我早知道他的勾當。他一年禮金與我相當，可你去看看他的宅院，一點也不比戴掌櫃的差！」

六爺就說：「這下好了，能治治他了。他也太欺負四爺了。對何老爺，老夏也是一向不恭得很！」

何老爺說：「怎麼治他？你們康家的事，我還不清楚！只要老太爺信得過他，你們誰也奈何不了他。」

「我把這事稟告老太爺，不信老太爺會無動於衷！」

「哼，那你就試試吧。」

「何老爺在京號做過副幫，想也理事有方。能為我謀一策嗎？」

「這是你們的家事，我可不想摻和。六爺既想管這事，那你就當理政似的，大處著眼，以智取勝，不要像姑嫂之鬥。西幫理商，即以理政視之，所以能大處著筆，出智見彩，營構大器局。」

「何老爺又來了，這點事，能營構什麼大器局！」
「六爺不是叫我出謀嗎？」
何老爺說的雖有些酸，但還是更激發了六爺的興致。在康家，管家老夏也不是簡單人物。真能大處著筆，出智見彩地治他一治，也是一件快事。
六爺離開學館，就興沖沖去見了四爺。
四爺聽了，只是說：「老夏不至這樣吧？他做管家幾十年了，要如此不忠，老太爺能看不出來？」
六爺就說：「這也不是我們誣陷他！嚇人的天價，是他親口說的；真實的市價，又是我親自探問的。對老太爺，他不敢不忠，可對四哥你，說不定是有意欺生！趁天旱遭災，他慌報高價，在吃喝上撈我們一把，真說不定。」
四爺說：「我們閤家所用的米、麵、油各類，都是由天長順糧莊挑好的採買，並不經老夏之手。」
六爺說：「除了糧油，採買的東西還多呢！我到市面問了，蔥三十文一斤，姜三百文一斤，生豬羊肉二百文一斤。可回來問廚房的下人，報的價都高了許多！」
四爺聽了，依然說：「就是有這麼些小小不嚴，也不便深究的。老夏畢竟是老管家了。」
六爺說：「四哥，你要壓不住這些老家人，只怕當家也難。他們不怕你，什麼壞事不敢為！再說，我們是以商立家，反被管家以奸商手段所欺，傳出去，豈不成了笑談！」
「六弟你說，只是為了給鄉鄰送這點月餅，就跟老夏鬧翻了臉？」
「四哥，你要想治治這個老夏，那我就為你謀一良策，既不大傷老夏的臉面，又能叫他知道你的厲害，不敢再輕易欺負你！」

「真有這樣的良策，你就謀一個出來！」

六爺更興奮了，站起來踱了幾步，忽然就說：「有了！」

四爺就說：「那我聽聽，是什麼良策。」

六爺得意地說：「四哥，你這就去見老夏。見了面，不說別的，只一味道謝。老夏必問，謝從何來？你就恭敬施禮，說：謝你老人家無私提攜，教我理財之道。」

「這是什麼意思？」

「你只管聽我的！你把老夏恭維得莫名其妙了，再跟著說：有句俗話，不當家不知柴米貴。我接手料理家事七八個月了，居然不知柴米貴賤，實在是粗疏之至，敗家氣象！日前，你老人家報出月餅的虛價，試圖激我清醒，我居然渾然不覺，辜負了你的一片良苦用心。我回去說起，四娘就驚叫起來：你給鄉鄰送什麼月餅呀，一千文一包？金餅銀餅吧，有這麼貴？我說，今年大旱，能吃的東西都貴了。她說，也不用爭，你到市面一問就明白了。當家也不問柴米貴賤，想敗家呀？人家老夏給你報了這樣的天價，就是為了喚醒你，可你依舊懵懵懂懂。四娘這樣一說，我才派人去問了問市價。」

「你不是叫我編故事呀？」

「計策者，即如此。老夏聽你這樣一說，如心中有鬼，必然會鑽進我們編的故事中來，順勢說：四爺到底醒悟了。」

「老夏要沒搗鬼呢？」

「他肯定有鬼！你就照我說的，去試吧。」

被六爺逼迫不過，四爺只好去見老夏。

不大一會，四爺就回來了。六爺問：「如何？」

四爺說：「還真如你所料。」

六爺一聽，更興奮了，高聲問：「老夏他怎麼說的？」

四爺可不是那麼興奮，倒像有些難為情似的：「跟你預料的差不多吧。他說，『你吃慣現成飯了，不想多管家常瑣事，可我能明著數落你嗎？』」

「月餅呢，不買那麼貴的了吧？」

「老夏也贊成我的意思了：一戶送一千文禮金。」

「看看這些老奴才，你治不住他們，他們能聽你的？」

「老夏畢竟不是別人。這樣一弄，總是叫他覺得尷尬。」

「四爺，你這麼心善，那就由他們欺負你吧！」

六爺初試謀略，就獲小勝，非常興奮。跑到學館對何老爺一說，何老爺也有些興奮了，說：「老狗才，我早知道他是什麼貨。六爺你這樣治他，倒比你做文章多了幾分靈氣！」

聽何老爺這樣說，六爺更得意了，總想尋機會將這得意一筆呈給老太爺一看。但幾次企圖進入老院都一樣被攔擋。

自己進不去，六爺就想到汝梅。她進出老院一向比較容易。可汝梅近來已不大來學館。六爺專門去見了一次汝梅。她像病了，面色、精神都不似往常。但她說沒有病。

六爺就問：「你近來見過老太爺嗎？我幾次求見，都給老亭擋著，不叫見。老太爺怎麼了，是不是也欠安？」

汝梅說：「我也見不著了。我去，他們也是攔著不叫進。」

汝梅也見不著老太爺了？

# 第五章　苦心接皇差

## 1

八月十三日午間，天成元票莊大掌櫃孫北溟剛剛打算小睡片刻，忽然就有夥友匆忙來報：「縣衙官差來了，說有省衙急令送到，要大掌櫃親自去接。」

省衙急令？

孫北溟一聽也不敢怠慢，趕緊出來了。

衙門差役見到孫大掌櫃，忙客氣地說：「叨擾大掌櫃了，實在也是不得已。省上撫臺衙門傳來急令，叫大掌櫃務必於明日趕到太原，撫臺大人、藩臺大人有急事召見。」

說著將公事牒帖遞了過去。

孫北溟忙展開帖子看時，所謂急事，原來撫臺要宣諭朝廷急旨。

朝廷急旨？

孫北溟叫櫃上給差役付了賞銀，但差役不敢接，只說：「知縣老爺要聽回話：大掌櫃明日一準到省。若討不到這樣的回話，不光是小的交不了差，連知縣老爺也交代不了上鋒。」

事態這麼厲害？

前幾日就聽說，皇太后、皇上已經繞過東口，進入山西。撫臺、藩臺召見，無非為辦皇差向西幫借錢吧。但借錢，得找東家呀，他們這些領東掌櫃主不了那種大事的。

孫北溟就問：「省衙傳令要見的太谷還有誰？」

差役說：「還有志誠信票莊的大掌櫃，再無別人。」

只召見兩家票莊的掌櫃？孫北溟想了想，就給了準時赴省的回話。

國都失守，兩宮出逃，朝局忽然變得這樣殘破。大勢還有救沒救？以往判斷時局全憑各地的信報，尤其是京號的敘事密報。現在京都不存，京號已毀，各地信路也不暢，忽然間坐井觀天，乾著急，什麼也看不出來了。所以，去見見省上的撫臺、藩臺也好。至少，也可探知兩宮進入山西是過境，還是要駐蹕。

要只是過境，那又得吃西幫的大戶。朝廷雖是逃難過來，耗費也是浩大無比的。若要在晉駐蹕，那就不同了，全國上貢朝廷的京餉錢糧都要齊匯山西，西幫還是有生意可為。

太谷離太原也不過百十里路。但眼看午時已過，要在明日午時前趕到，不走夜路已不可能。

衙役一走，孫北溟就吩咐夥友去僱遠行的標車，聘請鏢局護路的武師，同時也打發了協理去志誠信約孔大掌櫃同行。

志誠信的孔慶豐大掌櫃稍年輕些，願聽孫大掌櫃安排。

於是，按孫北溟意思，在日頭稍偏西時候就趕趁著上路了。縣衙要派官兵護送，兩位大掌櫃婉謝了。時局雖亂，但有太谷鏢師跟著，沒有人敢添麻煩，比官兵還保險。

不到後半夜，即順利到達太原。兩位大掌櫃分頭去了自家的省號。

孫北溟到省號後，既無食慾，也無睡意，盥洗過，就叫住省號老幫問話：「撫臺衙門這是唱的哪出戲，探聽清楚沒有？」

劉老幫慌忙說：「事情太緊急了，還未探聽到什麼。」

票莊的太原分號，雖稱省號，但因離總號近在咫尺，商務也不顯要，派駐的老幫多不是太厲害的把式。天成元省號的劉老幫，是由邊遠小號輪換回來的，忠厚是忠厚，但未經歷過什麼大場面。忽然遇了庚子年這樣的大亂，更是不勝招架了。所以，他對這次撫臺急召票莊大掌櫃，實在也沒有探聽到多少內幕。

孫北溟又問：「除了太谷兩家，知道還召見誰家？」

「聽說總共九家，太谷兩家，祁縣兩家，平遙五家。就是西幫票業中打頭的九家大號吧。」

「召見的都是領東掌櫃嗎？叫沒叫財東？」

「叫的都是大掌櫃。」

再問，也問不出更多的情況，孫北溟就略進了些湯水躺下待旦。以為睡不著了，居然很快就入了夢鄉。畢竟勞累了。

因為撫臺衙門正在緊急修飾，以做兩宮過並的行宮；藩臺衙門也要供王公大臣使用，所以召見是在皇化館。

孫北溟趕到皇化館時，果然見到祁幫、平幫的其他七位大廠。祁幫來的是渠家三晉源的梁堯臣，喬家大德通的高鈺；平幫來的是日昇昌的郭斗南，蔚泰厚的毛鴻瀚，蔚豐厚的范定翰，蔚盛長的李夢庚，協同慶的雷其澍。

三幫大廠齊聚，本是不常有的，只是此次聚會緣由尚不明瞭，大家也不過彼此寒暄兩句，心思全在未知的朝廷急旨上。

午時早過，卻不見傳喚，大家更有些焦慮不安。

日昇昌是西幫票業中龍頭老大，眾人不免問郭大掌櫃：知道下來一道什麼急詔嗎？

郭斗南苦笑了一下，說：「我哪能知道？你們問高大掌櫃吧，他與京師官場最熟。」

大德通的高鈺也苦笑了：「京師官場現今在哪兒，我還不知道呢！」

蔚泰厚的毛鴻瀚，哼了一聲，說：「還用猜嗎？不過是叫我們加倍捐納，接濟朝廷罷了。」

志誠信的孔慶豐就說：「捐納銀子，那得叫財東來。我們是領東，我們能主了捐納的事？」

三晉源的梁堯臣也說：「往年捐納，也不過下道官令就是了，還用這樣火急萬分把我們召到省上？」

毛鴻瀚說：「這不是出了萬分危急的禍亂嗎！撫臺、藩臺親自催捐，是急等著用呢。眼看兩宮浩浩蕩蕩就要到了，不急成嗎？」

郭斗南說：「這次禍亂，我們字號損失可是前所未有。日昇昌空擔著一個票號老大的名聲，什麼好處沒有，就是樹大招風，禍亂一起，哪裡都是先搶我們！我們是傷了元氣了，哪還有餘力捐納？」

孫北溟笑了笑，說：「你們日昇昌也哭窮，那我們該討吃去了。」

協同慶的雷其澍說：「要哭窮，我們就一齊哭！一齊訴說西幫字號在京、津、魯、直，口外、關外受禍害的慘狀。」

蔚盛長的李夢庚：「這是實情，不是哭窮。我們自家的光景都快過不去了，哪還有錢捐了買沒用的官帽！」

孫北溟就說：「郭大掌櫃，毛大掌櫃，要不你們拿個主意，我們都跟著吆喝？」

大家都贊同。正在計議，傳喚他們上堂了。

進入正堂，上面坐的只布政使，即藩臺大人李延簫一人。九位大掌櫃行過跪拜禮，藩臺大人就立刻賞了座。

「各位掌櫃！」李藩臺拱手說，「這樣冒昧請你們來實在失禮。但事關緊急，也只得委屈各位了。撫臺大人本當親自來見各位，因軍情緊急，洋寇已進犯獲鹿，逼近晉省，大人正統兵扼守故關東天門。只好由本官招待各位掌櫃了。」

藩臺大人一開場，居然說得這樣客氣，實在大出眾掌櫃的意料！那時代的布政使，是省衙直接管理政務和財政的大員，地位僅次於巡撫。因主理財政，藩臺一般都與商界相熟，在以商聞名的山西，尤其如此。但藩臺畢竟是地方高官，其排場與威風，即便在私下場合也是要做足的。現在係正經場面，李大人居然這樣謙卑，哪能不叫人生疑！

聖駕將臨，又軍情危急，看來，真是要狠狠敲西幫一槓了。

「今日急召各位來，是因為接了行在軍機處發來的一道六百里加急諭令。與這道加急諭令最相關的就是各位領東的票業大號。」

行在，是指皇帝行幸之所在。兩宮逃難路上發出的這道六百里加急上諭，最與西幫大號相關？掌櫃們一聽，就摸不到邊際了。

「各位掌櫃，兩宮聖駕目前已巡行至代州，不幾日即臨幸太原。」

兩宮已到代州？這可是第一次聽到有關太后和皇上的確切消息，不料已近在眼前了。眾人驚詫不已。

「這次兩宮行在不似乎常出巡，整個朝廷乃至整個國都全跟著呢，所以需用之繁鉅也前所未有。兩宮離京以來，一路經過的都是苦焦地界，又歷拳亂和大旱，大多無力支應這樣的皇差。行在軍機處雖天天向各省發出急令，催促各省將京餉解往行在，接濟朝廷，可這談何容易！」

李藩臺有意停頓了下來，但眾掌櫃沒人敢接住說話。藩臺大人只得接著說：「現在道路不靖，消息也常不通，解押鉅額京餉，實在也難以及時送到兩宮行在。以往各省上繳京餉，都交付各位領東的西幫票號，走票不走銀，快捷無比。我問一句：拳亂發生以來，你們各號是不是停止攬匯了？」

眾掌櫃眼光投向日昇昌的郭斗南：他是老大，理該先說。可沒等郭斗南說呢，蔚泰厚的毛鴻瀚已無所顧忌，滔滔陳說：

「藩臺大人，不是我們停了匯兌，是生意沒法做了！京津失守，西幫字號全遭洗劫，無一家倖免。直隸、山東、河南、陝西、關外、口外的字號，也都受到禍害，損失之慘狀，叫人毛髮森豎！西幫票業創立一百多年來，這是遭遇最慘烈的一次大劫。」

李藩臺忙說：「西幫損失竟如此慘烈，我與撫臺大人一定如實向朝廷奏報！各家的江南字號，還在攬匯吧？」

毛鴻瀚依然搶先代言：「西幫滙業，全在南北排程。北邊字號毀了，江南字號還能做多大生意？再說，亂起四方，信局也走不了票，只好停匯。」

「西幫既停匯，各省上繳京餉，只得委派專員押送了。但路途遙遠，時局不靖，哪能解得了兩宮行在的燃眉之急！」說至此，李藩臺又拱手向眾掌櫃致意：「各位大掌櫃，朝廷下來的這道急諭，就是令各省將上繳的京餉，交給當地的西幫票號，火急匯至山西的祁、太、平老號。再由祁、太、平各號提銀交付朝廷行在。為此，朝廷欽定了在座的西幫九家大號，令你們開通匯路，即行收攬京餉，接濟朝廷！」

原來，朝廷是叫西幫承匯京餉。大家雖鬆了一口氣，但稍一想，也覺出不是好差事。在目前亂局中，異地銀錢很難排程。西幫答應承匯京餉，也就等於答應了借貸鉅額款項給朝廷。至此，大家也才明白，藩臺大人為何這麼低聲下氣：西幫承攬了各省京餉，兩宮駕到後浩繁的開銷便有了著落，省上撫衙藩庫才可鬆一口氣。在這非常之時，辦這麼大的皇差，僅憑山右一省之力，實在能愁煞人的。何況山西又有縱容拳亂的嫌疑，辦不好這次皇差，撫臺藩臺那就不是摘頂子，而是掉腦袋了。

九位大掌櫃，誰不是成了精的人物！所以，看透官家用意後，沒有人想多言語，連搶著說話的毛鴻瀚也不吱聲了。

藩臺大人便接著說：「在此危難之時，朝廷能記起西幫匯兌的神速、可靠，此不光是你們西幫榮耀，全山右都得光彩。萬望各位不負聖命！」

日昇昌的郭斗南只好說：「朝廷有難，我們本也該竭力報效，萬死不辭的。只是，遭此大劫，信路不暢，走票也難得快捷了。即如故關，那是山西東大門，眼下正兩軍對壘呢，哪能走得了票？」

李藩臺立刻說：「行在軍機處有言：電匯最好。」

郭斗南說：「電路更不暢通，拳民專挑電線割。」

藩臺大人說：「各地電路都在搶修呢。」

毛鴻瀚說：「我們西幫票號失了北地一半江山，老號也空虛得很。即便電報傳來匯票，我們一時也支墊不起呀！各省匯來的京餉，那不是小數目。」

李藩臺笑了：「我要不知你們西幫之富，豈不是枉在晉省做藩臺了！各位掌櫃，我就代撫臺大人宣讀聖旨了，請跪聽吧！」

眾掌櫃也只得跪下了。

藩臺大人展開一卷明黃帖子，說：「這是行在軍機處昨日送來的一道六百里加急上諭：

軍機大臣字寄各直省督撫，光緒二十六年八月辛巳奉上諭：自郡城失守，庫款蕩然，朕恭奉慈輿西幸於僻鄉荒野，跋涉蒙塵，艱苦萬狀，而一切需用久無著落。各省應貢京餉，總以程途不暢為由，遲遲不能解來濟急。今特飭各省督撫，盡速將京餉交由西商票號起匯，解來山西省城。西商老莊多在太原近側，電匯尤為便捷。朕奉慈輿之需用急待孔殷，交西商票匯以圖快捷，不得再推諉延遲。由六百里加緊諭令各省知之。山西巡撫毓賢諭知西商大號，速開匯路，收解京餉。欽此。」

李延簫宣讀完聖旨，又唸了軍機處開列的九大票號的名單，果然在座的都列在其中。

## 2

聽完朝廷聖旨，心裡縱有萬般委屈，嘴裡也不能說什麼了。

但在此非常之時，為朝廷收攬全國京餉，實在也不是一件小事。加之，票界九大號大廠碰到一起也不容易。所以，受召見畢，大家就有意在太原再聚會半日，計議一下這件利害難測的差事。

祁縣喬家大德通的高鈺大掌櫃搶在各位前頭，說：「與你們各家大號比，我們大德通算是新號。所以，今日聚會，就由我們做東了，各位能賞這個臉吧？」

喬家大德通票號，是在同治年間才由茶莊改營匯兌的。與其他八大字號相比，倒真是後來者。不過，它後來居上，業績赫赫，即使平幫的日昇昌、蔚字號這些開山老大，也不敢小瞧它的。

高鈺大掌櫃也的確是票界高手，他先手搶到這一由頭，比小不比大，別家也只好領情了。

於是，就議定改日在崇善寺尋一間雅緻的禪房做半日聚談。到午間，由大德通在清和元飯莊宴請各位。

定在崇善寺聚談，顯然為避世人耳目。議論皇差，言語不免放肆，實不足為外人聞聽。崇善寺又為省府大寺，平素香客中高官名士就不少，所以高雅精緻的禪房也備了幾處。

第二天，高鈺帶了一位叫賈繼英的省號老幫早早就來到崇善寺。這位賈老幫，是大德通連號大德恆的省號老幫，只二十五六歲，但極其精明能幹，遇事常有獨見。高大掌櫃把他帶來，為的是周到招待各位大掌櫃，不要得罪了誰。

賈繼英陪高鈺一到，寺中上下果然都很殷勤。很快就選定一間既雅靜、又講究的禪房。僧人備了上好的紅茶。晉人做磚茶生意幾百年，所以省內飲茶習慣，也以磚茶、紅茶為主了。

禪室靜靜，茶香濃濃。在其他大掌櫃未到之前，高鈺就先將朝廷的緊急詔令說給賈繼英聽了。然後，問道：

「繼英，你看，在大局如此殘敗之際，叫我們承匯京餉，得失如何？」

賈繼英慌忙說：「高大掌櫃，你這是考我吧？」

高鈺說：「這道難題，我一時還答不來呢，哪能考你？真是想聽聽你的見識。」

「在高大掌櫃面前，我能有什麼見識？大掌櫃駐京多年，議論朝局這樣的大勢，我尤其不能多言了。」

「看看你！想聽聽你的見識，你倒偏不說了。你也是一方老幫，這樣的大事臨頭了，能沒一點想法？

我也不是一定要聽你的高見。」

「大掌櫃要這樣說，那我就放肆了。在此時局動盪大勢難卜的時候，朝廷將這樣的重負壓到我們西幫肩上，我看倒並非不堪承受。叫我們承匯京餉，畢竟比強行壓我們出借鉅款要令人放心一些。再怎麼火急，也是我們的外埠莊口收了匯，老號這頭才提銀上繳，無非是一時支墊大些。」

「一時支墊大些！好我的賈掌櫃，你倒說得輕巧！這『一時』是多久：三月五月，還是三年五載？這『大些』又是多大：十幾萬兩，還是百十萬兩？若局面再惡化呢？我們外埠莊口收存了鉅額京餉，長久排程不出，一旦生亂，還不像京津莊口似的，重蹈被洗劫的覆轍嗎？」

「大掌櫃所慮當然不是多餘。但日後大勢，誰又能卜算得準？再說，朝廷既已壓下來，我們西幫也不便拒匯吧？高大掌櫃，以我愚見，要知日後大勢，唯有一途：坦然接下朝廷這份皇差，火速開通我們的匯路。」

「我的賈掌櫃，你這是什麼意思？」

「高大掌櫃，我們所慮的大勢，不能只看逃難中的朝廷，還要看各省動向，尤其是未遭拳亂與洋禍的江南諸省。朝廷這道急催京餉的聖旨傳下去，各省如何動作，即是預測今後大勢的最好依據！各省聞風而動，交我們匯兌京餉甚為踴躍，則大勢還有指望；若各省接旨後，又另找藉口，依然推諉拖延，並不向我們交會，則說明各省對大勢也失了信心了。所以，我們盡可坦然攬匯，無須擔心燙了手：我們收匯多，大勢也好；大勢不好，我們也收不了多少匯的。各地不交會，朝廷也怨不得我們西幫了。」

高鈺一聽，擊節稱讚道：「繼英，真有高見！你這一說，我也茅塞頓開了。」

賈繼英慌忙說：「大掌櫃，你心裡早明鏡一般。看來，我這答卷沒有大謬？」

「繼英，你真是叫我明白過來了。原先不光是我，祁太平三幫九大號領東掌櫃都懵懂著呢。我們要明鏡似的，早坦然打道歸去了，還用來此聚談個甚！」

「大掌櫃，我這也是忽然想到的，真不值得誇獎。」

「我不光要誇獎，還要拿你的高見點撥各位大掌櫃，叫他們都記住你！」

「大掌櫃，在你們面前快不敢提我！」

「這你就不用管了。」

高鈺大掌櫃一向善聽底下人的見識，凡發現高見良策，並不掠為己有，而總要在號內給予彰顯，並記為功績。賈繼英早有耳聞，今日算是親自領教了。不過，他不太相信，自己的這點見識，同業中的九大掌櫃就真是誰也沒有悟到？

不久，其他八位大掌櫃陸續到了。高鈺自然是殷勤迎接，但優雅從容，並沒有急於說出什麼。在向各位介紹賈繼英時也未多贊一詞。

聚談中，大掌櫃們還是謙讓有禮的，連日昇昌的郭斗南也不以老大自居。只蔚泰厚的毛鴻瀚一人，略露霸氣，不過較平時也收斂得多。時局危難，生意受重挫，誰還有心思把弄排場派頭！

毛鴻瀚依然不主張兜攬這份皇差，他說：「去年生意好做，朝廷卻發下禁令，不許我們西幫承匯京餉。今年拳亂加洋禍，兵荒馬亂，天下不靖，卻硬逼了我們攬匯！也不知是誰進了我們西幫的讒言，一心要我們也隨了大勢敗落！」

孫北溟一聽便接上說：「就是！去年朝廷禁匯的上諭，真沒有把我們困死！幸虧各地老幫能耐大，巧妙運動制臺撫臺，才一省一省鬆動起來。」

志誠信的孔慶豐說：「那我們何不如法炮製，再叫各地老幫巧為運動？」

郭斗南說：「今年是非常之時，不似乎常。逃難的太后皇上正缺吃少喝呢，你再運動，各省也不好拖延京餉的。」

三晉源的梁堯臣說：「士農工商，士農工商，體面時候總是士打頭，商殿尾。現在到了危亡關頭了，倒把我們推到前頭！」

協同慶的雷其澍說：「聖旨已下，不想攬這份皇差也是枉然了。兩宮眼看就到太原了，受了這一路的悽苦，正沒處出氣呢。我們拒匯京餉，那還不發狠收拾我們！」

蔚盛長的李蒙庚也說：「朝廷既將解匯京餉的差事交給我們西幫，各省尋找推諉拖延的藉口，也少不了要打我們的主意。我們稍不盡力，都可能獲罪的。」

郭斗南說：「不能抗旨，承旨接差也難呀！真要有大筆京餉匯到，我們日昇昌真是提不出那麼多現銀來。年初調銀南下北上，哪想會有這樣局面？現在是北銀被劫，南銀受困，老號空虛。」

毛鴻瀚也說：「要交皇差，得求東家出銀支墊。京津字號受了搶劫，東家正心疼得滴血呢，再叫往出掏銀子？我這領東真沒法開口。」

孫北溟就說：「毛大掌櫃也這麼怕東家，那我們還敢回太谷？」

孔慶豐說：「抗旨不成，接旨也不成，那總得想條路吧？」

蔚豐厚的范定翰說：「我看也只有接旨一條路。抗旨，也不過說說罷了。」

毛鴻瀚就說：「怎麼不能抗？叫各地老幫緩慢行事，找些信路不通，電報不暢的藉口，我們也來個推諉拖延，不就得了！」

孫北溟也說：「我們把責任推給信局、電報局，倒也是緩兵的辦法。」

范定翰說：「私信局一時難打通訊路，可拳亂一平，官家電報倒也易通。兩宮聖駕到了山西，通晉電報不會受阻的。」

郭斗南說：「兩宮這次西巡來晉，不知是要駐鑾，到太原就打住不走了，還是只路過，歇幾天就走？」

孫北溟說：「郭大掌櫃，你這才算點題了。叫我看，兩宮若暫時駐鑾太原，那我們就是砸鍋賣鐵，也得接下這份皇差。若只是路過，就當別論了。」

范定翰說：「昨日我聽聖旨口氣，像要在太原駐鑾。明令各省將京餉改匯山西省城，不就是要住下來嗎？若只路過，不會發這種詔令。京餉源源匯到，兩宮卻走了，哪有這樣的事？」

孔慶豐說：「飭令將京餉匯來太原，只是為借重我們西幫票商。祁太平，離太原近。不見得是要駐鑾太原吧？」

毛鴻瀚也說：「山西這種地界，兩宮哪能看上？」

李蒙庚說：「山西表裡山河，正是避難生息的好地方。離京師又不算遠，日後回鑾也容易。」

孫北溟就說：「若朝廷駐鑾太原，那我們西幫還是有生意可做的。僅全國京餉齊匯山西一項，即可找補回一些京津的損失。」

毛鴻瀚說：「我敢說，兩宮不會駐鑾太原！」

李蒙庚說：「太原也是福地，李淵父子不就是在此生息了一個大唐王朝！」

毛鴻瀚哼了一聲，說：「能跟大唐比？」

郭斗南忙說：「高大掌櫃，你怎麼一言不發？」

高鈺說：「我恭聽各位高見呢。」

郭斗南就說：「也說說你的高見！」

高鈺說：「我哪有什麼高見！今日搶著做東，殷勤巴結，就是想聽聽各位的高見。」

毛鴻瀚就問：「高大掌櫃你說，兩宮會駐鑾太原？」

高鈺笑了說：「駐鑾，還是路過，我真是看不出來。今日跟我來伺候各位的是我們大德恆的省號老幫賈繼英。賈老幫雖年紀輕輕，可遇事常有獨見。繼英，你聽了各位大掌櫃的議論，有什麼見地，也說說。」

賈繼英慌忙說：「各位大掌櫃在座，我哪敢放肆？能恭聽各位議論，已經很受益了。」

郭斗南說：「有獨見，也不妨說說。」

高鈺就說：「郭大掌櫃叫你說就說說。說嫩了，誰會笑話你？」

賈繼英忙說：「大掌櫃們這樣抬舉我，我更不敢放肆了。只是，我恭聽了各位的議論，倒是開了竅，心裡踏實了。這次皇差難接是難接，可有各位大掌櫃撐著，說不難，也不難。我們西幫，畢竟在官場之外，全由各位大掌櫃自主運籌，進退兩由之。這次朝廷叫我們西幫承匯京餉，作難是作難，可最作難的還是朝廷。兩宮西巡，艱苦萬狀，各省京餉就是遲遲解送不到。所以，此事的關節全在各省督撫衙門。朝廷這道急諭傳下去，各省就會踴躍向我們交會京餉嗎？他們依舊不動，我們就是想攬這份皇差，也是枉然了。若各省真踴躍交會，我們何不欣然收攬！各省踴躍接濟朝廷，便昭示了大勢尚可挽救，我們就是一時支墊大些，也無妨的。」

高鈺便故作驚訝，說：「繼英，你既有此見地，昨夜召你計議時，怎麼不吐一字？」

賈繼英說：「我這也是聽了各位大掌櫃的議論才忽然開竅的。」

郭斗南說：「高大掌櫃，你這位小老幫倒是個明白人。他這一說，我覺得也無須過慮了。這份皇差的關節的確在各省的制臺撫臺。他們依然不動，我們也真沒有辦法。」

李夢庚也說：「兩宮是否駐鑾太原，只怕也得看各省動靜。若得各省踴躍接濟，朝廷或許會駐幸晉陽，以圖儘早回鑾京師。若各省口是心非，行止曖昧，那兩宮豈敢困在山右？」

其他幾位大掌櫃有誇獎賈繼英的，也有不以為然的。尤其蔚泰厚的毛鴻瀚，只是冷笑，不屑評說。不過實在說，在座的大廠多少都受了些點悟，起碼也醒悟到：領了此份皇差，依然可靜觀大勢的。對喬家大德恆竟有這樣一位見地不凡的年輕老幫，他們心裡也不能不驚詫幾分。

只是，祁太平三幫九位領東大廠，居然真沒有人悟到那一層，也實在出乎賈繼英的意料。其實，西幫票號歷百多年昌盛，大號的領東掌櫃位尊權重，家資大富，又長年深居老號，其進取心志與應變智慧已漸漸不及手下駐外埠的前線老幫了。

# 3

孫北溟回太谷的一路就一直在想：喬家大德恆的省號居然藏有這樣一位才思出眾的年輕老幫，以前真還未有所聞。太原莊口一向不算重要，竟然放了這樣一個人才，那京號、漢號、滬號、穗號以及東口、西口這些大莊口，要放怎樣了得的高手？難怪喬家的大德通、大德恆兩連號後來居上，咄咄逼人。

回到太谷，孫北溟匆匆對帳房、信房做了安頓，叫他們速與各地莊口聯繫，傳去號旨：若有京餉交會，盡可收攬；自家也無須十分張羅。意思很明顯，穩妥行事，靜觀大勢。

安頓畢，本該先去趟康莊，給康老太爺說說這次省城之行，可孫北溟還是忍不住打發了一個小夥計去叫京號老幫戴膺速來。

叫戴膺來做甚？會商如何應付這件皇差？不是。孫北溟是想考一考他的京號老幫，看是否有賈繼英那樣的才思。如果戴老幫都不及人家這位省號的小老幫，那天成元真要內外交困了。

不久，戴膺就匆匆趕來。

孫北溟見他休養了這些天雖未復原，精神還是好得多了，便說：

「戴掌櫃，看你氣色倒是好得多了，只是仍見消瘦。」

戴膺笑笑說：「大掌櫃放心，無事在家，我長肉也快。」

「畢竟是受了大的虧累，理該消停休養的。今日請戴掌櫃來實在也是於心不忍。」

「大掌櫃，對我還用這樣客氣？有什麼吩咐就快說吧。」

「事情緊急，也自得這樣委屈你了。十三日午時了，省上撫臺衙門忽然傳來急令叫我連夜趕赴太原，說是有朝廷急諭要宣讀。」

「朝廷急諭？」

「是呀，我當時也納悶：我們又不在官場，朝廷哪會給我們直下聖旨？想了想，準是有非常之事，就趕緊去了。」

「不是只傳喚我們一家吧？」

「太谷還有志誠信，祁幫也是兩家，平幫五家，就是西幫票業中排在前頭的九家大號吧。」

「只是叫你們領東大掌櫃去？」

「是呀。朝廷下旨，不會是小事。號中大事，那得由東家做主。可人家只傳見我們這些領東，不叫財東。」

「那是叫我們西幫緊急解匯京餉吧？」

孫北溟連忙擊節讚道：「戴掌櫃，你如何猜得這樣準？」

大掌櫃反常的讚揚，也使戴膺有些奇怪。不過，他依然照直說：「這不是明擺著嘛，朝廷帶了滿朝文武逃難出來，一路耗費浩大。只靠沿途辦皇差，哪能支應得起？所以，非靠各省緊急接濟不可。朝廷逃難，行在不定，不靠我們西幫解匯京餉，各省想接濟也接濟不上的。大掌櫃，兩宮真是進入山西了？」

「十四日見到藩臺李大人，他說兩宮行在已經過了代州。今日十幾？」

「八月十六，昨日是中秋節。」

「昨日是八月十五？昨日在太原，大德通高鈺設宴招待各位大掌櫃，居然無一人提及中秋節！事情緊急，真是什麼也顧不到了。今日十六，那兩宮只怕已經從忻州出發，至遲，明天晚間就到太原了！」

「兩宮既已到達太原，那借重西幫票號急匯京餉，是再自然不過的事。」

「戴掌櫃，你是從京城死裡逃生跑回來的。朝局之岌岌可危你當然更感同身受。在此大勢無望，亂起四方之際，叫我們承匯京餉，不是拉西幫往深淵跳嗎？」

「大掌櫃，以我看，局勢向何處擺動，實在還難以看清。朝廷是已經丟失國都，逃難來晉。但除了京津，各省都還未失，也未大亂。所以，現在看大勢，全得看各省動向。」

孫北溟一聽，心裡更高興：戴膺說的，不是跟那個賈繼英一樣嘛！只是，孫大掌櫃盡力不動聲色，說：「現在，信路不暢，誰能探到各省虛實？」

戴膺說：「今次攬匯就是探知各省虛實的一個良機！各省踴躍交會，接濟朝廷，那大勢還叫人放心些；若交會寥寥，置朝廷於危厄而不顧，那大勢就不妙了。所以，當欣然領了這份皇差的。」

簡直與賈繼英說的一字不差！孫北溟得了滿意結果，也不便形之於色，就含糊說：「只是現在時局不靖，大額款項異地難以排程。萬一各地京餉源源匯來，老號的支墊也太大了。」

戴膺斷然說：「支墊越大，越值得！支墊大，說明京餉來得多；京餉來得多，說明各省對朝廷尚有指望。大勢既有救，我們日後也就有生意可做。在此舉國蒙難之際，朝廷釋出急諭，昭示天下，如何如何借重我西幫滙業，一解兩宮之危厄，這對我們西幫是何等的彰顯！有這一次救急，日後朝廷總不會再對西幫禁匯了吧。天下人也會更認西幫，遇了塌天之禍，朝廷都如此借重我們，誰還不信任我們？」

戴膺這一番話，更在那個年輕老幫之上了。孫北溟見戴膺出此高見，幾乎是不假思索，脫口而出，不免也有些自嘆弗如。雖然其他大號的領東掌櫃，也似自己一樣遲鈍，孫北溟還是強烈地感到了自己的老邁。老了，老了，真該告老還鄉了。尤其遇此非常之變，自己真是力不能勝了。

孫北溟便坦然說：「戴掌櫃，你這一說，我才豁然開朗。原先接了此皇差，真是發愁呢！不接，當然不成；接了，又怕支應不起。聽你這一說，我也踏實了。」

戴膺似乎未注意到大掌櫃的心情，倒是有幾分火急地說：「大掌櫃，現在不是誇我的時候。今日叫我來，是有一件急務交我去辦吧？」

孫北溟有些不解：「急務？當前急務，就是承攬這份皇差。我叫你來，只是聽聽你的高見。」

「大掌櫃，除了攬匯，還有一件急務須立刻就辦！」

「什麼急務？」

「派我去太原，暫駐省號！兩宮即將臨幸太原，朝廷行在近在眼前，聽說軍機大臣、戶部尚書王文韶大人也隨扈在側。我是京號老幫，就是去打探消息也較別人強。觀察朝局，掌握大勢，這是我們的頭等急務！」

孫北溟聽了，又是一愣：該想到的自己又沒想到！他忙說：「戴掌櫃，你說得極是！省號的劉老幫沒見過大場面，忽然朝廷臨幸，他只剩下發慌了。戴掌櫃暫駐省號，再好不過，只是打斷你休養，實在也不忍心的。」

「此正是我將功補過的機會，大掌櫃無須多想。」

「戴掌櫃，那就託靠你了！」

兩宮臨幸，派京號老手駐並張羅，這本是順勢應走的一步棋，孫北溟居然未先看破。他更感自己應變失敏，實在是老了。

派走戴膺，孫北溟才匆匆趕往康莊，去見康老太爺。康笏南雖在年下宣布退位了，將外間商務交三爺料理，但孫北溟依然還是將老太爺當東家。對新主事的少東家三爺並沒有很放在眼裡。

這次見老太爺，三爺也在場，孫北溟忽然變了，對三爺也恭敬起來。他已有意退位，所以不想得罪少東家了。可三爺哪裡知道？

康笏南張口就問：「大掌櫃，去了趟省城，見到皇上沒有？」

孫北溟說：「老東臺已經知道兩宮臨幸晉陽了？」

康笏南哈哈一笑，說：「你們誰也不給我送訊，我哪能知道！不過，掐算著他們也該來了。」

三爺說：「我們也得不到可靠的消息，盡是些花哨離奇的傳言。」

康笏南瞪了三爺一眼，說：「我不是說你，我說孫大掌櫃呢。」

孫北溟忙說：「老東臺，你還真會掐算。八月十四，我在太原見到藩臺李大人，他說兩宮行在已過代州，奔太原來了。走得再慢，明天十七，只怕也到了。」

康笏南就說：「上天也是有眼，偏偏就叫看不起咱山西人的大清皇家也來山西逃難一趟！『山右大約商賈居首，其次者猶肯力農，再次者謀入營伍，最下者方令讀書。朕所悉知，習俗殊為可笑。』聖訓既以為山西人一不善文，二不喜武，那皇上太后跑山西來避亂，豈不也夠可笑！」

孫北溟也笑了，說：「只怕是除了山西，也沒更好的地界去了。關外、口外，人煙稀少，浩浩蕩蕩的朝廷行在誰來伺候供養？」

三爺說：「只怕也受不了口外、關外那份苦焦！」

康笏南說：「丟了國都，流落山西，這叫什麼事？亡國之兆呀！」

孫北溟就說：「這次藩臺把我們叫去是叫我們緊急解匯京餉。皇差壓下來，不能不接，但在此敗落殘局中，收攬如此鉅款，實在叫人不放心。」

康笏南斷然說：「孫大掌櫃，這是朝廷求到我們西幫頭上來了，得拿出些氣魄來！不就是攬匯嗎，不就是緊急支墊些銀子嗎？你們拿出些本事來，給咱辦好。櫃上銀錢不夠用，你跟我要。得叫天下人看看，在此危難之際，我們西幫可比那班文臣武將、比那些制臺撫臺中用得多！」

老東臺的氣派比戴膺還大，這也有些出乎孫北溟的意料。自己真是老不中用了。借應對此非常局面，正好可提出讓位請求吧。於是，孫北溟就說：

「當前局面非比平常，走錯一步，危及全盤。我實在是老邁了，支應眼前亂局，心力都不濟了。老東臺，我請求過多次了，想告老退位，今次總該答應吧？換一賢才接手，正是可建立功業的時候。」

三爺聽了，心裡倒是忽然一亮：孫大掌櫃退位，該輪到他挑選自己的大掌櫃吧？

然而，康笏南卻厲色問：「大掌櫃，你是說我的意思不可取？不該放手攬匯？」

孫北溟忙說：「我不是這種意思！老東臺氣魄，令我們膽壯腰硬。只是我老不勝力，已擔不起當前重任了。老東臺早有話在先，要退位，你我一搭退。現在，你已退了，卻不讓我退？」

康笏南說：「現在是大敵當前，怎麼能換帥？你孫大掌櫃英雄一世，不能就這樣臨陣逃脫，給嚇軟了，離位吧？」

孫北溟說：「我的名分實在也不值什麼，還是東家的字號要緊。在此非常之時，我若再惹下穿幫塌底之禍，那才要身敗名裂了。」

康笏南便一指三爺，說：「現在是他主事，你想退位，問他！我主不了事了。」

三爺一聽，就知道老太爺是要借刀殺人，他哪裡敢答應孫大掌櫃退位！便趕緊說：「老太爺如此挽留，孫大掌櫃就收回退意吧。」

康笏南跟著就問：「現在京號的戴掌櫃在哪兒？」

孫北溟就說：「兩宮即將到達太原，已將他派往省號了。」

康笏南說：「大掌櫃，看看，你寶刀未老呀！這一著，我剛想到，你已經先手落子了。」

孫北溟忙說：「這不是我……」

康笏南打斷他，毅然說：「孫老弟，在你大掌櫃任上給我再辦一件事，我就放你退位。」

孫北溟忙問：「辦一件什麼事？」

康笏南正色說：「你給張羅一下，我要親眼見見兩個人。」

孫北溟問：「想見誰？」

康笏南說：「能是誰？兩宮也！太后，皇上，當今位處至尊者，不就是這兩個人嗎？」

這話真似霹靂一般，孫北溟一時哪能對答上來？

康笏南似乎也不理孫北溟，繼續說：「這也是風雲際會，天緣作合。人家送上門來了，為何不見！」

# 4

戴膺是八月十七到達太原的。這天傍晚，兩宮聖駕果然也到了太原。

撫臺衙門為做行宮已於倉促中做了盡可能的修飾，也算富麗堂皇了。尤其是供太后和皇上御用的宮室，窗帷、茵褥、一應陳設裝置，居然都與京中大內沒有什麼不同。據說西太后初見此情景，彷彿忽然回到宮中，大喜之後就是大怒：區區撫署，竟敢有此宮廷氣象？

兩宮到時，駐守故關的撫臺毓賢還沒有趕回來。他或許也不想趕回來面對聖顏。在山東山西兩做巡撫，毓賢早落下一個親拳仇洋的盛名，局面已殘敗如此，他大概也自知來日無多了吧。借軍情緊急，躲在前線，那也是最好選擇。所以，太后震怒的時候只得由藩臺李延簫應對。

李藩臺當時似乎還未亂了方寸，趕緊做了巧妙的解釋：這一切御用物器都是在嘉慶年間，為仁宗先皇帝巡幸五臺所置辦，供行宮御用的。後來仁宗皇帝未曾臨幸，這一切御用物器便原封未動儲入藩庫。今兩宮臨幸，來不及置辦御用新品，只好將儲庫打開。誰就能想到收藏一百多年了，這些御用之物居然件件燦爛如新制，絲毫未見損毀。這實在是老佛爺和皇上洪福齊天！今日臨幸，已有百年前定，此當為一大吉兆，國朝將劫後復興，重現先帝時盛世。

行宮御用物品也真是從藩庫中翻出的舊物。經李延蕭這樣一說，西太后當下就轉怒為喜，並沒有急於數落毓賢縱容拳匪的罪過，倒是很誇獎了幾句晉省皇差辦得好。

太原行宮既有京中大內氣象，受盡顛簸流離之苦的西太后，就自然要恢復宮廷排場了。太后一恢復排場，隨扈的王公大臣也跟上講究起來。上至太后皇上，王公大臣，下至宮監宮女，還有護駕勤王的將士，兩宮一行有數千人之巨。這麼龐大的一個流亡朝廷，全照京中排場講究起來，山西藩庫怎麼能支應得了！

可各省的京餉依然渺無消息。只是在八月二十日，日昇昌老號收到湖南藩庫電匯來的十一萬兩京餉，除此之外，再沒有動靜了。

戴膺見各省是如此態度，對時局的憂慮加重了。但從宮監管道打探到的消息卻是西太后對太原行宮甚為滿意，已鋪派開，過起了京中的宮廷日子，看不出有急於啟蹕要走的樣子。

難道西太后真要在太原駐鑾，靜待收復京津？

這天，戴膺在省號悶著無事，便去見蔚豐厚的李宏齡說話。

戴膺到達太原不久，西幫各大號的駐京老幫，也陸續來到太原。為掌握時局，彼此少不了聚會計議，儼然將京師的滙業公所搬到太原了。不過，見面聚談的時候，還是敘說京中歷險的話題多。他們大多是在洋人攻陷京城後才倉皇逃出來的，一提及其間經歷，似乎還驚魂未定，也就特別有談興。而京師發生此大劫難時，李宏齡正在太谷家中歇假。他未歷險，所以跟他說話能集中於當前。戴膺也不願多說棄莊出京那段晦氣的經歷了。

今次又見到李宏齡時，日昇昌的梁懷文也在座。

戴膺就問：「你們日昇昌又有京餉匯到嗎？」

梁懷文說：「哪有呀！還是湖南那一筆。」

李宏齡就說：「各省才不著急呢。兩宮西巡，路途不靖，正給了那班制臺撫臺許多藉口。」

戴膺說：「各省真就置朝廷於危厄而不顧？」

李宏齡說：「官場那些把戲，你還不知道？各地上奏的摺子，一定是雪片似的飛到行在，除了叩問聖安，表示殊深軫念云云，一準都要呈報：應貢的京餉漕糧，早已經押送上路了。因為遇了匪，或是斷了路，不能及早解到，焦急萬分，等等。至於京餉漕糧在哪兒，老天爺也不知道！」

梁懷文也說：「六七月間，八國洋軍攻打津京，哪一省曾發兵援救了？袁項城統領精兵，又近在京津側畔，稍作策應，就能斷洋兵後路，可他隔岸觀火，一動不動。炮火已飛入紫禁城，太后皇上有性命之危，他們都不著急，現在只不過飢寒之憂，誰給你著急？」

戴膺說：「國失京都，君主流亡，各省竟也袖手不管。他們是巴望著大清早亡吧？」

李宏齡說：「他們哪會有亡國之虞！朝廷受洋人欺負，丟了京師，逃難在外，也不是頭一回了。咸豐十年，英法聯軍攻陷津京，朝廷棄都出逃，避難承德，結果怎樣？除了賠款割地，不是還成全了當今太后的垂簾聽政嗎？這一次，也無非是割地賠款，重寫一紙和約罷了。」

梁懷文說：「聽說占著京津的西洋各國已經傳來話，請兩宮回鑾呢，說他們能確保朝廷平安。」

李宏齡說：「洋人也不傻。占著一座空京城，跟誰簽訂和約呀！」

梁懷文說：「聽說西太后已經幾次下急詔，調李鴻章北上，跟洋人談和。」

戴膺說：「要是這樣，那說不定，各省還另有心思呢，成心叫兩宮吃我們山西的大戶？」

梁懷文說：「不是說不定，肯定就這樣。西太后逃難這一路，最寵幸的一人，是小小懷來縣令吳永。吳永是兩宮逃出京城多日後，第一個以官場規矩，恭迎聖駕的沿途官吏。所以西太后感動得不得了，就叫他隨扈打前站，辦宮門要差。聽說西太后有事就叫吳永，常把隨扈的軍機大臣也晾在一邊了。」

戴膺說：「我也聽一位奏事處的首領太監說，老佛爺叫吳永進去說話，常常一時半會兒出不來，軍機大臣候在外頭，乾著急，沒辦法。」

梁懷文說：「就這麼一位受寵的吳永，聽說太后已將他派往江南，催討京餉去了。為何捨得派吳永去？就為他體察太后這一路艱辛，比別人深切，給督撫們詳說西狩的悽惶狀，或許能激發了他們的天良。」

李宏齡說：「可見西太后也看清了，下頭的制臺撫臺一個個都快喪盡天良了。只管他們苟且自保，才不理你朝廷悽惶不悽惶呢。」

梁懷文說：「我看西太后捨得放走吳永，還因為要暫駐太原，不走了。一路辦糧臺，打前站，太后是誰也信不過，只信任吳永一人。若還要西行，能放走吳永？各省探知兩宮要駐鑾太原，就更不著急京餉了。」

李宏齡就說：「那我們真得趕緊求見一次王文韶。」

戴膺問：「求見王中堂，探聽消息？」

梁懷文說：「哭窮！」

李宏齡說：「王文韶是隨扈的協辦大學士，大軍機，戶部尚書。既到太原，我們西幫總得盡盡地主之分，設宴巴結一回。藉此機會，也向他詳細陳說西幫受損的慘狀。」

梁懷文說：「現在各省京餉沒有影蹤，我們不趕緊訴苦，朝廷就該吃喝我們西幫了。」

戴膺便說：「二位所議倒真是當務之急。只是能請得動這位中堂大人嗎？」

梁懷文說：「戶部跟著王中堂來的倒是有幾位相熟的郎中、主事。」

李宏齡說：「戴掌櫃有門路，也得用起來，一搭辦成這件事。」

戴膺說：「我打探多日了，戶部隨扈的大員中，我們真還沒太熟慣的。隨扈的宮監中，倒還有能說上話的。」

梁懷文說：「向宮監也得哭窮。他們把風吹到太后跟前，豈不更好！」

戴膺說：「我們已經訴了不少苦。」

梁懷文說：「訴苦，還得加哭窮！」

李宏齡說：「各省袖手不理，兩宮又駐蹕不走，那我們西幫就倒楣了。省裡藩庫，我們還不知是什麼底子？它支應不了幾天。藩庫一旦支應不起，就該逼著我們西幫支應。」

戴膺說：「各省真要這樣袖手不管，我們就得設法把兩宮支走？」

梁懷文與李宏齡相視一笑。

戴膺說：「除了訴苦，哭窮，只怕還得借重堪輿之學。給王中堂進言，說今之太原，已非古之晉陽吉地，龍脈早斷了。帝王駐蹕，恐怕得慎加卜測吧。」

就這樣，三位京號老幫祕密議論起「驅鑾」之策來。

可憐位處至尊的朝廷，這時居然落到誰都不想供養的境地，分明已到亡國的邊緣。西幫這幾位菁英人物也如此無情，倒不盡是太重利，實在是目睹官場的無情和無能，不願給他們做冤大頭。官場中食俸祿的大員小吏，平時誰不是把忠君報國掛在嘴邊，可到了這真需要忠君報國的要命時候，連個靠實的人影兒也逮不著了！隨扈的一班大員，除了排場不減，什麼好招數也想不出來。各省高官呢，又口是心非，只顧打各家的算盤。西幫不食一厘官祿，倒給他們充大頭？

哪會那麼傻！

## 5

戴膺正與京號老幫們祕密策劃「驅鑾」的舉動，孫大掌櫃忽然派人把他叫回太谷。

叫他回來，又有什麼急務嗎？

原來，那天康笏南說要親眼見太后和皇上，孫北溟還以為那不過是激憤之言，哪曾想老太爺是當真的？過了兩天，就派三爺來催問：張羅得如何了？孫北溟這才傻了。

老太爺真是要見當今太后和皇上？可安排覲見當今聖顏，他孫北溟哪有那種能耐！他問三爺：「老太爺是說禪語，還是當真？」

三爺說：「我看是當真的。老太爺失了一向的沉靜，時時催問，只怕兩宮啟駕走了。」

孫北溟說：「我還以為老太爺難為我呢，故意不許我退位。三爺，我哪有那種本事呀？陛見天顏，也不是我們能張羅的事吧？」

三爺從容說：「大掌櫃，京號的戴掌櫃在哪兒？他駐京多年，或許能有辦法。」

三爺這一說，孫北溟才不慌了。於是，急忙打發人去叫戴膺。不過，孫北溟也再次感到自己應變失敏，真是老了。

戴膺回來，一聽是這樣的急務，就對孫大掌櫃說：「這倒也不是太難的事，只要肯花錢，或許能辦到。兩宮困在太原，正缺銀子呢。只是……」

戴膺將兩宮動向，尤其各省袖手，京餉無著，眼看要坐吃西幫的大勢給孫大掌櫃說了。面臨這種情勢，西幫為自保計，只能哭窮，不敢露富。老太爺這麼張揚著覲見聖顏，不是想毀西幫嗎？別人想哭窮，也哭不成了。

孫北溟就說：「戴掌櫃，你們所慮倒是不謬。可我哪能主得了老太爺的事？我陪你去趟康莊吧。」

還沒有等他們啟程，三爺又火急趕來了。

他見到戴膺，就說：「老太爺已經放了話：不要心疼銀子，叫戴掌櫃放手張羅。聖駕已到家門口了，老太爺執意要覲見，我們也只得全力張羅。戴掌櫃，這事雖不尋常，我看也難不住你！」

戴膺略一想，就說：「三爺，我倒不是誇口，這差事難辦是難辦，但叫老太爺遂意，得見聖天顏，真還能辦到。這事要在京師，那可難於上青天了。如今聖駕是在咱老窩太原，又是落難而來，所以不愁張羅成。兩宮困在太原，眼下最缺的就是京餉。老太爺既不心疼銀子，就更好張羅些。」

三爺說：「老太爺一再吩咐：叫他們不用心疼銀子。還交代，用銀子，他給，不花你們櫃上的。」

戴膺就問：「也不知老太爺能給多少銀子？」

三爺說：「戴掌櫃你看呢，花多少銀子能辦成這件事？」

戴膺說：「我到太原這幾日，已經打探清楚。在宮門當差的大小太監，雖然已恢復了京中規矩，你不給門包，他就不給你讓道，不過，眼下胃口還不算大。像內奏事處、茶房、膳房、司房、大他坦等處的首領太監，以及有職掌的小內侍，門包也不過幾兩到十幾兩。當然，總管太監不能這麼點綴。還有，眼下在宮門獨掌糧臺大權的岑春煊，也不能孝敬少了。這樣下來，總得二三百兩銀子。」

三爺就說：「二三百兩銀子，那算個甚！」

戴膺從容說：「這只是打通關節，點綴下頭，還沒有說孝敬太后和皇上呢。老太爺雖也捐有官銜，畢竟不是官場中人，求見太后皇上，總得有個格外的由頭。眼下，倒是有個現成的由頭，一準能見到聖顏。」

三爺就問：「那不正好！什麼由頭？」

戴膺說：「兩宮困在太原，最缺的就是京餉。天天跟各省要，可誰家也是說得好聽，就是不肯起匯。聽說太后挺傷心的。在這種時候，老太爺肯敬貢一筆銀子，那一準會受太后召見的。」

三爺說：「那就孝敬她一筆銀子！」

戴膺說：「我還是那句話，不知東家肯出多少銀子？」

三爺說：「戴掌櫃駐京多年，你看呢，咱既不小氣，也不冒傻氣，孝敬多少才合適？」

戴膺說：「三爺，這是敬貢太后皇上，不比尋常，再加上正是朝廷緊等著用錢的時候。數目少了，打了水漂不說，還難保得罪太后呢。哼，老西真是太摳，給這麼點錢，把朝廷當叫化子打發？捨了銀子，落這麼個罪名，又何必呢？」

三爺說：「戴掌櫃的手段，我還不知道，哪能把這種事辦穿幫了？你看得多少，報個數吧！」

戴膺又略一想，說：「大掌櫃，我們天成元前四年大合帳合出來的紅利大數是多少？」

孫北溟說：「五十萬兩。」

戴膺就說：「叫我看，總得這個數。」

三爺不由叫了一聲：「得五十萬兩銀子？」

孫北溟也驚呼：「拿五十萬兩銀子去換一面聖顏？」

戴膺其實是故意說出了這樣一個大數目。在太原，他剛與眾位京號老幫謀劃了如何哭窮，如何驅鑾，怎麼能贊同老東家這麼張揚著露富？但銀子是東家的，老太爺執意要如此，硬擋，你也擋不住。所以，他就故意把數目說大，以動搖老東家的興頭。看三爺和孫大掌櫃的反應還是見了效果。

五十萬兩銀子，天成元一個大帳期的全部營利，不信東家能不心疼！

戴膺就繼續渲染說：「在我們眼裡，這是個大數目，可在朝廷眼裡，三五十萬，不過是些小錢！外間都說，西幫富可敵國，朝廷逃難來了，你們連點小錢也捨不得給？要拿十萬八萬，真是把朝廷當叫化子打發了。」

三爺說：「要這麼大數目，還真得跟老太爺說一聲。」

戴膺說：「我知道老太爺的氣魄，這點銀子，哪能嚇住他！」

孫北溟說：「五十萬兩呢，我看老太爺不會不心疼！」

三爺也說：「就是真不心疼，也得他拿主意。」

戴膺說：「三爺，既要回府上稟報，那還有幾句相關的話也跟老太爺說說。」

三爺問：「什麼話？」

戴膺說：「我在省上探聽到的消息，是太后有意駐鑾太原，可各省京餉愣是催討不來！我跟幾家大號的駐京同仁商量來商量去，總覺大勢對我們西幫不利。兩宮駐鑾太原，各省為何遲遲不肯接濟？因為山西掛著富名。我們西幫票業富名更甚。所以，用不了幾天，朝廷就該吃喝西幫了。剛遭津京大劫難，現在再給朝廷坐吃一年半載的，西幫的元氣還不喪失殆盡！」

三爺說：「我也有此憂慮。」

戴膺說：「三爺也該有此遠憂！西幫為自保，眼下該是一哇聲哭窮。」

三爺說：「哭窮，就能頂事？」

戴膺說：「我們一哇聲叫喊京津大劫，損失如何慘重，朝廷或許也就不敢太指望我們了。在這關節眼上，老太爺一出手，就甩給朝廷這麼一大筆銀子，只怕會得罪整個西幫吧？大家的哭窮，還不白搭了？」

三爺不再說話。

孫北溟就說：「這話，怕三爺也不好說。戴掌櫃，你還得親自見見老東家。」

三爺才說：「我陪戴掌櫃去見老太爺？」

戴膺毫不猶豫地答應了。

在康莊見到老太爺，戴膺將一切都明白說出來了，可老東家依然不改口：

「戴掌櫃，別的你都不用管，儘管張羅你的，五十萬兩算甚？就是再多，也不用你們心疼。能叫我親眼見見這兩個人，再多也不怕！」

老太爺愣是這種態度，戴膺一時也真沒辦法。

戴膺和孫北溟只好無可奈何離開康莊，回到城裡。兩人在天成元老號正為此商討對策，忽然就見協理來報：

「北洸村曹家有人遭了綁票！」

## 6

曹家被綁了票的其實只是曹家開的一家藥鋪的二掌櫃，並不是曹氏家族中的什麼要人。

這家藥鋪名為豫生堂，雖然也是老字號了，但早已不能與太谷的廣升遠、廣升譽兩大藥鋪相比。到光緒年間，這間豫生堂也只是為曹氏本家族炮製升煉一些自用的藥材藥品。尤其是精製少量的「龜齡集」和「定坤丹」，供曹家的要人服用。

「龜齡集」是一種滋補強壯的成藥，傳說祕方是在明代嘉靖年間，由一位陶姓太谷人從宮廷抄出的，傳入太谷藥幫。其方選配獨特，炮製複雜，對強體補腦，延年益壽有奇效。「定坤丹」則是一種婦科調補成藥，處方也是在乾隆年間，由任監察御史的太谷人孫廷夔，為醫母病，從太醫院抄出，為太谷藥幫祕藏。這兩種來自宮廷的補養祕方，經太谷廣字號藥幫的精心命名，精當炮製，漸漸成為其當家名藥，行銷國中，尤其風靡南洋。這一陰一陽兩大補養名藥，自然更為太谷富家大戶所必備。

曹家是太谷首戶，由自家藥鋪精製此兩種名藥，專供族人自用，那當然是一種豪門排場。豫生堂也因為專為族人製藥，就一直開在曹家的所在的北洸村。給綁匪劫走的二掌櫃，那天也正是往曹家送藥出來，被誤認為是曹家的少爺，遭了殃。因為這位二掌櫃，年紀不大，儀容排場，風度優雅，很像大家子弟。

雖然綁走的不是曹家子弟，但曹家受到的震動還是非同尋常。

曹家發跡已有三四百年了，還不曾有哪路神仙敢打上門來，這麼公然綁票！綁走的雖然是藥鋪的二掌櫃，可留下的肉票卻寫明是曹家子弟。肉票是用一柄匕首，赫然扎在曹家三多堂大門外的一根柱子上。綁票的時機，竟然又在光天化日的午後。曹家的護院武師加家兵家丁有二百多人，居然就敢如此明火執仗來打劫！

何其猖獗！

事發後，當家的曹培德既十分震怒，也十分擔憂。敢這樣猖獗，來者真不會是善茬，不會是等閒之輩。這次也許只是試探？所以，他立刻派人去請太谷的武林高人車二師父和昌有師父。

太谷形意拳武名遠播，在江湖一向有聲譽。太谷的富商大家又都聘請形意拳武師護院押鏢，教練家兵家丁。所以一般匪盜強人是不敢輕易光顧太谷富戶的。即使在前不久義和拳起亂的時候，富家大戶也沒有出過大的麻煩。現在這夥綁匪，顯然並不把太谷武林放在眼裡。他們會是誰？

昌有師父先到，聽了案情，也大為震驚。這是怎麼了，去年康家在天津遭了綁票，今年又輪到了曹家？可太谷不比天津，是形意拳的地界！在他的記憶中，真還不曾發生過綁票案。忽然有這樣一回，就揀了首富曹家下手，來頭真還不小！是哪路神仙，竟敢把太谷形意拳看扁了？

昌有師父把曹家的護院武師叫來，詳細問了問。

出了這樣的事，護院武師們都覺臉面無光，連連嘆息：大白天的，太疏忽了。出事後，他們才聽村人說，午前村裡就來了幾個販馬的，有些特別。口音像老陝那邊的，做派卻不像生意人，又愣又橫。牽的幾匹馬，牙口老，膘情不好，要價也太離譜，一匹要五六十兩銀子。這樣做生意，誰理他們呢！但到午間了，這幾個販馬的也沒走，就歇在村頭的柳樹下。綁票的事，準是他們做的。

要真是這樣，他們也太大膽了，幾乎是明火執仗，從容來打劫。

昌有師父想起去年天津的綁票，說是生瓜蛋做的，畢竟還使了調包計。這幫傢伙，什麼計謀也不使，大白天的，又愣又橫地就闖來了。生瓜蛋不敢這樣來綁票。老辣的綁匪也不這樣行事吧？

車二師父趕到後，李昌有就將自己的疑惑說了出來。

車二師父又問了一些細節。問到肉票寫了多少，說是倒不多，只一萬兩銀子。幾時交銀？說是今兒日落以後。又問在何處交銀贖票？聽說是烏馬河邊。車二師父就說：「期限這樣急促，又選在烏馬河贖票，我看，綁票的也不像是老手。烏馬河不是僻靜之地，凡太谷人都知道的。」

昌有師父說：「他們是老陝口音，從外地乍到，當然不知烏馬河深淺。」

曹培德說：「會不會是外地逃竄來的義和拳？」

昌有師父說：「不會是他們。太谷也追剿拳匪呢，他們來投羅網？再說，你們曹家也沒惹他們吧？」

曹培德說：「不但沒惹，凡來求資助的，都沒叫他們空手而歸。」

車二師父說：「多半不會是綁票老手。對太谷還沒踩熟道呢就下手了。綁錯人倒也罷了，肉票只寫了一萬兩銀子，顯然是不摸你們曹家的底。冒險打劫一回你們曹家，只為區區一萬兩銀子，豈不是兒戲一般！」

昌有師父說：「是呀。去年康家的五娘在天津給綁走，肉票開了十萬兩呢。」

曹培德說：「不拘老手新手吧，總得把我們的人救回來。綁走藥鋪二掌櫃也是衝我們曹家來的。出一萬兩銀子，把人贖回來，倒也不難。只怕開了這口子，以後麻煩就大了。」

車二師父說：「這我們知道。我說不是綁票老手，也不見得就是武藝上很稀鬆的主兒。這麼又愣又橫，說不定是依仗著武藝不俗。」

昌有師父說：「江湖上武藝不凡的一撥人來咱太谷地界闖蕩，事先能沒一點風聲？」

車二師父忽然擊掌道：「我猜出是哪路神仙了！」

曹培德忙問：「是誰做的？」

車二師父說：「西太后和皇上聖駕不是已到太原多日了？聽說跟著護駕的兵馬也不少。這些護駕的兵勇，一路也多受了饑荒，忍受不過，就私出搶劫。前兩日，北路來的一位武友就說過這種事。我看，這撥來你們曹家綁票的多半就是從太原流竄出來的隨扈兵勇。」

昌有師父就說：「師父說得一點不差！看他們做的那種活計吧，又粗笨，又霸道，不是他們是誰？」

曹培德聽說是隨扈兵勇，慌忙問：「要是他們，那還不好救人了？」

昌有師父說：「又不是大隊兵馬，幾個游兵散勇，拿下他們倒也不難。只是也不知是誰的兵馬？投鼠忌器，不要因收拾這幾個毛賊得罪了誰。」

車二師父說：「叫我看，我們就裝什麼也不知道，先拿下這幾個綁匪再說！你縱容了這一撥，還不知來多少撥呢。頭一撥，就給他個下馬威，也叫他們知道，太谷的武藝也不差。他們畢竟是偷雞摸狗，量也搬不來聖旨吧？」

曹培德說：「綁匪是老陝口音，怕也不是京營的武衛軍，更不可能是朝廷跟前的神機營。」

昌有師父說：「那就先將他們擒拿了再說！」

當天日落後，車二師父扮作曹家總管，昌有師父和另七位功夫不凡的武師扮了僕傭，分四撥，抬了一萬兩銀錠，趕往綁匪指定的烏馬河邊。

那是離官道不遠的一處蒲草灘。日落後，天色還夠明亮，但也只能聽見一片蛙聲。除此之外，再沒別的動靜，更不見一個人影。

車二師父令放下裝銀錠的籮筐，叫大家坐下來靜候。

一萬兩銀錠，至多裝兩車銀橇就運來了。現在，一行九人，抬了四大籮筐。要是老手，憑這一著，就能看出破綻。車二師父他們故作如此布陣，就是要在交手前，先驗證一下：飛來的到底是什麼鳥？

沒有多大功夫，就有兩個愣漢從不遠處的蒲草裡鑽出來。

「你們是做甚的？」一個愣漢喝問了一聲。

車二師父賠笑說：「做買賣的。」

愣漢就瞪了眼，喝斥道：「這是啥地界，來做買賣！快給爺爺滾，快滾！」

這兩愣貨是帶些老陝口音，而且真的又愣又橫，也不像有什麼提防、疑心。車二師父就放心些了。他繼續賠了笑臉，說：

「兩位好漢先不要怪我們，當家的只是叫來此地交銀子，並沒有交代是做什麼買賣。」

「送銀子？」兩個愣貨幾乎一齊驚叫起來！「送來多少銀子，銀子在哪兒？」

車二師父指了指四個籮筐，說：「一萬兩銀子，都在這裡了。」

車二師父話音沒落呢，一個愣漢就俯下身，伸手來翻籮筐。但他的手還未摸到，就被車二師父輕輕擋開了。

那愣漢正要發作，車二師父忙拱手作揖，恭敬地說：「請這位好漢見諒，當家的有交代，我們先驗了貨，你們才能驗銀子。」

說完，車二師父略掀開籮筐上頭蒙著的麻袋，露出整齊擺放整齊的白花花的銀錠，很快又遮上了。愣漢見是銀子，就朝蒲草深處打了一聲口哨。

口哨聲剛落，就從蒲草裡鑽出十來個漢子來，大多穿著官兵號衣。車二師父估計的真是沒錯。但人數這樣多，又人人都牽著馬，提著刀，很可能是騎兵！這可出乎車二師父意料。

十來個蠻漢，要是跳上馬，真還不好與之搏殺。尤其自家的兵器，還藏在籮筐底下。人家手執兵器，自家赤手空拳，更得吃虧。

他忙給李昌有使了個眼色，示意先不要動手。

他們原先商議的對策是盡速先下手。在綁匪還不摸他們底細的時候就突發武功，將其拿下。但現在對手人眾，尤其是牽著馬。這邊一動手，那邊準會跳上馬衝殺過來。

車二師父再一細看，一匹馬背上像搭口袋似的搭著一個人：那一定是豫生堂的二掌櫃了。看到這種情形，他忽然有了辦法。

車師父忙不動聲色地吩咐武友們：「你們不要愣著了，快把銀子抬到一塊堆，好叫人家查驗！」

眾人立即照車師父吩咐把四個籮筐抬到一起。

在眾綁匪還未走近之際，車師父就將蒙在籮筐上的麻袋通通掀去了。同時大聲說：「一萬兩銀子都在這裡了，請你們的領袖來查驗吧！」

先到的那兩個愣漢，忽然看見白花花的一片銀錠，立刻驚叫起來：「日他婆的，真是銀子，真是銀子！」說時，一手抓了一個五十兩的大銀錠，高舉起來，直向遠處的同夥搖晃，一邊更高聲地吆喝：

「日他婆的，真是銀子，真是銀子！」

那邊眾綁匪聽見吆喝，一個個都丟了手中牽馬的韁繩朝這邊跑過來。說話之間，這十來個魯莽的兵痞已經團團圍住了四筐銀錠，爭搶著拿起銀元寶，掂分量，用牙咬，看是不是真銀子。

在這個時候，大多還把手裡的兵器也丟在地上了。

見此情景，車二師父心裡更踏實了。他原先設想，把銀錠亮出來，只是將眾兵痞吸引過來，離開他們的戰馬，這樣才好對付。現在，這些傢伙連兵器也丟了，那還有什麼可擔憂的！

但也不能再遲疑了，再遲疑，這些傢伙就會翻出藏在筐底的刀械。

車二師父悄悄拉了一把李昌有，兩人站到兵匪與他們的戰馬之間，為的是更牢靠地將兵與馬隔離。然後，就發出了動手的暗號！

十來個兵匪擠在中間，又失去了警戒；九個有備而來的武師圍在外層，武藝又一個比一個強，對陣的結果，那是可想而知的。武師們使出形意拳的硬功夫，沒幾下，就將對手通通放倒了。他們劈拳、崩拳、炮拳、橫拳、鑽拳一齊上，著實重創了這些傢伙，但都沒有朝要害處下手。所以，兵痞們一個個只是倒地哼哼，並沒有丟了命。

給朝廷保駕的兵勇，居然這樣不經打？

昌有師父拽起一個穿兵勇號衣的問他是哪來的？

那兵勇惱狠狠地說：「爺爺們是誰，說出來嚇你們一跳！知道岑大人是誰吧？」

昌有師父喝道：「少廢話，說你自家吧，不用扯別人！」

那貨依然凶狠地說：「岑大人是在朝廷跟前辦大差的前路糧臺！爺爺們都是岑大人從甘肅帶過來的騎兵，伺候太后皇上一路了，你們竟敢欺負爺爺！日他婆的，不想活了？」

這些傢伙，是岑春煊手下的騎兵？

車二師父冷笑了一下，說：「哼，你們倒會冒充！岑大人手下的官兵會出來綁票打劫？」

趴在地下的，有幾個也一齊叫喊：「爺爺們真是岑大人的騎兵！」

昌有師父就說：「那好，明兒就綁了你們，送往岑大人跟前，看是認你們，還是殺你們！」

一聽這話，這些傢伙們才軟了，開始求情，說他們偷跑出來做這種營生，實在是萬不得已了。跟朝廷逃難這一路，受罪倒不怕，就是給餓得招抵不上！一路都是苦焦地界，天又大旱，弄點吃喝，還不夠太后皇上、王公大臣們受用，哪能輪到他們這些小嘍囉！打尖起灶，哪一頓不是搶得上就吃喝幾口，搶不著只好愣餓著。人餓得招抵不上，馬也餓得招抵不上，所以才出此下策。萬望手下留情，不敢捅給岑大人！

有個武師就問：「你們打野食，不就近在太原，專跑來禍害我們太谷？」

一個兵痞說：「誰不知道你們祁太平財主多！可真不知道你們武藝也好。」

「你們初來太谷，就能尋見曹家？」

「打聽呀！問誰，誰不說太谷最有錢的財主就是曹家？再問曹家在哪，誰都告你，出南門往西走吧，瞅見三層高的一溜樓房，那就到曹家了。」

原來是這樣。

這時，兩個武師把豫生堂的那位二掌櫃扶過來了，但他一臉死灰，連話還不會說。

# 第六章　破千古先例

## 1

戴膺聽說曹家生擒了岑春煊的一夥騎兵，略一尋思，就決定去見見曹培德。

在太原，戴膺已打聽清楚，西太后將她寵信的吳永派往湖廣催要京餉之後，宮門大差已由這個岑春煊獨攬了。來曹家綁票的，居然是岑春煊手下的兵痞，這不正好給了西幫一個機會來疏通這位岑大人嗎？

其實，隨扈來勤王保駕的，除了神機營、神虎營的御林軍，主要是九門提督馬玉昆統領的京營武衛軍。在太原時，戴膺也去拜見過馬軍門。說起這一路護駕帶兵之難，馬軍門也是大吐苦經。沿途荒涼，兵響無著，著了急，兵勇就四處搶掠。有時，沿途州縣為太后皇上預備的御用貢品，竟也給搶劫了。所以，太后對此極為惱怒，屢屢下旨，凡敢出去搶掠的軍士，一律殺無赦。殺是殺了不少，搶掠還是禁絕不了。只是入了雁門關後，地面日趨富庶，沿途皇差供應也漸漸豐厚了，兵才好帶了些。

聽了馬玉昆的訴苦，戴膺還問了一句：「如今太原是大軍壓境，會不會有不良兵痞跑出擾民，尤其跑往我們祁太平搶掠？」

馬玉昆斷然說：「太后見這裡皇差辦得好，又特別諭令：再有兵勇擾民，嚴懲不貸。」還說，不拘誰家兵士，違者，他馬玉昆都可拿下立斬。

戴膺聽過這些話，所以就覺利用曹家綁票案，很可以做做岑春煊的文章：替他瞞下這件事，不張揚，不報官，不信他岑春煊就不領一點情？疏通了岑春煊，至少也可以讓他在太后跟前多替西幫哭窮訴苦吧。還有，老太爺交辦的這件事，岑春煊這裡也是一大門路。

但他忽然去見曹培德，似乎顯得太唐突了。於是，戴膺就請三爺陪他去。他對三爺說：「疏通了岑春煊，老太爺想見太后皇上，怕也不難了。」

三爺聽這樣一說，自然欣然應允。

戴膺真沒有想到，曹培德對他比對三爺還要恭敬。曹培德因為有意將自家的帳莊轉為票號，所以對康家這位出名的京號掌櫃自然是十分敬慕的。只是戴膺有些不太知道這一層意思。

戴膺見曹家這位年輕的掌門人一點也不難為人，就將自己的想法直率說出來了：「咱太谷武界替你們曹家生擒綁匪，工作是做得漂亮！尤其車二師父他們赤手空拳，綁匪卻是騎馬提刀，竟能麻利拿下，師父們的武功又有佳話可傳了。」

三爺說：「這回，車師父他們是設計智取，不是硬對硬。」

戴膺說：「智勇雙全，那武名更將遠播。可生擒回來的，居然是岑春煊的騎兵，這可不是好事！」

曹培德忙問：「戴掌櫃，我們哪能知道綁匪會是他的兵馬？勤王護駕的兵馬，竟做這種匪盜營生，我至今還不大相信。」

戴膺說：「岑春煊的兵馬是從甘肅帶過來的，本來就野。護駕這一路，又少吃沒喝，不搶掠才日怪。」

曹培德就問：「這個岑春煊，以前也沒聽說過呀，怎麼忽然就在御前護駕了？」

三爺也說：「聽說護駕的是馬玉昆統領的京營兵馬，從哪跑出一個岑春煊？」

戴膺說：「這個岑春煊，本來在甘肅任藩臺。六月間，洋人攻陷天津，威逼京師，岑春煊就請求帶兵赴京，保衛朝廷。陝甘總督陶公模大人，知道岑春煊是個喜愛攬事出風頭的人，又不擅長帶兵打仗，本來不想准允他去。但人家名義正大，要不准許，奏你一本，也受不了。陶大人也只好成全他，不過，只撥了步兵三營，騎兵三旗，總共也不過兩千來人，給帶了五萬兩餉銀。岑春煊就帶著這點兵馬趕赴京師。兵馬經蒙古草地到張家口，行軍費時，太快不了。他自己就先行飛馬入京。陛見時，太后一聽說只帶了兩千兵馬來，當下就罵了聲：『兒戲！』」

三爺笑了說：「兩千兵馬，就想擋住洋人，解京城之危？」

曹培德說：「叫我看，這個岑春煊還是有幾分忠勇。那些統領重兵，能征善戰的，怎麼一個個都不去解京城之危？」

戴膺說：「有本事的，逮不著；沒本事的，都跑來圍著你，不倒楣還怎麼著！太后已經不高興了，再一問：『你這兩千兵馬在哪？』岑春煊也只能如實說：『到張家口了，不日即可到京。』這麼一丁點兵馬，還沒帶到，就先跑來邀功？太后更為反感，當下就說：『你這兵馬，就留在張家口，防備俄國老毛子吧，不必進京了。』」

曹培德說：「來了這麼一個忠臣還給攆走了。」

戴膺說：「你別說，這個岑春煊還真有些運氣。還沒等他離京呢，京城就陷落了。他隨了兩宮一道逃出京城，不叫他護駕，他也得護駕了。」

三爺說：「這叫什麼運氣？京城陷落，說不定是他帶去了晦氣。」

戴膺說：「隨扈西行的一路，岑春煊帶的那點兵馬是不值一提，但他帶的那五萬兩軍餉，在最初那些天可是頂了大事。太后皇上倉皇逃出京師，隨扈保駕的也算浩浩蕩蕩了，可朝廷銀庫中京餉一兩也沒帶出來。所以最初那些天，這浩浩蕩蕩一干人馬的吃喝花銷，就全靠岑春煊帶著的這點軍餉勉強支應。西太后聽說了，對岑春煊才大加讚揚。後來，乾脆叫他與吳永一道，承辦前路糧臺的大差。看看，這還不是交上好運了？」

曹培德說：「這點好運，也是拿忠勇換來的。戴掌櫃，車二師父他們逮住的那幫綁匪，要真是岑大人手下的，就送回營中，由他處置吧？」

戴膺說：「就怕他不認呢。」

三爺說：「他憑什麼不認？」

戴膺說：「這是往臉上抹黑呢，他願意認？駐蹕太原後，太后一再發諭令，不許隨扈的將士兵勇出去擾民，違者，立斬不赦！」

曹培德說：「那我們就裝著不知道是他的兵馬，交官處置就是了。」

戴膺說：「交了官，必定是立斬無疑。要真是岑春煊的騎兵，就這樣給殺了，他得知後肯定輕饒不了我們。」

三爺說：「那我們生擒這幫雜種，是擒拿錯了？」

戴膺說：「二位財東是不知道，岑春煊實在是個難惹的人，現在又受太后寵信，正炙手可熱。此事處置不當，真不知會有什麼麻煩！」

曹培德說：「戴掌櫃，你駐京多年，看如何處置才好？」

戴膺忙說：「曹東臺，我能有什麼好辦法？不過是剛在太原住了幾天，打聽到一些消息，來為貴府通通氣吧。我們逮著的，即便是馬玉昆統領的京營兵勇，也比這好處置。三爺與馬軍門有交情，什麼都好說。即便沒這層私交，馬軍門也好打交道的。人家畢竟是有本事的武將，哪像這位岑春煊！」

三爺說：「小人得志，都不好惹。」

戴膺說：「岑春煊本來就有些狂妄蠻橫，現在又得寵於太后，獨攬宮門大權，更飛揚跋扈，恣睢暴戾得怕人！聽說他辦糧臺這一路，對沿途州縣官吏可是施遍淫威，極盡凌辱。聖駕到達宣化府後，天鎮縣令即接到急報，叫他趕緊預備接駕。一個塞北小縣，忽然辦這樣大的皇差，只是預備數千人的吃喝，就夠它一哼哼了。」

三爺說：「天鎮，我去過的。遇了今年這樣的大旱，哪裡能有什麼好吃喝？莜麥收不了幾顆，羊肉也怕未肥。」

戴膺說：「岑春煊要似三爺這樣想那倒好了！天鎮傾全縣之力，總算將一切勉強備妥，太后卻在宣化連住三日，沒有按時起駕。天鎮這邊等不來聖駕，別的還好說，許多禽肉食物可放得變了味。等聖駕忽然黑壓壓到了，臨時重新置辦哪能來得及？這個岑春煊，一聽說食物有腐味，叫來縣令就是一頓辱罵，當下逼著更換新鮮食物。縣令說，太后皇上的御膳，已盡力備了新的，其餘大宗實在來不及了。岑春煊哪裡肯聽，只說：『想偷懶？那就看你有幾個腦袋！』縣令受此威逼，知道無法交代，便服毒自盡了。」

曹培德說：「辦皇差，大約也都是提著腦袋。」

三爺說：「朝廷晦氣到如此地步了，還是重用岑春煊這等人？他跋扈霸道，怎麼不去嚇唬洋人！」

戴膺說：「欺軟怕硬，是官場通病。只是這個岑春煊，尤其不好惹。」

曹培德說：「那戴掌櫃你看，我們逮著的這十來個綁匪，該如何處置？」

戴膺說：「曹東臺，我實在也沒有良策。」戴膺雖有對策，這時也不便說出：不能太喧賓奪主了。「眼下，先不要張揚此事。我是怕處置不當，惹惱岑春煊，他故意放縱手下兵痞，專來騷擾太谷，或攛掇太后，大敲我們西幫的竹槓，那就麻煩大了。我立刻就回太原，再打探一下，看這步棋如何走才好。貴府有能耐的掌櫃多呢，也請他們想想辦法。」

曹培德說：「我們的字號倒是不少，就是沒有幾間太出色的京號。我就聽戴掌櫃的，先捂下這件事，不報官，不張揚，等候你的良策。」

戴膺忙說：「曹東臺要這樣說，我真不敢造次了！只是盡力而為，何來良策？」

曹培德說：「戴掌櫃不用客氣。我也順便問一句：現在新辦票號，是否已為時太晚？」

三爺就對戴膺說：「今年大年下，曹大哥就提過，想將他們的帳莊改作票莊。老太爺十分贊成，說曹家也開票莊，那咱太谷幫就今非昔比了！」

戴膺忙說：「我們老太爺說得對。辦票號，不在早晚，全看誰辦。你們曹家要辦，那還不是易如反掌的事？」

曹培德說：「戴掌櫃，我可不想聽你說恭維話，是真心就教！」

戴膺說：「我說的是實話。你們一不缺本錢，二不缺掌櫃，國中各大碼頭又都有你們曹家的字號，尤其曹家字號名聲在外，誰都信得過：這幾樣齊全，辦票號那還不是現成的事！」

曹培德說：「戴掌櫃要看著行，我也敢下決心了。只是，偏偏趕了今年這樣一個年景，天災人禍，一樣不缺。戴掌櫃看今後大勢，還有救沒救？」

戴膺說：「曹東臺英氣勃發，我還想聽聽你對大勢的見識呢！」

曹培德說：「我蝸居鄉下，坐井觀天，哪有什麼見識！戴掌櫃一向在京師，我真是想聽聽高見。」

戴膺就說：「忽然出了今年這樣的塌天之禍，對時局誰也不敢預測了。去年今天，誰會想到局面竟能敗落如此？就是在今年五六月間，誰能想到朝廷會棄京出逃？所以對今後大勢，就是孔明再世，怕也不敢預測了。要說大清還有轉頹中興的希望，那不會有人信。不過，今年之變，雖內亂外患交加，還是以外患為烈。與洪楊之亂相比，只京津失守，別的地界還不大要緊。尤其江南各省，幾無波及。」

三爺憤然說：「京師失守，已是奇恥大辱了！」

戴膺說：「洋人也只是要凌辱大清，不是要滅大清。凌辱你，是為了叫你乖乖賠款割地；把你滅了，找誰簽和約，又找誰賠款割地？所以，叫我看，這場塌天之禍的結果，也無非再寫一紙和約，賠款割地了事。你們曹家要開票號，照舊張羅就是了，無非遲開張幾天。」

曹培德說：「我看也是，局面也就這樣了。戴掌櫃，我們新入票業，你們這些老號不會欺生吧？」

戴膺說：「敢欺負你們曹家，也得有大本事。曹家可不像當今朝廷，誰都敢欺負它！」

三爺說：「攤了這麼一朝廷，銀子都賠給洋人了，我們還有多少生意可做！」

戴膺說：「士農工商，我們叨陪末位，朝廷強不強，愛管它呢！就是想管，人家也不叫你管！跳出官場看天下，盛世亂世，總有生意可做的。」

## 2

戴膺回太谷走了這麼幾天，居然就誤了拜見協辦大學士、軍機大臣、戶部尚書王文韶。

戴膺離開太原的第二天，王中堂就召見了西幫票號中十幾家大號的京號老幫。但這次召見，並不是應西幫請求，而是他的主動之舉。而且召見來的異常緊急，前晌傳令，後晌就得到。天成元省號來不及請回戴膺，劉老幫只好自己去了。

王文韶以相國之尊，緊急召見西幫票號的掌櫃們，並不是因為到了西幫的故里，要做一種禮賢下士的表示，緣由實在很簡單：要向西幫借錢。

到達太原後，太后住得很滋潤，沒有走的意思。可各省京餉，望斷秋水了，依然無影無蹤，不見匯來。那班督撫，奏摺寫得感天動地，誰都說已經啟匯，即將起匯，可銀餉都匯到哪了？叫他們交山西票商，票匯電匯都成，居然還是沒有多大動靜。山西藩庫，眼看也要告罄，撫院藩司已是叫苦不迭。王文韶這才聽從戶部一些下屬的建議，以朝廷名義，向西商借銀。以往在京師，戶部向西幫票商借債，也是常有的事。奏請上去，太后也同意。

王文韶本來想將西商大號的財東們請來，待以厚禮，曉以大義，或許不難借到鉅款。可山西藩臺李延簫說，祁太平那些大財主們才不稀罕這一套。官方勸捐、借錢這類事他們經見得多了。把他們請來，除了聽他們哭窮，甭想得到別的。

王文韶就提出：「那麼請西商的大掌櫃來？」

李延簫說：「領東的大掌櫃，跟財東也是一股調，很難說動。前不久，卑職剛剛召見過他們，宣讀聖旨，叫他們承匯京餉，還似有委屈，頗不痛快。」

「那見誰呢？」

李延簫建議：「要見，就見各家的京號掌櫃。這批人是西商中最有本事，也最開通的。他們長年駐京，有眼光，有器局，可理諭，總不會駁了中堂大人的面子。眼下，他們又大多在太原，招之即來。」

「他們能做了主嗎？」

李延簫說：「京號掌櫃的地位不同一般。外間大事，財東大掌櫃往往聽他們的。」

王文韶就採納了這個建議，緊急召見了京號老幫們。

但見到這幫京號掌櫃後，王文韶很快發現：他們並不像李延簫所預言的那樣可以理諭。無論你怎麼說，忠義大節也好，皇恩浩蕩也好，堂堂戶部絕不會有借無還也好，這幫掌櫃始終就是那樣一味哭窮訴苦！要是在京師，他早將他們攆出衙門了。但現在逃難在外，危厄當頭，實在也不便發作。

身為朝廷的國相軍機，現在也體會到了人窮志短的滋味，王中堂真是感傷之至！

陪他召見的李延簫倒是能沉得住氣，掌櫃們哭窮訴苦，他還在一旁敲邊鼓：「見一次中堂大人不容易，有什麼委屈，遭了多大劫難都說說。中堂大人一定會上奏朝廷，給你們做主！」

李藩司這種態度，王文韶起先甚不滿意：你倒做起了好人！後來，轉而一想，或許李延簫更摸西商的脾氣，先由他們訴訴苦，多加撫慰，氣順了，借錢才好說。於是，王文韶也只好耐了性子，聽任這些掌櫃們哭窮訴苦。

王中堂、李藩司當然不知道，京號老幫們一哇聲哭窮，那是預先謀劃好的。想聽不想聽，他們都是這一套。

老幫們本來已經商量妥，要謁見一次王中堂，搶先哭窮。可還沒來得及求見，中堂大人倒先緊急召見他們了！聽到這個消息，大家就知道大事不妙：朝廷敲西幫的竹槓比預計的還來得快！王中堂肯這麼屈尊見他們，又見得這麼著急，絕不會有什麼好事。

一見面，果不其然：張口就要向西幫借錢！

當時雖不便再通氣商量，大家也明白該如何應對了：一哇聲哭窮，決不能開這個口子！說是借錢，照常寫利息，可現在不比平常，就是不賴帳，歸還遙遙無期，也等於賴了帳了。今天給了王中堂面子，出借了銀子，那就猶如大堤潰口，滔滔洪水勢必滅頂而來。再說，西幫就是能養活了流亡朝廷，士農工商，也沒有那個名分！

這些京號老幫，果然比大掌櫃們大器，精明，睿智，面對中堂大人，一點都沒怯場，也未叫冷場。日昇昌的梁懷文義不容辭打了頭。他聽完王文韶既客氣又有幾分霸氣的開場白，跟著就說：「今日能受中堂大人召見，實在是既榮幸，又慌恐。我們雖在京多年，也常得戶部庇護，可仰望中堂大人，如觀日月，哪有福氣這樣近處一堂？朝廷巡幸山西，我們西幫更感榮耀無比，正商議著如何孝敬太后和皇上呢。中堂大人今日言『借』，是責怪我們孝敬得太遲緩吧？不是我們不懂事，實在是因為一時湊出的數目拿不出手！」

蔚豐厚的李宏齡緊接著說：「中堂大人，今日幸會，本不該說掃興的話，可六七月間京津劫難，至今仍令人毛髮森豎，驚魂難定！七月二十那天，我們得知京師已為夷寇攻破，倉皇起了京號的存銀，往城外逃跑。剛至彰儀門，就遭亂匪散勇哄搶，十幾輛轎車，小十萬兩銀子，轉眼間全沒了。攜帶出來的帳簿，也在混亂中遺失殆盡！京號生意多為大宗，無論外欠、欠外，都是數以十萬、數十萬計。底帳全毀，將來結算只得由人宰割。津號劫狀更慘，不忍複述。除京津外，直隸、山東、關外、口外的莊口也損失慘重，大多關門歇業了。東家、大掌櫃，近日已愁成一堆了，正籌劃節衣縮食，變賣家產，以應對來日危局。西幫歷數百多年商海風雲，此實為前所未有的第一大劫難！」

兩家大號這樣開了頭，其他老幫自然一哇聲跟了上去。

山西藩臺李延簫慫恿老幫們訴苦，的確是想先討好，再求他們能給王中堂一個面子。可這些老幫訴起苦來，竟沒有完了。聽那話音，彷彿急需接濟的是他們西商，而不是朝廷！他真不知該如何收拾場面，坐在那裡異常尷尬。

王文韶早有些不耐煩了，終於打斷掌櫃們的話，冷冷地說：「你們各號所受委屈，我一定如實上奏聖上。只是國難當頭，誰能不受一點委屈？今朝廷有難處，你們有所報效，自然忠義可嘉；若實在力所不及，也就罷了。」

梁懷文依然從容說：「中堂大人，自聽說朝廷臨幸太原，我們西幫就在預備孝敬之禮，只是籌集多日，數目實在是拿不出手！西幫枉背了一個富名，雖已是砸鍋賣鐵了，但拿出這麼一個數目，實在是怕聖上不悅，世人笑話的。」

李延簫就問：「你們這個數目是多大？」

這個時候，大德恆的省號老幫賈繼英忽然就接了話頭說：「中堂大人，藩臺大人，不知戶部急需籌借的款項又是多大數目？」

王文韶和李延簫沒有料到會有人這樣問，一時居然語塞。王文韶見這個發問的掌櫃異常年少，這才尋到話頭，說：

「這位年輕掌櫃，是哪家字號的？」

賈繼英從容說：「大德恆，財東是祁縣喬家。」

王文韶又問：「你叫什麼？」

「敝姓賈，名繼英。」

「也駐京嗎？」

「小的是大德恆的省號掌櫃，因敝號駐京掌櫃未在太原，所以小的有幸見到大人。」

「你多大年齡，就做了省號掌櫃？」

「小的二十五歲，入票號歷練已有十年。」

王文韶就說：「這位賈掌櫃，你問我們借款數目是隨便一問，還是能做主定奪？」

賈繼英坦然說：「中堂大人，駐外掌櫃遇事有權自決，這也是我們西幫一向的規矩。再說，借貸也是省號分內生意，小的本來就有權張羅的。」

王文韶聽了便與李延簫耳語幾句，然後說：「賈掌櫃，本中堂為朝廷樞臣，說話不是兒戲。為解朝廷一時急需，戶部要借的款額至少也得三十萬兩。」

在場的誰也沒料到，賈繼英居然從容說：「要只是這個數目，我們大德恆一家即可成全。」

王文韶與李延簫驚異地對視一眼：這個年輕掌櫃的話，能信嗎？

李延簫趕緊夯實了一句：「賈掌櫃，軍中無戲言。今面對中堂大人，如同面對當今聖上！如有欺君言行，獲罪的就不止你一個小掌櫃，你家大掌櫃、老財東都逃不脫的！」

賈繼英從容說：「小的所說，絕非戲言。」

王文韶聽了，忽然哈哈一笑，說：「好啊，今日你們西幫給我唱的，這是一出什麼戲？先一哇聲哭窮，末了才露了一手：三十萬兩銀子，還是拿不出手的小數目！我今天也不嫌借到的錢少，趕緊把銀子交到行在戶部就成。」

李延簫見王中堂終於有了笑臉，也鬆了一口氣，說：「中堂大人，我是有言在先的：西商掌櫃畢竟通情達理，忠義可嘉。」

王文韶就說了聲：「給各位掌櫃看茶！」自己就站起來，退堂了。

眾老幫也趕緊告辭出來。

但賈繼英出人意料地露了那樣一手，京號老幫們的震驚哪能平息得了？不是說好了一齊哭窮嗎，怎麼大德恆就獨自一家如此出風頭？

這次召見，是在藩司衙門。所以，散時也不便議論。

梁懷文回到日昇昌省號剛更了衣，李宏齡就跟來了。梁懷文連座也沒讓，就說：「大德恆這個愣後生！他難道不知道我們的意思？」

李宏齡說：「哪能不知道！」

「知道，能這樣？我們一哇聲哭窮，他倒大露其富！」

「是呀，當時我也給嚇了一跳：蠻精明一個後生，怎麼忽然成了生瓜蛋？」

「這麼大的事，也不全像是生瓜蛋冒傻氣。喬家大德恆是不是另有打算？」

「可大德通的周章甫，不是也和我們一樣哭窮訴苦嗎？」

「叫我看，真也難說！」

正說著呢，周章甫帶著賈繼英也來了。

一進來，周章甫就說：「二位老大正在生氣吧？這不，我趕緊把繼英給你們帶來了！想打想罵，由你們了。」

梁懷文冷冷地說：「你們喬家的字號，如日中天，正財大氣粗呢，我們哪敢說三道四！」

李宏齡也說：「你們喬家要巴結朝廷，我們也不會攔擋！只是當初大家都說好了，一哇聲哭窮。可見了王中堂，我們守約哭窮，你們卻反其道行事，大露富，大擺闊！你們巴結了朝廷，倒把我們置於不忠不義之地？」

賈繼英慌忙說：「晚輩無知淺薄，一時衝動，就那樣說了。本意是想解圍，實在沒有傷害同仁的意思，萬望二位老大鑑諒！」

周章甫也說：「繼英出了那樣一招，我當時也甚為震驚！回來我就問他：『你這樣行事是東家的意思，還是大掌櫃的吩咐？』他說與東家大掌櫃都無關，只是他一時衝動，出了這冒失的一招。」

梁懷文就說：「哼，一時衝動，就出手三十萬！還是你們喬家財大氣粗。朝廷嘗到甜頭，不斷照此來打秋風，別家誰能陪伴得起？」

李宏齡也說：「早聽說你這位年輕老幫，很受你們閻大掌櫃器重。可今天此舉，能交代了閻大掌櫃？」

賈繼英說：「當時，我實在也沒有想那麼多。只是見西幫各位前輩一味哭窮訴苦，王中堂無奈地乾坐著，李藩司幾近乞討，求我們給王中堂一個面子，兩相僵持，都有些下不來臺。我就想，西幫遭劫慘狀既已盡情陳說出來，再不給中堂大人一個面子，怕也不妥。西幫有老規矩，不與官家積怨。這是面對朝廷，由此結怨朝廷，於西幫何益？所以，我才有那冒失之舉。交代不了閻大掌櫃，我也只好受處罰了。」

周章甫說：「按說借錢給朝廷，不用怕他賴帳，更何況是在這患難之時呢！」

梁懷文說：「不是怕朝廷賴帳，是怕朝廷就這樣駐鑾太原，靠向西幫打秋風，悠閒度日。那還不把我們拖塌了？」

賈繼英說：「以我之見，朝廷不大可能再尋我們借錢了。」

李宏齡問：「何以見得？」

賈繼英說：「這次已幾近乞討了，誰還有臉再來呀？至尊至聖的朝廷，這麼低三下四地向商家乞討，他們真不覺丟臉？至少王中堂是不會再來了。他貴為相國，寧肯更嚴厲地催要京餉，也不會再乞求西幫商家了。」

賈繼英此說，倒是叫梁懷文、李宏齡以及周章甫都覺有幾分意外，又都覺占了幾分理。不過，梁懷文還是說：

「朝廷要這樣知恥，也不會敗落如此，流亡太原了！」

## 3

戴膺回到太原，聽說了這次召見的情形，對賈繼英竟如此出風頭也不以為然。不過，他又覺這次召見來得突然，朝廷的軍機大臣既已先說出一個『借』字，一兩銀子也不借給，真也不行；給十萬八萬，那也像是打發叫化子。三五十萬，這是他給康老太爺說過的一個數目，不想王中堂報出的，居然也是這樣一個數目！

戴膺為自己估計得當生出幾分得意。可惜，他當時即使在場，也不敢將這樣一筆銀子獨家包攬下來。對朝廷，這是一個小數；但壓到一家商號，真也夠你一哼哼。說是借，誰知是借貸還是訛詐！喬家的大德恆，真就不在乎這一筆銀子？

聽說了這件事，戴膺本想去見李宏齡，再詳細問問，但又作罷了。還是先會會岑春煊再說吧。見了岑春煊，也許能相機問問：跟西幫借到那三十萬太后是高興了，還是生氣了？

戴膺接受了曹培德的委託，處置那夥岑春煊的兵痞，為的就是能會會這位宮門寵臣。

在太谷時，戴膺從曹家回來，就往總號去問了問：蘭州莊口有沒有回來歇假的？孫大掌櫃叫櫃上一查，還真有，不過只是蘭號的帳房先生。駐外莊口的帳房，人位在老幫、副幫之後，俗稱三掌櫃，但外務經辦得不多。

戴膺趕緊派人去把這個帳房請回總號，問了問：你們蘭號與藩司岑春煊有沒有交往？

這位姓孔的帳房說：「哪能沒交往？不巴結藩臺大人，哪能攬到大生意？」

戴膺就問：「那你見過這位岑藩臺嗎？」

帳房說：「我沒見過，但我們吳老幫常見。」

戴膺高興地說：「那就好！」

他吩咐帳房以蘭號吳老幫的名義，給岑春煊寫一封信：慰問，話舊，恭賀他得到朝廷寵信，這類巴結的話，多寫幾句；特別要寫明，聞聽岑大人隨扈光臨三晉，更感念往昔多所賜恩，故敝號略盡地主之禮，特備了一份土儀，不成敬意，云云。

寫好這封信就帶了帳房孔先生匆匆趕回太原。路上，帳房曾問：「也不知備了些什麼土儀？」戴膺才說：「什麼士儀，到太原寫張三千兩的銀票就是了。」

到太原後，戴膺見蘭號這位帳房很緊張，顯然未見過多少大場面。想了想，就決定由自己來冒充帳房，孔先生扮作蘭號的普通夥友跟在身後。萬一問到蘭州舊事，趕緊提醒提醒。

這天，帶了孔先生和一張三千兩的銀票去求見岑春煊時，戴膺並沒有多少把握。但出人意料的是，帖子遞進去沒多久，差役就慌慌張張跑出來，十分巴結地對戴膺說：「岑大人有請，二位快跟我來吧！」

這時，戴膺還以為蘭號與岑春煊的交情真非同尋常，這麼給面子。

等見到岑春煊，把那封吳老幫的信呈上之後，岑大人並沒有打開看，而是很有幾分興奮地說：「哈哈，我正要打聽你們呢，你們倒自家尋來了！你們是哪家字號的？」

連哪家字號都沒弄清，還算有交情？

戴膺細看這位岑春煊，也不過四十來歲，倒留了濃密的鬍子。身材也不高大，卻一身蠻悍氣。這種人，也許不難對付的。

戴膺忙說：「敝號天成元，東家是太谷康家。」

岑春煊又問：「那大德恆是誰家的字號？」

戴膺說：「祁縣喬家的字號。」

岑春煊說：「這兩天，太后可沒少唸叨這個大德恆，也沒有少唸叨你們西幫錢鋪。」

戴膺聽了，還以為是大德恆那位賈繼英惹了事了，忙問：「岑大人，皇太后對我們西商有什麼諭旨嗎？」

岑春煊笑了說：「有什麼諭旨，誇獎你們會賺錢唄！太后說，早知花他們的錢這麼難，我們自個兒也開幾家錢鋪，省得到了急用時，就跟叫化子似的跟他們要！」

這哪是誇西幫？明明是咒他們呢！

戴膺慌了，趕忙說：「岑大人，不是我們西幫太小氣，捨不得孝敬朝廷，實在是因為在拳亂中受虧累太大了。」

岑春煊不解地說：「太后可沒說你們西商小氣，是罵各省督撫太狠心，跟他們催要京餉太難，就跟叫化子要飯似的！你們大德恆票號，一出手就借給朝廷三十萬，還說怕拿不出手，這叫太后挺傷心！」

「傷心？」戴膺不由問了一句。

「可不傷心呢！平時都說皇恩浩蕩，到了這危難時候，封疆大吏，文武百官，誰也靠不上了！天天跟他們要京餉，就是沒人理！倒是你們西商一家鋪子，出手就借給朝廷三十萬。所以太后就罵他們：你們一省一關，數省數關，居然比不上人家山西人開的一家鋪子？太后說她早知道山西人會做買賣，可這家大德恆是做什麼買賣，這麼有錢？王中堂說開票號，專做銀錢生意。太后聽了就說，日後回京，朝廷也開家錢鋪，攢點私房，急用時也有個支墊。聽聽，這不是誇你們？」

戴膺這才稍鬆了口氣。可賈繼英這大方的一出手，叫皇太后也知道西幫太有錢，此前的一哇聲哭窮，算是白搭了。太后知道了西幫有錢，又出手大方，因此駐鑾不走，那真麻煩大了。

戴膺努力冷靜下來，說：「能得皇太后誇獎，實在是西幫無上榮耀。岑大人在甘肅藩司任上，對敝號在蘭州的莊口庇護甚多。因此敝號的財東和大掌櫃，聽說岑大人隨駕到並，特別派在下來向岑大人致謝。備了一份土儀，不成敬意。」

說完，即將那張銀票遞了上去。

岑春煊當即撕去封皮，一看是銀票，便哈哈笑了：「這就是山西土產？」

戴膺忙說：「此票為敝號自寫，但走遍天下都管用，權充土儀，也不出格的。」

岑春煊說：「那好，我就收下了。」

戴膺緊接著就說：「敝號的財東、大掌櫃，對岑大人仰慕已久，今大人光臨太原，也是天賜良機了。他們早想拜見一次岑大人，不知方便不方便？」

岑春煊說：「哪有什麼不方便？我也正想結識你們西幫鄉袞。太后還稀罕你們呢，我能不稀罕？只是，要見，就早些來見。近來，太后已有意往西安去，不趁早，說不定哪天就啟蹕走了！」

「朝廷要起蹕去西安？」

「多半是。朝廷住在山西，各省都不熱心接濟，還住著做甚！太后說，跟山西錢鋪借到錢，有盤纏了，我們還是往西安去吧。老住在山西，都以為我們有吃有喝呢，更沒人惦記了。」

兩宮要往西安去，西幫也可鬆口氣了！這倒是一個好消息。屈指算來，兩宮駐鑾太原已快二十天了，這還是頭一回聽到要起蹕離去的消息。前些時，聽說晉省東大門故關一帶，依然軍情緊急，德法聯軍圍攻不撤。隨扈的王公大臣慌惶議論，如驚弓之鳥。兩宮意欲赴陝，只怕也有幾分是被嚇的，遷地為良，走為上策罷。

戴膺不動聲色，說：「要真是這樣，那我還得趕緊回太谷，告訴老東家和大掌櫃，叫他們及早來拜見岑大人！」

「由太原往西安，經不經過你們太谷？」

「出太原經徐溝、祁縣，往南走了，不經過太谷。岑大人，在下還有件事稟報。」戴膺這時才將綁票案輕輕帶出來。

「說吧，什麼事？」

「幾日前，在太谷逮住一夥綁票的歹人。這夥歹人，竟冒充是大人麾下的兵勇！我們深知岑大人為人，一聽就知道他們是想借大人威名，以圖自保。」

岑春煊就問：「是給誰逮著的，縣令？」

「我們還沒有報官呢，只是請鏢局武師將他們逮住。一聽他們嚷叫是岑大人麾下兵勇，更暗暗捂下了。這幫歹人本是冒充，可張揚出去，也怕有損大人威名。」

「狗雜種們，只想壞本官名聲！」

「這夥歹人既敢冒充大人麾下兵勇，那我們就把他們交給大人，由大人嚴懲吧？」

「成！我即刻就派兵馬去，將雜種們押回來，便宜不了他們！」

能看出，這夥兵痞就是岑春煊手下的。戴膺這樣處置，岑春煊顯然也算滿意。

兩宮將往西安的消息，戴膺最先告訴了李宏齡。

李宏齡聽了，當然也鬆了一口氣。這也算是驅鑾成功了吧。但細想想，大德恆那個賈繼英，冒失使出的那一著，似乎還管了些事。他就說：

「大德恆使出的那一手，真是冒失之舉？」

戴膺說：「我當時又不在場，哪知道呢？不過聽岑春煊口氣，他們這一手還真驚動了朝廷。」

「三十萬兩銀子呢，何況是在這種時候。這位賈繼英以前也沒聽說過呀？」

「我也只聽說過幾句，二十來歲，就成了省號老幫，很受他們閣大掌櫃器重。可沒聽說做過什麼漂亮的生意。這次忽然就這樣出手不凡？」

「一個年輕後生，就敢主這麼大的事？我看他們的閻維藩大掌櫃，一定早有交代。」

「我看也是。喬家大字兩連號的領東，高鈺、閻維藩都不是平常把式。」

「兩宮既往西安，可見回鑾京師還遙遙無期吧？時局無望，我們西幫也只好這樣窩著，喬家又能出什麼奇兵？」

兩宮離晉後，西幫能有何作為？戴膺和李宏齡計議良久，依然感到無望。

# 4

喬家大德恆的閻維藩大掌櫃的確不是平常人物。兩宮停蹕太原後，他對平幫日昇昌、蔚字號一味哭窮的對策很不以為然。

儒學道統歷來輕商。大清以來，口外安靖，江南發達，至康熙年間國中商業本已大盛。可那位器局小又自負的雍正皇帝，趕緊來了一個「重定四民之序」，只怕商家財大了氣粗，忘了自己是四民之末。雍正對善商賈的晉人，更是低看一等。現在大清朝廷狼狽至此，逃來山西避難，乞求西幫接濟，閻維藩就覺得這是老天爺有眼，賜下一個千載難逢的良機：總是商求官，什麼時候官肯屈尊求商？這一次，還是朝廷跑到西幫家門口來求乞！享受朝廷的求乞，千載難逢，你們居然就捨得推拒掉？

閻維藩將這一份快意悄悄給老財東喬致庸說了，喬老太爺拍案叫道：「對我的心思，對我的心思！朝廷怪可憐的，求上門，就拉一把，不敢太小氣！」

拉一把至尊至聖的朝廷，那是什麼樣的感覺，又是什麼樣的享受！

所以，閻維藩就跟大德通的高鈺大掌櫃商量好，在面兒上跟西幫各號保持一致，該哭窮，就跟著哭，但有機會，一定要「拉一把」朝廷。為了不太得罪同業，閻維藩就叫年輕的賈繼英相機出面。

賈繼英巧為應對王中堂，不露痕跡地拉了朝廷一把，引得朝野爭說大德恆，消息傳回祁縣，閻維藩和高鈺滿意之極。

他們親自跑到喬家，向老東家報告了這個消息。

喬致庸雖已年邁，但豪氣不減，聽了這個消息自然是大感痛快！他連問閻維藩：「賈繼英這個後生，他眼下在哪兒？」

閻維藩說：「正在太原省號忙呢。」

喬老太爺就說：「趕緊把他叫回來，我得當面誇獎他幾句！小小年紀，辦了一件大事。我得當面誇獎他幾句！」

閻維藩說：「我們這樣拉了一把朝廷，字號名聲大震，省號哪能清閒得了？這種時候，他只怕分身不得吧？」

高鈺也說：「整個朝廷都在太原，省號老幫真離不開。」

喬老太爺口氣不由分說：「人家後生把大事給你們辦了，日常小事就不能攤給別人張羅？叫回來，趕緊給我叫回來！」

閻維藩也只好答應了。

賈繼英應召回到祁縣時，帶回了朝廷將往西安的新消息。閻維藩和高鈺聽了更感欣慰：你們一哇聲哭窮，也沒把朝廷哭走，我們露了露富，倒把朝廷羞走了。

賈繼英說：「聽說朝廷本來就是要移鑾西安的。」

閻維藩冷笑了一下說：「哼，誰不會給自家尋個臺階下！」

喬致庸聽到朝廷要離晉往西安去，並沒有拍案讚嘆，只是在凝神尋思什麼，彷彿沒有聽清似的。

閻維藩就故意問：「老東臺，朝廷既往西安，也不知能駐鑾多久？」

高鈺也說：「朝廷既往西安，只怕得及早把京號的周老幫派往西安去。」

但喬致庸似乎仍未聽見他們說什麼，半晌，才突然問賈繼英：

「朝廷去西安，經過我們祁縣吧？」

賈繼英忙說：「那是必經之路。出太原南下，第一站在徐溝打尖，第二站必停蹕咱祁縣。」

喬老太爺這時忽然又拍案說：「繼英後生，我再交你一件大事去辦！」

賈繼英說：「聽老太爺吩咐，只是怕擔待不起。」

「我看你能擔待得起！」喬致庸站了起來說，「朝廷去西安，既然在咱祁縣打尖過夜，繼英你就去張羅一下，叫他們把行宮設在我們字號。不拘大德恆，大德通，都比他縣衙排場。太后皇上路過一回，不叫人家看看西幫的老窩是啥樣，也太小氣吧？」

把朝廷行宮設在商家字號？一聽是這樣一件大事，不光賈繼英，連高閻兩位大掌櫃也給驚得目瞪口呆了。這怎麼可能呢！按朝制，不用說太后皇上了，就是過路的州官縣官，要宿民宅，也要微服私行才成。兩宮雖是逃難，也是浩浩蕩蕩過皇差，怎麼可能將行宮設於商號！

賈繼英一時不知該如何回答，只是愣著。

閻維藩、高鈺兩位，也不說話。

喬致庸見他們都愣著，哈哈一笑，坐了下來：「看看，把你們都嚇住了！繼英後生，你以為我在說昏話吧？」

賈繼英忙說：「不是，不是。」

喬致庸笑問：「那是太難辦，難於上青天？」

閻維藩說：「老東臺豪情萬丈，令我們敬佩。只是，有朝制在那放著，誰敢違背？這事，實在不由我們左右。」

喬致庸又笑問：「那由誰左右？」

閻維藩說：「當然是朝廷。」

喬致庸更哈哈笑了，說：「連這也不知道，那我真老糊塗了。這件事，要難也難，要易也易，就看你怎麼辦了。我不是上了年紀，真親自往太原張羅去了。高大掌櫃，你也給嚇住了？」

高鈺忙說：「可不呢，真給嚇蒙了。」

喬致庸就問：「看來，高大掌櫃有辦法了？」

高鈺笑了，說：「我哪有辦法！我只是問一句：這件事非辦不可，還是可辦可不辦？」

喬致庸斷然說：「當然是想叫你們辦成！這是千載難逢，開千古先例的一件事。」

高鈺說：「既是這樣，不拘辦成辦不成，我們也得盡力去張羅了。」

喬致庸笑說：「你們辦不成這件事，就趁早不用在我們喬家當掌櫃。」

回到城中字號，高鈺和閻維藩兩位大掌櫃仔細商量了半天，仍覺喬老東家交辦的這件差事實在是太棘手了。西幫拉攏官吏，一向有些過人的手段。高鈺駐京時，也是長袖善舞，很交接了一些京官，內中甚至有一位皇室親王。可直接巴結太后皇上，那真是連想也沒想過！至尊至聖的太后皇上，與卑賤的商家之間，隔著千山萬水呢！

但是，能叫兩宮聖駕入住西幫商號，那也真是開千古先例的大舉動！這個大舉動，實在也太誘人了。要能辦成，西幫的先人也會在冥冥之中，出一口粗氣。天下商家更當刮目看西幫。

兩位大掌櫃商量再三，謀了一個方略：以今歲大旱，縣衙支絀，百姓困窘為理由，喬家大德通、大德恆情願包攬朝廷過境的一應皇差，以讓祁縣官民得以應對饑荒，休養生息。若聖駕行宮能設於民宅，以示與民同甘共苦，那朝廷盛德必流布天下。其間點明，敝商號其實也是很富麗堂皇的。

這是一個很高尚的義舉。加上大德恆先前的仗義，或許朝廷會恩准？

於是，大德恆的閻維藩帶了賈繼英，趕往太原，再求見一次王文韶大人。王中堂是朝廷近臣，他肯領情，那才能將老東家的意願傳達給西太后。

這一次求見，倒是沒費多大事，很快就受到召見。但中堂大人聽明白了閻維藩的意思後，當即就拉下臉，厲詞駁回。竟想將民間商號設為當今聖上的行宮？這不是僭越犯上，膽大妄為嗎！朝廷起居行止，都得合於大禮，豈是你們商號的富麗堂皇可以替代？還是趁早收起這非分之想吧。想孝敬朝廷，多捐助縣衙，辦好皇差，不就得了。

可能念著大德恆前次的仗義，王中堂沒有細加追究，只是冷臉斥責了幾句就退堂了。

回到省號，閻維藩和賈繼英都覺此事已經完全無望了。老東家叫他們張羅的這是一件什麼事！看王中堂那架勢，幾乎要拿下問罪了。所以，他們也不再另作圖謀，只是商量如何向老東家交代。

大德通的京號老幫周章甫過來詢問謁見王中堂的情形，聽說是這樣的結果，倒沒有吃驚。他說：「王中堂就是那樣一個死板人。對我們西幫，尤其刻薄！去年他入主戶部後，自家不會理財，倒先拿我們西幫開刀，一道禁匯令，真弄了我們一個措手不及。正順手的生意，忽然變得疙疙瘩瘩。所以，前次他出面借錢，誰家也不想給他面子。看看，我們給了他面子才幾天，就拉下臉來，不認人了！」

閻維藩說：「我看他也是不敢應承這樣的事。」

周章甫說：「王中堂搬不動，我們再另尋門路。他越這樣難為我們，我們倒越要盡力成就這件事！」

賈繼英就問：「周掌櫃，你有新的門路嗎？」

周章甫說：「我看，我們也得去巴結巴結這個人。」

閻維藩忙問：「誰？」

周章甫說：「岑春煊。」

賈繼英就說：「要能拉攏到這個人，真還有幾分指望。只是周掌櫃有門路嗎？」

閻維藩還沒有聽說過岑春煊，就問：「此公是誰？」

周章甫說：「這個岑春煊，是兩宮西巡的前路糧臺，獨掌著宮門大差，與宮監總管李蓮英結為一氣。拉攏住這個人，或許還真能把我們的意思傳給太后。我聽太谷天成元的戴膺說，他們剛見過這位岑大人，甚好巴結，寫張銀票遞上去，就得了。」

閻維藩忙說：「那我們就趕緊巴結這個人吧！」

經一番計議，決定他們三人一道去見岑春煊。因為一時朝野爭說大德恆，頂了大德恆的大名求見，或許更容易獲准吧。

果然，這位岑春煊很容易就見到了。一見面，便連連問：「你們真是大德恆的？」

周章甫忙答應：「蒙大人這樣厚愛，敝號閻大掌櫃特意來參拜大人。」

閻維藩也忙說：「在下是大德恆的領東大掌櫃，久仰大人威名。今大人隨扈來晉，幸蒙賜見，無以回報，只備了一份土儀，不要笑話。」

說著，將一個裝有銀票的信封呈了上去。

岑春煊接過來，又隨手撕去封皮，看見是兩張銀票，共寫銀五千兩，就哈哈笑了：「你們山西的土產倒是特別！」

閻維藩就說：「敝號自寫，又處處可用，權當土產吧。大人隨扈遠行，攜帶也方便。」

岑春煊又哈哈笑了。

賈繼英就問：「岑大人，聽說朝廷聖駕將南下臨幸西安？」

岑春煊先看著賈繼英，反問：「這位年輕掌櫃，是不是借錢給王中堂的那位小掌櫃？」

賈繼英慌忙伏身跪了說：「正是在下。」

周章甫也忙說：「岑大人日理萬機，還這樣惦記著問我們？」

岑春煊說：「不光是我，太后還唸叨你們這位年輕掌櫃呢！」

閻維藩、周章甫聽了也慌忙伏身跪下了。

「起來吧，起來吧。」岑春煊快意地招呼著，「太后很稀罕你們，說你們怎麼就那麼會賺錢？」

閻維藩起身坐了，說：「那是外間的訛傳，我們實在不過徒有富名罷。但朝廷有難，我們就是砸鍋賣鐵也得孝敬。」

於是，閻維藩將他們的意圖委婉而又無誤地說了出來。

真是出乎意料，岑春煊聽完，立刻就誇獎不止，連說那祁縣的這份皇差就交給你們大德恆、大德通辦了。他是堂堂前路糧臺，這事他就能做主。

也許岑春煊答應得太痛快了，閻維藩他們都不大敢相信，但又不敢表示有所懷疑。應酬了幾句，周章甫才忽然有了主意，從容說：

「岑大人，那我們就趕緊回祁縣張羅這項皇差了。離並前，還想謁見王中堂，在王大人面前，是否提及此事？」

岑春煊就說：「拉倒吧，不必跟他！他知道了，也做不了主，還得上奏太后。出京這一路，跟他要餉沒餉，要糧沒糧，他說話，太后才不愛聽呢。好事經他一說，不定就黃了。你們不必跟他說，更不必跟別人說。我這就跟宮內的李總管說去，一兩日內，準給你們一個稱心的回話！」

岑春煊越這樣容易拉攏，越不敢叫人相信。只五千兩銀票，就叫這位岑大人百依百順，連聖上的行宮也出讓了？老練的閻維藩和周章甫都以為這位岑大人不過是在信口開河，或是在虛以應付。過兩日，他傳來話，說太后責罵了他，實在沒法成全，你又能把他怎樣？所以，他們只說了幾句含糊的謝詞，不再細加叮嚀。

但賈繼英卻正經問：「岑大人，我們何時能聽到喜訊？」

岑春煊斷然說：「我不是說了？一兩日內，準給你們一個稱心的回話！」

兩天後，岑春煊果然將賈繼英招來，說：「小掌櫃，你得早有個預備！太后在祁縣臨幸你們商號時，可要傳你說話。」

賈繼英忙問：「太后真同意將行宮設在敝號？」

岑春煊揚起臉，厲聲說：「什麼話！難道我假傳聖旨？」

賈繼英慌忙跪下拜謝。

岑春煊得意地細說了見太后的情形，說太后本來就很想看看山西人開的票號，一聽你們的意思，正合了她的心思。當下就又誇獎起大德恆來，說各省要都像大德恆這麼大義盡忠，她和皇上只怕也落不到這種地步了。還說，王中堂一班近臣聽說後，極力勸諫，反對將朝廷行宮設在商號。太后才不聽他們的，冷笑了問：「自出京以來，我跟皇上在哪沒有住過！出京第二夜，露宿荒野，哪有什麼行宮？你們不就只尋來一條板凳，叫我跟皇上坐了一夜嗎？那合不合朝制？合不合大禮？」太后這樣一說，王中堂他也不言聲了。

賈繼英相信了岑春煊的話。

看來，叫聖上住進商號，如此開千古先例的事，就要做成了。

## 5

這樣的消息傳回祁縣喬家，喬致庸當然是豪情萬丈高了：哈哈，我們喬家要做一回朝廷的東家了！借錢給它花，開店給它住，它的至尊至聖也不過如此吧。喬家的列祖列宗知道了，也會笑傲九泉的。

但這個消息傳到太谷康家，康笏南可是坐不住了。喬致庸與他年齡相彷彿，人家倒搶在先頭，把朝廷請進了家！朝廷鑾儀齊備地進了民門，那真是千古未有。太后皇上一旦住進喬家的字號，也算向喬家低了一回頭！那會是怎樣一份痛快！可喬家搶得這一份先，不是因為更有錢，也不是更有德，是人家的掌櫃會張羅。

康笏南早交代孫北溟、戴膺他們了：想見一見近在家門口的太后和皇上，可至今也沒張羅成。見一面，都張羅不成，人家倒把太后皇上請進了家！比起喬家的掌櫃，他們就這樣無用？

康笏南這時不由想起一個人：邱泰基。邱掌櫃要在，張羅這種事只怕比別人強。可邱掌櫃遠在口外，哪能立刻叫回來？眼看朝廷就要起駕往西安去了。南下往西安，又不路過太谷。就這樣錯過良機，拉倒了？

他越想越不忍，正想吩咐三爺去叫孫北溟，又改變了主意：自己親自進一趟城！

於是就吩咐老亭老夏，立刻套車！

其時已是後半晌了，這樣突然進城，有什麼火急事嗎？老亭老夏問不出來，三爺也問不出來，只好多套了幾輛車，三爺、老亭都跟了去。

一路上，康笏南只是靜靜地坐在車轎裡。時令雖還在閏八月，但已現殘秋氣象。田野裡早是一派寥落，久旱的莊稼全已枯黃去了，樹木還綠著，但也失去鮮活氣象。太后皇上駕臨晉地已有一些時候了，也沒有帶來一點祥瑞，就是連一場天雨也沒有帶來。

這也算是人怨天怒吧。

見到孫北溟，康笏南的臉色依然不好看。孫北溟就有幾分慌了：眼看傍晚了，老太爺突然駕到，臉色又這樣難看，這是怎麼了？他忙賠了笑臉說：

「老太爺來得好！晉一園飯莊剛添了幾道野味，我們正可沾你的光，去嘗嘗鮮。」

康笏南冷笑了一聲，說：「我不來吧，山珍海味還不是由著你們吃？可叫你們給辦點事，就這麼難！」
孫北溟忙說：「老東臺的吩咐，我們哪敢不盡心盡力地張羅？」
康笏南就說：「喬家要把太后皇上請進人家的字號，你們聽說了沒有？」
孫北溟說：「聽說是聽說了，不知是真是假？」
「這是通天的事，敢有假？」康笏南真有些怒色了，「人家喬家的掌櫃們，能張羅成這種事，我叫你們張羅的事呢？還說盡心盡力！」
孫杜溟這才明白了，老東家還是想見一見太后皇上。他忙說：「戴掌櫃捎回話來，說已經拉攏到岑春煊。正在安排老太爺與岑春煊見面。」
康笏南就問：「這個岑春煊是誰？」
孫北溟說：「兩宮出京逃難以來，岑春煊一直任前路糧臺，正獨掌宮門大差，與宮監總管李蓮英打通一氣。見到他，再見太后皇上就不難了。」
康笏南說：「既然如此，那我就立刻去太原！」
孫北溟忙說：「戴掌櫃正在太原張羅呢，拜見的日子一定，就接你去！」
康笏南說：「還用這樣囉唆！眼看朝廷要起駕走了，照你們這麼囉唆下來，四月八也誤了。這算什麼難事？我自家去張羅，不敢麻煩你們了。」
孫北溟笑了，說：「老太爺這樣一說，我也不敢在這裡坐著了，得連夜奔赴太原，親自去張羅。」
康笏南冷笑了一下，說：「我哪敢勞動你孫大掌櫃！」
三爺見此情形，不得不出面說：「那我去吧。我這就連夜動身，去太原見戴掌櫃。岑春煊要靠不住，我就去求馬玉昆大人。等打通關節，父親大人再動身也不遲。」

康笏南說：「等你們打通關節？四月八也誤了！誰也不勞動了，還是我自家去張羅吧。」

三爺說：「父親大人親自出面張羅，那也得叫我們去先打前站吧？」

康笏南依然說：「不勞動你們了！去一趟太原，還累不倒我。老亭，你去吩咐車倌，等牲口餵飽，咱就起身去太原！」

真沒有想到，老太爺就像聽不進話的頑童似的犯起了膩，弄得孫北溟和三爺下不來臺。覲見太后皇上，那真是所謂天大的事，哪能說見就見？誰也不比誰離朝廷近，再犯膩，發混，嚇唬人，也成全不了呀！但三爺、孫北溟也知道，他們得極力攔擋著，老太爺說是要立刻去太原，那其實不過是嚇唬他們。所以，他們又是檢討自責，又是發誓打包票，才算把老太爺勸下了。

老太爺鬆口的條件，是三爺帶一封他老人家的親筆急信，三十萬兩的銀票，連夜去太原。

老太爺也不回康莊了，就住在天成元櫃上，坐等三爺、戴掌櫃的喜訊。

到這時，孫北溟，三爺，包括老亭，才算把康笏南想見兩宮這檔事當作一件莊嚴的事了。此前，包括戴膺在內，雖也知道老太爺是當真的，但又以為辦成也難。老太爺發此豪興，朝廷就會遷就他？

正在太原的戴膺聽說喬家也拉攏住岑春煊，而且將過祁行宮設在了大德恆，受震動也不小。看來大德通、大德恆的掌櫃們要放手大出彩。喬家也不再藏富了？是看到大清末路，不再把朝廷放在眼裡，還是趁此危難拉攏朝廷一把？

不拘怎樣吧，戴膺由此想到了康老東家交代的那件差事。老太爺聽到喬家這樣出彩，一定會坐不住的。老太爺只是想見見聖顏，人家倒把兩宮請進家了：說不定老太爺會挖苦他們這些掌櫃無用呢。

戴膺已經先於喬家拉攏到岑春煊，安排老太爺見一見岑春煊，那早不是什麼難事了，無非再給這個岑大人一份土儀。這位岑蠻子如此好拉攏，真是大出戴膺意料。只是，老太爺見過這位岑蠻子後，見到見不著太后和皇上，真還難說呢！

經多方打聽，戴膺也知道了，在太原要見太后皇上，那跟在京城時也差不多一樣難了。這二十多天，太后已經恢復了往日的朝廷排場。誰要覲見，那得等她拉了皇上臨朝才成。而想受到朝廷召見，更得層層打通關節，一直到軍機處。軍機處已由最近趕到的榮祿充任首席，王文韶就是肯幫忙，也得打通榮祿。何況目前的王文韶，只是認西幫的大德恆，別家，他認不認，難說了。眼下，滿朝上下又正忙於起蹕奔西安的諸多事宜，就是拉攏到榮祿，他能顧及打點這等事？

所以，戴膺也未敢貿然把老太爺請來，只去見那位岑蠻子。

他正想拖一拖，拖到兩宮啟鑾一走，這事也就涼了。哪想三爺就連夜火急趕來！

三爺說了老太爺如何急迫、如何氣惱的情形，就把那封急信遞給了戴膺。一見是老太爺親筆，戴膺趕緊展開看了，只一句話：

戴掌櫃親鑑：

你要太忙，就忙你的吧。見那倆人，我自家去張羅。

康笏南字

看罷，戴膺吃了一驚：這可是老東家措辭最厲害的信函了！凡是催辦不容商量的事，就是這番措辭。

他忙對三爺說了拉攏岑春煊情形，以及打通覲見關節之難，實在不是未盡心盡力，而是這份通天的差事，辦起來太不容易。

三爺就說：「戴掌櫃，這我也知道。只是，一聽說喬家搶先辦成，老太爺就不甘心了。」

戴膺說：「跟喬家比，我是太無用了。」

三爺說：「戴掌櫃快別這樣說。喬家能使的手段，我們為什麼不能使！你聽說他們到底使了什麼手段？」

戴膺說：「能有什麼手段？無非也是送了一份票號的土儀給那位岑大人吧。」

三爺說：「我們也早送了一份吧，為何就不管用？」

戴膺說：「我們與喬家所求不同。人家是傳話給太后，太后一高興，就答應住他們的字號。我們呢，是要上朝見聖顏，即使太后想見老太爺，中間也隔著千山萬水呢。」

三爺就問：「見一面，比請進家還難？」

戴膺說：「在太原見聖顏，好比在京師上朝，老太爺哪有上朝的身分！可聖駕出巡在外，百姓瞻仰聖顏，就無大礙了……三爺，我有辦法了！」

剛還說這是通天，不易辦成，怎麼忽然又有辦法了？三爺忙問：「真有辦法了？什麼辦法？」

戴膺就說：「我們也學喬家，等兩宮出了太原，再求覲見！這就容易多了。」

三爺不解地問：「聖駕往西安，可不走太谷！祁縣一站，已給喬家占了；再往前，平遙一站，我們能搶過平幫？我們在哪求見？」

戴膺說：「出太原第一站，是徐溝；第二站，才是祁縣。我們就在徐溝求見聖顏，搶在喬家前頭。」

三爺反問：「在徐溝求見？可我們不是徐溝人呀？」

戴膺說：「徐溝有我們的茶莊！」

戴膺和三爺經仔細商量，打算以天旱民苦，徐溝又係小縣，康家願捐巨資，助縣衙辦皇差，伺候鑾輿巡幸；然後求岑春煊聯繫李蓮英，將此義舉上奏太后，攛掇太后見康老太爺一面。見岑春煊時，給李蓮英也備一份土儀，請他代為孝敬。

沒想到，這一條路線還真好走。岑春煊聽了，就大加讚賞：出太原第一站張羅妥貼了，他這個前路糧臺也有光彩。他很痛快地答應聯繫宮監總管李蓮英。

一兩天後，又給了回話：李總管很給面子，已答應到時盡力張羅。岑春煊還捎帶告知：兩宮將在閏八月初八，起蹕出太原，巡幸西安。

## 6

消息傳回太谷，康笏南自然對戴膺格外讚揚了幾句。他在心裡可是冷笑了：哼，總算要親眼一睹天顏了，看一位如何無恥，另一位又如何無能！

戴膺和三爺卻未回太谷，就直奔徐溝去了。只捎急信回去，請天盛川茶莊的林大掌櫃趕緊來徐溝。林琴軒大掌櫃久坐冷板凳，一聽說是要辦這樣的大差，當然立刻趕來徐溝。

林大掌櫃一到，三爺就帶了他和戴膺，趕去拜見徐溝知縣老爺。知縣老爺聽明白是這樣的好事，當下就眉開眼笑了。連連說要上奏朝廷，表彰康家天盛川的忠義之舉。

正如戴膺他們所估計，徐溝知縣正為承辦這一次皇差愁得走投無路呢。不用說遭遇了庚子年這樣的大旱，就是在豐年，像徐溝這樣的小縣，承辦浩浩蕩蕩的皇差也夠它一哼哼的。

按那時代的馳驛之制，官吏過境，不拘官階大小，當地官方都得為之預備食宿。御駕臨幸，那自然更得盡力供奉。而這次兩宮過境，又非同平常，那是把京中朝廷都搬來了，空前浩蕩。給朝廷打前站的，已傳來單子：除了太后皇上的行宮，還得為王公大臣備四十餘所公館，為其餘隨員所號的居室就更數目可怕。膳食上，皇太后、皇上、皇后，須備滿漢全席，王公大臣是「上八八」的一品席，以下官員都須「中八八」席，一般隨從、衛士也得是「下六六」席。

為兩宮預備的滿漢全席，只是一種規格，席中太后所食，不過是行在御膳房為她烹製的幾樣可口飯菜。初出京時，因為受了饑荒，所以到懷來縣吃了吳永為她備的炒肉絲和扯麵條就覺格外佳美。離開懷來時，竟給吳永的廚師周福賞了一個六品頂戴，放到行在御膳房，一路為她供膳。進入山西，扯麵拉麵更精製了，很容易討太后喜歡。她喜歡了，照此賞給皇上、皇后，也就得了。所以最高規格的御膳，倒是好應付。但兩宮以下的「八八」「六六」席，那可得實打實伺候！經在太原休整，兩宮的鑾輿行在是更浩蕩了。備一餐膳食，那得擺四五百桌席面。所以，為支應這次皇差搭起的臨時廚房，已占去縣衙外的一整條街了。

還有大批扈從役馬的草料也得備足了。

縣衙初為估算，必須備足乾柴三十餘萬斤，煤炭二十萬斤，穀草二百萬斤，麩子三萬石，料豆兩萬四千石，豬羊肉兩萬斤，雞鴨各數百隻，麥麵四萬餘斤（內中僅表糊行宮、公館就已用去三四千斤），紙張千餘刀。而這僅是大宗。尤其今年天旱，凡入口之物都市價騰貴，一斗麥一千七八百文，一斗米一千四五百文，一斤麥麵六七十文，一斤豬羊肉二百多文！行宮、公館全得重加裝修、彩繪，裡面陳設鋪陳須煥然一新，外面也要張燈結綵。這又需花費多少？

戴膺聽了縣衙的哭窮，心裡只是冷笑：耗費再大，你們還不是向黎民百姓搜刮？藉此辦皇差，你們不發一筆財才日怪呢！

所以，他也沒有急於說什麼，只是從容聽著。可林大掌櫃已耐不住了，說：「我們老東家知道貴縣的難處，所以才來接濟。這是辦皇差，不敢太小氣！」

戴膺聽林大掌櫃這樣說，知道有些不好：對這些官吏，哪敢放這樣的大話！好嘛，你們給兜著不叫小氣，人家還不放開膽海撈？他急忙接住林大掌櫃的話說：「是呀，辦皇差，不敢太寒酸。所以臨來時，我們老東家交代，捐給徐溝縣衙三萬兩銀子，把皇差辦漂亮，也算我們孝敬朝廷了。」

果然，知縣老爺不傻，聽說只三萬，便說：「康家這樣忠義，本官一定要上奏朝廷的。只是徐溝太小，又遭如此荒歉，添了貴號這三萬捐俸，怕也辦不漂亮的。」

見林大掌櫃又要說什麼，戴膺不動聲色搶先說：「東家的生意，今年也受了大累，損失甚巨，實在無力更多孝敬了。再說，今年大旱，朝廷也體撫民苦的，皇差辦得太奢華，反惹怒天顏也說不定的。」

知縣老爺這才只感謝，不哭窮了。

出來，林大掌櫃問戴膺：「康老太爺交代過，不要太可惜銀子。戴掌櫃何以如此出手小氣？」

戴膺說：「他們報的那些大宗支出，我算了算，還用不了三萬兩銀子呢。給得再多，也不過進了縣官的私囊，既孝敬不到朝廷，也緩解不了民苦。徐溝只有我們一間茶莊，莊口又不大，也犯不著孝敬這裡的縣官。再說，老太爺見到見不著聖顏，也不在於這位知縣老爺。」

林大掌櫃這才不得不佩服戴膺的幹練。

康笏南是閏八月初六來到徐溝的。徐溝與太谷比鄰，也不過幾十里路吧，又都是汾河谷地的一馬平川。所以，這一路走得輕鬆愉快。

這一份輕鬆愉快，自然還因為他心情好：聖顏也不難見，不過是花點銀子罷了。

康笏南本來想帶六爺來，叫他也一睹聖顏。說不定聖顏的猥瑣會令他放棄讀書求仕的初衷。六爺居然不願同來，為什麼？說是身為白丁，不能面對聖顏。依然如此執迷不悟！只是六爺的執迷不悟，並沒有影響到康老太爺的心情。

哈哈，一睹天顏，也花不了多少銀子！精明的戴掌櫃，張羅得比喬家還省錢。

初六的徐溝城裡還是一片繁忙雜亂。被驅使奔走的數百衙役、數千民夫，還滿大街都是。當然，街市已張燈結綵，被臨時充作公館的民宅更是修飾一新了。城裡城外，凡御駕要經過的蹕道，都有鄉民在鋪陳乾淨的黃土。

戴膺問康笏南：先去拜見一下知縣老爺？康笏南說，人家正忙得天昏地暗，不必去打擾了。其實，他是不想見。

覲見時，康笏南要戴膺陪著，可戴膺主張還是林大掌櫃陪著名正言順。康笏南就同意了。林大掌櫃可是慌了，連問戴膺，到時該如何做派？康笏南哼了一聲說：

「如何做派？平常怎樣，就怎樣！我們反正是黎民百姓，講究什麼！」

初八日申時未盡，也就是下午將盡五點鐘時候，浩浩蕩蕩的兩宮鑾輿已經臨幸徐溝城了。聽說兩宮中途到達備了早膳的小店鎮時，辰時還未盡；到備了茶尖的北格鎮，也才是午時。大概是初上征途，還兵強馬壯吧。

因為天色尚早，鑾輿進城後，前頭三乘圍了黃呢的八臺轎輿，簾門高啟，令民瞻仰。皇太后在前，其次是皇上，又次為皇后。沿街子民可以跪看，不許喧譁，更不許亂動。

康笏南跪在自家茶莊門廊前的香案旁，雖也凝神注目，卻什麼都沒有看清楚。因為這三乘皇轎，似乎是一閃就過去了。問三爺、戴膺他們，看清了嗎？他們也都說什麼也沒看清。只有林大掌櫃說，他看清了第二乘轎的皇上，但聖顏不悅，一臉的冷漠。

康笏南也沒有多問，就回到茶莊裡頭。三爺、林大掌櫃也跟了進來，只是不見了戴膺。他已經前往縣衙一帶去等著見岑春煊。

三爺說：「聖駕到得這樣早，是一個好兆。」

林大掌櫃也說：「老太爺受召見，更有充裕的時候了。」

康笏南卻閉目不語。他知道，雖然近在眼前了，最後落空也不是不可能。但人事已盡，只有靜心等待。這一等，就好像是遙遙無期。眼看天色將晚，康笏南已有一些失望了，才終於見戴膺匆匆趕回來。

戴膺一進門就招呼：「老東臺，快走，快走，去宮門聽候『叫起』！」

康笏南也沒有多問，拉了林大掌櫃就走。

戴膺忙說：「李總管傳出話來，只召老太爺您一人進去。」

康笏南丟下林琴軒，說：「那還不快走！」

滿城都是朝中顯貴，康笏南坐他那華貴的轎車顯然太扎眼；而市間小轎也早被徵用一空。他只好跟了戴膺快步往縣衙趕去。不過，此時他心頭已沒有什麼擔心，只有一片豪情漫起：終於要親眼看到當今至尊至聖的那兩個人了。

縣衙已禁衛森嚴。不過，康笏南很快就被放了進去。但在縣衙裡，卻是又等候了很一陣，才有一位樣子凶狠的宮監，進來用一種尖厲的聲調喝問：

「誰是太谷康財主？」

康笏南忙說：「在下就是。」

宮監瞪起眼掃了他一下，依然尖利地喝道：「上頭叫起，跟我走！」

喝叫罷，那宮監過來一把攥住康笏南的一隻手腕，拽了就走，有似抓拿了歹徒，強行扭走一般。宮監飛步而走，年過七旬的康笏南哪能跟得上？但他也不能跌倒，跌倒了，這宮監還不知要怎樣糟蹋他呢。他只好盡力跟上。

這樣急急慌慌被帶到一處庭院的正房前，宮監高聲做了通報，良久，門簾被掀起，康笏南的手腕才被鬆開。他顧不及一整衣冠，就慌忙進去了。

裡面，燈火輝煌。康笏南伏地行大禮時，也只能覺察到燈火輝煌，還不知道上頭坐著誰：太后，還是皇上，或者都在？禮畢，他也只能俯首跪聽，不能舉目。

靜了一陣，一個蒼老的婦人聲音問：「叫什麼，多大年歲？」他這才想，太后坐在上頭。

還是太后蒼老的聲音：「七十多歲了？平身吧。」

康笏南謝過聖恩，站了起來，但仍不敢看上頭。

「年逾古稀了，真看不出。爾是如何保養的？」

康笏南忙說：「一介草民，閒居鄉野，不過枉度日月吧。」

「你們山西人，很會做生意！爾只開茶莊？」

「茶莊以外，也開一間小小的票號。」

「你們山西票號很會賺錢，予早知道。爾開的票號叫什麼？」

「小號天成元。」

「天成元？哪一個『元』字？」

「『元』為一，『元』為首。」康笏南有些緊張了。他不由略舉目向上掃了一眼，見一個老婦人端著水煙壺，平庸的臉上似乎沒有怒色，就說：

「元寶的元。」

「元寶的元？爾真是出口不離本行。天成元比大德恆如何？」

康笏南鬆了一口氣，更大了膽略略揚起臉，說：「大德恆係票號中後起之秀，勢頭正盛，敝號不及。」

「你們山西人都很會賺錢，予早知道。今次來山西，更知道了。」

康笏南忙說：「晉商略有小利，全蒙皇恩浩蕩！」

「都會說皇恩浩蕩！予與皇帝今次出京，才知道皇帝哪有錢呀？都說普天之下，莫非王土，好像天下的錢財能由著我們花。今次出京，予與皇帝受了大辛苦了，真是飢寒交加，難以盡數。何以如此可憐？自家沒帶京餉盤纏出來。花一文錢，都得跟他們要。三番五次跟他們要，跟叫化子差不多了！」

太后在說這一番話時，康笏南已大膽揚起臉，算是看清了太后的聖顏：那真是一張平庸的婦人臉。這樣的臉，在鄉間滿眼都是，哪有一些聖相？在太后左面，隔桌坐著一位發呆的男人，那就是皇上吧？

聽見太后話音停頓下來，康笏南忙說：「小號本當更多孝敬朝廷……」

「不是說你們，你們山西商家還很忠義。予是說各省督撫，京餉在他們手裡，花一文錢，也得跟他們要。他們嘴上不敢說不給，總是尋出無窮無盡的藉口，不肯出手！所以，我跟皇帝說了，回京後，朝廷也開一間自家的錢鋪！急用時，也不用這麼叫化子似的求他們！」

康笏南以為太后是說氣話，也沒有當真，就說：「那樣也好。」

「予聽說，西洋的朝廷就開有自家的錢鋪？爾知道不知道？」

康笏南這才覺得，太后是認真的。可朝廷要開起官家的票號，西幫還有活路嗎？他只好含糊說：「僻居鄉野，早老朽了，外間情形實在知之不多。只知西洋銀行甚是厲害。」

「予聽他們說，西洋朝廷就開有自家的銀行。不拘叫銀行，叫錢鋪，回京後，予與皇帝一準要開自家的字號。今日召見爾，就是要爾知曉予意。予與皇帝哪會開錢鋪？朝中那班文武，予看他們也不諳此道。到時，爾等山西賺錢好手，須多多孝敬朝廷，為予開好錢鋪。聽清了吧？」

這是平地起驚雷，還能聽不清！但康笏南也只能說：「聽清了，一定孝敬朝廷。」

「爾去見皇帝，看還有何諭旨。」

康笏南就移過左邊，給皇上再行大禮。但許久也沒有聽見皇上說什麼，略抬眼看看，皇上依然那樣呆坐著。

又靜了一會兒，聽見太后說：「予也累了，爾下去吧。」

康笏南正要起來，剛才帶他來的那位凶狠的宮監早進來又一把攥住他，倒退著，將他拽了出來。

# 第七章　行都西安

## 1

閏八月中旬，遠在歸化城的邱泰基正預備跟隨一支駝隊，去一趟外蒙古的烏里雅蘇臺。因為歸化一帶的拳亂，也終於平息下去了。

去年秋涼後，邱泰基就想去一趟烏里雅蘇臺。貶至口外，不走一趟烏里雅蘇臺，那算是白來了。可歸號的方老幫勸他緩一年再去：你久不在口外，這來了才幾天，水土還不服，更不耐這裡冬天的嚴寒，忽然就要做如此跋涉，那不是送死去？你畢竟不是年輕後生了。

歸化至烏里雅蘇臺為通蒙的西路大商道，四千里地，經過五十四臺站，駝隊得走兩到三個月。因有十八站行程在沙漠，駝戶都要避開耗水量大的夏季。秋涼後起程，走半道上，就隆冬了。

邱泰基想了想，只好聽從了方老幫的勸阻。再說，當時康三爺已經離去，邱泰基也得替他收拾「買樹梢」的殘局。不過，捱到今年正月一過，他就隨駝隊去了一趟外蒙首府庫侖，由庫侖又到了通俄口岸恰克圖。這一條北路大商道雖較西路短些，也需走三十多天。所以，等他重新回到歸化，已快進五月。眼看夏天將至，要走西路往烏里雅蘇臺，也只好再等秋涼時候。

但在庚子年這個夏天，口外的歸化城也不平靜，義和拳的大師兄們在這裡掀起的反洋風浪並不小。動盪的時局，一直持續到秋天，邱泰基當然無法離開字號，遠走西路。

進入閏八月，時局總算平靜了。邱泰基終於能為西去烏里雅蘇臺張羅行前的諸多事項了，忽然就收到太谷老號發來的一道急信，忙拆開看時，居然是孫大掌櫃親筆：

> 邱泰基覽：
>
> 日前朝廷鑾輿離太原繼續西狩，不久將駐鑾西安。彼城即隨之成臨時國都，聞朝中亦有遷都長安之議。老東臺念你在歸號誠心悔改，同意老號將你改派西安。到西號後，爾仍為副幫，當竭誠張羅生意，報答東家。見字後，盡速啟程赴陝。途經太谷，准許回家小住幾日。專此。
>
> 孫北溟字

調他重返西安？邱泰基可是夢也沒有夢到過的。貶到歸化這才幾天，一點功績未及建樹，連烏里雅蘇臺都沒去一趟就獲赦免了？

現在的邱泰基真是脫胎換骨了。對這喜訊一般的調令，他幾乎沒有多少激動，倒是很生出幾分惋惜。這次重來口外，與年輕時的感受已大不相同。駝道蒼涼依舊，可他已經不想望穿蒼涼，在後面放置一個榮華富貴。商旅無論通向何方，都一樣難避蒼涼，難避絕境。春天走了一趟恰克圖，往返兩月多，歷盡千辛萬苦了，張羅成的生意有多少？在內地大碼頭，這點生意實在也不過舉手之勞，擺一桌海菜席，即可張羅成了。只是，這北去恰克圖的漫漫商旅，實在似久藏的老酒，需慢慢品嘗，才出無窮滋味。

所以，他特別想重走一趟烏里雅蘇臺。

但邱泰基知道，老號的調令必須服從。他也明白，自己獲赦實在是沾了時局的光。當今朝廷，竟也忽然落入絕境，步入這樣的蒼涼之旅！自己重返西安，能有多少作為呢？

歸號的方老幫，對邱泰基這樣快就要離去，當然更是惋惜。時間雖短，邱掌櫃還是幫了他的大忙：東家的三爺總算給勸走了。三爺這一走，還是長走！接手掌管康家外務後，三爺大概不會再來歸化久住難為人了。

方老幫的恭維，邱泰基自然是愧不敢當。當時遭貶而來，方老幫能大度地容留他，他是不會忘的。

邱泰基離別歸化，還有一件難以釋懷的事，就是郭玉琪的失蹤。一年多過去了，郭玉琪依然下落不明。方老幫說，多半是出了意外。但邱泰基還是請求方老幫，三年內不要將此噩耗告知郭玉琪的家人，更不可放棄繼續打探郭玉琪的下落。走口外本是一種艱險之旅，出意外也算題中應有之意。不過，失蹤多年，忽然復出的奇蹟，也不是沒有。總之，邱泰基還是希望那個年輕機靈的郭玉琪有一天能奇蹟般重返天成元。

邱泰基始終覺得，郭玉琪的失蹤和他大有關係：帶了這位年輕夥友來口外，雖屬偶然，但他一路的教誨顯然是用藥過猛了。初出口外的郭玉琪，心勁高漲，急於求成，那才幾天呀，就出了事！邱泰基真不知該如何向郭玉琪的家人交代。

閏八月二十，邱泰基搭了一隊下山西的高腳騾幫離開歸化城，向殺虎口奔去。臨到殺虎口前，他還盼望著能早日趕回太谷，回家看一眼。僅一年，自己就重返西安了，這對夫人總是一個好的交代。尤其牽動著他的一個念想，是他的兒子！自從夫人告訴他已得一子，他就在時時牽掛著了。年過不惑，終於得子，好像上天也看見了他的悔改。現在，又給了他一個機會，回家看一眼出世不久的兒子。

但來到殺虎口，邱泰基忽然改變了主意：不回家去了。悔改未久，就想放縱自己？老號有所體撫，可你有何顏面領受？只有早一天趕到西安，才算對得住東家和老號的寬恕。

所以在殺虎口，他另搭了一隊騾幫，改往平魯方向而去。這條商路，經神池、五寨、岢嵐、永寧，可直達洪洞。較走山陰、代州、忻州，到太原那條官道，艱難許多，但也捷近了許多，尤其是繞開了祁太平。到洪洞後，即可直下平陽、侯馬、解州、蒲州，過潼關入陝了。

即便如此，邱泰基到達西安時已用去一個月。

天成元西安分莊的老幫夥友早知道邱掌櫃要回來，都在盼著。邱泰基遭貶後，老號調了駐三原的程老幫來西安領莊。程老幫倒是節儉，謹慎，但字號氣象也冷清了許多，業績大不如前。等朝廷行在忽然黑壓壓湧進西安，程老幫更有些不知所措。老號已有指示：先不要兜攬官家的大生意，尤其要巧為藏守，防備朝廷強行借貸。接了老號這樣的指示，程老幫先就頭大了。天成元在西安，原來就有盛名。朝廷找上門，不敢不借，又不能借，這一份巧為應對，他哪裡會！幸好不久老號又有急信下達，說已調邱泰基重返西號，他和眾夥友才鬆了口氣。

只是，終於到達的邱泰基，卻叫西號上下大吃一驚！

隨騾幫而來的邱掌櫃，幾乎和趕高腳的老大差不多了，衣著粗拙，厚披風塵，尤其那張臉面，黑紅黑紅的，就像老包公。邱老幫原來那一番風流俊雅，哪還有一點影蹤！

程老幫真不敢相信，這就是往日有名的邱掌櫃。

他問候了幾句，就吩咐夥友伺候邱掌櫃去洗浴。邱泰基慌忙道了謝，卻不叫任何人跟著伺候他。洗浴畢，程老幫要擺酒席接風，邱泰基也堅辭不就：「程老幫，你不是想害我嗎？叫夥房給我做兩碗羊湯拉麵就得了。離開一年，只想這裡的羊湯麵！」

程老幫是實在人，見邱泰基這樣堅持也就順從了。

飯畢，程老幫也顧不及叫邱泰基先行歇息，就將他請進自己的內帳房，急切問道：

「邱掌櫃，你路過太谷，見到孫大掌櫃了吧？老號有什麼交代？」

邱泰基只能如實說：「程老幫，為了早日趕來西安，我沒有走太原的官道，在西口就彎上了晉西商道，直接到了洪洞。」

程老幫有些吃驚了：「你沒路過太谷？」

邱泰基問：「老號指示我回太谷了？」

「我哪裡知道？邱掌櫃，你也是臨危受命，想來老號要做些特別的交代吧。」

「老號信中，是要我盡速來陝。老號有特別交代，當會有信報直達程老幫吧？」

「老號倒是不斷有信報來。」

「有何特別交代？」

「吩咐先不要貪做，尤其要防備朝廷強行借貸。聽說朝廷在太原時，就曾向西幫借過鉅款。」

「我在口外也聽說了，好像是祁幫喬家的大德恆扛了大頭？大德恆的領東也不傻呀，怎麼給捉了大頭？」

「哪是給捉了大頭？聽說是他們自家出風頭。朝廷要借三十萬，大德恆一家就應承下來了。」

邱泰基還是第一次聽到這種說法，他也一時想不明白喬家走的是一步什麼棋。喬家一出手就是三十萬，朝廷再跟別家借錢，不用說不借，就是答應少了，也不好交代。天成元在西安不是小號，就是裝窮，也得有個妙著。不過，他也聽說了，老東家在徐溝曾覲見兩宮。有此名聲，戶部來借錢，怕也得客氣些吧。於是，他忽然明白：喬家如此慷慨借錢給朝廷，或許也是出於自保？在此動盪之秋，花錢買一份平安，也算是妙著吧。

他問程老幫：「老東臺曾覲見太后、皇上，詳情你知道嗎？」

程老幫說：「哪能知道？也只是從老號信報中知有此事。」

「確有此等事，我們就可從容些了。端方大人，仍在陝省藩司任上嗎？」

「仍在。朝廷進陝前，端方大人就獲授護理巡撫了，已有望高升撫臺。可朝廷一到，就將護駕有功的岑春煊升為撫臺。聽說在太原時岑春煊與東家還是有交往的。可我兩次去求見，都沒見到。巴結官場，我實在是不如邱掌櫃。」

「程老幫也無須自卑。官場那些人物，你只要不高看他，就不愁將其玩於股掌間。今任陝西撫臺的岑春煊，已非昨日在晉護駕的岑春煊，正所謂此一時也，彼一時也。但另施手段，一樣能玩之於股掌。」

「所以邱掌櫃一到，我也就踏實了。」

「程老幫，我盡力張羅，那是理所當然的。但一切全聽你吩咐。」

「邱掌櫃千萬不拘束了！拘束了你，老號和東家都要怪罪我的。」

「程老幫可不能這樣說！我仍是戴罪之身。」

「看你說的！不說這了。邱掌櫃，眼下西安有一個紅人，你大概也是認得吧？」

「誰？」

「唱秦腔的郭寶峰，藝名『響九霄』。」

「『響九霄』？當然認得。他在西安梨園早是紅人了。」

「現在他是太后的紅人！」

「太后的紅人？」

「不是太后的紅人，我還提他？邱掌櫃聽說過沒有，西太后原來戲癮大得很，在京時幾乎無日不看戲。京戲名伶汪桂芬、譚鑫培、田際雲，常年在內廷供奉。這回逃難出來，終日顛簸，一路枯索，無一點音律可賞，算是將太后鬱悶壞了。聽說在太原常傳戲班入禁中，連肆間彈弦、說書、唱蓮花落的也傳過。離太原後，一路也如此，傳沿途戲班藝人到行宮供奉，只是都不中意。御駕入陝到臨潼時，響九霄趕來迎駕。太后聽說有秦腔名角兒來了，當晚就傳進供奉。沒想，這就叫太后很過了戲癮，響九霄也一炮在行在唱紅。」

「響九霄嗓音高亢無比，秦腔中歡音、苦音都有獨一份的好功夫。」

「在臨潼，太后就傳旨了，叫響九霄組個戲班，到行在禁中供奉。見太后這樣喜歡響九霄，隨扈的王公大臣中那些戲癮大的，也就格外捧他。兩宮到西安這才幾天，響九霄已經紅了半片天！」

「朝廷也不計亡國無日，關中大旱，倒先來過戲癮！」

「誰說不是！不過，為應付朝廷計，這個響九霄或許也值得拉攏一把？」

邱泰基尋思了尋思，說：「我與響九霄以前就相熟，用得著時，我去見他。」

雖這樣說，邱泰基已看出，西安局面不好張羅。

## 2

調邱泰基回西安，並不是三爺提出來的：那是康老太爺先發的話。三爺聽到這個消息，當然異常高興。自他接手外務後，無日不想一見邱泰基，以做長遠計議。要不是拳亂洋禍鬧成這樣，他早跑到歸化去了。現在，老太爺調邱掌櫃回西安，正好給了他們一次見面的機會。由口外去西安，那是必經太谷的。為保險起見，三爺特別請求了孫大掌櫃：給邱掌櫃的調令中務必註上一筆，叫他回太谷停留幾天。孫大掌櫃倒是很痛快地答應了。

可是，等了二十多天，也算望斷秋水了，仍不見邱泰基回來。

從歸化到太谷，路上趕趁些，不用半月就到了。走得再從容，二十天也足夠了。兩宮御駕從宣化到太原，也用了不到二十天。朝廷御駕那是什麼走法，邱泰基不會比朝廷走得還從容吧？

孫北溟已有些不高興了，對三爺說：「這個邱泰基，不會又舊病復發吧？排場出格，再叫官衙給扣了？」

三爺忙說：「不會，不會。要那樣沒出息，我們還調他回西安做甚？」

孫北溟說：「他在口外還沒受苦呢，就調回來，舊病復發也說不定！」

三爺說：「我看邱掌櫃也不傻，能那樣不記打？大掌櫃，你信上是怎樣交代的？」

孫北溟說：「我特別注了一筆：途經太谷，准許你回家小住幾日。」

三爺說：「那邱掌櫃會不會已在水秀家中？」

孫北溟說：「他哪敢！凡駐外的，不拘老幫，還是小夥計，從外埠歸來，必先來老號交割清了，才准回家。這是字號鐵規，邱泰基能忘了？」

這倒真是西幫票號的一條鐵規。駐外人員下班離開當地分號時，要攜帶走的一切行李物品，都得經櫃上公開查驗：只有日常必需用品為准許攜帶的，此外一切貴重物品，特別是銀錢，都屬違規夾帶。查驗清了，櫃上將所帶物品逐一登記，寫入一個小摺子，交離號人帶著。摺子上還寫明領取盤纏多少。回到故里，必須先到老號交摺子，驗行李，報帳盤纏，交代清了，才准回家。違者，那當然毫不客氣：開除出號。在票號從業，手腳乾淨是最重要的。

三爺當然知道這條號規，但他忽然記起邱泰基終於喜得貴子，會不會高興得過了頭，先跑回水秀？

孫大掌櫃聽三爺這樣一提醒，覺得也有幾分可能：駐外掌櫃得子，那喜訊非同一般。於是就派人去水秀打探。

打探的結果，當然是毫無結果。邱泰基非但沒有回家，邱家連他要回來的消息還不知道呢。他的女人一再追問：「他真要回來？」

既然沒回來，那就是路上出了事？連孫大掌櫃和三爺也開始這樣猜疑。

現在西安莊口非同尋常，邱泰基真要有意外，孫北溟就打算派戴膺先去應付一陣。三爺聽了這話，覺得太淒涼了。邱泰基早也不出意外，他剛想委以重任，就出了意外？三爺只能相信，邱泰基也是有本事的駐外掌櫃，化險為夷，絕處逢生，應當不在話下。他堅決主張，再等候些時日。

又等了十多天，老號給歸化、西安分別發了電報問詢。西號先回電：邱已到陝。歸號後回電：邱已走月餘。

邱泰基原來是直接趕赴西安了？

三爺心裡這才一塊石頭落地。看來，邱掌櫃還是以號事為重。他特別將此事稟告了老太爺。

老太爺聽了，說：「過家門而不入？得貴子而不顧？邱掌櫃還是經得起貶。替我誇獎幾句吧。」

經過這麼一個小曲折，三爺是更想見邱泰基了。

此後未過多久，三爺就得到老太爺應許，啟程奔赴西安。

三爺到西安後，邱泰基已休整過來，有些恢復了往日的風采，只是臉面還有些黑。三爺常在口外，見邱泰基也染了那邊風霜，變成黑臉，倒更覺親近了。

西號的程老幫見三爺親臨櫃上，先就有些緊張。三爺呢，興致全在邱泰基身上，對程老幫只是勉強應付。這就更叫程老幫有些惶恐。邱泰基當然看出來了，他開口閉口總把程老幫放在前頭。說起西號的局面，也歸功於程老幫的張羅。可三爺始終不能領會他的用心，依然一味誇獎他。

邱泰基只好避開程老幫，私下對三爺說：「你冷落程老幫，一味誇獎我，這不是毀我呀？」

三爺說：「也不是我誇獎你，是老太爺叫我替他誇獎你。」

邱泰基說：「老太爺叫你誇，也不能誇起來沒完吧？你這一弄，好像我的老毛病又犯了，目中無人，只好自家出風頭！」

三爺這才說：「那就看你面子，連程老幫一搭誇！」

邱泰基說：「不能一搭誇！你得多誇程老幫，少誇我。程老幫本來就覺自家本事不大，你再冷落人家，以後還怎麼領莊？三爺，你想成就大業，就得叫各地老幫都覺著自己有本事，叫各號的夥友都覺著自己有用。這得學你們老太爺！」

三爺說：「你說得對！那你說說，怎麼叫他們覺著自己有本事？」

邱泰基說：「頭一條，不拘誰，你反正不能隨便冷落。你想想，沒點本事的能進了你們康家票號？」

三爺說：「倒也是。」

邱泰基說：「就說這個程老幫，領莊多年了，能說是沒本事的？他只是場面見的不大罷了。我到之前，他曾兩次求見陝西新撫臺岑春煊，都沒有見到，就以為自家不會巴結官場。可是沒幾天，岑大人倒傳喚程老幫呢！」

三爺忙問：「為何傳喚程老幫？」

邱泰基說：「要我們天成元承匯糧餉。」

「陝西的糧餉？」

「朝廷的！兩宮到陝後，覺著離洋禍已遠，就想偏安長安。除了催要各省京餉，又將江南漕運之米，一半就地折價，以現銀交到西安行在；另一半仍走運河漕運，到徐州起岸，再走陸路運到西安。叫我們承匯的，就是漕米折成的現銀。」

「一半南漕之米折成現銀，那也不是個小數目。不是只交給我們一家吧？」

「聽說戶部最先想到的，是喬家的大德恆、大德通。大德恆在西安沒有莊口。大德通呢，為避拳亂，在六七月間剛剛將西安莊口的存銀運回祁縣，號內很空虛。所以，戶部雖很偏向大德通，可他們一時也不敢承攬太多。江南米餉的匯票到了，你這裡不能如數兌出現銀，那不是跟朝廷開玩笑？」

「康家在徐溝也接濟過朝廷，也該想到我們吧？」

「要不，岑春煊能傳喚我們？」

「我們應承了多少？」

「去見撫臺的是程老幫。他應承得很巧妙！」

「程老幫怎麼應承的？」

「程老幫當時本來很為難。因為孫大掌櫃已有指示，先不要貪做大生意。可面對朝廷的差事，又不能推諉。他只好來了個緩兵之計。」

「緩兵之計？」

「他對撫臺說：朝廷這麼想著我們，敝號自當盡力報效的。天成元在江南的莊口能承攬多少米餉，我們這裡就及時兌付多少，請大人放心。」

「這不是滿口應承嗎，算什麼緩兵之計？」

「在江南的莊口，應承多，應承少，早應承，晚應承，還不是由我們從容計議？」

「那真也是。」

「程老幫使此緩兵之計，本想回來跟我商量對策，我說你這一著就極妙。朝廷既將這種大生意交給我們，為何不做？叫江南莊口從容些攬匯，我們這頭趕緊調銀來，這生意就做起來了。三爺，你看，程老幫能算沒本事的？」

「邱掌櫃，還是你的眼力好。」

「又說我！三爺，孫大掌櫃那裡，還得請你多說句話。大掌櫃不叫貪做，我們如何急調現銀來？」

「孫大掌櫃那裡，我說話可不太管用。邱掌櫃，現在西號似京號，你們說話，老號也不敢小視吧。」

「我們已經連發幾封信報回去，也不知老號會不會贊同。」

「那我給老太爺去封信，看他能不能幫你們一把？」

「老太爺要說話，孫大掌櫃當然得聽。三爺，那我們就向三原、老河口、蘭州這些莊口緊急調銀了。

拳亂厲害時，西號存銀並沒有倉皇調出。再就近調些銀根來，也就先張羅起這樁生意了。」

「看看，邱掌櫃你一到，西號的局面就活了。」

「三爺，說了半天，你還是想毀我？」

「好了，好了，西號局面也有程老幫功勞！」

此後，三爺對程老幫果然不一樣了，恭敬有加，不再怠慢。只是，有事無事，三爺還是願意跟邱泰基待在一起。

到西安半月後，三爺邀邱泰基一起出城去遊大雁塔。中間，在慈恩寺禪房喝茶時，三爺興之所至，就說出了自己久已有之的那個心願：

「邱掌櫃，我要聘你做天成元的大掌櫃！」

邱泰基聽了，可是大吃一驚：「三爺，你是取笑我吧？」

三爺認真說：「我有此意久矣！」

邱泰基一聽，更驚駭不已，立刻就給三爺跪下了：「三爺，你錯看人了，我哪是擔當大任的材料！」

三爺忙來扶邱泰基：「邱掌櫃，我看中的，不用別人管！」

邱泰基不肯起來：「三爺若是這種眼光，你也難當大任的。」

「邱掌櫃，你這話是什麼意思？」顯然，三爺沒有料到邱泰基會說這種話。

邱泰基說：「天成元人才濟濟，藏龍臥虎，三爺只看中我這等不堪造就之才，算什麼眼光？」

三爺說：「我就是這種眼光！」

邱泰基卻說：「三爺要是這種眼光，我就不敢起來了！」

三爺這才問：「邱掌櫃，你眼裡沒有我吧？」

邱泰基忙說：「我正是敬重三爺，才如此。」

「那你先起來，我們從容說話，成不成？」

邱泰基這才起來。

要在一年前，邱泰基聽了三爺這種話，當然會欣喜異常，感激涕零。但現在的邱泰基可是清醒多了。做領東大掌櫃，那雖是西幫商人的最高理想，可他知道自家還不配。尤其是，現在那位康老東家，說是將外務交給三爺了，其實當家的，還不依舊是他？要讓康老太爺知道了他邱泰基居然還有做領東的非分之想，那真是不用活了！

所以，他跟三爺說話總留了距離，極力勸三爺放寬眼界，從容選才。尤其不能將自家的一時之見，隨意說出。做少帥，要多納言，少決斷。

邱泰基哪能想到他越是這樣，三爺倒越看重他！

## 3

邱泰基的夫人姚氏，聽說男人已獲赦免，重往西安，還要回家小住，真是驚得出了一身冷汗！她雖然早將自己生子的消息向男人報了喜，可男人真要忽然意外歸來，她還是會驚慌得露了餡！男人只一年就突然歸來，預先也不來封信，這在以往那是做夢也夢不到的意外。

男人得到東家赦免，重回西安，這當然是好事。這麼一件好事，他為什麼也不早告她一聲？聽到什麼風聲了？

不會吧？不會。

她已經把雲生打發走了。雲生也走口外去了。這個小東西離開她也已經三個月了。

姚夫人驚慌不安地等待著男人的歸來，卻一天天落空。怕他歸來，又盼他歸來，他卻是遲遲不歸來。

今年兵荒馬亂，皇上都出來逃難，旅途上不會出什麼事吧？

她幾次派人進城打聽，帶回來的消息都一樣：邱掌櫃肯定要回來，等著吧。

等了十來天，最後等來的卻是：邱掌櫃已經到西安了。他沒有路過太谷。

挨刀貨，能回來看看，他居然也不回來！

姚夫人又感到了那種徹骨的寒意：一切都是依舊的。

也許，她不該將雲生這樣早早打發了？

四月順利分娩後，姚夫人一直沉浸在得子的興奮中。郭雲生當然也興奮異常：他已經做了父親了？在沒有別人時，他常問姚夫人：「娃長得像我不像？」

這種時候，姚夫人只是喜悅，總隨口說：「能像誰，還不是像你！」

「娃會說話了，跟我叫甚？」

「想叫甚，叫甚。」

「會叫我爹嗎？」

「你這爹倒當得便宜！」

那也不過是戲笑之言，姚夫人實在也沒有多在意。但在郭雲生，他卻有些承載不了這許多興奮，不免將自己換了一個人來看待。

當初，他與姚夫人有了私情，也曾飄飄然露出一點異樣。姚夫人很快就敲打他：要想叫我常疼你，就千萬得跟以往一樣，不能叫別人看出絲毫異常來。做不到，我就攆走你這個沒出息的東西！所以，他一直很收斂，很謹慎。

現在，郭雲生是有些撐不住了。先是對其他幾位僕人明顯地開始吆三喝四，儼然自己是管家，甚而是主子了。後來對主家的小姐，也開始說些不恭敬的話，諸如：「生了兄弟，你也不金貴了。」

他哪能料到，這就惹出了大麻煩！

邱家小姐乳名叫水蓮，雖只有十歲，但對郭雲生早有了反感。以前，母親鬱鬱寡歡，但視她為寶貝，一切心思、所有苦樂都放在她一人身上。但近一年來，母親似乎把一大半心思從她身上分走了。分給了誰呢？她發現是分給了這個小男僕。母親和他在一起，分明不再鬱鬱寡歡，就像陰天忽然晴朗了。

他不過是一個傭人，哪裡就比她強？他無非是一個男娃吧！她是常聽母親說，要有一個男娃就好了，你要有一個兄弟就好了。

十歲的邱小姐只能這樣理解。所以，她對分走了母愛的郭雲生生出了本能的反感。每當母親與他愉快地待在一起時，她總要設法敗壞他們的興致。可惜，他們並不在意她的搗亂，這更叫她多了敵意。

現在，母親真給她生了一個兄弟，失落感本來就夠大了，郭雲生又那樣說她，哪能受得了？

她開始成天呆坐著，不出門，不說話，甚至也不吃飯！

伺候小姐的女僕蘭妮可給嚇壞了，趕緊告訴了姚夫人。

姚夫人一聽，也慌了，忙跑過來。可不管她問什麼，怎麼問，女兒仍是呆坐著，不開口。姚夫人更慌了，就問蘭妮：

「你帶蓮蓮去過哪兒？」

蘭妮說：「也沒去哪兒呀？」

姚夫人忍不住厲聲喝道：「沒去哪兒，能成了這樣？」

蘭妮這才說：「也不知雲生對小姐說了些什麼話，把她嚇成了這樣。」

「是叫雲生嚇的？他說什麼了？」

「我沒在跟前，不知他說了些什麼難聽的。」

「你把他給我叫來！」

蘭妮跑去叫郭雲生時，姚夫人又問女兒：「他說什麼了？」

水蓮依然呆坐著，任怎麼問，也不開口。

姚夫人心裡不免生了疑：女兒也許覺察到了什麼？或者是雲生向她流露了什麼？以前，對女兒也許太大意了。

這時，郭雲生大模大樣進來，正要說話，水蓮突然驚慌異常地哭叫起來。

姚夫人連問：「怎了，怎了？」

小水蓮也不理，只是哭叫不停。

姚夫人只好把郭雲生支走。他一走，女兒才不哭叫了。但問她話，還是什麼也不說。姚夫人摟住女兒，說了許多疼愛的話，極盡體撫安慰。女兒雖然始終一言未發，情緒似乎安穩些了。

姚夫人出來，追問郭雲生到底對小姐說了什麼話，他還是大模大樣說：「也沒有說什麼呀？」

姚夫人只好厲色對他說：「雲生，你別忘了我對你說過的話：要想叫我常疼你，就得跟以往一樣，不能叫旁人覺出異常來。做不到，我只得攆你走！」

雲生還是不在乎地說：「我沒忘。」

姚夫人本想發作，但忍住了，只說：「沒忘就好。」

這一夜，水蓮還是呆坐著，不睡覺。姚夫人只好把她接到自己的屋裡，一起睡。哪想，從此開始，女兒就日夜不離開了！夜晚，跟她一屋睡；白天也緊跟著她，幾乎寸步不離！要是不叫她這樣，她就又呆坐著，不吃不睡。

叫女兒這樣一折騰，她跟雲生真是連說話的機會也沒有了。

她看出來了，女兒是故意這樣做。自己也許真不該再往前走了。原來也只是為生個男娃，並不是為長久養一個小男人。現在，已經如願以償生了一個男娃，也該滿足了。就是為了這個男娃，也不能再往前走了。

姚夫人從蘭妮嘴裡也探聽到，雲生近來很張狂，儼然已經成了半個主子了，對誰也是吆三喝四的。這使姚夫人更不加不安。往後，她越疼愛這個男娃，雲生就會越張狂。這樣下去，誰知會出什麼事？

她畢竟是個果斷的女人。尋思了幾天，就做出決斷：必須把雲生打發走了。

她不動聲色給歸化的男人去了信，求他為雲生尋一家字號駐。現在的邱泰基已不似以前，接了夫人的信就趕緊張羅。以他的人望，在歸化張羅這樣一件事，那當然算不得什麼。西幫商號收徒，舉薦人頭等重要，因為舉薦人要負擔保的重責。邱泰基出面舉薦擔保，很快就在天順長糧莊為郭雲生謀到了差事。

他當即給夫人回了信，交代了相關事項，特別要求雲生盡快上路，趕在夏天到歸化。因為那時邱泰基還打算秋涼後走烏里雅蘇臺，乘夏天在歸化能照應一下雲生。

姚夫人收到男人的信，也沒有聲張，而是先瞞著雲生，去見了他父母。告訴他們，早託了當家的給雲生尋家字號，只是他在外也不順，延誤到今天才辦了這件事。雲生這娃，她挺喜歡，可也不能再耽誤娃了。怪有出息的，她能捨得叫他當一輩子傭人？

雲生父母聽姚夫人這樣說，還不驚喜萬狀？當下就跪了磕頭感謝。

姚夫人就交代他們，三兩天內就去水秀接雲生回來吧。歸化那頭的糧莊還等著他去呢。太谷這頭，我們會託靠票莊，尋一個順道的老手，把雲生帶到口外。口外是苦焦，可男人要有出息，都得走口外。

能到口外駐糧莊，雲生父母已是萬分滿意，感激不盡。

姚夫人回來，依然沒有對雲生說什麼。她不想叫雲生覺得他被攆走了。等他父母來接他時，她再對他說：我捨不得叫你走，但這事好不容易張羅成了，又不能不放你走，心裡正七上八下呢。

她這樣做，一半是使手段，一半倒也是出於真情。

當她收到男人的回信，意識到雲生真要離開了，心裡忽然湧出的感傷還是一時難以按捺得下。她只是極力不流露出來吧。這一年多，雲生真是給了她晴朗的天。悽苦的長夜沒有了。自己分明也年輕了。他還給了她一個兒子！

這一切，說結束，真就結束了？

但這一切也分明不能挽留了。

雲生他會捨得走嗎？現在家裡的局面，給女兒鬧成這樣疙疙瘩瘩的，忽然又叫他走，他會疑心是攆他走嗎？

沒出兩天，雲生父母就興沖沖來了。出乎姚夫人意料的，是雲生一聽這樣的消息，顯得比他父母還要興奮！他居然沒有一點戀戀不捨的意思。

這個小東西，居然也是一聽說要外出為商，就把別的一切都看淡了！

雲生興奮異常地問她：「為何不早告我？」

她說：「我捨不得叫你走。」

雲生居然說：「我再不走，只怕就學不成生意了。」

她只好冷冷地說：「我不會耽誤你。」

當天，雲生就要跟隨了父母一道離去。姚夫人還是有些不忍，就對他父母說：「你們先走一步吧，叫雲生再多留一天，給我備些柴炭。」

雲生父母當然滿口答應。

當天夜裡，姚夫人成功地將女兒支走了。水蓮聽說她憎恨的這個雲生終於要離去，就以為是自己的勝利。母親到底還是向著自己，把這個可惡的傭人攆走了。所以，她對母親的敵意也消失了。母親希望她回自己屋裡去住，她很痛快地答應下來。

姚夫人也很分明地把女兒撤離的消息傳達給了雲生。可是那一夜，雲生居然沒有來！她幾乎是等待了整整一夜，可這個負情的小東西居然沒有來！

他是害怕被她拖住，走不成嗎？

臨走，他居然也不來看看他的兒子？

都是一樣的，男人都是一樣的。一聽說要外出為商，靈魂就給勾走了。

第二天，雲生走時，姚夫人沒有見他。

## 4

雲生走後，那種突然降臨的冷清，姚夫人是難以承受了。這比以往男人的遠離久別，似乎還要可怕。已經走了出來的長夜，突然又沒有盡頭地瀰漫開，與雲生的一切，彷彿只是一場夢。雲生留給她的兒子，雖是真實的，但有了兒子以後，依然驅不散的這一份冷清，才是更可怕的。

不過，雲生走後，姚夫人一直沒有著手招募新的男傭。招一個男傭，頂替雲生的空缺，那是必需的。雲生後來，幾乎就是管家了。少了這樣一個男傭，裡裡外外真也不行。

但招募一個什麼樣的男傭，姚夫人還沒有準主意。

像雲生似的，再招一個嫩娃？那只怕是重招傷心吧。嫩娃是養不熟的，你把什麼都搭上了，他卻不會與你一心。

招一個忠厚的粗漢？她實在不能接受。或者改邪歸正了，招一個憨笨些的，只當傭人使喚？姚夫人感到自己應該改邪歸正，只是並沒託人去尋憨笨的長工。

她還不能忘記雲生。

但是，當她得知了男人過家門而不入的消息，一種徹骨的寒意把一切都驅散了。噴湧而起的幽怨，叫她對雲生也斷然撒手。你總想著他們，可誰想你呢？還得自己想自己。

姚夫人又帶著一種毅然決然的心勁，開始物色新男傭。這個新男傭，當然要如雲生那樣，既像管家，又是可以長夜相擁的小男人。他也要像雲生一樣年少。年少的，好駕馭，也更好對外遮掩。但要比雲生更出色！

邱泰基已重返西安，邱家顯見是要繼續興旺發達了。聽說邱家要僱傭新的男僕，來說合的真不少。以前在邱家當過僕傭的，也想回來。但這中間，沒一個姚夫人中意的。做僕傭的，都是粗笨人。稍精明俊雅些的，都瞄著商號往裡鑽呢，誰願意來做家僕？但姚夫人不甘心。

她以雲生為例，向外傳話：來邱家為僕，出色的，也能受舉薦、入商號。即便這樣，也沒有張羅到一個她稍為中意的。

她這不只是選僕，還是選「妾」，哪那麼容易！

於是，她就想先選一個做粗活的長工，再慢慢選那個她中意的年輕「管家」。因為雲生走後，許多力氣活，沒有人能做。這樣的粗傭，那就好選了，可以從以前辭退的舊人中挑一個。

可這個粗傭還沒有挑呢，忽然冒出一個來，叫姚夫人一下就心動了。

這是她娘家親戚給舉薦來的一個青年。個頭高高，生得還相當英俊，看著比雲生的年齡還大些，一問也才十七歲。只是一臉的憂愁，呆呆的，不大說話。

親戚說，這娃命苦。他的父親本也是常年駐外的生意人，本事不算大吧，家裡跟著尚能過小康光景。不料，在這娃九歲那年，父親在駐地遭遇土匪，竟意外身亡。母親守著他，只過了兩年，也染病故去。雖然叔父收養了他，可突然淪為孤兒，性情也大變。而嬸母又認定他命太硬，妨主，甚為嫌棄。到十三四歲，叔父曾想送他入商號學徒，嬸母卻不願為之破費。送去做僕傭，她倒不攔著：可見還是偏心眼。邱家是大戶，調理得好，這娃或許還能有出息，你們也算是他的再生父母了。
姚夫人看了聽了，就覺有七八分中意。就問這娃：
「識字不識字？」
這娃怯怯地說：「識字不多。」
親戚說，發蒙後念過幾年書。他父母原也是指望他長大入商號的。
姚夫人說：「那你過來，寫寫你的姓名。」
在親戚的催促下，他怯怯地走到桌前來，拿起毛筆，惶惶寫下三個字：溫雨田。
姚夫人看這三個字，寫得還蠻秀氣，就問：「算盤呢，會打吧？」
「打得不快。」
姚夫人正色說：「到我們家，也沒多少累活做，只是要勤快，手腳要乾淨，知道守規矩。」
溫雨田沒有說話，親戚忙問他：「聽見了吧？」
「聽見了。」
姚夫人又說：「再就是別這樣愁眉苦臉，成不成？」
他還是不說話。
姚夫人就問：「你願不願來我們家？」
親戚忙說：「他當然願意，不願意，我能領他來？」
姚夫人說：「雨田，你自己說，願意不？」
他低了頭，低聲說：「願意。」

親戚就喝了他一聲：「你不能說痛快些！」

姚夫人忙說：「初來新地界，認生，也難免的。要願意，那就留下來，試幾個月吧。到年下，不出差錯，就常留下來。」

親戚忙說：「雨田，還不快跪下給主家磕個頭！」

這回，雨田倒是急忙跪下了，磕了一頭，沒說話。

姚夫人說：「快起來吧。我們家也沒那麼多禮，那麼多講究，以後就當是自己的家。」

姚夫人留親戚吃了飯，叫他轉告雨田的叔父，說雨田在此受不了罪。工錢，也按通例給。親戚卻說，他可不能捎這種話回去：雨田找了這麼個好主家，有福享了，他嬸母能高興？只能說勉強留下試用，工錢還沒有，你主家也不好伺候呢。這樣說，他那嬸母才稱心。親戚還交代，留下雨田是當傭人使，當然不能太心軟，可也不敢太苛嚴。他心事太重，什麼都攢在心裡，對付不好，誰知他出什麼事。

姚夫人只是按常理說：「我花錢僱傭人，也不能當少爺供著吧？我該怎麼使喚，就怎麼使，他對付不了，你還給我領走！」

其實，姚夫人心裡已是十分中意這個雨田了，她甚至感到有些天遂人意，竟給她送來一個比雲生出色許多的小男人。才這麼半天工夫，她已斷定這個雨田比雲生出色？

留下雨田後，姚夫人很快又召回一個做粗活的舊男傭。因為她吩咐雨田要做的，是記帳，採買，跑佃戶，進城辦事。這全是管家該做的營生。

沉默寡歡的雨田，哪能想到主家會這樣器重他？初聽了，他真有些不敢應承，直說，怕張羅不了。主家夫人和氣地說，誰天生就會？我挑你，就是叫你學著幫我管家。以往，我自己管家，沒僱人，今年剛添了娃，忙不過來了。你識字，會打算盤，人也不笨，又長得排場，我看是當管家的材料。只要上心學，哪有學不成的？總比學生意容易吧！

主家把話說成這樣了，他還能再說什麼？

主家夫人還叫來裁縫，給他做了幾身夠排場的衣裳，單的、夾的、棉的，四季穿的都有了。這叫雨田更感意外：不是說試用嗎？怎麼一年四季的衣服都備下了？主家夫人說，跑外辦事，頂的是我們邱家的臉面，穿戴太寒酸，那可是丟邱家的人！夫人還說，你一個男娃，沒了父母，也不會張羅穿戴，我能忍心看著不管？你只要跟我們一心，這就是你的新家。

他聽得眼裡直湧淚珠。

剛到的時候，主家還把僕傭都叫來交代她們：新來的這個男娃能寫會算，以後他要幫著我管家，你們要多幫襯他。主家有了這樣的交代，別人對他也沒欺生，真還夠幫襯他的。邱家的僕傭也不多，一個個都像厚道人。

主家那位十歲的小姐，似乎並不討厭他，常常跟著他，問東問西。

最常跟他在一起的當然還是主家夫人。什麼都是她親自教，記帳算帳，外出採買，論價殺價，城裡哪些字號是老相與，佃戶又有哪些家，什麼都細細交代。不嫌煩，也不嫌他是生瓜蛋。跟他在一起，夫人好像慈母似的，一點脾氣都沒有。他的傻氣，只能逗笑她，惹不惱她。

雨田真沒想到，他來到的竟然是這樣一個叫人驚喜異常的新地界。主家夫人為什麼會對他這樣好？可憐他？還是以前和他的父母有舊誼？平白無故，誰能對一個下人這樣好？

這幾年，在叔父家所受到的冷遇和虐待，已經叫年少的他不敢相信人了。

稍熟之後，雨田婉轉問過姚夫人：為什麼對他這樣好？夫人倒笑著反問他：「怎麼，想叫我打罵你？那還不容易！」她親切異常地給他說，她一直沒男娃，所以特別喜歡男娃。以前有個幫她跑外的小男傭，她就很疼他，教他認字，教他為人處事，待之如家人。後來還給他舉薦了商號，送去學生意了。也許是上天酬報她，今年終於得了男娃。

夫人還說，自家有了男娃，對他這樣的男僕，依舊是喜歡的。他長得這樣排場，偏又命苦，她由不得想多疼他。只要一心一意，這裡就是你的家。

成天聽這樣的話，雨田漸漸也沒有什麼疑心了，只是慶幸自己終於跳出了苦海。那或許是父母的在天之靈拯救了他吧。

到邱家沒有多久，他就變得開朗些了。辦事也長進得快。主家夫人對他越來越滿意。

在姚夫人這一面，對這個雨田就不只是越來越滿意。她已經在做更長遠的打算。

雨田住熟以後，越發顯得要比雲生強：到底是出身不一樣。他不僅是生得英俊排場，腦筋也靈得多，處處透著大器。這樣一個俊秀後生，那必是嚮往外出從商的。何況他故去的父母，從小就寄予這種期望了。所以，從起頭時候，姚夫人就要斷了他的這種念頭：她希望這個雨田能長久留下來！剛進邱家門，就許以他學做管家，正是基於此種打算的。

給大戶做管家，那也是種排場的營生。

接受了雲生的教訓，姚夫人也不想急於求成了。慢慢來，叫他感到了你的親切，你的心意，你的疼愛，那也許能長久相守吧。

令姚夫人感到寬心的，是她的女兒也不討厭雨田。蓮蓮也願跟他在一道，問長問短。雨田對這個小女子，不冷淡，也不張狂，盡力遷就她。這就少了麻煩。以後更熟了，得及早要告誡他：小心不要惹下水蓮！

姚夫人感到現在老練多了，能從容行事，不再那樣急於將這個小男人攬入懷中。但自從雨田進家後，她已不再覺著孤寂冷清，有這個俊秀的後生叫她惦記著，日子過得實在多了。

因為閏八月，秋後節令顯得早，到九月已是寒風習習，十七日就立冬了。立冬後一連數日，總刮北風，天氣冷得緩不過勁來。屋裡忽然要用火盆，姚夫人才想起今年還未採買新木炭。雲生走時，只是買了幾車劈柴，幾車煤炭。

雨田聽夫人這樣一說，就要進城去採買。姚夫人說，去年還剩有木炭呢，等天氣緩過來，再採買也不誤事。雨田等了兩天，見天氣冷得更上了勁，就坐不住，非要去辦這件事。姚夫人見他做事這樣上心，也就同意了。囑咐他，到了集市，只尋好炭，別太在乎價錢。看對了，叫賣家連車帶炭推到水秀來，咱給他出腳錢。

雨田答應著去了。到後半晌，他真押著一推車木炭回來了。炭甚好，價錢也不貴。賣炭的直說：你們這位小少爺可真會殺價。姚夫人高興了，多付了一百文腳錢，算是皆大歡喜。

但到夜晚，雨田就發起燒來。他想了想，知道是晌午大意了。晌午在南關集市，喝過兩碗羊雜碎，辣椒加多了，喝得滿頭滿身汗水淋淋。也沒在乎，喝完又接著迎風亂跑，挑選木炭。本來喝一碗就得了，也不致出那麼多汗，可當時嘴太饞，忍不住又喝了一碗。這可好了，得了報應。他外出，主家夫人倒總給帶些零用錢。起先，他不敢花。夫人說，太寒酸了，哪像給邱家辦事的？所以，他花錢喝羊雜碎，倒不怕，可喝得病倒了，那怎麼交代？

這一夜，他時冷時熱，難受異常。心裡只是想，再難受也不怕，趕天明好了就成。但第二天起來，頭重腳輕，渾身軟軟的。他強打精神，想裝著沒病，可哪能呢！

早起，主家夫人一見他，就驚呼：「雨田，你臉色這樣難看，怎麼了？」

他忙說：「咋也不咋。」

但她已過來摸住他的額頭，更驚叫道：「天爺，滾燙！傻娃，你這是病了，還咋也不咋！」跟著姚夫人就呼叫來其他僕傭，扶他回去躺倒。一面叫廚房給他熬薑湯，一面又叫給他屋裡生個火盆。僕傭在忙活時，姚夫人就一直守在他身邊。她並沒有追問怎麼著的涼，只是不時摸摸他的額頭，嘆息道：「看燒成什麼了，也不說，真成了傻娃了！」

自從父母去世後，再沒有人這樣心疼過他：雨田想到這裡，不禁淚流滿面。

姚夫人見他這樣領情，心裡也有些受了感動，一邊給他擦眼淚，一面說：「快不敢哭了，以後跟我一心，你受不了委屈。」

喝過薑湯，生起火盆，姚夫人又叫人給拿來一床被子給雨田加上。還問他想吃什麼。雨田只是不斷地流淚，那樣感激她，依戀她。

這使姚夫人有一種說不出的動心動情。她感到雨田是與雲生不同，他比雲生更靈敏，更多情，也更叫人憐愛。她居然會這樣動心地惦記他。這樣的感覺已經很好，就是不將他攬入懷中也踏實了。

她營造了一種戀愛，自己又成功地陷了進去。

# 5

立冬以後，戴膺離開太谷，取道漢口，趕赴上海去了。

戴膺的半年假期還未滿，但時局殘敗如此，他也無心歇假了。康老東家、孫大掌櫃隔三岔五的也不斷召他去，議論時局，商量號事。但時局不穩，各地信報不能及時傳回老號，議論吧，又能議出什麼眉目來？

回太谷這幾個月，儘管有朝廷行在過境，戴膺依然感到一種坐井觀天的憋屈。在京時，他就有想法：西幫票號要想長久執全國金融牛耳，各家大號須將總號移往京城才成。老號偏居晉省祁太平，眼瞅著與外埠莊口越來越隔膜。長此以往，老號豈不成為生意上的大桎梏？可這話，老號與東家都不愛聽。現在，京師陷落，這話越發不能說了。

康老東家在徐溝覲見兩宮後，對當今朝廷那是更少敬畏，更不敢有所指望。以老東臺那毒辣的眼光看，西太后實在是一個太平庸的婦人。平庸而又不自知，即為無恥。位至尊，無恥亦至極。攤上這麼一個婦人把持朝廷，時局殘敗至此，那還用奇怪？老東臺從徐溝一回來，就對孫大掌櫃說：

「趁早收縮生意吧，大清沒指望了。」

孫大掌櫃早有退意，再趕上今年這驚天動地的折騰，更想趁勢告老退位。聽老東臺這樣一說，那當然很對心思。他就說：「我看也是。趁早收縮，還能為康家留得青山。」

戴膺卻有些不以為然。朝廷的無能無恥也不自今日始，親睹聖顏，倒睹得自家洩了氣？這也不像是西幫作為吧。西幫什麼時候高看過朝廷？所以，戴膺就對兩位大廠說：「現今生意也僅存半壁江山了，北方各莊口經此內亂外患，已收縮到底。江南莊口失去北方支撐，難有大作為，收縮之勢也早成定局。再言收縮，還能收縮到哪兒？總不能將遍布國中的莊口全撤了，關門大吉吧？」

康老太爺竟然說：「叫我看，西幫的票號也如當年的茶莊，生意快做到頭了。我們得趁早另謀新路。」

孫大掌櫃就說：「我看也是。新路需新人去走，我這老朽也做到頭了。」

康老太爺說：「不是說你。」

戴膺說：「另闢新生意，就不受朝廷管了？就能逃出時局的禍害？」

康老太爺說：「收縮的意思，一為避亂，一為圖新。這樣無能無恥的朝廷，我看也長久不了了。經此拳亂洋禍，你還指望它中興？」

戴膺就想起在京時早有的圖新之議：將票號改制為西洋式的銀行。於是，就乘機對兩位大廠說：「此次洋禍，我看也不會輕易了結。除了照例割地賠款，朝廷只怕更得受掣於西洋列強。洋人於我西幫爭利最甚的就是他們的銀行。我們要圖新，現成的一條路，就是將票號改制為洋式銀行，師夷制夷，以求立於不敗。」

老東臺就問：「銀行也是銀錢生意嗎？」

戴膺說：「也是。只是……」

老東臺不等戴膺說完，便發了話：「不做銀錢生意了，咱不做銀錢生意了。」

戴膺忙問：「西幫獨攬票業近百年，國中無人企及，不能說扔就扔了吧？再說，只康家退出，祁太平別的大家照做不誤，豈不是自甘示弱嗎？」

康老太爺一笑，說：「誰不退出，誰倒楣吧。」

戴膺問孫大掌櫃：「老東臺這是說什麼呢？我怎麼聽不明白？」

孫大掌櫃說：「我也不大明白。」

康老太爺這才說：「朝廷也要仿照西幫開銀號了。如此無能無恥的朝廷一開錢鋪，哪還不臭了銀錢業的名聲？我們不趕緊躲避，還等什麼？」

朝廷也要開銀號？戴膺還是初聞此事：在徐溝時老東家可是未提一字！他急忙問：「朝廷是當真嗎？」

康老太爺說：「比當真還厲害！這回，西太后來山西逃難，算是知道我們西幫票號厲害了。她親口對我說的：等回京了，朝廷也得開辦自家的銀號，省得遇了今年這樣的意外，庫銀帶不出，花錢得三番五次跟各省討要，成了叫化子了。西太后直說，看你們山西人開的票號，滿天下都是，走到哪，銀子匯到哪，花錢太便當！像她那樣的婦道人家，眼紅上你，豈有不當真的？」

孫大掌櫃就說：「朝中文武，哪有會開票號錢莊的？」

康老太爺說：「太后已經跟我說了：到時，爾等在山西挑選些賺錢好手，到京為予開好銀號，孝敬朝廷。」

戴膺聽了，知道大勢不好，忙說：「朝廷要開官銀號，那我們西幫票號的生意真要做到頭了。經此洋禍，西洋銀行必長驅直入，進駐國中各碼頭，與我們爭雄。再加上朝廷也要開官銀號，那我們西幫是腹背受敵，真活不成了！」

孫大掌櫃說：「戊戌年，康梁就曾主張設官錢局，太后不是甚為惱怒嗎？」

戴膺說：「現在是太后要開官錢局，還有辦不成的？」

康老太爺說：「要不，我叫你們趕緊收縮！」

戴膺想了想，說：「朝廷辦官銀號，那也得等回鑾京師以後了。兩宮何時能回京，還難說呢。我們也不必太著急，先靜觀些時再說吧。」

正是議論至此，戴膺提出了速下江南的動議：現今國勢多由江南而定；自拳亂以來，江南信報一直不暢，親身去一趟，或許能謀出良策。

康老太爺倒不反對他下江南，只是發話道：「戴掌櫃要去，就去上海吧。滬號的老幫不強，你正可去幫襯一把。眼看朝廷又要割地賠款了，給洋人的賠款又將齊匯上海，有許多生意可做。這也需戴掌櫃去費心張羅的！」

戴膺聽老太爺這樣一說，心裡才踏實了：老東家還是照樣操心銀錢生意呢，收縮之說，也還大有餘地。撤離銀錢生意，或許只是老太爺的氣話！

戴膺啟程南下時，只帶了一個京號夥友，另聘請一位鏢局武師隨行。

初冬時節，走出山西，進入河南，即無太重的寒意了。清化、懷慶府一帶的竹園，翠綠依舊，在寥落凋敝中倒更是分外悅目。清化出竹器、毛筆，所以田間處處是竹園。戴膺已有些年頭沒來這一帶走動了，更不曾見過這冬日的竹園。只是，此行心境不似尋常，沿途景象也難入眼底的。

庚子年這驚天動地的變故，叫戴膺也頗生出些出世歸隱的意念。他是有本事有抱負的人，也是自負的人。做京號老幫許多年，在他前面似乎沒有什麼能難倒他。長袖善舞，臨危出智，建功立業，彷彿已是他的日常營生。在天成元，他的人位雖居於孫大掌櫃之下，可他的人望，那是無人可及的。作為一個西幫商人，他已經達到隨心所欲而不逾規矩的境地了吧。但自發生洪楊之變以來，由時局的風雲突變而引發的災禍，卻是令神仙也無可奈何的。攤了這樣一個朝廷，你再有本事，又能如何？該塌底，還得塌底；該一敗塗地，還得一敗塗地！

從京師狼狽逃回太谷後，老東家和大掌櫃雖然都未嚴責，戴膺已想引咎退隱，回鄉賦閒了。大半輩子過去，他在家中度過的時日實在是太少太少。宅子後面那一處自建的園子，雖然頗為得意，卻無緣恬然消受。由於三年一期的下班歇假，多在後半年，他一直就無緣一睹園子的春色。藝菊賞菊，正叫他念想園子的春天。與夫人、兒孫相聚得太少，其中苦楚就更不用說了。趁此狼狽，走出商海，亦正可略微補償一些天倫之樂吧。

只是，在家中歇假未久，他已覺有幾分枯索。外間動盪的時局，也許令他放心不下。但即使是在往常平安時候，在家閒住稍久，也一樣會生出這種枯索來。這真是沒治了，就像從小出家的僧人，忽然還俗，滿世界看見的都是繁雜。

初歸家來，夫人說些離別情義，子孫消息，家中變化，聽來還很親切。但多聽了幾日，便有些厭倦生起。夫人再拿家事來叫他處置，那就更不勝其煩了。到他這種五旬已過的年紀，對夫妻間性事已經沒有多少念想，或者是早已習慣了禁慾式的生活。與夫人相聚稍久，發現的多是陌生：大半輩子了，她依然是那種只可遠望而不宜近視的女人。子孫們呢，對他只有敬畏，少有眷戀。所以回到家來，補償了在外三年累積起來的思念，很快就會感到無所依託，枯索感日甚一日地漲起來。

在這種枯索中，怎麼可能怡然賦閒呢？

在外時那種對於回鄉賦閒，補享天倫的念想，一旦到家，就知道那不過只是一種奢望：他已經回不到這個家了。這個家，只是他放置思念的地方。一旦回來，他只會更強烈地思念外埠，厭倦這個家！他似乎命定了只有在外奔波，才能保有對家的思念。久居鄉間，可能會毀了這個家吧。

在他心底，還深藏著另一個奢望：那就是有朝一日，能升任天成元的大掌櫃。

以戴膺在天成元的人位人望，他理當是接任大掌櫃的第一人選。他的本事也是堪當此大任的。但領東大掌櫃，那得東家看中才成。戴掌櫃做京號老幫許多年，功績多多。打通京師官場，拉攏有用權貴，就不用說了。類似處理去年津號那樣的危機，也很有過幾次。今年雖失了京號，但回晉後一番張羅，叫康老太爺得見兩宮聖顏，可不是別人能辦成的差事。只是，老太爺如願以償，親睹聖顏後，也不過格外的誇獎了幾句吧，並沒有什麼令人意外的意思表示出來。

在老東家眼裡，他只是一個能幹的掌櫃。哪裡有了難處，先想到的就是他：趕緊叫京號戴掌櫃去張羅！平常時候，順暢時候，不大會想起他。在天成元多少年了，他還看不出來嗎？康老太爺此生看中的領東大掌櫃就只孫北溟一人。

如今，老太爺已將康家的外間商務交給了三爺料理。年輕的三爺，會看中他這個老京號掌櫃？更沒有多少指望。三爺嘴裡常念著的是那位邱泰基。

罷了，罷了，此生做到京號老幫，也算舊志得酬了。原想做到大掌櫃，也並非很為了圖那一等名分，只不過更羨慕那一種活法：既可久居太谷，眷顧家人，又能放眼天下，運籌帷幄，成就一番事業。現在看，攤上這麼一個朝廷，想成就什麼事業，也難了。再說，他真做了大掌櫃，第一件事，就是將總號遷往京師：那依然是遠離家眷的。

帶著這樣一種心情，進入湖北時，戴膺已經寧靜了許多。與北地相比，初冬的鄂省分明還留著一些晚秋氣象，不拘望到哪兒，總能見到綠。這時，他渴望著的，只是早日見到漢號的陳老幫。

# 6

戴膺與漢號的陳亦卿老幫，雖然常通訊報，卻已有許多年未見過面了。三年一次的歇假，兩人實在很難碰到一起的。這次在漢口忽然相見，湧入彼此眼中最甚的，便是歲月的滄桑！

他們十多年前見過面後，一別至今。那一次，戴膺由京赴上海，幫滬號收拾局面，功畢，彎到漢口，由鄂回晉。那時，他們尚覺彼此年輕有為，雄心壯志一點未減。這轉眼之間，十年多就過去了，彼此誰還敢恭維誰年輕？

陳亦卿重迎戴膺，欣喜之至。他與戴膺約定：先不言號事，也不言時局，丟開一切世事，盡情盡興說些知心話。他已在一家清雅的飯莊訂了酒席，不拉任何人來作陪，止吾二人暢飲暢敘！江漢初冬，也不過像京中深秋，正可借殘秋、寒江、老酒，作別後長話。

戴膺一路已有徹悟之想，陳老幫的安排自然很對他的心思。

陳亦卿吩咐了副幫，仔細招待跟隨戴掌櫃來的夥友及武師。之後，即僱了兩乘小轎，與戴膺一道往飯莊去了。

這處臨江的飯莊，外面倒很平常，裡面卻格外雅緻講究。原來這裡是陳老幫時常拉攏官吏的地方，外拙裡秀，正可避人耳目。今日引戴膺到此，不做什麼拉攏勾當，才真應了「清雅」二字。

在此與陳亦卿聚談，戴膺很滿意了。

陳亦卿問他：「想吃什麼魚？你在京城，哪能吃到道地的河鮮！」

戴膺說：「年過半百，嘴也不饞了，隨便吧。」

陳亦卿說：「你是在京城把嘴吃禿了。那你就看我的安排。」

陳亦卿叫來飯莊掌櫃，只低聲吩咐了一句，掌櫃就應承而去。

戴膺接了剛才的話，問：「你說把嘴吃禿了，什麼意思？」

陳亦卿笑了，說：「人之嘴，一司吃，一司說。我看京人的嘴，只精於說了，卻疏於吃！不拘什麼貨色，都先要謀一個有說頭的唬人名堂，至於品色到底如何，倒不太講究了。」跟著，放低聲音說：「什麼滿漢全席，鋪陳了多少菜？可有一樣好吃的沒有？」

戴膺也笑了，說：「我也不是京人，你笑話誰呢？」

陳亦卿說：「我也不是笑話你。」

戴膺說：「我看你倒變成一個南蠻子了。養得細皮嫩肉的，原來是精通了吃嘴！」

陳亦卿說：「哈哈，我還細皮嫩肉？趁酒席未擺上，我給你叫個細皮嫩肉的上來，聽幾曲竹絲南音？」

戴膺忙說：「老兄色食都精，我可是早無此雅興了！」

陳亦卿笑了說：「你是自束太嚴吧？在京師拉攏官場，你能少了這道菜？」

戴膺說：「我實在是老邁了，於食色真寡淡得很。」

陳亦卿說：「我看你還未丟開世事，心裡裝滿北邊禍事，對吧？我只是想為你解憂，你倒想不開。你我時常拿花酒招待官場，今日我們意外重逢，叫來給自家助一點興，你卻不領情！」

戴膺說：「北邊那是塌天之禍，也由不得我，老裝著它做甚！只是，忽然來到江漢，倒真像遁入世外桃源。」

陳亦卿忙說：「看看，看看，又扯到時局上了。既不想聽音律彈唱，那就開席吧。」

酒席擺上來，也只十來樣菜餚，但都是戴膺不常見的河鮮海味。

陳亦卿指著一碟雪白的漿茸狀菜餚問：「你看這是什麼？」

戴膺看看說：「像口外蒙人的起司？」

陳亦卿笑了，說：「來漢口，我能拿起司招待你！這是蟹生。」

「蟹生？」

「這是拿極鮮的活蟹，仔細剔出生肉來，剁成茸。再將草果、茴香、砂仁、花椒、胡椒五味，都研成末；另加薑末、蔥絲、麻油、鹽、醋又五味，共十味，一道放入蟹茸，拌勻，即成此蟹生。如此生食，才可得蟹之鮮美！老兄在京，得食此鮮美否？」

「真還沒有享過此口福。」

「去年康老東臺、孫大掌櫃來漢口，拿此招待，很叫了好。」

「那我就先給你叫好吧。」

「等你嘗了再說！」

戴膺小心嘗了一口，臉上也沒有特別的反應，只是故作驚嘆道：「好，好，真是食所未食！」

陳亦卿就笑了，說：「我看出來了，老兄還是心不在焉呀！我這樣禁議時事，只怕更要委屈著你。那就罷了！想說什麼，你盡可說，只不要誤了進酒。來，先敬你這盅！」

戴膺很痛快地飲了下去，說：「我哪裡會不領你的盛情？只是忽然由北邊來，南北實在是兩個世界，我還未定過神來呢！」

陳亦卿豈能不想知道北邊詳情？他不過以此寬慰戴膺吧。他是最了解戴膺的，京號之失雖難倖免，戴膺還是不願自諒的：在他手上，何曾有過這樣的敗局！可惜，費了這麼大工夫，也未能將戴膺暫時拖入清雅之境，那就不強求了。他便說：

「北邊情形，我能不知道？只是，連朝廷都棄京出逃了，我們西幫豈能倖免？」

戴膺說：「我在晉省，也聽說這場塌天之禍幾乎未波及江南。過來一看，果然兩重天。早聽說拳亂大興時，張之洞、劉坤一聯繫江南各省督撫，實行『東南互保』，看來真還保住了大清的半壁江山。」

陳亦卿說：「什麼互保，不過是聯手擁洋滅拳罷了！半壁江山，一哇聲討好西洋列強，聽任他們進犯京津，欺負朝廷，可不是兩重天！」

戴膺笑了，問：「你倒想做朝廷的忠臣義民呀？多年在京，我還不知道，這樣無用的朝廷，遲早得受欺負！」

陳亦卿說：「叫誰欺負，也不該叫洋人外人欺負吧？」

戴膺又笑了，說：「你老兄是不是入了義和拳了？」

陳亦卿說：「我在漢口多年，能不知道西洋列強的厲害？今年這場災禍，實在是叫洋人得勢太甚了！西洋人最擅分而治之的勾當。北邊，他們唱黑臉，堅船利炮，重兵登陸，攻陷京津，追殺朝廷。這南邊，他們又扮白臉，跟張之洞、劉坤一以及李鴻章、袁世凱這等疆臣領袖，大談親善，簽約互保。看看吧，他們在南北都得了勢，朝廷可怎麼跟人家結帳？」

戴膺說：「攤上這樣一個沒本事的朝廷，不叫人家得勢還等什麼？江南諸省若聽了朝廷的，也對列強宣戰，這邊半壁江山只怕也沒了。你的漢號，只怕也早毀了。」

陳亦卿說：「眼下，江南一時保住，可麻煩跟著就來。只西洋銀行，就怕要開遍國中的。我西幫票號，還能活嗎？」

戴膺說：「這我也想到了。可朝廷那頭，也有麻煩。兩宮過晉時，康老東臺曾覲見了太后和皇上。」

「真有這樣的事？」

「老號的信報，沒有通告此事嗎？」

「通告了嗎？反正我們漢號沒有接到這樣的信報。只聽人家祁幫的字號說：朝廷行在路經祁縣時，將行宮設在了大德通，住了一夜。也有傳說，西幫中幾位大財東，包括我們康老東臺，曾往太原覲見兩宮。人家來問：有沒有此事？我哪知道，只好不置可否。」

「孫大掌櫃是怎麼了？這樣的事，連你們漢號也不通報？」

「或許是信報遺失了？這多半年，往來信報常有缺失的。」

「哪能偏偏遺失了這一封？我由晉來漢這一路，經過我們自家的字號都不知有此事！」

「他或許是怕我們太張揚了？」

「這是什麼時候？遭了大禍，正憂愁不振，叫你張揚吧，能張揚起來？這件事，總還能給各莊口提提神，卻按住不說。」

「那麼，老東臺真是在太原覲見了兩宮？」

「哪兒呢！是在徐溝見的。」

「怎麼在徐溝？」

「在太原剛緩過勁來，兩宮就恢復了京都排場，老東臺哪能見得上？只好等兩宮離並赴陝，經徐溝時，張羅著叫老太爺受了召見。」

「原來是老東臺獨自覲見，不是與祁太平的大財東們一夥受召見？」

「朝廷哪能如此高抬我們西幫商家？就是太后想召見，那班軍機也得極力阻攔。不過，這次朝廷逃難山西，算是知道我們西幫的厲害了。老東臺見到太后時，你猜太后對他說了什麼？」

「說了什麼？向我們借錢？」

「比借錢還可怕！她這次拉著皇上倉皇逃出京師，一兩庫銀沒帶，路上大受掣肘，吃盡苦頭。進了山西，見我們票號的銀錢，走到哪，匯到哪，又感嘆，又眼紅。所以，見了我們老東臺，就說一件事：等回了京師，朝廷也要仿照西幫，開辦那種走到哪、匯到哪的銀號！朝廷也要開銀號，與我們爭利，這麻煩不更大了？」

陳亦卿聽了，不由一驚：「朝廷也要開銀號？」

「可不是呢！要不說比跟我們借錢還可怕。」

「朝廷真要開銀號，我看不會仿照西幫。」

「那能仿照誰？」

「多半得仿照西洋，開辦官家銀行。你想，太后開銀號，她會靠京中那班王公大臣？必然還得靠擅辦洋務的這幾位疆臣。張之洞、李鴻章、盛宣懷、鹿傳霖，誰會主張仿西幫？一準是主張辦銀行！」

「朝廷辦起官銀行，再加上長驅直入的洋銀行，我們西幫真是要走末路了。」

陳亦卿嘆了口氣，說：「其實當今國中，最配辦銀行的，唯我西幫。你我早有此議，可惜無論康老東臺，還是孫大掌櫃，都不解我們用意。去年夏天，兩位大廠來漢口時，我有空就極力陳說，都白說了。為了說動兩位，我還張羅著請來英人滙豐銀行一位幫辦，叫他們見了。結果，也不頂事。」

戴膺忙問：「就是你信報中幾次提起的那位福爾斯？」

「對。」

「這次，也煩你給張羅一下，叫我見識見識這位福爾斯，成嗎？」

「那還不容易？我與這位英人有些交情。只是，他狡猾呢！去年見了康老東臺、孫大掌櫃，一味驚嘆西幫如何了不得，票號如何奇妙，絕口未提他們西洋銀行的好處。咱那兩位大廠，乖乖中了這廝的計謀，聽得心滿意足的，直誇這位英人會說話！」

「我倒不怕。此去滬上，少不了要同洋銀行打交道。先見識一些他們的狡猾，也好。再者，當今情勢如此險惡，西幫票業出路，也唯有改制為銀行。但西洋銀行究竟為何物？也需你我多入虎穴吧。對洋商，兄較我見識多。只是，今年洋人南北得勢，氣焰正甚，還有心思假意恭維我們嗎？」

「別人我不知道，這位福爾斯可還是裝得謙和如舊。八月，八國聯軍攻陷京津，兩宮出逃的消息傳來，真如聞霹靂，誰能不焦急？我見了福爾斯，就問他：你們是嫌做生意賺銀子太慢，又靠動武，逼我們賠款，對吧？這回把京師都拿下了，我們想贖回京師，那得出多少銀子？你能給估個數嗎？我這樣損他，他倒真不惱，只一味賠不是，說仗打到貴國京師，實在太不幸了。日後如何賠款，他估算不來。賠多賠少，反正貴國能賠得起。他還笑著說，貴國白銀太多了。你聽這笑裡藏著什麼？」

「他真這樣說？」

「他一向就愛這樣說：貴國的白銀太多了！我們歐洲的白銀，美洲的白銀，全世界的白銀，這幾百年來一直在流向貴國，而且是只流進去，流不出來。貴國的絲綢，瓷器、茶葉，多少世代了，源源不絕流往外域，換回了什麼？最大宗的就是白銀！外域也有好東西，西洋更有好東西，可你們都不要。為皇家官場挑揀一點稀罕之物，那才能抵多少？貿易需有來有往，貴國只賣不買，白銀還不越聚越多。貴國並不盛產白銀，卻有如此多的銀錠在全國流通。貴國若不是這樣的白銀之國，你們西幫能如此精於金融之道？又何以能積聚如此驚人的財富？你說，他這是恭維我們，還是挖苦我們？」

「我看這位洋人說的，似也有幾分實情。我說呢，西洋人何以總和我們過不去？」

「實情不實情，於理不通！我們白銀多，你們就來搶？福爾斯還有他的歪理呢！自道光年間始，他們英人挑頭往中國傾銷鴉片，放了一股禍水進來。你知道他說什麼？他說：這是沒有辦法的事，只有鴉片才能從中國換回他們流走的白銀！聽聽，這是什麼歪理？」

「那我一定要會會這位福爾斯了。」

這樣暢言起來，兩位酒也喝得多了，菜也下得快了。只是，酒菜的品味是否真的上佳，都未留意。

這次在漢口，戴膺果然會會了福爾斯。

# 第八章　洋畫與遺像

## 1

立冬過後，康家請來一位畫師。

杜筠青聽管家老夏說，這是一位京城畫師，技藝很高明，尤擅畫人像。為避拳亂來到山西，大富人家爭相聘了給尊者畫像。

杜筠青就問：「你們請來，給誰畫像？」

老夏說：「誰都想畫呢，尤其三娘、四娘，最熱心了。天天追著問我：哪天能給畫呀？爺們中間，大老爺不理這事，三爺出門了，四爺也沒說話，二爺、六爺可都樂意畫。連家館的何舉人也想畫，哪能輪上他！」

杜筠青就說：「老太爺不是最尊師嗎！何舉人想畫，就給他畫一張。」

老夏說：「哪能輪上他！連二爺、六爺都輪不上，哪能輪上他？」

杜筠青問：「畫師的架子就這麼大，還得由他挑揀？」

老夏說：「這畫師倒真有些架子，但畫誰不畫誰，卻不由他挑揀。是老太爺見都爭著想畫，就發了話：『今年遭了天災洋禍，外間生意大損，都節儉些吧。這次畫像，就我與老夫人！別人等年景好了，再說。』

老太爺發了這話，老爺們、夫人們都不敢吭聲了，哪還能輪著他何舉人？」

杜筠青就說：「老太爺想畫，他畫，我可是不想畫！你跟老太爺說，我不畫了，省下一份，讓給何舉人。」

老夏慌忙說：「這哪成？這回，老太爺請畫師來，實在是僅為老夫人！」

「為我？」杜筠青苦笑了一下。

老夏說：「這是實情。自從老太爺到徐溝覲見了皇太后、皇上，回來就精神大爽，對什麼也是好興致，更時常唸叨老夫人的許多好處。」

杜筠青不由冷冷哼了一聲。

「還時常唸叨，這些年太操心外間生意，冷落了老夫人。半月前，一聽說有這樣一位畫師給曹家請去了，就吩咐我：曹家完了事，趕緊把畫師請回來，無論如何得請到！老太爺直說，這些年太疏忽了，早該給老夫人請個畫師來，畫張像，怎麼就沒顧上？你們誰也不提醒我？早幾年，老夫人儀容正佳，很該畫張像，怎麼就疏忽了？所以，這次請畫師來，實在是專為老夫人。」

杜筠青又冷冷哼了一聲。不過，自老東西見過當今皇上皇太后是有些變化：對她有了些悔意，甚至還有了些敬意。可一切都太遲了！現如今，她既不值得他懺悔，也不需要他相敬了。給她這樣的人畫像？哈哈，也不怕丟你康家的人嗎？她就說：

「為我請的，我也不想畫！我現在這副模樣，畫出來，就不怕辱沒了他們康家？」

老夏笑了說：「老夫人現在才越發有了貴人的威儀！」

杜筠青瞪了老夏一眼，說：「巴結的話，你們隨口就來。我可不愛聽！」

老夏說：「這不是我說的，上下都這樣說。」

「誰這樣說？」

老夏說：「三爺、四爺、六爺，三娘、四娘，都這樣說。杜牧、宋玉，也常在老太爺跟前這樣說。連那個何舉人也這樣說呢。」

哼，真都這樣說？別人倒也罷了，愛怎麼說怎麼說，三爺、六爺也會這麼說？尤其是三爺，現在已經當了半個家了，會這麼說？他這樣說，不過是裝出來的一種禮數吧。但她還是不由問道：

「三爺也這樣說？」

「那可不！三爺一向就敬重老夫人，自正月接手管了外務，提起老夫人，那更格外敬重了。」

老夏這種話，誰知有幾分是實情！

杜筠青就說：「他們說我有像皇后娘娘，我也不想畫像。誰想畫，趁早給誰畫去！」

今日老夏也有了耐心，她這樣一再冷笑，一再拒絕，他好像並不在意，依舊賠了笑臉說：「老夫人，我還沒跟妳說呢！這位京城畫師，不是一般畫師，跟洋人學過畫。畫人像使的是西洋技法，毛髮畢現，血肉可觸，簡直跟真人似的！老夫人你看——」

老夏這才將手裡拿著的一卷畫布展開：一張小幅的婦人畫像。這是畫師帶來的樣品吧。

杜筠青看時立刻認出了那是西洋油畫。父親當年出使法蘭西時，就曾帶回過這種西洋油畫。最初帶回來的，當然是他自己的畫像。頭一遭看這種西洋畫，簡直能把人嚇一跳。近看，疙疙瘩瘩的；遠看，畫布上的父親簡直比真人還逼真！母親看得迷住了，要父親再出使時，也請洋畫師給她畫一張。父親呢，最想給祖父畫張像。但洋畫師畫像，務必真人在場，一筆一畫，都是仿照了實物下筆。母親和祖父，怎麼可能親身到法蘭西？再說，那時祖父已經去世。

父親只好帶了祖父一張舊的中式畫像，又請京城畫師為母親也畫了像，一併帶了去。用筆墨勾勒出來的中式畫像，即便能傳神，實在也不過是大概齊，難見細微處，更難有血肉之感。父親倒真請法國畫師，照著這樣的中式畫像，為祖父和母親畫了洋畫像。帶回來看時，不知祖父像不像，反正母親走了樣，全不像她。但畫布上的那個女人很美麗，也很優雅。母親說，那就是她。

如今，父親、母親也跟了祖父，撒手人世了。

杜筠青見了這張西洋油畫，不但是想到了故去的父母，想到了以前的日子，更發現畫中的這個女人，似乎有什麼牽動了她？這也是一個異常美麗，異常優雅的女人，只是在眼裡深藏了東西。那是什麼？不是令人心滿意足的東西，心滿意足也不需要深藏吧。也不是太重的傷痛。是淒涼？是憂鬱？很可能就是憂鬱。憂鬱總想深藏了，只是難藏乾淨，露了一點不易覺察的痕跡。偏就是難藏淨的這一絲憂鬱，才真牽動人吧。

「老夫人，這是一位難遇的畫師吧？」

杜筠青不由有些動心了，說：「畫這種西洋畫，很費時嗎？」

老夏趕緊說：「這位畫師技法高超呢，只照了真人打一個草稿，一兩天就得了。精細的工作，他關起門來自家做，累不著老夫人的。太費時累人，誰還願請他？」

杜筠青說：「那就先給老太爺畫吧。」

老夏說：「老太爺交代了，先請畫師給老夫人畫，他近來正操心西安、江南的生意，還有京津近況，靜不下心來。老太爺的意思，是叫畫師先專心給老夫人畫。」

老東西真有了悔意？可惜一切都晚了。

杜筠青冷冷地說：「那就叫畫師明兒來見我。」

老夏顯然鬆了一口氣，滿意地退出去了。

康笏南從徐溝回來當日，即在老院擺了一桌酒席。也不請別人，說只為與老夫人坐坐，說說覲見當今皇上、皇太后的場面。叫來作陪的，只三爺、四爺兩位。還說這桌酒席，全由宋玉司廚，是揚州風味。

這可叫杜筠青驚詫不已。老東西這是什麼意思？

一向愛以帝王自況的老東西，終於親眼見到當今的皇上、皇太后了，他心裡欣喜若狂，那也不足為怪。自聽說皇上皇太后逃難到達太原，他就一心謀了如何親見聖顏。現在，終於遂了這份了不得的心願，你擺酒席，也該多擺幾桌，更該請些有頭臉的賓客吧？只請她這個久如棄婦似的老夫人，是什麼用意？

杜筠青想回絕了，又為這一份難解的異常吸引，就冷冷應承下來：老東西葫蘆裡到底裝了什麼藥？

入了席，老東西是顯得較平常興奮些，但大面兒上似乎裝得依舊挺安詳。他說：「這回往徐溝覲見皇上、皇太后，在我們康家也算破天荒的頭一遭。可惜當今聖顏太令人失望！所以，亦不值得張揚，只關起門來給你們說說。」

三爺就說：「覲見皇上，畢竟是一件大事。老太爺又是以商名榮獲召見，尤其是一件大事！應當在祠堂刻座碑，銘記此一等盛事。」

老東西立刻就瞪了三爺一眼，說：「你先不要多嘴！我今日說覲見皇上的情形，專為老夫人。你們陪了，聽聽就得了，不用多嘴。立什麼碑！見了這種棄京出逃的皇上，也值得立碑？」

專為老夫人！杜筠青聽老東西在席面說這種話，真是太刺耳。她不由就插了一句：「三爺也是好意。逃出京城了，畢竟也是皇上。」

老東西倒並不在意她插話，變了一種昂揚的口氣，接住說：「你是不知道，那皇上要多猥瑣，有多猥瑣！憨人似的坐在那裡，一句話不會說。太后叫他問話，他一句問不出來。就那樣又憨又傻地乾坐著，真沒有一點聖相！」

三爺又不由插進來說：「聽說戊戌新政一廢，皇上就給太后軟禁起來了。受了這種罪，他哪還能精神得了？」

老太爺大不高興，沉下臉說：「你什麼都知道，那我們聽你說！」

杜筠青見此，心裡倒高興了，故意說：「三爺提到的，我也聽說了。當今皇上，也不過擔著個名兒吧，實在早成廢帝。」

今天老東西真給她面子，她一說話，他就不再生氣，臉色語氣都變回來，依舊昂揚說：「我看他那面相，實在也不配占那至聖至尊的龍廷！就是敢廢皇上的西太后吧，她又有什麼聖相？更不濟！覲見時，她倒問了不少話，全似村婦一般，只往小處著眼！這就是多年騎在皇上頭上，在朝廷一手遮天的那個西太后？給誰看吧，不是那種太平庸的婦人？這種女人，滿世界都是。」

三爺又想說什麼，剛張嘴，就止住了。

杜筠青看在眼裡，就問：「三爺，有什麼高見？說吧！」

三爺忙說：「沒想說什麼呀？」

老東西說：「老夫人叫你說，你還不快說！」

三爺這才說：「逃難路上，太后哪能有金鑾殿上的威儀？」

老東西冷笑了一聲，說：「我親眼所見，不比你清楚！她就是再裝扮，能有俯視天下的威儀？叫我看，這個婦人的儀容、氣韻，真還不及老夫人。」
這話可更把杜筠青嚇住了！西太后的儀容、氣韻還不及她？怎麼能這樣比？老東西以帝王自況，就拿她與太后比？她可不想做這種白日夢。
不想三爺竟說：「這話我們相信。」
老東西聽了，就說：「你盡亂打岔，就這句話，沒說走嘴！」
這話更叫杜筠青聽得雲山霧罩，莫名異常。
宋玉烹製的菜餚已陸續上桌。老東西殷勤指點了，勸她品嘗。真還是淮揚風味。尤其一道「野味三套」，將野雉、斑鳩、禾雀，精巧套裝，又悶得酥爛肥鮮，香氣四溢。杜筠青記得，這道菜，母親在年下才做一回。她已是許多年未嘗這道菜了。當然，老東西愛吃野味，宋玉平日也許常拿這類菜討好他。可宋玉進門快一年了，這還是頭一遭請她這位做老夫人的品嘗南菜，而且竟如此隆重！
老東西為什麼忽然對她如此殷勤起來？

## 2

畫師還很年輕，看著只有二十來歲。問他，他說已經三十二了，真不像。他姓陳，居然是杭州人。
杜筠青不由就說：「我母親是松江人，松江離杭州不遠吧？」
畫師說：「不遠。」

杜筠青說：「聽說你是由京師來的？」

畫師說：「近年在京師謀生，為官宦人家畫像而已。」

杜筠青又不由說：「我少時即在京城長大，先父生前為出使法蘭西的通譯官。」

畫師說：「難怪呢，老夫人氣象不凡。在下學西洋畫，就是師從一位法國畫師。」

「在何處學畫？」

「在上海。只是，在下愚鈍，僅得西畫皮毛，怕難現老夫人真容的。」

「你盡可放手作畫，我不會挑剔的。」

「老夫人如此大度，在下更惶恐了。」

「不要客氣。少時聽先父說，西洋畫師並無出世的清高，多率真豁達，不避世俗。我和老太爺看過你的畫作，都滿意的。」

「貴府這樣大度，在下真不敢獻醜了。」

「你跟法國人學畫，學會些法語沒有？」

「在下愚鈍冥頑，實在也沒有學會幾句。」

「西洋話難學，也不好聽。」

這位言語謹慎的畫師，雖無一點西洋氣韻，倒還是得到杜筠青的一些好感。他的江南出身，畫師職業，西洋瓜葛，謀生京師，都頗令杜筠青回憶起舊時歲月。自入康家以來，這位畫師也是她所見到的商家以外很有限的人士之一。所以，更叫她生出許多感慨！入康家這十多年，她簡直是被囚禁了十多年，外間世界離她已經多麼遙遠。舊日對法蘭西的嚮往，那簡直連夢都不像了。連少時熟悉的京城，也早遙不可及。

夏天，她聽說朝廷丟了京城，一點都無驚詫。京城與她，又有什麼相干！父母故去，她是連一點可牽掛的都沒有了。而這世間，又有誰會牽掛她？沒有了。那個車倌三喜，多半真的死去了。

畫師自然是不能進入老院禁地的。他畫像，安排在客房院的一間廳堂。老夏已將這間廳堂擺設得富麗堂皇。初冬的太陽，斜照在窗紙上，屋裡非常明亮。

畫師請杜筠青坐到窗前一張明式圈椅上，左看右看，似乎有什麼不對勁。

杜筠青就問：「有什麼不妥嗎？」

陳畫師忙說：「沒有，沒有。」

他顯然有什麼不便說，杜筠青追問了一句：「有什麼不妥，就說！我得聽你的。」

畫師還是連說：「甚好，甚好。老夫人如不願盛裝，那在下就起草圖了。」

杜筠青斷然說：「我最見不得盛裝打扮！什麼都往在身上頭上堆，彷彿那點壓箱底的東西只怕世人不知似的。」

畫師忙說：「老夫人著常裝，亦甚好。貴府夏管家交代過一句，要畫出老夫人的盛裝威儀。」

杜筠青更斷然說：「不要聽他們的！」

「自然，在下聽老夫人吩咐。」畫師連忙應承。

這天到屋裡光線變暗時分，畫師果然為她畫出一幅草圖。過來看時，這張用炭精畫在紙上的草稿，倒很是精細：上面的女人就是她嗎？那是一個高貴、美貌的婦人，似乎比劃師帶來的那樣品上的女人，還要高貴、美貌。

「這像我嗎？」

一直在旁伺候的杜牧，連聲說：「像，太像了！越在遠處看，越像！」

杜筠青稍往後退了幾步，是更像個活人了，只是，光線暗了，不能再往後退。她真還那樣美貌？

畫師說：「入冬天變短了。累了老夫人一整天，才只打了一張草稿。這是側坐於窗前，光亮由一邊照來。明天還得勞累老夫人，畫一張光亮由臉前照來的草稿。老夫人氣象不凡，在下不敢大意，得多打幅草稿，以利斟酌。或明日老夫人休歇了，改日再請老夫人出來？」

杜筠青說：「我閒坐著，能怎麼累著？陳畫師你辛苦了。明日，還是聽你張羅，不必多慮。」

畫師忙說：「能受老夫人體諒，感激不盡。那明天就再勞累老夫人一天？」

杜筠青說：「就聽你的。」

在一個地界呆坐一整天，說不勞累，那是假的。只是，坐著也能說話，問這位畫師一些閒話，也還並不枯悶。陳畫師雖專神於紙筆，答話心不在焉，又矜持謹慎，但也畢竟能聽到些外間的新鮮氣息。江南、京師的近況，她實在是很隔膜了。問答中，有時出些所答非所問的差錯倒也能惹她一笑。

平日裡，她哪能有這種趣味！

第二日她剛到客房院，老夏就慌忙趕來了，直斥責陳畫師：「不是說好了，只請老夫人勞累一天，怎麼沒完了？我們老夫人能這麼給你連軸轉？」

沒等畫師張口，杜筠青就說：「老夏，這埋怨不著陳畫師，是我答應了的。」

老夏說：「只怕他也是看著老夫人太隨和才不抓緊趕工，將一天的工作做成兩天！」

杜筠青笑了笑說：「老夏，你說外行話了！西洋畫，我可比你們見識得早！洋畫的功夫，全在比照了真人真景下筆。草草照你打個底稿，回去由他畫，快倒是快了，畫出來還不知像誰呢！我看陳畫師肯下功夫，就說不用太趕趁了，一天不夠，兩天。該幾天，是幾天。」

老夏忙賠了笑臉說：「我是怕累著老夫人！」

陳畫師說：「加今兒一天，就足夠了。老夫人儀容不凡，又懂西洋畫，我生怕技藝不濟，只得多下些笨功夫。」

老夏說：「那也該歇幾天再畫，哪能叫老夫人連軸轉？」

杜筠青說：「這也是我答應了的，你不用多說了。」

老夏只好吩咐杜牧及另兩個男傭仔細伺候，退下去了。

老夏的格外巴結，也使杜筠青覺得異常。不過，她也沒有深想，反正老太爺態度變了，他自然也會變的。

今日面朝門窗坐了，須靠後許多。陳畫師又是左看右看，不肯開工。杜筠青又問有什麼不妥？

這回，畫師明白說了：「這廳堂太深，光亮差些。不過，也無妨的。」

杜筠青說：「我再靠前坐坐就是了。」

陳畫師退後，看了看，說：「就這樣吧。再靠前，我只得退到門外了。」

門外，初冬陽光也正明麗，又無一點風。杜筠青就忽發奇想：坐到屋外廊簷下，晒著太陽，叫他作畫，說些閒話，那一定也有趣。於是便說：

「嫌屋裡光亮不夠，那我乾脆坐到屋外去。今兒外頭風和日麗，晒晒太陽，也正清新。」

畫師一聽，慌忙說：「大冬天的，哪敢叫老夫人坐到外頭！不成，不成。光亮差些，也有好處，畫面可顯柔和。」

杜筠青是要到屋外尋找新趣味，就問：「坐太陽底下能作畫嗎？」

陳畫師說：「能倒是能，日光下更可現出人的鮮活膚色。但大冬天的，絕不可行！」

杜筠青笑了說：「大熱天，才不可行！熱天坐毒日頭下叫你們作畫，畫沒成，人早晒熟了。杜牧，你回去給我拿那件銀狐大氅來！」

畫師和杜牧極力勸阻，杜筠青哪裡會聽？到底還是依了她的意願，坐到外頭廊簷下的陽光裡。除披了銀狐大氅，男傭還在她的腳邊放了火盆。所以，倒也不覺冷。

只是陳畫師這頭可緊張了。他速寫似的草草勾了一個大概，就拿出顏料來，抓緊捕捉老夫人臉面上的色彩、質感、神態。初冬明麗的陽光，真使這位貴婦大出光彩，與室內判若兩人了。這樣的時機，太難得。但他實在也不能耽擱得太久了。老夫人搭話，他幾乎就顧不及回應。就這樣，不覺也到午後，才將老夫人一張獨有魅力的臉面寫生下來。他趕緊收了工。

回到屋裡，杜筠青要過畫稿來，只見是一張臉，正要發問，卻給吸引過去了：這樣光彩照人的一張臉，就是她的？頭髮還沒有細畫呢，可眉毛眼睛太逼真了，黑眼仁好像深不見底似的，什麼都能藏得了……

杜牧奇怪地問：「大半天，就畫了一張臉？」

陳畫師忙說：「人像就全在臉，別處，我靠記性也好補畫的。這也叫老夫人在外頭坐得太久了！」

杜筠青就問杜牧：「你看這像我嗎？」

杜牧一邊退後了看，一邊說：「像，比昨兒那張還像，上了色，人真活了！可惜就只是臉面。」

陳畫師就問：「老夫人，你看著還不太刺眼吧？」

杜筠青沉吟了一會兒，說：「不必將我畫這樣好。」

杜牧說：「老夫人本來就這樣。」

陳畫師說：「老夫人有什麼就吩咐。以後，就不敢再勞累您了。」

杜筠青說：「我說過了，不會挑剔的。陳畫師，你也辛苦了。」

杜筠青沒有再多說什麼，叫了杜牧，先走了。

陳畫師這也才鬆了一口氣。他給官宦大戶畫像，主家幾乎全是要你畫得逼真，卻又不肯久坐了叫你寫生。所以，他也練出了一種功夫，靠記憶作畫。照著真人，用一天半晌畫草稿，其實也不過是為記憶做些筆記。記在腦中的，可比劃在草稿上的多得多。再者，即便貴為京中官宦，大多也是初識西洋畫，甚好交代的。但康府這位老夫人，她的年輕和美貌太出人意料！老太爺七十多了，老夫人竟如此年輕？尤其她的趣味和大度，對西洋的不隔膜，更出人意料。他一見了，就想把她畫好！這位貴婦，居然肯叫他寫生兩天，還肯坐到太陽下。在冬日陽光的照耀下，她真是魅力四溢，叫你畫興更濃。

真是太幸運了。

他也要叫這位貴婦得到幸運：為她畫一張出色的畫像。

## 3

從客房院回來，休歇，用膳，之後老東西又過來說話，細問了作畫情形。老東西走後，老夏又來慰問，大驚小怪地埋怨不該聽任畫師擺布，坐到當院受凍。杜筠青那時精神甚好，說是她想晒晒太陽，不能怨畫師。一直到夜色漸重，挑燈坐了，與杜牧閒話，她也沒有什麼不適。只是到後半夜，才被冷醒了，跟著又發熱，渾身不自在起來。

難道白天真給凍著了？

她忍著，沒有驚動杜牧她們。可忽冷忽熱已不肯止息，輪番起落，愈演愈烈。杜筠青這才確信，是白天給凍著了。

她已這樣弱不禁風了？白天也不是一直在外頭坐著，坐半個時辰，畫師及杜牧她們就催她進屋暖和一陣。暖和了，再出來。或許，就是這一冷一熱，才叫她染了風寒吧？

病了就病，她也不後悔。這兩天畢竟過得還愉快。在這位陌生的畫師眼裡，她還是如此美貌，那是連她自己也早遺忘了的美貌。美貌尚在吧，又能如何！老東西的忽然殷勤，也是重又記起了她的美貌？他重新記起，又能如何！她才不稀罕老東西的殷勤。她也許該將自己的不貞，明白地告訴他！

伴著病痛，杜筠青翻弄著心底的痛楚，再也難以安眠。喉頭像著了火，早燒乾了，真想喝口水。但她忍著，沒有叫醒杜牧。要是呂布在，或許已經被驚醒了。可她這樣輾轉反側，杜牧居然安睡如常。

第二天一早，杜牧當然就發現老夫人病了。很快，老太爺過來，跟著，老亭、老夏、四爺、三娘、四娘也都過來走了一趟。四爺通醫，說是受了風寒。老太爺卻厲聲吩咐：快套車進城去請醫家。老夏更埋怨起畫師來。

杜筠青真不知是怎麼了，自己忽然變得這樣尊貴。頭痛腦熱，也是常有的，以往並沒有這樣驚天動地。老太爺一殷勤，閤家上下都殷勤？

可老東西為何忽然這樣殷勤？他到徐溝親見了當今聖顏，就忽然向善了？還是他真在做帝王夢，發現她原也有聖相？

哼，聖相！

請來的是名醫，把了脈，也說是外感風寒，不要緊。杜筠青天天喝兩服藥，喝了四五天，也就差不多好了。

這期間，老太爺天天過來看望她，還要東拉西扯，坐了說許多話。杜筠青本也不想多理會，可天天都這樣，她終於也忍不住，說：

「我這裡也清靜慣了，又不是大病，用不著叫你這麼惦記。聽說外間兵荒馬亂的，夠你操心。叫下人捎過句問訊的話，我也心滿意足了！」

康笏南聽後倒笑了，說：「外間再亂，由它亂去。就是亂到家門口，我也不管了。我能老給他們擔這副擔子？擔到頭了，不給他們擔了。天塌下來，他們自己頂吧。我也想開了，替他們操心哪有個夠？這些年，連跟你說句閒話的工夫都沒有，真是太想不開了！以後什麼都不管了，天塌了，由他們管，我們只享我們的清福！」

杜筠青心裡只是冷笑：你還有什麼想不開的？不過嘴上還是說：「三爺、四爺也都堪當其任，你內外少操心，正可專心你的金石碑帖。」

康笏南嘆息了一聲，說：「金石畢竟是無情物！」

杜筠青可是沒料到他會說這種話，便說：「金石碑帖要是活物，怕也招人討厭！」

康笏南說：「我真不是說氣話。自親見了皇上太后逃難的狼狽相，我才忽然吃了一驚！一生嗜好金石，疼它們、愛它們、體撫呵護它們，真不亞於子孫，甚而可謂嗜之如命。只是，如此嗜愛之，卻忘了一處關節：爾能保全其乎？今皇上太后棄京出逃，宮中珍寶，帶出什麼來了？什麼也沒有！他們連國庫中的京餉都沒帶出一兩來，何況金石字畫？身處當今亂世，以朝廷之尊，尚不能保全京師，我一介鄉民，哪能保全得了那些死物！災禍來了，人有腿，能跑；金石碑帖它無腿無情，水火不避，轉眼間就化為烏有。你算白疼它了！所以，我也想開了。」

他原來是這樣想開了？

「由此比大，生意、銀錢、成敗、盈虧，什麼不是如此？生逢這樣的亂世，又攤上這樣無能的朝廷，你再操心，也是白操心！我也老了，什麼也不想管了，只想守在這老窩，賦閒養老。我已給老亭說了，把東頭那幾間屋子仔細拾掇出來，燒暖和了。我要搬過來，在這頭過冬。這許多年，對你也是太冷落了。」

他要搬過這頭來過冬？

杜筠青聽了，心裡真是吃了一驚。記憶中，自她嫁進康家做了老夫人，老東西就沒在這頭住過幾次。現在，忽然要搬過來住，為什麼？真像他說的，親見聖顏後，大失所望，看破紅塵，要歸家賦閒了？

杜筠青太不願相信這是真的，可老東西說的，又太像是真的。只是，他即便是真的，真對她有悔意，她也無法領受這一份情義了。

所以，杜筠青再沒有多說什麼，只是淡漠地聽康笏南說。

大概過了十天，老夏把杜筠青的畫像送過來了。

畫幅不大，是普通尺寸，也還沒有配相框，只綳在木襯上。但畫中的她，還是叫畫主吃驚了：完成的畫像中，她比在草稿中還要更美貌，更優雅，更高貴！她坐在富麗堂皇的廳堂之上，只是那一切富麗堂皇都不明亮，落在了一層暗色裡，唯有她的臉面被照亮了，亮得光彩奪目，就像坐在明麗的太陽下。在這美麗、優雅、高貴之中，她那雙眼睛依然深不可測，可又太分明地蕩漾出了一種憂鬱。是的，那是太分明的憂鬱！

老夏問：「老夫人，你看畫得成不成？」

杜筠青反問了一句：「老夏你看呢，像不像我？」

老夏說：「我看，像！老太爺看了，也說像。」

「他也看了？」

「看了。老太爺還去客房院看過畫師作畫。老太爺看了老夫人的畫像，直說：還是洋畫逼真。」

老東西看了，也不嫌她的憂鬱太分明？老夏更不嫌？或許，她一向就是這樣？那位陳畫師極力將她畫得更美，可也不為她掩去這太重的憂鬱？掩去了，就不大象她了吧？

老夏還是問：「老夫人你看呢？」

杜筠青說：「我看著倒不大象。」

老夏忙說：「像，誰看了都說像！二爺、四爺、六爺、二娘、三娘、四娘，都看了，都說像。旁觀者清，自家其實看不清自家。」

杜筠青就說：「你們說像，那就是像了。」

「那就尋個好匠人，給鑲個精緻的相框？」

「先放這裡，我再從容看看。畫師走了嗎？」

「哪能走？還要給老太爺畫像呢。」

杜筠青日夜看著自己的畫像，漸漸把什麼都看淡了，美貌、優雅、高貴，都漸漸看不出來了。只有那太分明的憂鬱，沒有淡去，似越發分明起來。

老東西還沒搬過來，但下人們一直在那邊清掃，拾掇。一想到老東西要過來住，杜筠青就感到恐懼。即使他真想過來日夜相守，她也是難以接受的。他老了，也許不再像禽獸。可她自己也不是以前的那個老夫人了。

她的不貞，居然就沒有人知道，連一點風言風語也沒有留下？

三喜突然失蹤後，她對著老夏又哭又叫，再分明不過地說出：她喜愛三喜，離不開三喜！可這個老夏就那樣木？什麼也聽不出來？她坐車親自往三喜家跑了幾趟，打聽消息，老夏也不覺著奇怪？

她鬧得驚天動地了，康家上下都沒人對她生疑，反倒覺得她太慈悲，是大善人，對一個下人如此心疼！其實他們是覺得，她絕不敢反叛老太爺的。

老東西南行歸來，杜筠青也跟他說了如何喜愛三喜，三喜又如何知道心疼人，她實在離不開三喜。老東西一臉淡漠，似乎就未往耳朵聽。他更斷定，她絕不敢有任何出格之舉？

過了年，拳亂鬧起來，禍事一件接一件，誰還顧得上理會她？夏天，城裡的福音堂被拳民攻下，她親眼看見教鬼劉鳳池那顆黑心，嚇暈了。醒過來，她一路喊叫：誰殺我呀？我跟三喜有私，你們也不殺我？當時她知道自己喊叫什麼。車倌，杜牧，還有一位護院武師，他們聽了一路。回來，能不給老夏說？但依然是一點風言風語也沒流傳起來。

你想不貞一回，惹惱老東西，居然就做不到？三喜就算那麼白死了？

老東西要搬過來，她一定要將自己的不貞明白告訴他。他還不信？

# 4

過了幾天，管家老夏還是將老夫人的畫像要過來了。他交代陳畫師，畫像，老夫人很滿意，老太爺也很滿意。就照這樣，再畫一幅大的。不要心疼材料，工本禮金都少不了你的。只有一條，加畫大幅的這件事，對誰也別說。康家的人也一樣，老太爺不想叫他們知道。

陳畫師答應下來，也沒覺得怎樣。

老夏安頓了畫師，就傳出話去，說畫師要專心為老太爺畫像，都別去看稀罕了。天也更冷了，進進出出，屋裡不暖和，畫師說有礙顏料油性。

這樣一說，還真管用：誰願有礙給老太爺畫像？

老夏才算稍稍鬆了口氣。

這位由京城來的畫師，在祁太平一帶給大戶畫像，已經有一些時候了。老夏初聽說時，就給老太爺身邊的老亭說過。老亭也把消息傳進去了。但老太爺對這位畫師未生興趣。老亭說：老太爺當時一聲沒吭，像沒聽見這回事。

老夏不肯罷休，以為老亭沒說清楚。他瞅了一個機會，又當面給老太爺說了一次：這位畫師技藝如何了不得，大戶人家如何搶著聘請。尤其說了：使西洋畫法，絕不會把主家畫成蠻夷，紅頭髮，藍眼睛，老毛子似的，而是畫得更逼真了，簡直有血肉之感。

可老太爺依然不感興趣，說：「天也塌了，還有心思畫像？」

老夏這才死了心。

他一點都沒想到，老太爺從徐溝回來不久，老亭就來問他：「以前提到過的那個京城畫師，還在太谷不在？」

「我哪知道！你問這做甚？」老夏當時沒反應過來，隨口說了這樣一句。

老亭瞪了他一眼，說：「我稀罕你呀，我問你？是老太爺問你！」

老夏這才有一些醒悟，慌忙說：「我這就去打聽。要在，就請回來？」

老亭說：「老太爺只問在不在，沒說請不請。」

「我立刻就派人去打聽！煩你給老太爺回話，我立刻就去打聽。」

打聽的結果，是這位陳畫師正在曹家作畫。老夏往老院回覆，老太爺交代說：「等曹家完了事，就把他請來。」

老夏就大膽問了句：「請來，只為老太爺畫像？」

老太爺反問：「曹家呢？」

老夏說：「聽說畫了不少，給女眷們也畫了。」

老太爺就說：「請來，先給老夫人畫，別人再說。」

老天爺，老夏想聽的就是這句話！

這句話可不是僅僅關乎畫像的事，它是康老太爺發出的一個極重要的暗示。只是，在康家能聽明白這個暗示的，僅兩個人：一人就是管家老夏，另一人是老太爺的近侍老亭。

老夏在康家做總管也快三十年了，不稱職，能做這麼久？所以，老夫人與三喜有私，豈能瞞過他的耳目！但這件事簡直似石破天驚，不僅把他嚇傻了，幾乎是要將他擊倒。

老太爺在康家是何等地位，老夏是最清楚的。老太爺一向重名甚於重財，老夏也是深知的。這位失意的老夫人竟然做下如此首惡之事，簡直是捅破天了！而出事當時，康家闔家上下，連個能頂槓的人物也沒有！老太爺南巡去了，說話有風的三爺正在口外，聾大爺、武二爺、嫩六爺，在家也等於不在。暫理家政的四爺，又太綿善，就是想頂罪，也怕解不了恨。此事一旦給老太爺知道，必是雷霆震怒，廢了這個婦人，宰了車倌不說，還必得再尋一個出氣筒，一個替死鬼！

尋誰才能解恨？

只有他這個當管家的了，還能是誰！

何況，跟老夫人私通的，正是他手下管著的車倌！不拿他問罪，拿誰？

在康家撲騰了大半輩子，也算是小有所成，家資不薄，就這樣給毀了？

所以初聽此事，老夏也是決不願相信的。

去年夏天，初來向他密報的是康家的一個佃戶。杜筠青與三喜常去的那處棗樹林及周圍地畝，就為這個叫栓柱的佃農所租種。

起先，栓柱只是發現棗樹林裡常有車轍和馬糞，也並不大在意。棗林裡未種莊稼，樹上的棗兒還嫩小似豆，牲口也糟蹋不著什麼。後來，發現是東家老夫人的車馬，就更不敢在意了。東家老夫人坐著這種華貴的大鞍馬車，常年進城洗澡，他也早見慣了。大熱天，進棗樹林歇一歇，那也很自然。所以，知道是老夫人的馬車後，遇見了，也要趕緊迴避。事情也就一直風平浪靜的。

但杜筠青做這件事，本來只為反叛一下老東西，並不想長久偷情，所以也沒費多少心思，把事情做得更隱祕。三喜呢，開頭還驚恐不安，後來也不多想了，無非是把命搭上吧。做這種石破天驚似的偷情事，兩人又是這種心思，幾乎等於不設防了，哪有不暴露的！

那個栓柱本也摸著些規律了：老夫人的馬車，是在進城洗過澡，返回路上，才彎進棗樹林裡歇一歇。那也正是午後炎熱的時候。所以，他也盡量避開此時。那一天，午後歇晌醒來，估摸著已錯過那個時辰了，栓柱便提了柄鐮刀，腰間挽了把麻繩，下地尋著割草去了。天旱，草也不旺，餵牲口的青草一天比一天難尋。棗樹林一帶，早無草可割，這天也只是路過而已。

本是無意間路過，卻叫他大感意外：東家的車馬，怎麼還在呢？正想避開，就聽見一聲婦人的嘆息，是那種有些沉重的嘆息。栓柱不由生出幾分好奇，就輕輕隱入林邊的莊稼中，向那車馬那頭偷望了幾眼。

這位卑微的佃農，實在也不是想看東家的隱私，無非想偷看幾眼老夫人的排場吧。當然，也想窺視一下老夫人的尊容。老夫人的車馬常年過往，但都是深藏車轎中，連個影子都看不見。可今日這大膽窺視，卻把他嚇呆了：

一個婦人雖坐在車轎中，但轎簾高掀著，婦人又緊倚轎口，腿腳更伸了出來；年輕的車倌靠近轎口站了……正奇怪這車倌咋與婦人靠得如此近，才看清車倌竟是在撫摸婦人的一雙赤腳！他真不敢相信自家的眼睛，但怎麼看，也還是如此，那個婦人真真切切是伸出一雙赤腳，任車倌撫摸！

那婦人是東家的老夫人嗎？栓柱所聽說過的，只是老夫人還年輕，沒纏過腳。眼前這婦人，既還年輕，也不是小腳，而那輛華貴的馬車分明是老夫人常坐的……老天爺！

栓柱被眼前這一幕嚇得大氣不敢出。這可是撞上晦氣了！要真是老夫人，這不是撞死嗎？他不敢再看，更不敢動，要能憋住，這可憐人真不敢出氣了。但滿頭滿身的汗水，卻止不住地往下流。

幸虧沒待太久，就見另一位婦人匆匆由大道趕來，遠遠就朝棗林喊了聲。車倌聽見，忙將轎簾放下了，車上的婦人也退入轎中，跟著，車馬便駛出棗樹林。

車馬遠去了，可憐的栓柱依然驚魂未定。老天爺，怎麼叫他撞上了這樣的事？這個婦人是東家老夫人嗎？要不是，那還好些。要真是，那可吉凶難卜了！萬全之策，就是快快把這一幕忘記，不能對任何人說，打死你也不能說。可這事，你不說，也難保不敗露的。一旦敗露，只怕東家也要追問：那片棗樹林租給誰了？是死人，還是串通好了，也不早來稟報？

真是左思右想都可怕！

不過，此後一連許多天，再沒有發生這樣的事。老夫人的馬車依然三天兩頭地往城裡去，但再也不進棗林裡歇涼了，來去都直接行進，一步不停。

這是怎麼了？事情敗露了？不大象。老夫人的車馬還是照常來往。也許，那天坐在車轎裡的婦人，並不是老夫人，而是與車倌有染的一個女傭？要是這樣，那就謝天謝地了。他真就可以閉眼不管這等下作事了。一個車倌，做這種偷雞摸狗的事，即便敗露，東家也不過將這孽種亂棍打走拉倒，不會多做追查的。

其實，栓柱並沒有這麼幸運。那天杜筠青與三喜在棗林多耽擱了時候，是因為呂布來遲了。呂布遲到，又是因其重病的父親已氣息奄奄。她剛返回康家不久，父親便昇天了。從此她告了喪假，代她跟隨了伺候老夫人的是個新人。跟著新女傭，杜筠青與三喜自然難再上演先前的好戲。

可惜，沒過多久，老夫人就以新女傭太痴，攆走不用。攆走礙眼的，那石破天驚的大戲更放開演出了。

栓柱見棗林裡禍事又起，驚恐得真要活不成了。他已經認定，這位婦人就是老夫人。不是老夫人，哪能三天兩頭坐了如此華貴的馬車不斷往城裡去？老夫人做這種事，要是在別處，他也是絕不會多管閒事的。可在他租種的地畝上做這種事，那不是要毀他嗎？

如此驚恐萬狀，也不過只是熬煎自家吧，他哪敢去告密？即便去告，東家會信他？就是信了，東家還會不會留他？東家為了名聲，會不會滅口？總之，栓柱一面目擊事態發展，一面也只是在心裡祈盼：快不敢再造孽了，你們也有個夠吧！要不想活，就挪個地界，我還得活呀！

可人家哪管你活不活呀！這倆東西，倒越瘋得厲害了。由城裡回來，車馬一進棗樹林，車倌就抱起那婦人，鑽進莊稼地。起先幾次，還悄沒聲的，到後來，笑聲哭聲都傳出來了。尤其是那婦人的哭聲，叫栓柱聽得更心驚肉跳！

做這種事還哭？那是覺得羞愧了？不想活了？

老天爺，要死，可千萬不能死在這地界！

人家瘋完走了，栓柱不免要鑽進自家的莊稼地。倒也不是滿目狼藉，莊稼沒糟蹋幾棵。可你們就不能換個地界？老在一個地界，容易敗露，懂不懂呀？

人家不換地界，栓柱只能一次比一次害怕。即便這樣，可憐的栓柱依然未下決心去告密。到後來，他甚至暗中給那一對男女放起哨來了。人家來以前，先把放羊一類的攆走。人家來了，又藏在大路邊，防備有人進去。他也不大管棗林裡是好事壞事了，只要不出事，就好。

但他把這一切憋在心裡，哪又能長久？所以，到後來熬煎得實在難耐了，才悄悄對自家婆姨提了提。誰想這一提，可壞了事了！他知道自家婆姨嘴碎，心裡又裝不下事，就一直沒跟她吐露半個字。你已經憋了這麼些時候了，跟了鬼了，又跟她這碎嘴貨提？

婆姨聽了，先是不信，跟著細問不止，末後就高聲罵開了。栓柱慌忙捂住她的嘴，喝斥道：「你吼死呀，你吼？怕旁人聽不見？」

婆姨倒更來了潑勁，扒開他的手，越發高聲說：「又不是你偷漢，怕甚！明兒我就叫幾個婆姨，一搭去棗樹林等著，看他們還敢來不敢來？」

栓柱見婆姨這樣發潑，心裡多日的熬煎忽然化著怒火，掄起一巴掌扇過去，就將女人撂倒。

這婆姨頓時給嚇呆了，歪在地上，愣怔了半天沒出聲。

栓柱見女人半天不出聲，問了句：「你沒死吧？」

婆姨這才哇一聲哭出來，呼天搶地不停。

栓柱急忙怒呵道：「嚎死呀？嚎！還想挨扇，就說話！」跟著，壓低聲音吩咐，「剛才說的事，你要敢出去吐露半個字，看我不剮了你！」

婆姨還很少見男人如此凶狠，就知道那不是耍的，嚥下哭嚎，不再吱聲了。

婆姨雖給制服了，栓柱仍不敢大鬆心。他知道，自家女人心裡肯定裝不下這檔事！平時屁大一點事還撂不住呢，老夫人偷情這麼大的事，她能憋住不說？不定哪天忘了把門，就把消息散出了。攤了這麼一個碎嘴婆姨，你後悔也沒用。思前想後，覺得只有一條路可走：不能再裝不知道了，趕緊告訴東家吧。與其叫婆姨散得滿世界都知道，哪如早給東家提個醒？

栓柱雖是粗人，但還是通些世事的。決定了去見東家，也未魯莽行事。先經仔細思量，謀定兩條，一是得見到東家管事的，才說；二是不能以姦情告狀。只是說，給老夫人趕車的車倌，總到棗樹林裡放馬。毀幾棵莊稼倒不怕，大熱天，就那麼把老夫人晾半道上？進一趟城有多遠呢，還得半道上放一次馬？這車倌是不是欺負老夫人好說話？這麼說，還穩當些吧。

只是，栓柱往康莊跑了幾趟，也沒進了東家的門。他這等佃戶，把門的茶房哪拿正眼看待？張口要見管事的，又不說有什麼緊要事，誰又肯放他進去？經多日打聽，他才知道老東家出遠門了，四爺在家管事。四爺常出來給鄉人施醫捨藥，是個大善人。摸到這消息，栓柱就用了笨辦法：在康莊傻守死等。真還不負他一番苦心，四爺到底給他攔住了。

可在當街哪能說這種事？

栓柱看四爺，真是一個太綿善的人。原先編好的那一番話，對四爺說了，怕也是白說吧？於是，他急中生智，對四爺說：「小人因地畝上的急事，想見一見夏大管家，把門的愣不叫進。求四爺給說一聲，放小的進去？」

四爺果然好說話，和氣地問了問是哪村的佃戶，就過去給門房說：「引他進去見老夏！」

門房不但不再攔擋，還給引路呢。老天爺，進一趟東家的門，說難真難，說易也易。

## 5

老夏初見佃戶栓柱，當然沒放在眼裡。四爺發了話，他也不很當回事的。四爺在他眼裡，本也沒占多大地界。發了話叫見，就見見，幾句話打發走拉倒。佃戶能有甚事？無非今年天雨少，莊稼不濟，想減些租子吧。

可這佃戶進來，就有些異常，鬼鬼祟祟，東張西望。這是什麼毛病？

「大膽！我這地界是你東張西望的？有什麼事，快說！我可沒空伺候你！」老夏不耐煩地喝了聲。

栓柱立刻跪倒了，說：「夏大爺，小的真是有要緊的事稟報。」

「少囉唆，說！」

栓柱又四顧張望，吞吞吐吐：「我這事，只能對夏大爺說，只能對大爺你獨自一人說……」

「這麼囉唆，你就走吧，我可沒空伺候你！」

「大爺，大爺，真是緊要的事，關乎東家……」

老夏見這貨太異常，才忍了忍，叫在場的傭人都退下。

「說吧，少囉唆！」

栓柱就先照他謀好的那一番話說了一遍。可老夏忍著聽完，破口就罵道：「你活夠了，來耍我？東家的牲靈啃你幾棵莊稼，也值得來告狀？還驚動了四爺，還不能叫旁人聽見？我看你是不想種康家的地了，對吧？滾吧，康家的地畝荒不了！」

栓柱見老夏一點也沒聽明白自己的話，頓時急了，只好直說：「夏大爺，我實在不是心疼幾棵莊稼，是棗樹林裡出事了！」

「出事，出了什麼事？」

「小人不敢看，還是請夏大爺去看吧。」

「狗雜種，你專跟我囉唆？」

「小人實在說不出口，小人實在也不敢看！」

「你這狗雜種，關乎誰的事？」

「老夫人的車馬上，能坐著誰？」

「還有誰？」

「趕車的吧，還能是誰！」

老夏到這時，才有些明白了栓柱密報的是件什麼事。可老天爺，這怎麼可能！他急忙將栓柱拉起來，低聲做了訊問。栓柱雖遮遮掩掩說了些跡象，老夏已明白：老夫人是把康家的天捅破了！

他厲聲喝問栓柱：「這事，還給誰說過？」

栓柱慌忙說：「誰也不敢說，連自家婆姨也不敢對她說！這種事，哪敢亂散？不要命了？」

「實話？」

「實話！要不，我下這麼大辛苦見夏大爺，圖甚？」

「看你還算懂事。從今往後，無論對誰，你也不能再提這件事！膽敢走漏風聲，小心你的猴命！聽見了吧？」

「聽見了，聽見了！」

老夏把栓柱打發走，自己呆坐了半天，不知如何是好。這個女人，真是把康家的天捅破了。康老太爺是何等人物，哪能受得了這等辱沒？康家又是什麼人家，哪能擔得起這等醜名？廢了這個女人，宰了三喜這孽種，壓住這家醜不外揚，都是必然的。還有一條，十之八九怕也逃不脫：受辱的老太爺一定要拿他這個管家開刀，一定要把他攆走！

剛聽明白栓柱密報的是一件什麼事，老夏立刻就意識到：這位杜氏老夫人是把他這做管家的也連累了。

保全自己的慾望慢慢叫他冷靜下來。不能慌張，也不魯莽。他必須妥當處置，把這件事壓下來！這不是對老太爺不忠，對康家不忠，倒正是為了你老人家不傷筋動骨，為了你康家不受辱沒，當然也為了保全我自家。

老夏鎮靜下來後，正想傳喚孽種三喜，忽然又覺不妥：先不能動他。想了想，就吩咐人去老院叫呂布來。跟前的小僕提醒他：呂布正歸家守喪呢。

老夏這才明白過來：難怪呢，呂布奔喪走後，杜氏不要新女傭跟她！是嫌礙事吧？可呂布呢，她就不礙事？她被收買了？

當天，老夏套車出行，祕密去見了一次呂布。在莊外僻靜處，幾句恫嚇，呂布就說了實話。但只承認老夫人體撫她，進城時，常常准許她回家探望重病的父親。伺候老夫人進了華清池，她就往家奔；到家見與老父一面，說幾句話，又趕緊往回返。緊趕慢趕，老夫人在半道上也等半天了。她實在不是成心違規，一來思父心切，二來有老夫人應允。

再問，也問不出別的來。老夏也只好暫信她的話。也許，杜氏只是以此將呂布支走，並未太串通了？

回來當晚，老夏就在一間密室提審了車倌三喜。

這孽種進來時，倒一點也不慌張，好像康家能長久任他瞞天過海似的。老夏已怒不可遏，舉拳就朝案頭擂去，響聲不脆，卻很沉重。緊跟這響聲，怒喝道：「狗雜種，還不給我跪下！」

三喜乖乖跪下了，依然沒有懼色。

老夏又朝案頭擂出一聲來，問道：「狗雜種，知道犯了什麼罪？」

「知道，是死罪。」

狗雜種，竟然說得這樣輕快，平靜，一點也不遮掩，更不做抵賴。難道已聽到風聲，知道有人來告發？誰說你犯了死罪？」

「我自家就知道。」

「知道今天要犯事？」

「反正遲早有這一天。」

狗日的，還是滿不在乎。真不想活了？

「犯了什麼死罪？說！」

「夏大爺既已知道，不用多問了。」

狗雜種，他倒一點不害怕，一點不在乎！是指望老夫人能救他，還是豁出去了，甘願把狗命搭上？豁出去吧，你的狗命值幾文錢，卻拖累了多少人！早知如此，何必挑這麼英俊的後生做車倌！

盛怒的老夏跳過來，朝三喜那不在乎的臉面狠扇了一巴掌。捱了這一巴掌，狗雜種依然面無懼色！

「三喜，你還指望那淫婦能救你？狗雜種，你做夢也夢不了幾天了！」

「夏大爺，我早知道有這一天，該殺該剮也認了。」

「狗雜種，你倒豁出去了！你以為占了老夫人的便宜，占了老太爺的便宜，搭上狗命也不吃虧了？可你是把東家的天捅破了，你要連累多少人！就是千刀萬剮了你，能頂屁事！」

三喜不說話了，但也還是不大在乎。這孽種，真是不怕死？

審問了大半夜，打也打了，罵也罵了，這萬惡的三喜始終就那樣輕鬆認罪，視死如歸，對姦情倒不肯多說一字。這狗東西，對那淫婦還有幾分仁義呢。人一不怕死，也真不好治他。

老夏只好喚來兩個心腹家丁，將三喜結實綁了，扔進一處地窖裡。他嚴囑家丁：不許對任何人提起，就是老婦人問起，也不能說。三喜犯了東家規矩，要受嚴懲。至於犯了什麼規矩，老夏對這兩心腹也沒說。

拿下三喜，下步棋該怎麼走，老夏心裡還是沒底。

三喜突然不見了，杜氏必然要來跟他要人，怎麼應付？跟她點明，暗示趕緊收場？太魯莽了。做了這種首惡之事，她能給你承認？為了遮羞，必定要反咬一口，吵一個天翻地覆。那就壞了事了。捉姦捉雙，只三喜一人承認，真奈何不了這女人。她還依然是老夫人！

眼下最大關節處，不是捉姦，而是如何將這件事遮掩下來，遮掩得神不知，鬼不覺。既已將三喜這一頭拿下了，杜氏那一頭，就不能再明著驚動。她來要人，就裝糊塗：三喜哪去了？成天伺候老夫人呢，我們誰敢使喚他？快找找吧。找不見，就裝著發火，埋怨老夫人把三喜慣壞了，竟敢如此壞東家規矩，云云。老夏思量再三，只能如此。

第二天，不是杜氏進城洗浴的日子，所以還算平靜。這一天，那兩個心腹家丁曾問過老夏：給三喜送幾口吃喝？老夏不讓，說餓不死他。

第三天，果然就風雨大作！早飯後不久，就有老院的下人慌慌跑來，說是三喜尋不見了，老夫人正發脾氣。老夏喝令快去尋找，然後閒坐片刻，才裝出很匆忙的樣子，趕往老院見杜氏。他先去老院，是為防止杜氏跑出來叫嚷，局面難以控制。

哪想剛進去，老夫人就朝他喊叫：「闔家上下，主僕幾百號人，就一個三喜跟我知心，你還給我攆走！成心不叫我活了？」

老夏聽了，真是心驚肉跳！這個婦人，怎麼也跟三喜一樣，一些也不避諱？居然喊叫跟一個車倌最知心！他慌忙說：「三喜常年伺候老夫人，誰敢動他？正四處找他呢。老夫人要急著進城，我先另套一輛車伺候……」

「不坐，誰的車也不坐，我就坐三喜的車！主僕幾百號人，就三喜知道疼我，你們偏要攆走他？」

「老夫人息怒，我親自給你去找！一個大活人，哪能丟了？不定鑽哪摸牌去了。」

「三喜不是那種人！我跟他最知心，能不知道他是什麼人？你們知道我離不開他，成心攆走他！」

「老夫人息怒，我親自去找他！」

老夏丟下這句話，趕緊退出來了。再說下去，這婦人不定還會叫喊出什麼話來。老天爺，這一對男女，怎麼都如此不嫌羞恥！兩人合計好了，成心要捅破康家的天？三喜那狗東西是下人，說收拾就收拾了。可你要不驚動這婦人，真還不好下手警告她，更沒法讓她不說話。

真遇了難辦的事了。

老夏出來，大張聲勢，發動僕傭四處尋找三喜。還裝著惱怒之極，對四爺說：「三喜趕車不當心，老夫人說了他幾句，狗東西就賭氣藏了起來。也怨老夫人對下人太慈善，把那狗東西慣壞了。尋回來，非捆在拴馬樁，抽他個半死不成！」先在四爺這裡做一些遮掩，也是必不可少的。老夫人再鬧大了，四爺以及三娘、四娘能不過問？先有此交代，以後也好敷衍。

這樣張羅到後半晌，老夏又進老院見了杜氏，顯得異常焦急地稟報說：哪兒都尋遍了，怎麼就連個影子也逮不著？他家也去了，舉薦他的保人也問過了，誰也不知他的下落！車倌們說，昨兒晚間還見他在，早起人就沒了。夜間門戶禁閉，又有武師護院，他有武功也飛不出去吧？

老夫人聽了，竟失聲痛哭起來。這可更把老夏嚇得不輕！老天爺，這婦人也豁出去了？他不敢遲疑，忙說：「老夫人真是太慈悲了，這麼心疼下人！那狗東西也是叫老夫人慣壞了，竟敢這麼不守規矩！老夫人也不敢太傷心，丟不了他！他就是想跑，我也得逮回來，狠狠收拾他呢！」

老夫人一邊哭，一邊說：「三喜不是那種人，你們不能攆走他！你們不能收拾他！要收拾，你們就收拾我！」

老夏趕緊搶過來說：「老夫人就是太慈悲，就是對下人心軟，就是太嬌慣他們了！不識抬舉的狗東西，對他們真不能太慈悲了！」

老夏這樣應對了幾句，連說要繼續找，一定找回來，就又趕緊退出來了。

出來，又趕緊對外散布：老夫人直後悔，說她不該罵三喜！你們看看，老夫人對下人也太慈悲了！她自己沒生養，簡直把三喜當兒孫疼了，不慣壞狗東西還等甚！

這樣折騰了一天，弄得滿城風雨了，老夏才忽然發覺有些不妥：這樣再嚷吵幾天，三喜家人也會聽到風聲的。他父母、婆姨趕來要人，也是麻煩！再說，三喜就那樣扔在地窖裡，餓死他？

老夏雖對三喜這狗東西恨之入骨，但也不便私下處置了他。萬一有一天老太爺知道了此事，要親自宰了這孽種出氣，那怎麼交代？思量良久，老夏決定暫將三喜祕密發配到一個邊遠的地界：甘肅的肅州。老夏與天成元駐肅州莊口的老幫有舊：這位老幫當年進票號，還是老夏做的舉薦與擔保。修書一道，託他為三喜謀一學商出路，不會有問題。信中，假託三喜為自家親戚，但文墨不濟，於糧莊、駝運社乃至草料店，謀一學徒即可。

入夜，老夏命心腹祕密將三喜從地窖中提出。先給他鬆了綁，又給吃飽肚子，之後，對他說：

「狗東西，你想死，我還真成全不了你！你死了，你爹娘婆姨來跟我要人，我怎麼交代？事情已到這一步，我也積點德，給你指一條生路。從今以後，你就改名換姓，往肅州去學生意吧。說，你是想生，還是想死？」

三喜不說話。

「我也不跟你囉唆了。生路給你指出來了，死路，你自家也能挑。趁著夜色，你回家一趟，跟父母婆姨交代一下，天亮前就動身往肅州去。我給你帶盤纏和舉薦信，放你一條生路。這一去天高地遠，你要死，半道上有的是機會！」

三喜還是沒說話。

老夏也不再囉唆，把舉薦信與盤纏交給兩個心腹，交代了幾句。兩人便給三喜套了一身女傭的衣裳，祕密押了，離康家而去。

翌日，還是虛張聲勢，繼續尋找這個車倌。老夏進老院，故作認真地問老夫人：「三喜在伺候老夫人，一向還手腳乾淨吧？有些懷疑，他是盜了東家寶物，跑了。可問了問，也沒見誰屋裡失盜。老夫人這裡，也沒少什麼東西吧？」

老夫人自然又是辯解，又是落淚。老夏故作失言，趕緊退出。

隔天，老夏又對老夫人說：「聽別的車倌說，三喜這狗東西早不想趕車了，一心想出外駐莊學生意。想學生意，你明說呀！這偷跑出去，誰家敢收你？老夫人，他是不是跟你提過，你不想叫他走？」

老夫人連連否認。老夏安慰幾句，退出來。

這樣張羅了幾天，老夫人似乎也安靜下來了。其時，也正是五娘被綁了票，闔家上下的心都給揪到了天津衛。老夏的遮掩暫時算得逞了。

其後，這婦人竟還親自往三喜家跑了幾趟。每次去了，都要責問他：「他家怎麼說三喜外出學了生意？」老夏忙解釋：「只能先這麼糊弄他家吧，一個大活人尋不見了，總得有個交代。」

老夏糊弄這婦人，也算從容多了。

但他知道，自己的生死關口還沒到呢！老太爺南巡歸來，那才要決定他的生死。你以為遮掩得差不多了，可老太爺是誰？老院那些僕傭，誰多一句嘴，就塌了天了。那些僕傭，誰不想巴結老太爺！還有這個婦人，她要再瘋說幾句，也得壞事。

打發了三喜，怎麼向老太爺交代，老夏可是很費了心思。對老太爺，自然不能說三喜是自己跑了。堂堂康家，哪能如此沒規矩！一個下人，他能跑哪？活見人，死見屍，你們給我追回來！老太爺這樣動怒，那就什麼也遮掩不住了。老夏想來想去，覺得只能給老太爺說「實話」：三喜也早該外放了，只是老夫人使喚慣了，一直不叫換。三喜因此也一天比一天驕橫，惹人討厭，盡來告狀的。再這麼著，三喜還不慣成惡奴一個，壞康家的臉面？我只好暗暗外放了他。怕老夫人跟前不好交代，才故意對外張揚，說三喜自家跑了，追回來輕饒不了他！反了他呢，敢自家跑？只是，沒叫幾個人知道事情就是了。

入冬後，老太爺終於回來了。照此說了一遍，老太爺也沒多問。他提心吊膽過了一冬天，竟然平安無事。年關將盡時，老夏收到一封肅州來信。那位老幫回話說：所託之事已辦，舉薦來的後生還蠻精幹的，已入一間茶莊學徒了。見了這信，老夏先冷笑了幾聲：狗東西，還是沒死呀？後來才一驚：茶莊？舉薦那狗東西入了康家茶莊，會不會壞事？留心問了問，才知道康家的茶莊在肅州沒有莊口，三喜進的是別家的字號。

於是才放心了。

## 6

進入庚子年，漸漸就時局大亂。朝廷的天，眼看也塌下來了。老太爺本來早已冷淡了杜氏，在這種多事之秋更顧不及理她。從南邊帶回的女廚宋玉，也正伺候得老太爺舒心。但老夏還是不敢太大意了。

拳亂正鬧得厲害的時候，給老夫人趕車的車倌福貴，有一天回來稟報說，老夫人在福音堂見殺了教鬼，當場給嚇暈了。醒來，一路只說胡話。一會說，她也是二毛子，誰來殺我？一會又說，三喜最知道疼我，你們要殺，就殺我，不能殺他！真給嚇得不輕。

老夏一聽，心裡就一緊：這婦人，怎麼又來了？

但他沒動聲色，只是責問為什麼叫老夫人看那種血腥事？她想看，你們也得攔著！要不，叫你們跟了做甚！當時還跟著誰？杜牧，還有個武師？老夫人那是給嚇著了，她能是二毛子？唸叨三喜，是嫌你伺候得不好！

老夏給老夫人挑的這個新車倌，雖也英俊，但膽子很小，話也不多。就是這樣，老夏還是不斷叫來訓話，說老夫人對他如何如何不滿，你還得如何如何小心。三天兩頭這樣敲打，為的就是不要跟那婦人太近，再出什麼事。

老夏將老夫人的胡話化解開，又嚴責了幾句，才打發走富貴。

跟著，趕緊進了老院見杜牧，也是先狠狠訓斥了一通，再於不經意間化解開杜氏的胡話。尤其渲染了老夫人沒親生兒女，不疼三喜疼誰？可那狗東西太忘恩負義！

對跟著的武師，也同樣張羅了一遍，就像滅火似的，不敢有一處大意。後來，果然也沒起什麼風波。

儘管這樣，老夏也還是暗暗盼著：什麼時候才能徹底不操這份心？也就是到哪一天，杜氏才不再做老夫人？

康笏南在外面久負一種美名美德：從不納妾，從不使喚年少的女傭，當然也從未休妻另娶。這份美名美德，就是在康家上下，那也是深信不疑的。這中間，只有兩人例外：老夏和老亭。只有他倆知道，康老太爺的這份美名美德中深含了什麼，又如何播揚不敗。

也正因為這樣，老夏才心存了那一份念想：杜氏何日才不做老夫人，或者是她這第五任老夫人何日做到頭？

老夏知道有這一天可盼，也才敢冒了如此大的風險，將杜氏的醜事遮掩下來吧。

至少在三四年前，老夏和老亭就看出了：老太爺已經徹底冷淡了杜氏。那時他們就估計，這位老夫人在老院的冷宮裡怕也住不了多久了。但一年又一年過去，老太爺那裡一點動靜也沒有。難道就這樣了，就把杜氏放在冷宮裡，留一個廝守到老的名義？老太爺畢竟年紀大了。但這不合老太爺一向的脾氣和做派。

到底會怎樣？老夏和老亭沒計議過。這種事，他們也從來不用言語計議的，全靠心照不宣。遇了今年這樣的亂世，老夏以為更沒戲了。哪想老太爺從徐溝回來，一個接一個的暗示就由老院傳出來了。先是忽然對杜氏敬重起來，不久就發了話：給老夫人畫像！

就成吧？」

老夏得到這些暗示，自然是興奮的，又不大相信。他特別問了一次老太爺：「老夫人的畫像平常尺寸

老太爺很清楚地說：「再畫張大的。」

親聽了這樣的暗示，老夏不再有任何疑心。大幅畫像，就是暗示遺像！前任老夫人退位時，就是從畫大幅遺像開始的。遺像一畫就，離退位也就不遠了。

老太爺見了當今聖顏，引發了豪情，才下了這樣的決心吧？

老夫人既已做下那種事，也早該退位。她退了位，老夏也就不用再提心吊膽。所以，對臨近末日的老夫人，他自然得格外殷勤，格外巴結。

就在杜氏的大幅畫像即將收筆之際，守在客房院的僕傭慌張來見老夏：他們攔擋不住，三爺跟前的汝梅小姐硬是闖了進去，擾亂陳畫師作畫，怎麼勸，也不走。

老夏一聽是汝梅，就知道麻煩又來了。汝梅也是一個太任性的小女子！

慌忙來到客房院，還沒進畫室，老夏就聽見汝梅叫喚：「誰定的規矩，不能給別人畫？」

老夏進來，笑著說：「梅梅，有什麼吩咐，跟我說！陳畫師是我們請來的，不敢跟人家吵。」

汝梅冷笑了一聲，說：「夏大爺，跟你說，你敢答應？」

老夏說：「小姐的吩咐，我什麼時候沒照辦？」

「那也給我畫張像！」

「那有什麼難的？等明年春暖花開了，就給你畫！」

「明年？哼，知道你也不會答應我！」

「梅梅，老太爺也是等明年天緩和了才畫呢。」

「給老夫人畫了小的畫大的，畫了一張又一張，連老太爺都輪不上，哪能輪上別人！」

「梅梅，你問陳畫師，那是這麼回事？你也看見了，西洋畫帶油性，天冷了油性不暢快，太費工。再說，西洋畫必須照了真人下筆打底稿。大冬天的，整天呆坐著，不能動，不光老太爺受不了，別人也受不了。給老夫人畫時，天剛迎冷時候，倒把老夫人凍病了。」

「我不怕凍！」

「你不怕凍，油性顏料也怕凍。」

「給老夫人畫這麼大的畫，就不怕凍了？」

「你問陳畫師，日夜趕趁也還是不靈了。可畫半拉停了，陳畫師說再續，就成兩張皮了。只好趕趁著將就畫完。」

「油性不靈了，還畫這麼大？跟前頭供著的那些遺像似的，畫這大做什麼？」

這個任性的小女子，居然說出了這樣的話！老夏頓時變了臉，厲聲說：「梅梅，你說的是什麼話！叫老太爺知道了，看你如何擔待！給老夫人畫這張大象，是老太爺吩咐的。他見那張小的畫得好，就吩咐照著畫張大幅的。老太爺聽了你這話，得生多大氣！他白疼你了？」

「夏大爺，我只說畫幅的大小尺寸，可沒扯死人活人！」

「你還胡說！」

「我看這畫中的老夫人，心裡也不大高興。」梅梅望著老夫人的畫像，居然這樣說。

老夏這才意識到，一向給老太爺慣壞了的汝梅，怕是嚇唬不住的。再這麼跟她鬥嘴，不定還要冒出什麼話來！他便換了口氣說：「梅梅，你也不用成心氣我了。我到老太爺那裡給你求個情，就叫陳畫師給你畫張像。只是，凍著你，不能怨我。油性不靈，畫出來不像你，更不能怨我。成不成？」

汝梅這才笑了笑，說：「那也得問問陳畫師吧，看給不給我畫？」

陳畫師回過頭來，笑了笑說：「東家出錢，我能不畫？」

老夏這才把汝梅這小女子哄了出來。但答應她的事，可不能說了不算。

這個小祖宗，就她眼尖，竟然看出老夫人的畫像與前頭供著的遺像尺寸一樣大！前頭供著的遺像，不就是幾位前任老夫人？祖宗爺們的畫像，是供在祠堂裡。汝梅也許是無意間看破了這層祕密，但絕不能叫她意識到這中間有祕密。所以，得哄著她，不能跟她較著勁。

但老夏跟老太爺一說，老太爺竟斷然回絕：「說好了不給別人畫，怎麼又多出她來？不能再嬌慣這丫頭！越慣，她越長不大了！」

老太爺一向偏愛汝梅，對她如此不留情，真還少見！這是怎麼了？老夏才忽然想起，秋天時候，汝梅在鳳山亂跑亂說，就曾引起老太爺動怒。真也是，這個小女子，怎麼盡往不該撞的地界撞！只是，眼下真還不能跟她較著勁。再較勁，她偏朝這些不該撞的地界狠撞，撞塌了底，怎麼收拾？

老夏就說：「老太爺自小嬌慣她，忽然要嚴束，她還不覺受了天大委屈？我就怕她想不開，胡亂猜疑，再捅出意想不到的亂子。」

「那你把三娘給我叫來，我問她：還管不管你家這個丫頭？」

老夏忙笑了笑，說：「你慣成這樣了，才叫三娘管？老太爺你就交給我得了！我給她畫張像，把她招安了，成不成？」

「那你也得把我的話傳到：就說我問呢，她今年多大了？」

「老太爺這句話可問得厲害！我一定給你傳到。」

老夏出來見到汝梅，真照老太爺的意思，說：「老太爺先給你捎來一句話。」

汝梅忙問：「什麼話？」

「老太爺叫問你：你今年多大了？」

「就這句話呀？老太爺能不知道我多大？」

「我是給你傳話。老太爺捎出來的，就這句話。」

「問我多大，什麼意思？」

「我看也是藏著什麼意思。」

「什麼意思？」

「是不是說：梅梅，你也不小了？」

「我知道我不小了。」

「知道就好。我給你求了半天情，老太爺算是答應了。只是，叫給你捎出這麼句話來。」

「問我多大了？」

「在一般大戶人家，你這麼大，早該藏進繡樓了，哪還能繞世界跑？」

「夏大爺，說了半天，還是不想給我畫像？」

「我看老天爺的意思是，畫，倒是答應給你畫一張，但得以穩重入畫。以後，更得以此畫為志，知書識禮，穩重處世。」

叫老夏這樣一說，汝梅幾乎不再想畫像了。

不過，一旦開始畫像，她還是深深入了迷。長這麼大，還沒有一個男子這樣牢牢盯著自己，反反覆覆看了一整天。這番入迷，真叫汝梅淡忘了此外的一切。

# 第九章　十月奇寒

## 1

這年冬天異常寒冷。六爺已無法在學館苦讀，就是在自家的書房也很難久坐的。但他還是不肯虛度一日，坐不住，就捧了書卷，在屋裡一邊踱步，一邊用功。

奶媽看著就十分心疼。天下兵荒馬亂的，也不見多大起色，到明年春三月，真就能開考呀？別再白用了功！趁科舉延期，還不如張羅著娶房媳婦，辦了終身大事。她拿這話勸六爺，六爺當然不愛聽。

誰想，奶媽的話還真應驗了。

快進三九的時候，老太爺忽然把六爺召去。老太爺召他不是常有的事，但六爺也沒盼有什麼好事。進去叩見過，發現老太爺有些興奮。

「老六，叫你來，是有個不好的消息。」

不好的消息，還那樣興奮？六爺就問：「什麼消息？」

老太爺從案頭摸過幾頁信報，說：「這是戴掌櫃從上海新發來的信報，孫大掌櫃派人剛送來。前些天，你三哥從西安寫來信，也提過這個不好的消息。」

六爺又問了一句：「什麼消息？」

老太爺依舊照著自己的思路說：「你三哥和邱掌櫃，是從陝西藩臺端方大人那裡得到的消息。戴老幫在上海，是從新聞紙《申報》上讀到的消息。兩相對照，相差不多，可見確有其事。」

六爺想再問一句：什麼消息？但嚥下去了，靜候著，聽老太爺往下說。

「老六，你沒聽說過吧？」

「沒有。」也不明白問的是什麼事，誰知聽說過沒有？

「洋人占了京城，可是得了理了。朝廷想贖回京城，人家給開了一張贖票，共十二款，真能嚇死人！洋人欺負起我們這無能的朝廷，越來越狠心。」

六爺聽見是說這事，知道老太爺又要勸他棄儒入商，就忍不住慨然而說：「當今之危，不止亡國之危，更有亡天下之危！顧亭林有言：易姓改號，謂之亡國；仁義充塞，謂之亡天下。保國者，其君其臣，肉食者謀之；保天下者，匹夫之賤，與有責焉。」

老太爺聽得哈哈大笑，說：「你倒是心懷大志，要拯救天下。可那些西洋列強也不傻！贖票中開列的十二款，有一款就是專治你這等人的。」

「治我？我又沒惹他們！」六爺以為老太爺不過是借個由頭，嘲笑他吧。

「你聽聽，就明白了。贖票中的第四款：諸國公民遇害被虐之境，五年內不得舉行文武各等考試。」

老天爺，停考五年？這哪是壞消息，簡直就是晴天霹靂！六爺愣了半天，才問：「真有這樣的條款？」

「你不會看看這些信報？」

六爺沒看，只是失神地說：「太谷也算停考之境？」

「殺了福音堂六位美國教士能輕饒了太谷?」

「那京師也在禁考之列!京城禁考,豈不是將京中會試禁了嗎?明年的鄉試會試,本是推延了的萬壽恩科,又豈能被禁?」

「老六,你真是習儒習迂了!洋人欺負你,當然要揀你的要命處出招。叫人家欺負多年,人家也越來越摸著我們的要命處了。開科取士,歷來為中國朝廷治理天下的一支命脈。現在給你掐住,你還不得趕緊求饒!我看這一條,比以往的賠款割地還要毒辣!」

「朝廷也肯答應?」

「朝廷想議和,不答應,人家能給你和局?聽說正派了李鴻章跟各國交涉呢。叫我看,這十二款中,朝廷最在乎的是頭一款:嚴懲禍首。這場塌天之禍,誰是禍首?還不是當朝的那個女人?自戊戌新政被廢後,外國列強就討厭這個女人了。這次叫她出了塌天之醜,還不加了價碼要挾她?她把持朝政,當然不會答應嚴懲自家。你等著瞧吧,交涉的結果無非是:洋人答應不追究這個婦人,這個婦人呢,一準把其餘各款都答應下來!」

六爺不說話了。還說什麼呢?停考五年!這等於將他的前程堵死了。這一來,算稱了老太爺的心。可天下將亡,誰又能稱心得了!

「老六,這可是天不佐你!不過叫我看,停考就停了吧。朝廷如此無能,官場如此敗落,中舉了又能如何?」

「天下將亡,停考又能如何?」

老太爺又笑了:「老六,你這樣有大志,無論做什麼,都會有出息。你不想棄儒,那就緩幾年再說。

可你今年已滿十七，眼看就跌進十八了，婚娶之事已不能再延緩。一向來提親的很不少，只是不知你想娶一個什麼樣的女人？」

六爺沒料到父親會這樣問他，一時不知該如何回答。娶什麼樣的女人？他現在不想娶女人！

「我知道你心強眼高，娶回一個你不入眼的，終生不痛快，誰忍心？也對不住你早去的先母。所以，你先說說想娶一個什麼樣的女人，再叫他們滿世界給你找去！」

「我現在還不想娶女人。」

「多大了，還不婚娶？這不能由你！娶什麼樣的女人由你；再拒婚，不能由你。」

六爺不說話了。

「一時說不準，回去多想想。想好了，報一個準主意來，我好叫他們趕緊滿世界給你找去。」

六爺從老院出來，眼中的世界好像都變了。一直等待著的鄉試會試，忽然遙遙無期，不願多想的婚事，卻逼到了眼前！這遂了奶媽的心願了，但她哪能知道他的心思？

六爺沒回去先見奶媽，卻到了學館。

何老爺正圍爐坐了，捧讀一本什麼書。見六爺進來，抬手便把書卷扔到書案上了。站起來一看，六爺似乎不大對勁，就問：

「六爺，我看你無精打采的，又怎麼了？天也太冷，筆墨都凍了，苦讀太熬煎，就歇了吧。朝廷偏安西安，明年還不知能不能開考呢。」

六爺就冷冷哼了一聲，說：「開考不開考，與我無關了！」

何老爺還從未聽六爺說過這種話，趕緊問：「六爺，受什麼委屈了？」

「天下將亡，也不止委屈我一人！」

「你這是說什麼呢？」

六爺這才將停考五年的消息說了出來。

何老爺聽了，倒也沒吃驚，只是長嘆一聲，說：「叫我看，索性將科舉廢去得了！洋人畢竟是外人，以為科舉真能選出天下良才，哪知道選出的盡是些庸才、奴才、蠢材？六爺，我早跟你說過，像你這樣的可造之才，人家才不會叫你中舉呢！唯我這等蠢材，反倒一試便中。所以，停考就停了吧！」

「但這停的是朝廷的體統呀！」

「朝廷把京師都丟了，還有什麼體統可言？罷了，罷了，你我替它操心有何用？叫我說，科舉之路這一斷絕，六爺你的活路才有了！此謂天助你也，怎麼還無精打采的？」

「我死路一條了，哪來活路！」

「六爺，你再往前邁幾步，就踏進年輕有為的門檻了，哪來死路？你要真痴迷了科舉不悟，那才是死路一條！卸去備考重負，六爺，我來教授你一些為商之道，保你的理商之才高過三爺。你信不信？」

「何老爺，天下將亡，商事豈可獨存？」

「天下不興，商事自然也受累。可商事不興，天下更難興。今大清被西洋列強如此欺辱，全在洋強我弱。大清弱在何處？叫我看，就弱在輕工輕商！士農工商，士農工商，工商居於末位數千年，真是千古不易，你不貧不弱還想有什麼結果！六爺，你說西洋列強，不遠萬里，屢屢派遣堅船利炮來欺負我們，為了什麼？」

「能為什麼？因為你天下將亡，不堪一擊，好欺負呀！」

「非也！以我冷眼看，西洋列強結夥遠來，不為別的，只為一字：商！」

「何老爺，你又說瘋話了吧？」

「六爺你睜大眼看，自海禁開放以來，跟在西洋列強那些堅船利炮後頭潮水般湧入我邦的是什麼？是西洋的道統嗎？非也，只是洋貨、洋商、洋行、洋銀行！」

「何老爺，你丟了一樣：洋教。洋教，不就是洋道統嗎？」

「洋教不足畏！洋教傳進來，那比堅船利炮還要早。可它水土不服，一直未成氣候。叫我看，釀成今年如此塌天之禍，就在朝廷太高看了洋教！當朝的太后也好，朝中那班昏庸的王公大臣也好，面對列強咄咄逼人之勢，都有一大心病：唯恐西洋道統動搖了中華道統！所以洋貨洶湧倒不怕，洋教一蔓延，便以為洋道統要落地生根了。其實，哪有那回事？山東直隸教民眾多，可這些民眾又有幾人是捨利求義？他們多為潦倒不得溫飽者，入洋教，不過是為謀得一點實惠近利而已！」

「天下仁義充塞，道統畢竟已經式微。洋教乘虛而入，正其時也！」

「六爺，你也太高看了洋教！你看太谷的基督教公理會，傳教十多年，俘虜去的教徒僅百十人，與洶湧太谷的洋貨相比，實在微不足道！」

「太谷為西幫老窩，市間哪有多少洋貨？公理會再不濟，也緊挨了城中名塔，立起一座福音堂。」

「福音堂哪能與洶湧太谷的一樣洋貨相比？」

「什麼樣貨？」

「大菸土。」

六爺不說話了。

六爺雖年輕，又一心於聖賢儒業，可對太谷菸毒之盛，也早有所聞的。城裡大街小巷，哪裡見不著菸館！販賣大菸土的涼州莊，外面不起眼，裡面做得都是大生意。還有菸具中聞名天下的「太谷燈」，六爺真還尋著見識了見識。那燒菸的「太谷燈」，不光是做工精美，樣式排場，要緊的是火力足，光頭大，菸泡燒得「黃、鬆、高」。所以，要與菸毒比盛，那公理會基督教實在就微不足道了。

康家家規嚴厲，無論主僕，都不許染菸癮的。但六爺也曾聽底下傳言，說何老爺就早染了此嗜好。何老爺中舉後，頗感失意，時常瘋癲無常，煩心時抽幾口菸，解解憂，也不便太挑剔。今日六爺心裡也大不痛快，說起大菸，便不遮攔了，就問了一句：

「何老爺，你見過這一樣洋貨沒有？」

「哪能沒見過！六爺，今日也不瞞你了，本老爺也是常買這一樣洋貨的。」

「常買了，做甚？」

「本老爺享用呀，還能做甚！」

六爺沒想到何老爺會做如此坦白，只好敷衍說：「難怪何老爺不很仇洋呢，原來是離不開這一樣洋貨！」

「六爺，我可是不仇洋教仇洋貨！鴉片大菸土，這件洋貨太不得了。以前，中國賣一件貨物給西洋，他們也是一用就離不了，這件貨物就是茶葉。所以，我們能用茶貨源源不斷換回銀子來。你們康家還不是靠走茶貨發的家？人家鴉片這一件東西，不但也是沾上就離不開，更比茶葉值錢得多！走一箱茶葉能換回多少銀子？走一箱鴉片又能換回走多少銀子？簡直不能比。就憑這一著，西洋人就比我們西幫善商！」

「茶葉是養人的，鴉片是毒人的，又怎樣能比？」

「要不說洋商比我們毒辣，人家才不管有道無道！」

「何老爺，你既然仇恨洋貨洋商，還抽人家的洋菸？」

「上當了，沾上就離不開了。六爺，我若能重歸商界，立刻戒菸！」

六爺冷笑著，不搭話。

「六爺不信，可以試呀！當今要御洋，必先興商。六爺既退身科舉，何不另闢天地，成就一番新商事？若有此志，我也不想在貴府家館誤人子弟了，甘願扔去這頂舉人帽子，給你去做領東掌櫃！」

何老爺又來瘋癲勁了。師從多年，你想跟他說句知心話，總是很難。六爺深感自家滿腹心事，竟無人可以傾訴，便憤然道：「何老爺，我是寧可出家，也不為商的！」

## 2

回來，奶媽問起老太爺叫去說了什麼事，六爺只說：也沒說什麼事，不過問了問為何不去學館。他真不想提婚娶之事。

六爺不想婚娶，是因為心底藏有一個私念：成人後一定要離開這個太大又太空的家。他早厭倦了這個家！母親只是一種思念，父親雖近猶遠，永遠遙不可及。兄長們各有自家天地，唯獨將你隔離在外。常年跟著一位塾師，偏又叫你親近不得。唯有奶媽無私向著他，可這點暖意，實在填充不了這個太大太空的家。發奮讀書入仕，然後去過一種宦遊四海的生活，那正是他一心想爭取的。

現在，這一條路忽然就斷了。

母親，你是無力保佑我，還是沒耐心保佑了？

不過，六爺也沒煩惱幾天，似乎就靜下心來了。科舉也不過是暫停，趁此間歇娶妻成家，也可取吧。終身大事，總是躲不過的。一旦有了家室，他或許還能多些自主自立？若能自主，他就去遊歷天下！

六爺這樣快就順從了老太爺的意願，倒也不是無奈的選擇，實在是因為老太爺的一句話，叫他動了心：你想要什麼樣的女人，叫他們滿世界給你找去！

找一個自己想要的女人？

自己喜歡的女人是什麼樣，六爺真還沒有認真想過。因為那時代的婚娶都是遵父母之命。他從來不曾料到，老太爺還會允許他挑選女人。冷眼看去，前頭的幾位嫂子，似乎都不是兄長們特別喜愛的，但她們都出身富商大戶。她們或許只是老太爺的選擇，並不是兄長們心儀的人。以前幼小，他也看不懂這些。去年五娘遇害、五爺失瘋後，他回頭看去，才忽有所悟。前面幾位兄長，有誰像五爺那樣深愛自己的女人？五娘，那才是五哥最想要的女人吧！

所以，六爺聽老太爺說出那句話，就先想到了五哥五娘，跟著也動了心。可他哪有自己看中的女人？自小圈在這個太大太空的家庭中，長年能見到的不過是同宗的族人而已。出外有些應酬，又哪裡能見到女人！

然而，六爺在做此種思想時，卻有一個女人在他面前揮之不去。她是誰？只怕六爺永遠都不敢說出：她就是現在的老夫人杜筠青。

六爺不敢承認自己最喜歡的就是繼母那樣的女人，但除此之外，他實在沒有更喜歡的女人了。

受奶媽的影響，他從小對這位繼母就懷有敵意。而且，她又一直離他很遠。一年之中，偶爾見到，也不過遠遠地一望。這位老夫人是什麼模樣，他也實在沒有多留意。但是，近兩年卻發生了一種莫名的變化：六爺似乎是突然間發現，老夫人原來是這樣與眾不同！她不像別人那樣俗氣，更不像別人那樣得意。她既有種出世般的超脫，不睬家中俗務，但她似乎又深藏太多了的憂傷。這常叫六爺暗中莫名地動情：她也有憂傷？又為何憂傷？尤其是，她彷彿全忘了自己是身居高位的老夫人，放任隨意得叫人意外，也叫人喜歡。她的神韻實在叫人說不清的。

可她決不像奶媽常說的那樣，是一個毒辣的女人。

六爺深信自己的眼力，老夫人不是毒辣的女人。

六爺深藏在心底的，還有一點永不能說出：老夫人也是太美豔了。能得婦如此，他也會像五哥的，為她而瘋，為她而死吧。

六爺明白了自己喜歡什麼樣的女人，可這樣的心思，又如何能說得出口？老太爺要知道了他喜歡的女人，居然是繼母，那還不殺了他！無私向著他的奶媽，也絕不會容忍他有這樣的心思。

但是，在老太爺限令婚娶的關口，他還是想把自己的心願設法表達出來。他並不是想奪娶繼母，只是想娶一位像繼母那樣的女人。官宦出身，通文墨，有洋風，開通開明，不畏交遊，未纏足，喜洗浴，當然還要夠美貌。這樣的女人，不一定就只似老夫人吧？

六爺思之再三，覺得自己想要的女人就此一種，別的，他決不要。可誰能將自己的這個心願轉達老太爺呢？想來想去，也只有一個人了，那就是何老爺。

何老爺瘋癲是瘋癲，但他畢竟粗心，不會疑心這樣的女人就是比照了老夫人吧？師如父，有何老爺出面說，也很合於禮。萬一引起老太爺疑心，也能以何老爺的瘋癲來開脫的。

於是，六爺就去求何老爺了。

那天，六爺以敬師為名，到大膳房傳喚了幾道小菜，一個海菜火鍋，一壺花雕，叫擺到學館。

何老爺覺得意外，就問：「六爺，今日是什麼日子？」

「什麼日子也不是，只略表敬師的意思吧。」六爺盡量平靜地說。

「還敬什麼！六爺既無望求功名，我也不想留在學館了。」

「以後如何，也無妨今日敬師。一日為師，終生是師，何老爺師吾多年，學生當永不忘師恩的！」

「六爺，又遇什麼事了？」

「沒有呀？」

「不對吧？我看你說話又不大對勁！」

「恭敬招待何老爺，哪就不對勁了？」

「你什麼時候說過這樣好聽的話？」

「以前不周的，就請何老爺多寬恕吧。今時局突變，學生想跳龍門也跳不成了，真對不住何老爺多年的心血。所以才想略表一點敬意，只是太寒酸了。」

「六爺還真有這樣的心思？」

「那我以前是太不尊師了？」

「是本老爺太不敬業，沒有為師的樣子，哪裡配六爺這樣恭維？」

「何老爺今日也不大對勁，請你喝點酒，也值得說這麼多話？來，我先敬何老爺一盅！」

「那好，我就領六爺這份盛情了！」

一口飲下，何老爺快意地感嘆道：「與六爺這樣圍爐小酌，倒也是一件美事。可惜，外間沒有雪景幫襯。若雪花在窗外灑落，你我圍爐把盞，那就更入佳境了！」

「天景這樣旱，哪來雪景！」

六爺盡量順著何老爺的心思，說些叫他高興的閒話。甚至表示，真要停考五年，他也只好聽從何老爺的開導，棄儒入商了。只是，他不想坐享其成，做無所事事的少東家。但另創一間自己的商號，也不容易吧？

何老爺一聽，興致果然昂奮起來，慨然說：「那還不容易！六爺，我給你做領東，新字號還愁立起來？我早想過了，開新字號，總號一定要移往京師，不能窩在祁太平！」

六爺就笑了，只給了他一句話，倒要選新號的開張地界了！

「何老爺，你忘了，京師還在洋人手裡呢！」

「京師不成，我們到上海，總之得選那種能雄視天下的大碼頭！」

「好像我說開字號，就能開似的？這是大事，為首得老太爺點頭，三爺贊同才成。」

「老太爺知道你棄儒入商，立此大志，一準比誰都高興！看人家祁縣喬家，票號比你們康家開得晚，可人家不開則已，一開就是兩大連號：大德通，大德恆。兩號互為呼應，聯手兜攬，才幾年就成了大勢！」

六爺見何老爺越說越來了勁，趕緊攔住說：「何老爺，眼下老太爺逼著我辦的，可不是這件事！」

「那是什麼事？」

「婚娶。老太爺見科舉無望，就逼我成婚。」

何老爺一聽，情緒更加昂奮了！他知道康家有一條重要的家規：康家子弟一旦婚娶成家，「老夥」，即康老太爺執掌的這個大家，除了按月發給例定的日用銀錢，還要發給一筆不菲的資金，令其做本銀，開設一間自己的商號。商號的盈利，歸各家所有，不入老夥。獲利多，各家的私房財力也多。獲利少，也只能少花銷。不獲利，就乾吃老夥那點例錢。立此家規，是為鼓勵子弟自創家業，也防止因分家析產而削弱財力。可康家前頭五位爺，各家的商號都不甚發達，只是三爺名下的那間綢緞莊稍為強些。三爺有大志，心思不在自家的小字號上。可何老爺困厄多年，已不嫌這種私房性質的商號小。六爺要叫他領東，發達成一間大號也不是不可能。

所以，何老爺更來了勁，大聲說：「六爺，你也該成婚了！成婚之後，正可另立一間你自家的字號！你要叫我領東……」

「我還不想婚娶。」

「婚配是終身大事，誰也躲不過。再說，那也是美事，不是苦役。不知老太爺給六爺定下了誰家的佳麗？不稱心嗎？」

「親事倒還沒定。老太爺也放了話：想要什麼樣的女人，你說出來，叫他們滿世界給你找去！」

「老太爺這麼開明，六爺你還發什麼愁！」

「何老爺，我埋身學館，日夜苦讀，哪裡知道要什麼樣的女人？」

「大富如貴府，當然得講一個門當戶對。」

「我就怕這門當戶對！」

「門當戶對，再加一個兩相愉悅。」

「何老爺只會紙上談兵，人還不知在哪呢，談何兩相愉悅！」

「六爺！」何老爺忽然添了精神似的，話音也高了，「當今世事正日新月異，娶婦亦不宜太守舊了。治國難維新，婚娶總還容易些吧？我給你提幾樣維新條件，你看如何？」

婚娶維新？何老爺又要說什麼瘋話？六爺便說：「願聽教誨。」

「第一樣，要不纏足。第二樣，要通詩書。第三樣，開明大度，不避新風，不畏交遊。還有一樣，當然得有上等女貌。」

六爺越聽，越如自己所想！何老爺竟猜出了他的心思？

「怎麼，不想娶這樣的新式佳麗？看看你家老太爺，十多年前就有此維新之舉了，你反倒想守舊？」

何老爺提的這新式佳麗，居然也是比照了老夫人？這令六爺驚訝不已。不過，他也不再那樣羞愧了，繼母一定是令眾人傾慕的，並不是他一人獨生邪念。連何老爺也舉薦老夫人那樣的新式佳麗，叫他既意外，更高興！他有了堂皇的遮掩：不是自己想要繼母那樣的女人，是師命不好違啊。

「何老爺，我怎能與老太爺比？」

「老太爺開了頭，你不正好跟了維新嗎？」

六爺故意推託一番，才答應下來，只是裝著不經意地加了一句：出身書香門第、官宦人家，就更好了。何老爺居然也很贊成。稍後，六爺又故作擔憂，怕老太爺已有打算，婉轉請何老爺到老太爺跟前，巧作試探。何老爺不知六爺的心思，卻也一口承諾：他去說服老太爺。

六爺心裡暗暗高興，也就陪何老爺喝了不少酒。

何老爺酒多之後，居然就大讚起老夫人的豐采來，六爺才有些慌了。不過，何老爺倒始終未說什麼出格的話。

# 3

只隔了一天，六爺就被老太爺叫去。

禮還沒行畢，老太爺就發問了：「聽何老爺說，你要來一個婚娶維新，娶位新式女人？」

六爺慌忙說：「是何老爺力主如此的，說天下日新月異，婚娶也不能守舊。」

「我是問你的意思！」

「何老爺師我多年，也不好太違逆的。」

「我還不想勉強你，叫他勉強你？你自家是什麼意思？」

「我本也沒有定見，就那樣吧。」

「就那樣？」

「就那樣吧。」

「那好，就照何老爺說的，叫他們滿世界給你找去！」

六爺不知何老爺到底怎樣說的，有關出身書香門第、有關美貌是否提到？但當著老太爺的面，他實在不便再提及。

從老太爺那裡出來，就趕去問何老爺。何老爺一再肯定，什麼都說了，沒漏一樣。六爺才放心了。

終於將自己的心願傳達出去了，六爺卻又有了新的憂慮：世間真有這樣一位現成的新式佳麗在等著叫他挑選呀？老太爺說的滿世界是指哪兒？無非是太谷，至多也只限於祁太平吧。太谷，乃至祁太平，能尋出這樣一位新式佳麗來？他早就聽說了，繼母是在京師長大的。老太爺不會到京師給他尋找佳麗，何況京師已經淪陷了。

然而，半月不到，就傳來消息說，六爺想要的女人已經物色到，雙方的生辰八字也交給一位河圖大家測算去了。

這樣快就找到了？

六爺真想知道是在哪找到的，樣樣都合他的所願嗎？

但他到哪去打聽！

那時代的婚娶過程，雖然也有「相親」一道程序，可參加相看的卻不是男女雙方。尤其大戶人家，更不能隨便露出真容。亮出真容，你卻看不上，那豈不是奇恥大辱？所以參與相看的，多是居中的媒人。六爺連媒人是誰也不知道，從何打聽？

在這個時候，他更感到母親的重要。若母親在，準會為他去打聽的，或者，她隨時都知道一切吧。現在，一切都在父親手中握著，老太爺真會一切都為你著想嗎？他總是放心不下。奶媽倒是不停地打聽了，可誰又把她當回事？她幾乎什麼也打聽不到。

讓何老爺給他去打聽這種事，也不合適。

六爺也只好等著。

好在沒等幾天，老太爺就又召見了他，把一切都說明了：已經按他的心願，選下一門親事。女方即城裡的孫家，也是太谷數得著的大戶。孫家這位千金，是孫四爺跟前的二小姐。這女子也有些像三爺跟前的汝梅，自小帶俠氣，拒纏足，喜外出，跟著男童一搭發蒙識字，對洋物洋風也不討厭。總之，各樣條件都合你的心思。你們兩人的八字，也甚契合，能互為輔佐。這門親事，就這樣定了吧？

「老六，我知道你的脾氣。本來想小施伎倆，張羅個機會，叫你在暗處親眼一睹孫二小姐的芳容。只是，孫家是大戶，叫人家知道了，會笑話我們的！」

六爺先聽說是孫家，就有些失望：還是門當戶對啊。城裡孫家，那亦是以商立家的大財主，只是更喜歡捐官，聽說給夫人們也捐有「宜人」一類的封賜。這也算官宦人家？六爺一心想以正途入仕，所以對花錢捐到的官爵就頗為不屑。又聽說這位孫家小姐像汝梅，就更有些不悅了。汝梅倒是天足，可幾乎跟男娃差不多了，沒有一點佳人韻味！汝梅不醜，但也說不上美豔。若真像汝梅那樣，他可不想要！

但他又不便對父親直說出來。八字都看了，老太爺一準已同意了這門親事！他可怎麼辦？

一著急，有了一個主意。

「有父親大人做主，我還能不放心？只是彼女如真像汝梅那樣潑辣，我也很害怕的。她秉性到底如何？想請母親大人設法見一見，為我把握一個究竟。」

六爺本是大了膽，才提出這樣的請求，沒想老太爺聽後倒哈哈笑了：

「老六，實話給你說，這位孫二小姐就是老夫人相看過的！」

這可叫六爺大感意外了！繼母已經為他相看過了？他所以大膽提出請繼母去見見孫家小姐，就是想請繼母為他把關。繼母能看上的女子，他一定會喜歡的。他就是以繼母為異性偶像。但他無論如何，也沒想到繼母已經為他相看了彼女子！繼母也會關心他的婚事？

這個意外，令他特別高興。

「既然母親大人已相過親，我就更放心了。」他盡量平靜地說。

「老六，你心裡有老夫人，她一定很高興！你過去見一見老夫人吧。」

老太爺的這句話，越發叫他興奮了。

這年冬天，老太爺已經常住在老院這座寬敞的七間正房裡了。他是在東頭自己的書房裡召見的六爺。所以，六爺去見老夫人，只不過穿堂過廳，到西頭的書房就是了。不過，六爺今天卻是有些緊張，甚至有些羞怯。

自從確認了自己在心底裡是喜愛繼母，又表達出想娶繼母這樣的女人以後，他還沒見過她。

你必須平靜如常！

但在行拜見禮時，他還是沒法平靜，不大敢正眼看她。好在老夫人平靜如常，她聽了杜牧傳達老太爺的意思，只是隨意地笑了笑。

「六爺，你心裡有我，倒叫我更不踏實了。這個孫二小姐，可不是我給你挑的！聽說六爺也想娶位不纏足的開通女人，我不過順嘴給老太爺提了幾位。都是常去華清池女部洗浴的大家閨秀，內中即有孫二小姐。她們說，當年就是為了學我，才都沒有纏足。我才不信她們的話！好在，一個個都還活潑，開通。至於後來怎麼就挑上孫家小姐，我可不敢貪功！」

「既是母親大人推薦的，我總可以放心的。」

「六爺，快不敢這樣說！娶回來，你不待見，我可擔待不起。」

「這事，總得父母做主。」

「六爺，我給你出個主意吧！改日進城洗浴，等洗畢出來時，我設法與孫家小姐同行，走出華清池後門，拉她多說一會話，再登車。六爺你呢，可預先坐到一輛馬車內，停在附近。等我拉著孫小姐說話時，你盡可藏身車轎內隔窗看個夠！願意不願意？」

六爺沒想到老夫人會給他出這種主意，可這主意倒是很吸引人：這不是淘氣、搗鬼嗎？而且是與老夫人一起搗鬼！

他帶出幾分羞澀，說：「願聽母親大人安排。」

「那好。改日進城洗浴時，我告六爺。」

「只是，大冷天的，勞動母親大人……」

「我不怕凍，別把六爺凍著就成！」

「我也不怕凍。」

這次從老院出來，六爺簡直有了種心花怒放的感覺。

給他選下的這位女子，原來是老夫人最先舉薦的！她活潑，開通，未纏足，喜洗浴，也識字，樣樣都如老夫人，也就樣樣如他所願。想什麼，就有了什麼，這不是天佐你嗎！這些天，心裡想得最多的，只是老夫人，老夫人居然就在幫你選佳人！老夫人沒說這位孫二小姐是否美豔，想來是不會差的。女貌差的，老夫人會給自家舉薦？

總之，六爺本來已經放心了這門親事。但老夫人又出了那樣一個暗訪的主意，他能不答應嗎？早一天看看那女子的真容，他當然願意了！老夫人這樣做，一定成竹在胸了，想叫他早一天驚喜。

所以，六爺回來不由得就把這一切告訴了奶媽，只是沒說孫家小姐是天足。他不想聽奶媽多嘮叨。他還想找何老爺傾訴一下，終於還是忍耐住了。

只隔了一天，老夫人跟前的杜牧就跑來說：「明兒老夫人進城洗浴，六爺趕午時三刻進了城就得。天這麼冷，不用去早了受凍。」

六爺盡量平靜地應承下來，因為心裡很激動。

可杜牧一走，奶媽就追問不止：進城做甚去？為何還要和老夫人一道去？

六爺當然不能說實話，只好編了瞎話應付：「老夫人洗浴畢，要往東寺進香，老太爺叫我陪一趟。」

「以前，也沒過這種事呀？」

「以前，我不是小嗎？」

六爺不再多說，就出去見管家老夏，叫明天給他套車。

午時三刻到達，午時初走也趕趟，可這天離午時還差半個時辰，六爺就登車啟程了。天氣倒是不錯，太陽很鮮豔，也沒風。但畢竟是隆冬，沒走多遠，寒氣早穿透了車轎的氈罩，只覺越來越冷。六爺也沒多在乎這些，一心想著即將到來的那一刻。

那女子如果叫人一見傾心，他就真去東寺進一次香，以謝天賜良緣。

也許是天冷，車倌緊吆喝，牲靈也跑得歡，剛過午時就進城了。還有三刻時間，乾凍著也不是回事。去自家的字號暖一暖，又太興師動眾。六爺便決定先去東寺進香許願：如彼女真如他所願，定給寺院捐一筆不菲的香火錢。

寺院也不暖和，只是忙碌著進完香、許下願，真也費去了時間。等再趕到華清池後門，正其時也。

杜牧已等候在那裡，見六爺的車到了，便過來隔著車簾說：「老夫人很快就出來，請六爺留心。」說是很快，六爺還是覺著很等了一陣。終於盼出來了：老夫人與一個年少女子相攜著走了出來。這女子就是孫二小姐？顯然是天足，因為她走路與老夫人一樣，輕盈，快捷，自如。可穿得太厚實了，除了華貴，能看出什麼來？尤其是頭臉，幾乎被一條雪狐圍脖給遮嚴了。

六爺緊貼了轎側那個太小的窗口，努力去看，越看心裡似乎越平靜。老夫人為了叫他看得更清楚，引導孫小姐臉朝向他這邊，還逗她說笑。平心而論，孫小姐可不醜，說美貌，也不算勉強。說笑的樣子，也活潑。她也不像汝梅，有太重的假小子氣。可六爺總是覺得，她分明少了什麼，少了那種能打動人的要緊東西。

到底少了什麼，他也說不清。只是與繼母一比，就能分明感覺出來。浴後的繼母，那是更動人了！所以，他不敢多看繼母，一看，就叫人不安。可同樣是浴後的孫小姐，卻為何不動人？再仔細看，也激動不起來。

繼母和孫家女子都登車而去了。稍後，六爺的車馬也啟動了。可他坐在寒冷的車轎裡，悵然若失：已經沒有什麼可企盼的了！動心地盼了許久的，原來這樣平淡無奇。

現在，六爺有些明白了：繼母堅持叫他來親自相看，就怕他看不上吧？可是，這位孫小姐樣樣都符合他提出的條件，又怎麼向老太爺拒婚？她要生得醜些，他還有個理由，可她居然不醜。不醜，又不動人，叫人怎麼辦？

老天爺，你總是不叫人如願！

# 4

在回去的半路上，老夫人還停了車，問了問六爺：「看上了沒有？」

這叫他怎麼說呢？只好說：「也沒看得很清。」

老夫人一笑，就不問了。看他無精打采的樣子，她能不明白？她回去見了老太爺，能把他的失望說明了，局面會改變嗎？

然而，沒過幾天，老太爺召他過去，興致很好，開口就說：「跟孫家這門親事就定了吧。人是按你的心思挑的，模樣你也親眼見了，定了吧。我已經跟他們說了，挑個吉日，先把定親的酒席吃了。到臘月，就把媳婦娶過來。老六，你看成吧？」

這不是已經定了嗎？六爺一臉無奈，還能說什麼！

老太爺似乎沒看見他的無奈，依然興致很好：「聽說老夫人安排你見了見孫小姐？哈哈，沒被人家發現吧？」

「藏在車轎裡，也沒看清什麼。」

「也行了，大冬天的，站當街，能站多久？我跟老夫人說了，哪如安排在戲園子裡？雖坐得遠些，也能看得從容。老夫人說，孫小姐還未出閣，哪能擠到戲園子看戲？倒也是，我真老糊塗了。婚事上，老夫人很為你操心。走時，過去謝一聲。」

還能說什麼？什麼都不能說了。

六爺退出來，進了老夫人這廂。老夫人一見他，就說：「六爺，看你像霜打了的樣子，我就心裡不安。

那天從城裡回來，我就跟老太爺說了：看來六爺不很中意。老太爺聽了，只是笑話我安排得太笨，費了大勁私訪一回，也沒看出個究竟。那天，你真沒看清？」

「母親大人，看清了。」

「那你是不中意吧？」

「就那樣吧，母親大人。」

「我看你是不如意。」

「就那樣吧。」

還能怎樣呢？六爺知道，在這件事上老夫人做不了什麼主，一切都由父親決定。父親已經給了他很大的仁慈，事先叫他提條件，而且樣樣條件都答應。樣樣條件都符合，挑出來了，卻不是你想要的人！這能怨誰？

你做了按圖索驥的傻事吧？

繼母也是太獨特了，獨一無二。你比照了她，到哪再找出一個來？

罷了，罷了，這就是你的命吧。世間唯一疼你的人，早早就棄你而去。一心想博取的功名，眼看臨近了，科考卻是先延後停。那就娶一個心愛的女人相守吧，卻又是這樣一個結局！你不認命，又能怎樣？

六爺畢竟年輕，心灰意懶幾天後，忽然想起一個人來：那就是天成元京號的戴掌櫃。

那次，何老爺帶他去拜訪戴掌櫃，有幾句話叫他一直難忘：到了殘局，才更需要大才大智；臨危出智，本來也是西幫的看家功夫。他現在已到殘局時候了，真有大才大智慧挽救他的敗勢嗎？

所以，他特別想再見一見戴掌櫃。

跑去問何老爺，才知道戴掌櫃早到上海去了。剛要失望，忽然就跳出一個念頭來：他去上海找戴掌櫃，不正可以逃婚嗎？

這是不是臨危出智？

平白無故的老太爺不會允許他去上海。他就說，決心棄儒習商了，跟了戴掌櫃這樣的高手，才能習得真本事；上海呢，已成國中第一商埠，想到滬上開開眼界。婚事，既已定親，也不必著急了，在這兵荒馬亂的時候完婚，怕不吉利。

這樣說，不知能否說動老太爺？

六爺就將這個心思先給何老爺說了說，當然沒說是逃婚。

何老爺聽了很高興，說：「六爺，你算是改邪歸正了！去趟上海，你也就知道什麼叫經商，什麼叫商界，什麼叫大碼頭。」

「老太爺會不會答應我？」

「哪能不答應？老太爺看你終於棄儒歸商，只會高興，哪能攔你！」

「可老太爺說了，臘月就叫我成婚。」

「那你就成了婚再走！離臘月也沒多遠了。」

「臘月一過，就到年下。戴掌櫃在上海能停留多久？」

「京城收不回，戴掌櫃也沒地界去的。」

「滿街都說議和已成定局，十二款都答應了人家，就差畫押了。和局一成，朝廷還不收回京城？」

「誰知……」

何老爺忽然打起哈欠來，而且是連連不斷。剛才還好好的，這是怎麼了？六爺正想問，忽然悟到：何老爺是菸癮犯了吧？於是，故意逗他：

「何老爺是怎麼了，忽然犯起困來？夜間沒睡，又讀什麼野史了？」

「睡了，睡……」

哈欠分明打得更厲害。

六爺才笑了，說：「何老爺，你既已不瞞我，就燒一鍋洋菸，抽幾口吧？」

「太不雅……六爺請便吧……」

「今兒，我才不走，得見識見識。」

六爺真穩坐不動。何老爺又忍了片刻，再忍不住，終於從櫃底摸出一個漆匣來。不用說，裡面裝著菸具菸土。

何老爺在炕桌上點燈、燒菸時，手直發抖，嘴角都流出口水來了。抖抖晃晃地燒了一鍋，貪婪地吸下肚後，才像洩了氣，不抖不晃了，緩緩地躺在炕上。片刻之後，簡直跟換了個人似的，一個精神煥發的何老爺坐了起來。

「六爺！」何老爺叫得斬釘截鐵，「見笑了。你看我哪還配在貴府家館為授業為師呀？你快跟老太爺說一聲，另請高明吧。我就伺候六爺你一人了，你當東家，我給你領東，我們成就一番大業！」

六爺以前也常聽何老爺說這類瘋話，原來是跟他的菸癮有關？吸了洋菸，就敢說憋在心底的話了？六爺忽然就產生一種強烈的衝動：也吸口洋菸試試！他心底也憋了太多不如意。

「六爺，你去上海，我跟你去！上海我去過，我跟了伺候你。」

「何老爺，你再燒一鍋菸，叫我嘗幾口，成吧？」

「你說什麼？」

「我看你吸了洋演，跟換了個人似的，也想吸幾口，嘗嘗。」

何老爺立刻瞪了眼：「六爺，你要成大事，可不敢沾這種嗜好！我是太沒出息了。六爺你要叫我做領東，我立刻戒菸！」

「何老爺，我早聽你說過：太谷的領東大掌櫃，沒有一個不抽大菸的。孫大掌櫃也抽？」

「要不他越抽越沒本事！林大掌櫃可不抽。」

「何老爺，你只要有領東的本事，我不怕抽大菸。」

「那六爺你也不能抽！你們家老太爺待我不薄，我能教你做這種事？」

「我也不修儒業了，要那麼乾淨何用？再說，我也只是嘗嘗而已。」

何老爺盯著他看了片刻，好像忽然想通了，就真燒了一鍋。跟著，將菸槍遞過來，教給他怎麼吸。

六爺照著吸了，老天爺，那真不是什麼好味道！但漸漸的就有異樣感覺升上來了，真是說不出的一種感覺。跟著，整個人也升起來了，身子變輕了往上升……說不出的感覺！

「六爺，沒事吧？」

「沒事！只是覺著身子變輕了。」

「六爺，我把你拉下水了！」

「何老爺，不怨你，是我願意！科舉停了，老太爺定的那門親事，我也不中意，樣樣都不如意，我還那麼規矩，有何用？我倒想做聖人，誰叫你做？老太爺他要怪罪下來，我就遠離康莊，浪跡天涯去！」

「六爺，你要這樣，就把我害了。你知道我拉你下水為了什麼？為了叫你鐵了心投身商界！有此嗜好，無傷商家大雅的。你要一味敗落，那我罪過就大了！」

「何老爺，那我就鐵了心，棄儒習商！做商家，不正可浪跡天涯嗎？」

「六爺說得對！」

兩人慷慨激昂地很說了一陣，心裡都覺異常痛快。尤其是六爺，全把憂傷與不快忘記了，只覺著自家雄心萬丈，與平時特別不一樣。

乘著感覺好，六爺回去了。見到奶媽，他也是很昂揚地說話。提起自己的親事，居然也誇讚起孫家來了，已沒有一點苦惱。

事後，何老爺驚恐萬狀地跑來見六爺，直說自己造了孽了，居然教學生抽大菸！六爺也有些醒悟了，表示再不深涉。就那樣吸了一兩口，也不至成癮難回頭吧。

不過，後來六爺終於還是忍不住，暗自上了幾趟城裡的菸館。哪想到，太谷最大的涼州莊謙和玉，很快就發現了這個不尋常的新主顧。康家在太谷是什麼人家？趕緊伺候好康六爺吧！於是派出精幹夥友，扮作儒生，到康莊拜訪六爺。如何拜訪呢，不過是奉贈一個精美的推光漆匣：不用問，裡面裝了全套菸具和少量菸土。

就這樣，在什麼企盼都失去以後，六爺有了這新的念想。這一日也斷不了的念想，叫他平靜下來了，不再想去上海，更不想浪跡天涯。

只是，六爺一直深瞞著，不叫別人知道，更不敢叫老太爺知道。

## 5

汝梅一看見自己的畫像，就要想起那個畫匠來。可這個拘謹的畫匠，已經無影無蹤了。她暗自託下人打聽過，這個畫洋畫的畫匠，已經不在太谷了，有的說去了平遙，也有的說去了西安。

總之，無影無蹤了。

畫像中的汝梅，燦爛明媚，連老太爺看了，都說把梅梅畫成小美人了。可畫匠本人居然那樣木，什麼都看不出來？汝梅常常凝視著畫像，不能確定自己到底是不是美人。

畫像那兩天，她真是用盡心機討好畫匠。可那個木頭人，始終是那樣拘謹，客氣。他或許是見的美人太多了？她問過：你是專給女人畫像？他說：還是給做官的老爺們畫像多。他可能沒說實話。

汝梅親眼看見，畫匠在給她畫像時，常常會瞇起眼睛來，去凝視老夫人的那幅大畫像這種時候，她說話，他也聽不見了。

老夫人是個美人。到現在了，還那麼能迷住男人？你一定是沒有老夫人美貌吧？其實，汝梅一直就不想做女人！

情竇初開的汝梅，無論心頭怎樣翻江倒海，也沒法改變什麼。畫像那幾天，很快就過去了。除了留下一張燦爛明媚的洋式畫像，繼續散發著不大好聞的松節油氣味，什麼都無影無蹤了。她想再看一看老夫人的畫像，看究竟美在何處，管家老夏也不肯答應了，總是說去做畫框，還沒送回來。

就在這幾分惱人，幾分無奈中，汝梅又想出遊去。可大冬天的，又能去哪？父親去了西安，又是遙無歸期。父親這次去西安，是以時局不靖，兵荒馬亂為由，不肯帶她同行。反正他總是有理由，反正他永遠也不會帶她出門的。

而今年冬天，連一片雪花也沒見過。

下了雪，或許還好些？總可以外出賞雪。

這種無聊，使汝梅忽然又想起了那次異常的鳳山之遊。那次，她一定是犯了什麼忌。犯了什麼忌呢，竟惹了那麼多麻煩？莫名的好奇又湧上來了。

大冬天的，上鳳山是不可能了。汝梅忽然有了探尋的目標：那些已故的老夫人的畫像。那次，她發覺有幾分眼熟的畫像，到底是哪一位老夫人？是不是六爺的生母？

只是這樣一想，汝梅就覺有幾分害怕。可此時的她，似乎又想去觸動這種害怕，以排解莫名的煩惱。

在一個寂靜的午後，汝梅果真悄然溜進了前院那間廳堂。這間過節時莊嚴無比的地界，現在是既寒冷，又有幾分陰森。她努力挺著膽，去找她的目標：掛在一側的那四幅已故老夫人的畫像。現在看去，老式筆墨畫出的人像，畢竟難現真容。可這四幅遺像要都用洋筆法畫出，一個個似活人般逼視著你，那更要嚇死人了。

尋見了那一幅：嘴角斜上方點了一顆很好看的痣，但定神細看，已沒有多少眼熟的感覺。鳳山見過的那個老尼，記憶也模糊了，只是那顆美人痣還分明記得。痣生的地方，也很相符。

汝梅看了看這位生痣的老夫人的牌位，寫明是孟氏。她不敢再抬頭看遺像，慌慌跑了出來。

孟氏。六爺的生母姓什麼呢？六爺的生母真要是孟氏，那鳳山的老尼打聽六爺就有文章了……汝梅不敢細想了，但又被更強烈吸引住。

她不動聲色地問母親，母親居然想了半天也沒想起來：「真還記不得了！以前也是老夫人老夫人地叫，老夫人娘家姓什麼，真還一時記不起來了。梅梅，你問這做甚？」

「也不做甚，我跟她們打賭呢！」

「拿這打賭？沒聽說過。」

「女人嫁到婆家，就沒名沒姓了。貴為老夫人尚如此，別人更不用說！」

「梅梅，你又瘋說什麼！去問問六爺，他該記得外爺家的姓吧？」

「也難說。我就記不得外爺姓什麼了……」

「你又作孽吧！」

汝梅跑出來了。除了失望，她還替這位早逝的老夫人難受：母親記不得她的尊姓，大概也沒多少人記得了。去問六爺！正是不想直接問六爺，才問你們的。

汝梅又問了幾位上年紀的老嬤，也沒問出來。她們都是前頭這位老夫人去世後才進康家的。

真是得直接問六爺？問六爺奶媽，就成。汝梅忽然想起，在六爺的屋裡彷彿就供有先母的牌位吧？好了，去拜見一趟六爺，不就什麼都明白了！

汝梅去見六爺時，他不在，只奶媽在。奶媽對汝梅倒是很殷勤，讓到正屋裡，問長問短的。汝梅卻早已心不在焉：一進正屋，她就看見了那尊牌位：先妣孟氏……

真是孟氏？

汝梅不知自己當時說了什麼，又怎樣離開的。

真是孟氏！

無聊的汝梅，起初也只是想往深裡打探一下，能打探出什麼，打聽出來又該如何，實在也沒多想。現在，一個離奇又可怕的疑象叫她打探出來了，除了驚駭，真不知該如何是好！

鳳山那個老尼，長著一顆美人痣，她問起了六爺，滿臉的憔悴和憂傷。這位同樣長著美人痣的孟氏，她是六爺的生母，可她故去已經十多年了！她們是兩個人，還是一個人？

活人和故人，怎麼能是一個人？

那老尼會是孟氏的姐妹嗎？有這樣一位出家的姨母，六爺他能不知道？

汝梅想不下去了，可又不能不想。跟誰商量一下就好了，可這事能跟誰商量！誰一沾邊，就得倒楣吧。秋天，就是因為她見了那位老尼，叫好幾個下人受了連累。老太爺也很久拒絕見她。

一定捅著什麼要緊的隱祕了。

汝梅真是越想越害怕，也越想越興奮。她當然不肯住手罷休的，至少也得把這一切告訴一個人：那就是六爺。

六爺要願意和她一道，祕密去趟鳳山，那就更好了。

這一次，汝梅是在學館把六爺攔住了。當時，六爺正在何老爺的屋裡高談闊論。

她對何老爺說，有件要緊的事得跟六爺說，能暫借何老爺的雅室一用嗎？何老爺當然答應了，起身迴避而去。

六爺剛燒過幾個菸泡，精神正昂揚呢，見汝梅來見他，很有些掃興。由汝梅，又想到自己那門不稱心的親事，心裡更起了厭煩。

「梅梅，有什麼要緊事，值得這樣驚天動地！」

「六爺，說不定真是一件驚天動地的事！」

「快說吧，就真是驚天動地，跟我也沾不上邊了！」

「你還記得我說過的那件事嗎？秋天，我去鳳山，遇見一個老尼姑，她問起六爺你……」

「梅梅，你又說這沒情由的話！那是你夢見的沒影蹤的事吧？」

「六爺，親眼見的，哪會是做夢！我記得特別清楚，老尼嘴邊生著一顆很好看的痣。近來，我往前頭上香，見一位先老夫人的遺像上，也點著這樣一顆痣！」

「你是說什麼呢？老尼姑扯到老夫人，胡說什麼呢？」

「六爺，聽說你的先母就長著這樣一顆痣，對吧？」

「越說你越來了，又扯我的先母，快住嘴吧！」

「我見到的那個老尼，生著痣，又打聽六爺你，她會不會是……」

「會是什麼？梅梅，是不是奶媽攛掇你來的？又編了一個先母顯靈的故事來規勸我？」

「哪有這回事呀？」

「肯定就是！」

「我規勸什麼？」

六爺正要說「別娶大腳媳婦」，才想起汝梅也是大腳，改嘴說：「你知道！」

「哪有這回事！」

「就是！」

近來，奶媽終於聽說給六爺定的親也是大腳女人，很不滿意。以為一準是現在的老夫人拿的主意，心裡正慪氣呢。奶媽對杜老夫人一直懷著很深的成見，現在更疑心是歧視六爺。可六爺竟然總為老夫人辯解，奶媽哪能受得了？近日正沒完沒了的數落六爺忘記了自家命苦的先母。六爺裡外不如願，心緒更不好。這時，剛抽過洋菸，精神正亢奮，哪有心思聽汝梅小女子的奇談怪論！一味認定她就是奶媽抓來的說客，任怎麼辯解，他根本不聽。

汝梅也沒有辦法，只好離去了。

路上，汝梅忽然想到了六爺的奶媽：跟她說說不也成嗎？這位奶媽伺候過孟氏，她或許也知道些底細。於是，汝梅就直奔六爺住的庭院。

她給奶媽說了在鳳山的奇遇，起先奶媽還聽得目瞪口呆。慢慢地，又起了疑心：「梅梅，是六爺叫你編了這種瞎話，來嚇唬我吧？」

汝梅真是氣惱不已！本想告訴他們一件要緊事，哪想倒陷進這種麻煩中，兩頭受懷疑，誰也不肯細聽你說什麼。六爺跟他奶媽是怎麼了？

汝梅賭氣走了。她心裡想，以後再說吧。

然而，剛隔了一天，母親就忽然跑進她房裡，失神地瞅著她，不說話。

「媽，怎麼了？」

「梅梅！你是往哪兒亂跑來？」

「大冬天，我能去哪兒？哪兒也沒去！」

「還嘴硬呢，我看也是有不乾淨的東西跟上你了！沒事，你怎麼老瞪著眼睛發愣？你自家知道不知道？」

不乾淨的東西，就是指妖鬼一類。汝梅一聽，就疑心有人告發了她了：不是六爺，就是他奶媽！實在說，六爺和他奶媽都給冤枉了，他們並沒把她的胡言亂語當回事。發現汝梅異常的，其實是老夏暗中吩咐過的一個僕傭，她就在六爺屋裡做粗活。汝梅她哪裡能知道！

「誰說我跟上不乾淨的東西了？盡胡說！」

「那你成天發什麼愣？我看見你也不大對勁！」

「我才沒有發愣！」

「聽聽你這口氣，哪像平常說話？梅梅你也不用怕！老夏已經派人去請法師了。」

「請法師做什麼？」

「做法，做道場，驅趕不乾淨的東西。老太爺吩咐了，法師請到以前，不許你再亂跑！」

「老太爺也知道了？」

「老太爺最疼你，能不操心？」

老太爺又驚動了。秋天，因為上鳳山，也驚動了老太爺。

## 6

每年十月十三，城裡的資福寺，也就是東寺，有一個很大的廟會。這個廟會除了唱戲酬神，一向是古董珍玩，裘綺估衣，新舊家具的交易盛會。因為太谷富商財主多，古玩就既有市場，也有蘊藏。發了家的要收藏，敗了家要變賣，生意相當隆盛。各地的古董商雲集太谷，會期前後延綿一個月。

康笏南嗜好金石，每逢此會，都少不了逛幾趟，希圖淘點寶。他是本邑大財主，亮出身分，誰還不想著法兒多撈他一把？他越是喜愛的東西，人家越會抬價。所以，每年逛會，他都要精細化裝，微服出行。長此以往，這種偽裝能管多少用，倒在其次了，只是這偽裝出行卻成了一件樂事。東寺廟會一到，康笏南就來了躍躍欲試的興奮。

也不獨是康笏南一人愛化裝出行，來淘寶的大多這樣詭祕不露真相。與此成為對照的，倒是富家的女眷要盛裝出行，赴會看戲遊逛，展露豐姿。那時的風氣，冬裝才見富貴。這冬日的盛會，正給她們一個披掛裘皮呢料的機會。所以除了古董珍玩，還有仕女如雲，難怪會期能延綿那麼長。

今年天下不靖，兵荒馬亂，正是古玩金石跌價的年分。入冬以來，又不斷有消息說，洋人一邊議和，一邊圖謀西進奪晉，紫荊關、大同等幾處入晉的孔道，尤其是東天門固關，軍情一再危急。鬧得人心浮動，大戶富室更有些恐慌。驚慌過度的，或許會將什麼寶物甩了出來？所以，康笏南覺得今年的東寺廟會還是有趕頭的。自然了，他仍有淘寶的興致，是看出洋人西進是假，威逼朝廷答應那十二款是真，無非再多訛些銀子，多占些便宜吧。

城裡孫家的府第，就在東寺附近。既與孫家定了親，康笏南今年就想叫六爺一道去趕會淘寶。六爺似乎有些不大情願，康笏南就把何老爺也請出來了。三人同行，尋覓古雅，又不與商沾邊，還有什麼不願意！

那今年裝扮什麼行頭？

管家老夏建議，還像前年似的，戴副茶色石頭眼鏡，罩一件布袍，裝作一位家館塾師就成。六爺是跟著的書僮，何老爺是跟著伺候的老家人。

何老爺一聽就火了：「我出門，什麼時候有過這種排場？書僮，老家人，何不再跟一個管家？要跟個老家人，老夏你去才合適，名副其實，也不用裝扮！」

康笏南笑了，說：「哪能叫何老爺給我扮下人！今年我不聽老夏的，只聽何老爺的高見！」

何老爺說：「我一個老家人，能有什麼高見！」

康笏南就說：「老夏，看看你，看看你！好不容易請何老爺陪我一回，你倒先給得罪了。我看，你就當著我們的面，給何老爺磕個頭，以為賠禮。」

老夏忙說：「我只是建議，又未實行。」

何老爺說：「叫他這麼賠禮，我可不稀罕。拉倒吧，不叫我扮下人就成了。」

康笏南說：「看看，還是何老爺有君子氣度。那就聽聽何老爺高見，我們三人怎麼出行？」

何老爺說：「要我說，今年老太爺就什麼也別扮了，到東寺會上顯一次真身！」

老夏笑了：「何老爺的高見倒真高！」

康笏南說：「我看何老爺這主意不俗，一反常態。」

何老爺說：「今年時局不靖，人心浮動。老太爺坦然往東寺趕會，能淘到東西淘不到東西，我看都在其次了，穩穩人心，也是積德呀。」

康笏南一聽，才真覺何老爺說到要緊處了：「何老爺，就照你的，我們什麼也不扮了。你說得很對，時局往壞裡走，再值錢的古物吧，誰還能顧上疼它！」

何老爺這才痛快出了一口氣。

十月十六進城，康笏南有意節儉，只叫套了兩輛車，吩咐何老爺坐一輛，六爺跟他坐一輛。六爺憚於跟老太爺擠一處，何老爺也不便比老東家還排場，六爺就跟何老爺擠了一輛。一路上，師生二人倒是說說笑笑，並不枯索。

車先到天成元，進鋪子裡略暖和了一陣，康笏南就坐不住了，執意要動身。孫北溟見老東臺既不偽裝，也沒帶多少下人，就要派櫃上幾位夥友跟了伺候。康笏南堅決不許。

六爺跟了興致很高的老太爺往東寺走，實在提不起多少精神。老太爺卻不管他，只管說：「東寺以南那大片宅第，就是孫家了。孫家比我們康家發家早，富名也大。咸豐初年，為了捐輸軍餉，有一位叫章嗣衡的廣西道監察御史給朝廷上摺，列舉天下富戶，內中就有太谷孫家，言『富約兩千餘萬』。哈哈，他哪能知道孫家底細！」

何老爺就問：「老東臺一定知道了？」

「我也不知。所以才笑那位監察御史！」

「六爺做了孫家東床快婿，終會知底。」

六爺冷冷說：「我才不管那種閒事！」

東寺西側有一頗大的空場，俗稱東寺園。廟會即展布在這裡。剛入東寺園，倒也覺得盛況似往年，人潮湧動，市聲喧囂。

但往裡走不多遠，康笏南就發現今年不似往年：賣尋常舊物的多，賣古玩字畫的少。越往裡走，越不成陣勢，像樣的古董商一家都沒碰上。滿眼都是日用舊物，賣家比買家多，生意冷清得很。生意稍好些的，大多是賣吃喝的。往年的盛裝仕女，更見不著了。人潮湧動中，一種可怕的荒涼已分明浮現上來。化裝不化裝吧，誰還來注意你！

康笏南心裡已吃驚起來：時局已頹敗成這樣了？早知如此，還出來做甚！但大面兒上他還是努力顯得從容，繼續遊逛。

何老爺倒一味東鑽西串的，興致不減。忽然跑來對康笏南說：他發現了一幀明人沈周的冊頁！

康笏南一聽沈周冊頁，心裡就一笑。跟過去一看，果然又是贋品。冊頁上那一方沈周的鈐印倒是真的，但此外的所有筆墨都係偽作。沈周是明代書畫大家，畫作在當時就值錢。只是，此公太忠厚了，常為那些困頓潦倒的作偽者，慷慨鈐自己的印。所以此類偽作流傳下來的也多。這類贋品康笏南早遇見了多次。不過看這幀偽作，筆墨倒也不是太拙劣。即使贋品，也是明朝遺物，存世數百年了。

康笏南就說：「報個價吧。」

賣家立刻就訴苦說：「作孽呀！不是遇了這樣的年景，哪捨得將這家傳寶物易手？實在是鎮家之寶……」

何老爺說：「你先報個價，別的少說！」

賣家說：「我看幾位也是識貨的，你們給多少？」

康笏南就說：「五兩銀子。」

「五兩？」賣家驚叫起來，「識不識貨呀？聽說過沈周是誰嗎？你們就是給五十兩，也免談！五兩，買草紙呢？」

康笏南一聽賣家至多只要五十兩，就知道自己的判斷不錯。於是說：「五十兩銀子倒是有，可還得留著全家度春荒呢。就富裕這五兩銀子，不稀罕，拉倒。」

賣家說：「銀子不富裕，也敢問價？」

何老爺瞪了眼說：「你既擺出來賣，還不興問價了？」

康笏南忙說：「我們是買了巴結人的，僅能出五兩銀子。不賣，掌櫃的你就留著吧。」

「五兩？這不是辱沒人嗎！」

「走了，走了，尋件別的雅物去。」

說時，康笏南起身離去，何老爺和六爺也跟著走了。還沒走幾步呢，賣家就招呼：

「幾位，能添點不能？這是什麼貨！孝敬好此道的，保你們嚇他一跳！回來再看看是什麼貨！」

康笏南站住說：「真是件正經東西？」

「不是正經東西，我早賣給你了！」

「太值錢了，我們也不要。自家不好此道，只是一時孝敬別人，略盡禮數，也無須太值錢了。」

「東西是正經東西，可惜今年行市太不強。能添多少？」

「僅做一般禮品，真添不了多少。」

還了幾次價，終以十兩銀子成交。

離開賣主後，何老爺驚嘆道：「老太爺真是殺價高手！」

康笏南說：「太貴了，我怕你不敢收！」

「替我買的？」

「送何老爺的。」

「平白無故的，送禮給我？」

「權作冬日炭敬吧。」

「絕不敢當！」

「何老爺，這幀冊頁實在也值不了多少銀子。值錢的就上頭鈐的那方篆印，那確是沈周的真跡。畫是不是沈的筆墨，不敢定。但畫品也不算劣，又是前朝舊物，賣得好，倒也真值幾十兩銀子。」

「原來是贗品才賞給我呀？」

「何老爺最先發現，當然得歸你。留作一般應酬送禮，真也不能算俗。」

兩人正說呢，六爺指了指前面，說：「那麼熱鬧，賣什麼的？」

康笏南抬頭一看，吃了一驚：「哪是做買賣？是捨粥的！快去問問，那是官家捨粥，還是誰家捨粥？」

六爺走進那熱氣騰騰的人堆裡，一問，竟是孫家在捨粥。

回來一說，老太爺就招呼道：「快回，快回，不逛了。」

何老爺問怎麼了，他也不說明，只是匆匆直接往回走，跟隨伺候的下人還得趕趁了才能跟上。

回到天成元，康笏南就問：孫家捨粥，櫃上知道不？

孫北溟說：「聽說了。近日城裡已有凍死的。一些外來流民和本地敗家的生計已難維繫。」

康笏南厲聲問：「怎麼不告我？」

孫北溟說：「我們也有難處了。」

「康家也到東寺會上支棚捨粥！花銷不用你們櫃上出，只借你們幾位心善的夥友，到粥棚張羅張羅，成不成？」

「老東臺儘管吩咐。」

# 第十章　戰禍將至

## 1

秦腔名伶響九霄突然登門來訪，把邱泰基嚇了一跳。

那時代，伶人是不便這樣走動的。邱泰基雖與響九霄有交情，可也從未在字號見過面。而現在，響九霄又忽然成為西安紅人，常入行在禁中供奉，為西太后唱戲，邱泰基就是想見他，也不像以前那麼容易了。今天不速而至，準有不尋常的緣由。

雖是微服來訪，響九霄的排場也大了，光是跟著伺候的就有十來位。西號的程老幫見了這種陣勢，就有些發怵，直把邱泰基往前推。響九霄也只是跟邱泰基說話，不理別人。邱泰基只好出面，把響九霄讓進後頭的帳房。這時，三爺不在櫃上，想吩咐人趕緊去叫，又怕響九霄不給三爺面子，弄下尷尬，作罷了。看響九霄現在的神氣，眼裡沒幾個人。

「郭老闆有什麼吩咐，派人來說一聲，不就得了！是信不過我們吧，還親自跑來？」

「邱掌櫃，我是來給你賠不是的，不能不來。」

賠不是？這可叫邱泰基更感意外了：話裡藏著的，不會是小事。他故作驚慌樣，說：「郭掌櫃不敢嚇唬人！我們哪有得罪，該罵就罵……」

「哈哈，邱掌櫃，你也跟我見外了？」

「哪是見外！郭老闆現在是貴人了，聽說那些隨駕的王公大臣都很給你面子呢！我們還跟以前似的，就太不懂事了……」

說時，邱泰基正經施起禮來。

「邱掌櫃，越說你見外，你越來了。我一個唱戲的，能成了貴人？我是偷偷給你說，禁中供奉，誰知將來能落個什麼結果！」

畢竟是伶人，還有閒雜人等在跟前呢，就說這種話。邱泰基真擔心他說出「伴君如伴虎」來，趕緊接住說：

「郭老闆的本事，我還不知道？託了皇太后的聖恩，你已經一步登天，名揚天下了，還想怎麼著呢？聽說在京師供奉禁中的汪桂芬、譚鑫培幾位，都封了五品爵位。不定哪天太后高興了，也要封你！」

「邱掌櫃，你是不知道，進去供奉，哪那麼容易？時刻提著腦袋呢！」

越怕他說這種話，偏說，真是個唱戲的，心眼不夠。邱泰基忙岔開說：「郭老闆，你說來賠不是，是嚇唬人吧？」

「真是賠不是來了。我一時多嘴，給貴號惹了麻煩！」

邱泰基聽出真有事，就不動聲色吩咐跟前的夥友：還不快請郭老闆底下的二爺們出去喝茶，有好抽一口的，趕緊點燈燒菸泡伺候。一聽這話，跟進來的幾位隨從都高高興興地出去了：看來都好抽一口。

下人都走了，就剩了主客兩位，邱泰基才說：

「郭老闆，不會見怪吧？你我多年交情，斗膽說幾句知心話，不知愛聽不愛聽？」

「怎能不愛聽？我今日來，就想跟郭掌櫃說說知心話！」

邱泰基以往跟響九霄交往，也不是一味捧他，時不時地愛教導他幾句。響九霄倒也愛聽，因為邱掌櫃的教導大多在情在理，也愣管用。伶人本沒多少處世謀略，有人給你往要緊處指點，當然高興聽了。所以，他把邱掌櫃當軍師看呢，交情不一般。正是有這一層關係，邱泰基才想再提醒他幾句。現在，人家大紅大紫了，你也跟著一味巴結，恐怕反叫人家看不起。

「郭老闆，你能喜獲今日聖眷，怕也是祖上積了大德，你就不珍惜？」

「邱掌櫃是話裡有話呀！我整天提心吊膽的，咋就不珍惜了？」

「以前，我跟官場打交道比你深，宦海險惡也比你深看幾分。你能出入禁中，常見聖顏，一面是無比榮耀，一面也真是提著腦袋！」

「這我比你清楚，剛才不說了嗎？」

「你不知珍惜，就在這個『說』字上！這種話，你怎麼能輕易說出口？」

「邱掌櫃，我不是不把你當外人嗎？」

「我們是多年交情，可跟前還有一堆下人呢！」

「下人們，他誰敢！」

「郭老闆，你這哪像提著腦袋說的話？不說有人想害你，就是無意間將你這類話張揚出去，那也了不得呀！你說話這樣不愛把門，手底下的人也跟你學，說話沒遮攔，哪天惹出禍來，怕你還不知怎麼漏了氣呢！」

「邱掌櫃，你這一說，還真叫我害怕了！」

「郭老闆，伴君如伴虎，這幾個字你得時時裝在心頭，可絕不能掛在嘴頭！伴君頭一條，就得嘴嚴，什麼都得藏著，不能說。唱戲是吃開口飯，嘴閒不慣，可你就是說廢話、傻話、孫子話，也不敢說真話！不光是心裡想說的不能說，就是眼見到的，也萬萬不能輕易說！宮中禁中見到的那些事，不能說；王公大臣跟前經見的事，也不能說。禍從口出，在官場尤其要緊。」

「邱掌櫃，你真算跟我知心！這麼多巴結我的人，都是跟我打聽宮中禁中的事，唱了哪一齣，太后喜歡不喜歡，她真能聽懂秦腔，太后是什麼打扮，皇上是什麼打扮，沒完沒了！連哪些王公大臣，也愛打聽。就沒人跟我提個醒，禍從口出！」

「郭老闆飛黃騰達，我們也能跟著沾光。誰不想常靠著你這麼一個貴人！你能長久，我們沾的光不更多？」

「可除了邱掌櫃你，他們誰肯為我長久做想？都是圖一時沾光！」

「誰不想知道宮中禁中情形呢？你多留個心眼就是了。尤其那班王公大臣，跟他們說話既得有把門的，又不能得罪人，心眼更得活。」

「邱掌櫃，你可說得太對了，這班大人真不好纏！我來賠罪，也是因這班大人給鬧的。」

「老說賠不是，到底什麼事？」

「我能常見到的這幾位王公大臣，都是戲癮特大的。隨駕來西安後，也沒啥正經事，閒著又沒啥解悶的，就剩下過戲癮了。人家在京師是聽徽班戲，咱西安就張樂領的那麼個不起山的徽戲班。叫去聽了兩出，就給攆出來了。有位大人跟我說：『張樂也算你們西安的角兒？那也叫京戲？還沒我唱得道地呢！』我跟他們說：張樂本來也不起山，西安人也沒幾個愛聽徽班戲的。」

這是又扯到哪了？到底出了什麼事，扯半天了，還是一頭霧水！但響九霄以前就有這毛病，現在成了貴人了，你能叫他別囉唆？邱泰基只好插了一句：

「那他們能愛聽你的秦腔？」

「他們才聽了幾天秦腔，能給你愛聽？可太后喜愛呀，他們不得跟著喜愛？太后召我們進宮，那是真唱戲。這些大人召我們進府，那可不叫唱堂會！」

「那叫唱什麼？」

「唱什麼，陪他們玩票！有幾位真還特別好這一口，每次都要打臉扮相，披掛行頭，上場跟我們攪。那哪是唱戲，亂亂哄哄，盡陪了人家玩鬧！」

「這麼快，他們就學會吼秦腔了？」

「哪兒呀，人家用京腔，我們用秦腔，真是各唱各的調！邱掌櫃你是沒見那場面，能笑死人了。」

「那些人，不就圖個樂兒嗎？只是，郭老闆，你說惹了個什麼事……」

「這就說到了。皇太后的萬壽就在十月，邱掌櫃不知道吧？」

「我一個小買賣人，哪能知道這種事？」

「太后的壽辰就在十月。以往在京師，太后過壽辰那是什麼排場？今年避難西安，再怎麼著，也不能與京師相比。太后跟前的李總管早就對我說了，你賣些力氣，預備幾齣新戲，到萬壽那天，討老佛爺一個喜歡。我說，那得揀老佛爺喜歡的預備，也不知該預備哪幾齣？李總管就不高興了，瞪了眼說：『什麼也得教你？』我哪還敢再出聲！出來，我跟一位王爺說起這事，王爺說：『李總管他也是受了為難了。這一向，誰在太后跟前提起過萬壽，太后都是良久不語，黯然傷神，臉色不好看。』我問：『太后那是有什麼心思？』王爺說：『連李總管都猜不透，誰還能知道！』」

這又是扯到哪了！叫他多長心眼少說話，看看吧，越說越來勁，越說越詳細。小人得志，真沒治了。

「郭老闆，宮中那些事，你還是少說些吧，就不怕隔牆有耳？」

「這都跟你們有關，不能不說。這位王爺，我就不跟你說是誰了。反正就在他府上，玩票玩罷了，正卸妝呢，他忽然問我：『你跟山西票莊那些掌櫃熟不熟？』邱掌櫃，我真是嘴上沒遮攔，張口就說了：『倒還有幾位，交情不一般！』人家跟著就問了：『太谷有家姓康的財主，也是開票號的，在西安有沒有字號？』我說：『有呀！字號叫天成元，掌櫃的跟我交情也不淺。』看看我，張嘴把什麼都說了！」

邱泰基忙問：「這位王爺打聽敝號做甚？」

「當時我也問了，王爺說：『是太后跟前的崔總管跟我打聽，我哪兒知道？』前兩天，我才明白了：崔總管打聽貴號，是想為太后借錢辦萬壽。」

「跟我們借錢辦萬壽？」

「邱掌櫃，我實話跟你說了吧。」響九霄就放低聲音說，「崔總管跟你們借錢，辦萬壽只是一個名義，其實是給太后多斂些私房，討她高興。多說經歷了這一回逃難，太后是特別迷上私房錢了！」

「要跟我們借錢攢私房？」

「要不我一聽就慌了。早知這樣，我也不多嘴了。多了幾句嘴，給你們惹了大麻煩。崔總管尋上門來，你們不敢不借，借了，哪還能指望還帳？惹了這麼大禍，我哪能對得住邱掌櫃！」

聽了這消息，邱泰基知道要倒楣：遇上天字第一號的打劫了！可這也怨不著響九霄，他就是不多嘴，人家也能打聽到天成元。不看這是誰打劫呢！響九霄能先來送個訊，也該感激的。就說：

「郭老闆，你心思太多了。能孝敬皇太后，是我們一份天大的榮耀，哪能說是麻煩？」

「貴號不怕太后借錢？那我就心安多了。」

「遇上今年這種行市，天災戰亂交加，哪還能做成生意？敝號也空虛困頓，今非昔比了。可孝敬皇太后，我們就是砸鍋賣鐵，也不敢含糊！」

響九霄很囉唆了一陣，才起身告辭，邱泰基卻早已心急如焚。

## 2

邱泰基已聽同業說過：西太后到西安後變得很貪財。加上祁幫喬家大德恆那樣一露富，很叫太后記住了西幫。來西安這才多少天，已跟西幫借過好幾回錢。可那都是戶部出面借錢，帳由朝廷揹著，這回輪到跟天成元借錢了，卻成了宮監出面，太后記帳！太后張了口，誰敢駁呀？可放了這種御帳，以後跟誰要錢去？

太后張口借錢，那也不會是小數目！

所以，響九霄一走，邱泰基就趕緊去見三爺。

三爺是財東，來西安後自然不便住在字號內。但在外面想賃一處排場些的住宅已很不容易。兩宮避難長安，等於把京都遷來了，隨扈大員浩蕩一片，稍微排場些的宅第還不夠他們爭搶呢。幸好邱泰基在西安經營多年，門路多，居然在擁擠的城內，為三爺賃到一處還算講究的小院，只是離字號遠些。三爺已十分滿意，常邀邱泰基到那裡暢談。

這天邱泰基趕到時，三爺正在圍爐小酌。

邱泰基就說：「三爺，這都什麼時候了，才吃飯？」

三爺見邱泰基意外而至，很高興，說：「你是聞見酒香才來的吧？後晌又冷又悶，也沒人來！」

「這屋裡夠暖和了。這麼嫌冷，那你在口外怎麼過冬？」

「在口外天天吃羊肉，喝燒酒，身上熱呀！這不，我叫他們燉了個羊肉砂鍋。邱掌櫃，我看你是聞見酒香肉香才來的，趕緊坐下喝兩口！」

「我可是有件急事，來見三爺！」

「再急吧，能耽誤你喝兩口酒？」

「三爺，真是一件天大的急事！」

「邱掌櫃，你說西安的天能有多大？京師丟了，都擠到西安，西安能有多大的天？先喝口酒再說！」

看看三爺，也不像醉了。邱泰基只好先喝了一盅燙熱的燒酒，真似吞火一樣。他倒也能喝燒酒，只是平日應酬愛喝黃酒，米酒。在口外這一年，應酬離不了燒酒，但也沒能上癮。燒酒喝多了，也易誤事。三爺常隱身口外，喝燒酒跟蒙人似的，海量，他可陪不起。

三爺見他跟喝藥似的，不高興了，說：「邱掌櫃是不想陪我喝，對吧？」

邱泰基趕緊說：「真是有一件很急的事跟三爺商量！」

「京師都丟了，還能有什麼急事？除非是洋人打進到西安了，別的事，都沒喝酒要緊！」

「三爺，是關乎我們天成元的急事！」

「咱自家的事，更無須著急了。先喝酒，邱掌櫃，你再喝一盅！」

看三爺不像醉了，怎麼盡說醉話？遇了火上房的急事，三爺偏這樣，好像是故意作對似的。邱泰基也只好忍耐著，又喝了一盅。

「邱掌櫃，你吃口羊肉！喝燒酒，你得搭著吃肉，大口吃肉。不吃肉，燒酒就把你放倒了。」

「吃羊肉，我不怕，喝燒酒可真怕！」

「那你還是在口外歷練得少！多住兩年，保你也離不開燒酒。」

「三爺，這麼快就重返西安，可不是我想這樣。」

「邱掌櫃，快不用說了！早知時局如此急轉直下，一路敗落，我寧肯留在口外，圖一個清靜！」

「這一向，口外也不清靜。」

「再怎麼不清靜，洋人也沒打到歸化、包頭！邱掌櫃，你老是勸我出山，勸我到大碼頭走走，這倒好，正趕了一場好戲，整個朝廷敗走京師！」

三爺真是喝多了，怎麼盡說這樣的醉話？三爺是海量，難得一醉。是心裡有什麼不痛快？到西安後，三爺一直興沖沖的，並不見怎麼憂慮喪氣。前幾天，又聽說西太后很想遷都長安，就窩在這裡長治久安，不走了。三爺對此甚不滿意，還關住門罵了幾聲。這點不痛快，還能老裝在三爺心裡，化不開？遇到了這麼個朝廷，你化不開吧，又能怎樣！

趁三爺提到朝廷，邱泰基趕緊接住說：「三爺，我說的這件急事，也是由朝廷引起……」

「朝廷？朝廷又要怎樣？」

邱泰基就把響九霄透露的消息簡略說了說。

三爺沒聽完，就有些忍不住了，很不屑地哼了一聲，說：「位居至尊，也能拉下臉來討吃？」

邱泰基說：「太后討吃，給少了哪能打發得了？」

「八月路過山西時，我們西幫剛剛打發過他們，這才幾天，怎麼又來了？西幫成了你們的搖錢樹了？」

「我看就怨那次露了富。尤其祁縣喬家，一出手就三十萬！你們這麼有錢，朝廷能忘了你？」

「我家老太爺也不甘落後呀！為看一眼聖顏，也甩出幾萬……」

看來，三爺真是有些醉了，居然數落起老太爺來。邱泰基忙拉回話頭，說：「三爺，太后跟前的崔總管真要來借錢，我們借不借？」

「不借！不管誰來了，你就跟他說：我們也討吃要飯了，哪還有銀錢借給你們！」

「三爺，這麼說，怕打發不了吧？」

「打發不了，他要咋，要搶？」

三爺今天是怎麼了？說話這麼火暴，好像又退回一年前在口外時的那種樣子，專尋著跟你爭強鬥勝。他跑西安來，興沖沖想張羅點事，露一手給老太爺看，可遇了這種殘敗局面，處處窩火，終於忍耐不下了？可你再火暴，又能如何！畢竟是初當家，畢竟是在口外隱身得太久了。

邱泰基冷靜下來，說：「那就聽三爺的，不借。皇太后親自來，咱也不借！來，我們喝酒！」

三爺見邱泰基這樣說，口氣倒軟了，問：「邱掌櫃，你說，我們要是不借，他們會怎樣？」

「管它呢，反正三爺你也不怕。喝酒！」

「我想聽聽你的高見，我們不借，太后會怎樣？」

「會怎樣？想殺想剮，那還不是一句話！可要殺要剮，我們也不怕！」

「邱掌櫃，我的命太不濟！熬了多少年，剛接手主事，就遇了這樣一個千載難遇的年景。年初還好好的，一片喜氣洋洋，才幾天，大局就呼啦啦倒塌下來，至今沒有止住。祖上留下的生意倒了一半！老太爺主事四十多年，啥事沒有，我剛主事才幾天，呼啦啦就倒了一半！我是敗家的命吧？」

三爺心裡果然窩著氣。可這樣窩氣，還是顯出嫩相來了。出了這樣的塌天之禍，能怨著你什麼事！

「三爺，你哪是命不濟？是命太強！你一出山，就把大清的江山震塌一半！乾脆，你再抖擻精神發發威，把留下的這一半也給它震塌算了，省得太后來跟我們討吃打劫。」

「邱掌櫃，你還有心思說笑話！」

「三爺，我可不是說笑話！今年出了這麼大的塌天之禍，正經主事的西太后還不覺咋呢，該看戲看戲，該過壽過壽，該打劫打劫。三爺你倒仁義，也太自命不凡，愣想把這塌天之禍攬到自家頭上，好像誰也不該怨，就怨你命硬，給妨的！八國聯軍正想懲辦禍首呢，太后、載漪、剛毅、董祥福都不想當禍首。只有三爺你想攬過來當這禍首，可洋人認不認你？懲辦了你，能不能解了洋人的氣？」

三爺不說話了，愣了半天，才問：「邱掌櫃，你這是笑話我吧？」

邱泰基說：「我這是給你醒酒！」

「我沒喝醉，醒什麼酒？你是笑話我。」

「我只是笑話三爺說的醉話。」

「我說什麼醉話了？我只說時局，說祖宗的大業，誰喝醉了還扯這種正經事？」

「我說也是，管它塌天不塌天呢！就真是大清江山全倒塌了，我們也得做自家的生意。」

「我憂心如焚的，也是我們的生意呀！」

「那就水來土掩，兵來將擋吧。三爺，你不敢太著急，更不能先滅了自家威風，剛出點事，就埋怨自家命不濟！」

「你倒說得輕巧，剛出點事！京師失守，朝廷逃難，天塌了一半，誰遇見過？」

「三爺，叫我說，你剛出山，就遇此大難，正給你一個顯露大智大勇的良機！要是平平安安，哪能顯出你來？」

三爺這才像來了精神，擊案道：「邱掌櫃，這才像你說的話！那你說吧，我們如何一顯大智大勇？」

「三爺，你又著急了吧！眼下，我們先說放不放這筆御債？」

「明裡不借給，當然不成。能不能想一個不借的妙著？」

「叫我看，不用費這種心思了。這件事，明擺著就一條路：借。要多少，得借給人家多少。戶部跟我們借錢，還能尋個藉口，推脫一下。太后她私下來打劫，我們哪還能推脫！連太后的面子都敢駁，不想活了？」

「那還有什麼商量的！」

「借，是非借不成。怎麼借，也有文章可做。太后過萬壽，我們孝敬了，也不能白孝敬吧？總得賞給我們些好生意做吧？再則，我們以現銀短缺為由，也可將孝敬的數目往下壓：先寫張大額銀票，看他要不要；不要銀票，那就太對不住了，敝號現銀實在有限！近來西安銀根奇缺，沒人想要銀票，太后聖明著呢，她能想要銀票？」

「邱掌櫃，你心中既有了譜，就放心張羅你的吧。」

「三爺，你得定個大盤：最多，我們孝敬她一個什麼數？」

「你看多少合適?」

「叫我看，要借現銀，少於一萬兩，怕打發不了;寫銀票，倒可多些，至五萬。估計他們不收銀票，不妨大方些。」

「還大方呢，太寒磣了吧?畢竟是御債。」

「咱就為落這麼個寒磣的名兒，再一甩幾十萬，以後更不能活了。再說，櫃上的現銀也實在緊巴。」

那時的西安，也算是個大碼頭。可朝廷行在浩蕩一片，忽然湧來，光是那龐大的花費，西安就難以容納。物價飛漲，銀根奇缺，那是必然的。西幫各大號雖在西安都開有分號，可原先那點規模，哪能支應了這樣的場面?加上拳亂蜂起時，為安全計，不少票莊匆匆將存銀運回了祁太平老號。現在，朝廷駐鑾西安，各路京餉都往這裡解送，眼看大宗大宗的生意湧過來，卻不敢很兜攬。朝廷這頭，是緊等著用現銀，你接了匯票，兌不出銀子，那不是找倒楣嗎?所以，雖承陝西撫臺岑春煊的關照，江南米餉可先緊著大德通、天成元等幾家大號兜攬，也不敢承攬多少。攬多了，西安這頭沒法兌現。

邱泰基動員程老幫，一再致電致信老號，正有大宗生意待做，望能緊急調運些現銀過來，也不知怎麼了，孫大掌櫃只是按兵不動。理由是路途不靖，運現太危險。這明顯是託詞:據走票的信局說，太原來西安這一路，眼下算是好走的。邱泰基以為自己和程老幫位卑言輕，就請三爺出面催問，居然也沒有結果。三爺就有些上火，又給老太爺去信訴苦，老太爺回信說:你少干涉號事吧。

三爺心裡鬱悶，與此也大有關係。他聽了邱泰基的寒酸之論，就以為邱掌櫃想以此筆御債，逼老號運現。既想如此，何不多放御債?就說:

「就怕太寒酸了，得罪太后。雖尊為太后，我看她也是小心眼。我們想省錢，反落一個觸犯天顏，太不合算吧？」

「三爺，你現在又大方了！櫃上的底子，你也不是不知道，都來借錢，沒人存錢，只進匯票，不進銀子，我們拿什麼裝大方？」

三爺也只好長嘆一聲，說：「由你張羅吧，喝酒！」

沒過幾天，西太后跟前的宮監二總管崔玉桂，果然親自光臨了天成元的西安分莊。按事先的計議，三爺與邱泰基出面支應，沒讓程老幫露面。

崔總管嗓音尖利粗糙，說話也不客氣，進來就問：「這是太谷康財主家的字號嗎？」

邱泰基忙指著三爺說：「小號正是。這就是小號的少東家……」

崔總管掃了三爺一眼，打斷邱泰基的話，說：「那在徐溝覲見太后的，是誰？」

三爺忙說：「是家父。」

崔總管依然揚著臉說：「當時，就是我帶他進去見的太后！」

三爺說：「我們一直牢記著呢。」

崔總管說：「記的就成。眼看就是太后的萬壽了，可西安這地界要嘛沒嘛！我來跟你們借倆錢，回去給太后辦壽辰。聽明白了吧？」

三爺說：「聽明白了。」

邱泰基也趕緊說：「皇太后萬壽，我們也該孝敬的！崔公公說借，我們可就罪過大了。」

崔玉桂就瞪了邱泰基一眼，說：「我不說借，說搶？太后有交代，跟字號借錢，記她帳上，回京後還人家。聽明白沒有？」

邱泰基說：「明白了。」

崔總管眼瞪得更大了，喝道：「那還愣著幹麼？」

邱泰基故作驚慌狀，說：「不知崔公公今日駕到，也沒準備……」

崔總管臉上怒色畢現，厲聲斥問：「怎麼，響九霄沒來跟你們說？」

響九霄來送訊，原來是跟崔總管通了氣的？還以為他不忘舊誼，偷偷給送訊來了。這個戲子，倒真會演戲！明明是入夥打劫，還裝著是行善！邱泰基只顧了驚訝，一時竟沒答上話來。

三爺這才趕緊說：「響九霄來過，可他也沒告我們一個準日子。」

崔總管厲聲喝道：「少廢話！哪位是掌櫃？快替爺爺寫張借條！」

邱泰基忙問：「不知要借多少？」

崔總管反問：「你們能借給多少？」

邱泰基說：「西安碼頭不大，敝號原本也做不了多大的生意，加上拳亂的禍害，更……」

崔總管又喝住，說：「盡說廢話！到底能借多少？」

邱泰基說：「要借現銀，櫃上僅有存底一萬兩；要寫銀票，也只能有五萬的餘地。」

「那好，就借你們一萬兩現銀，再寫五萬兩的匯票，算六萬兩，湊個吉數！」

真沒想到，這位凶眉惡眼的大宮監，居然來了個一網打盡，現銀匯票全收了！邱泰基原本是拿五萬匯票虛晃一槍，只想借出一萬了事，哪想竟賠了夫人又折兵？

崔總管此話一出口，邱泰基和三爺都目瞪口呆了。

## 3

遭了這樣一次打劫，邱泰基真是沮喪之極：遇了大場面，自家的手段竟如此不濟！走了這樣一步臭棋，把三爺也連累了。

三爺倒是極力寬慰他：遇上頂天的太后打劫，誰也得倒楣。還是想想辦法，多做些生意吧。

與邱泰基及程老幫一道計議後，三爺決定返回太谷，親自去說服孫大掌櫃。西安銀根奇缺，正是做銀錢生意的好時候。趕緊調些現銀來，就能占一個先手。近來西安城外，到處可見各地奔來的運銀橇車。內中，雖然官兵解押的官銀橇居多，但鏢局押送的商家銀橇也有一些了。再不行動，將坐失多大的一份良機！現在，全國的銀錢都在往西安調動，眼看著生意滾滾，卻不能放手兜攬！這不是作孽嗎？

陰曆十月正是天寒地凍的時候，三爺要跋涉返晉，邱泰基有些於心不忍，想替代，自家又沒有這樣的自由身。所以，他一再表示，回去務必給孫大掌櫃交代清楚，西號損失的這六萬兩銀子，不干程老幫什麼事，更不干你三爺的事，全賴他邱泰基一人。

另外，邱泰基還託三爺帶了一封家信回去。

在三爺回來前，天成元老號的孫大掌櫃已經收到西號的一封信報，報的就是被西太后打劫的事。放了這樣一大筆債出去，按規矩也得及時報告老號，何況還是一筆幾乎有借無還的御債。信報中，邱泰基獨攬了責任，特別言明與程老幫無關。

孫北溟看過信報就大不高興。遇了皇太后來打劫，不破財當然不成，可也不能給劫去六萬呀？在今年這年頭，六萬是個什麼數目！就是在好年景，你西安莊口幾年才能淨賺到六萬？要知這樣，何必調你邱泰基趕赴西安！你那本事都哪去了？

在孫北溟想來，這個邱泰基一定是有些好了傷疤忘了痛。見這麼快就調他重返西安，一準又得意忘形了。巴結官場，一向就出手大方，現在巴結朝廷，那還不得更張狂！

可你也不看看今年是什麼年景！

要在平時，拿這點錢巴結朝廷，真也不算多。可在庚子年遭遇了塌天之禍後，對天成元這樣的大字號，也不是小錢了。

自京津失守後，除了京津兩號全毀，直隸、山東、關外、口外的莊口，也幾近被毀。不是遭搶劫，就是關門歇業，勉強開業的，也沒什麼生意可做。兵禍不斷，匪盜蜂起，郵路受阻，匯路自然也斷了。在此危困中，這些莊口的大部分夥友，輾轉跋涉，逃回山西避難。天成元一家，就陸續有近百名夥友回來避難。康笏南發了話：不可開缺了這些夥友，也不可斷了這些夥友的辛金。老太爺他倒仁義之至了，可孫北溟就發了愁。這麼多人，不賺錢，只花錢，字號哪能受得了！

今年雖是天成元新帳期的頭一年，生意還沒有鋪開大做，但損失也意外的慘重。近幾個月來，老號帳房一直在估算京津等歇業分號的損失。僅被搶劫的現銀，加上各莊口欠外及外欠的帳目，總數只怕幾十萬兩銀子也擋不住！因為不少莊口的帳目，亂中被毀，人家的存款，即欠外的，你賴不掉；可你放貸出去的款項，也即外欠的，卻無從追討了。所以，欠外，外欠，都得算損失。這樣龐大的一筆損失，將來怎麼兌付？逼著東家傾家蕩產？

這麼多莊口關門歇業，等於塌了半壁江山，餘下一半，也難有作為。戴膺到了上海，也沒有什麼喜訊傳來。上海生意的大宗，在洋貨的集散。遇了今年這種洋禍，南方雖未波及，各碼頭進洋貨也暫避風頭，沒有多大勁了。貨流少，銀錢流動也少，票莊也就沒有多少匯兌可做。所以，滬號及漢號的生意，也甚清淡。

孫北溟正因此日夜發愁呢，忽然接到西安那樣一封信報，他能高興了？只是，現在還能再怎麼處罰邱泰基？他已經減了股，降了職，再罰，就罰他去做跑街？老太爺未必同意，三爺只怕更不願意。孫北溟已經看出來，三爺是很賞識邱泰基的。邱泰基巴結朝廷這樣沒譜，三爺就在跟前。

但就這樣不吭一聲，放過此事？在此危難之際，老號的威嚴不能稍損！

孫北溟想了想，決定去康莊走一趟，見見康笏南。太后借御債，這是頂了天的事，也該給老東臺說一聲吧。

冒著寒風，跑到康莊，給東家細說了邱泰基的新作為，老太爺居然聽得津津有味，一點都沒生氣！

老太爺也糊塗了，忘了今年的年景？孫北溟忍不住又訴起苦來，說字號這麼緊巴，邱泰基依然這樣手大，豈不是雪上加霜，要陷字號於絕境？

老太爺居然說：「遇了皇太后打劫，只給劫去六萬，張羅得很出色了！倒過來說，皇太后跟我們討吃，不給六萬，怕也打發不了吧？我看，邱掌櫃張羅得不賴。」

孫北溟還能再說什麼？什麼也不想說了。

老太爺一向臨危不亂，有高人做派。可今年這等危局，他似乎太輕看了。孫北溟早就覺得，在今年的劫難中，康老太爺有些失態。最失態的，就是到徐溝覲見太后。這犯了西幫大忌：露富，尤其是在朝廷跟前露富，更是大忌中的大忌！祁縣喬家沉不住氣，一出手就借給朝廷三十萬，又將大德通做了一回太后的行宮，出盡風頭。其實是有些昏了頭！喬家經營票號晚，大富沒有多少年，在朝廷跟前沉不住氣，倒也罷了。康老太爺他是成了精的人物，成天教導別人，要善藏，忌露，不與官家爭鋒。怎麼到了這緊要關頭，也昏了頭，愣是要跟喬家比賽，為看一眼聖顏，幾萬甩出去了！

這就好了，叫太后記住了康家，指著名來打劫你！

邱泰基的毛病，就是不善藏，太愛露！老太爺現在也縱容起他來。

時局這樣危厄，老太爺又這樣失態，天成元這副擔子，實在也不好挑了。孫北溟再次萌生退意。

從康莊回到老號，他給西號的程老幫寫了一封措辭嚴厲的回信：這麼大一筆放債，竟不請示老號，真是太膽大了！

三爺回到太谷，已進十一月。

到家後，自然是先見老太爺。不過，他只是大略說了說西安的情形，對太后借御債也是略提了提，不敢詳說。

哪想，老太爺居然已經知道此事，六萬的數目也知曉了。三爺忙著解釋說：「邱掌櫃本來是使了手段，想少出借些，誰想那位崔公公竟如此下作，撈了乾的，湯水也不留一滴！」

老太爺笑了，說：「你們也是太小氣！太后張一回御口，你們就給六萬？」

三爺這才放心了，說：「他們說是借，我們哪還能指望還？能小氣，還是小氣些吧。」

老太爺說：「就是不還，也不能白借！邱掌櫃他很諳此道的。」

三爺說：「朝廷到了西安，滿眼都是生意，只是我們無力兜攬。」

「不用跟我說生意，生意你們張羅。朝廷想遷都西安，真有這一說嗎？」

「西安上下都在說這件事。聽說劉坤一、張之洞、袁世凱這些疆臣重鎮，也曾合疏上奏朝廷，主張遷都西安。太后也有此意，尤覺西安的古名『長安』甚好。可洋人哪肯答應？李鴻章每次由京電奏朝廷，都是催請回鑾京師，說朝廷不回鑾，洋人不撤兵。所以，一聽說有李鴻章的電奏來了，太后就不高興。看過電奏，更是好幾天聖顏不悅！」

「這個女人，就是聖顏大悅時，那張臉能有什麼看頭！這麼無能無恥，偏安西安就能長治久安了？婦人之見！你忙你的去吧。走時，過去問候一聲老夫人。」

三爺聽了老太爺的這聲吩咐，不免有幾分詫異：以往，老太爺可沒有這樣吩咐過。

走進老夫人這廂，她已經在外間迎候了。三爺行過禮，見老夫人精神似乎要比往常好些。她問了一些外間的情形，也不過是隨意問問吧。她還說了些誇獎的話，如：「全家就數三爺你辛苦！」這也不過是客氣吧。

三爺應付了幾句，就告辭出來。他不能在那裡多停留：這麼多年了，她依然沒有老去，還是那樣風韻獨具，麗質難掩……三爺當然不能多想這些。

全家就數三爺你辛苦。這種話，誰說過！

## 4

第二天，三爺趕緊進城去見孫大掌櫃。

孫大掌櫃一開始就情緒不好，還沒聽三爺說幾句，就追問邱泰基到西安後的所作所為：是不是又舊病復發？

三爺忙做解釋，說現在的邱掌櫃跟以前相比，真是判若兩人了。連侍奉西號的程老幫，也不敢含糊，凡事程老幫不點頭，他不敢行動。

孫大掌櫃冷笑了一聲，說：「我才不信！一出手就是六萬，程老幫他哪有這樣的氣魄？」

三爺忙說：「應付這筆御債，是程老幫、邱掌櫃和我一道計議的。又不能得罪太后，又不想多損失，真是煞費苦心。總算謀了個手段：銀票寫得多些，虛晃一番，現銀則死守一萬的盤子，一兩也不能再多。朝廷駐鑾後，西安銀根奇缺，銀票兌現不了，沒人想要。所以就以為太后不會要銀票，哪能想到，人家乾的稀的都要！」

「別人想不到，他邱泰基也想不到？太后拿了我們天成元的銀票，想要兌現，我們敢不給兌？」

「當時情勢緊急，我們實在是亂中出錯了。」

「我看還是邱泰基的老毛病犯了，只圖在太后面前出手大方！」

三爺見孫大掌櫃揪住邱泰基，不依不饒，什麼事也說不成，就說：「孫大掌櫃，這步臭棋實在不能怨邱掌櫃，是我對他們說：『太后落了難，來跟我們借錢，不能太小氣了。』邱掌櫃倒是一再提醒：『這種御債，名為借，實在跟搶也差不多。她不還，怎麼討要？門也尋不見！』我說：『至尊至聖的皇太后，哪能言而無信？』力主他們出借了這筆御債。所有不是，全在我。」

孫大掌櫃居然又冷笑了：「三爺初出山，不大知商海深淺，邱泰基他駐外多少年了，也不知道審時度勢，替東家著想？」

已經將罪過全攬下了，孫大掌櫃還是滿臉難看，不依不饒，三爺心裡窩的火就有些按捺不下。但他極力忍著，說：

「不拘怨誰吧，反正櫃上有規矩。這筆御債真要瞎了，該罰誰，盡可罰誰。眼下當緊的，還是張羅生意。我這次回來，就是想把西安的行市，告知老號。朝廷駐鑾西安成了定局，還盛傳太后有意遷都過來，所以國中各路京餉協餉正源源往西安流動。這不正是我們票家攬匯的大好時機嗎？岑春煊就曾想將江南米餉的匯務，撥一大宗給我天成元承攬。可我們不敢多接：西號存銀太少了。老號若能速調現銀過去，正有好生意可做！」

孫北溟冷冷地說：「西號的信報我早看了。現在兵荒馬亂，哪敢解押大宗現銀上路？」

三爺就說：「我這一路歸來，並沒有遇著什麼不測。出西安後，沿途見到最多的，正是運銀的橇車。四面八方，都是往西安運銀。」

「就是路上不出事，老號也實在沒有多少存銀可排程。」

孫北溟這話，更給三爺添了火！今年是新帳期起始，前四年各地莊口的盈餘彙總到老號，還沒怎麼往外排程呢，就存銀告罄了？分明是不想調銀給西號！三爺咬牙忍住，說：

「遇了這樣的良機，就是拆借些現銀，急調西安，也是值得的。」

「這頭借了錢，那頭由邱泰基糟蹋？」

這一下，算把三爺的火氣引爆了，他拉下臉來，也冷冷地說：「孫大掌櫃，西安莊口借給西太后的這筆御債，算到我的名下，與你天成元無關，成不成？這六萬銀子，就算我暫借你天成元的，利息照付。你天成元真要倒塌到底了，替我支墊不起，我明兒就送六萬兩現銀，交到櫃上。只聽孫大掌櫃你一句話了！」

哪料，孫大掌櫃並不把三爺的發作放在眼裡，居然說：「三爺，話不能這樣說吧？西號的信報並沒有言明，這六萬債務係三爺自家出借，與字號無關。我是領東，過問一聲，也在分內！」

「我現在特地言明了，不算晚吧？」

「按規矩，那得由西號報來！」

「我就去發電報，叫西號報來！」

說畢，三爺憤然離去。

走出天成元的那一刻，三爺真想策馬而去，飛至口外，再不回來！

他是早已經體會到了：什麼接手主理外間商務，不過是一個空名兒罷了！這個孫大掌櫃哪把他這個主事的少東家放在眼裡？自擔了這個主理外務的名兒，他真不敢清閒一天，東奔西跑，衝鋒陷陣，求這個，哄那個，可誰又在乎你！老太爺說他多管閒事，孫大掌櫃嫌他不知深淺，言外之意，他也早聽出來了：你擔個名兒就得了，還真想張羅事兒呀！

老天也不遂人意，他剛擔了這樣一個空名兒，就遇了個倒運的年景，時局大亂，塌了半片天！罷了，罷了，還是回口外去了，這頭就是天全塌下，也與他無干！

盛怒的三爺，當然不能直奔口外，只是奔進一家酒館，喝了個酩酊大醉。

跟著伺候的家僕及車倌，哪裡能勸得下，也只能眼看著三爺醉得不省人事，乾著急，不頂事。還是酒家有經驗，說這大冷天的，可不敢把人扔到車轎裡，往康莊拉。人喝醉怕冷，大野地裡風頭硬，可不敢大意。

僕人們聽了，慌忙向酒家借了床鋪蓋，把三爺裹嚴了，抬上馬車，拉到天盛川茶莊。他們當然不能把三爺拉回天成元。

天盛川的林大掌櫃見三爺成了這樣，一邊招呼夥友把三爺安頓到暖炕上，一邊就問這是在哪應酬，竟醉成這樣？僕人知道實情不能隨便說出，只含糊應付幾句，就求大掌櫃代為照看一時，他們得趕緊回康莊送訊。

回來見了三娘，僕人不能不說出實情。三娘沒聽完就忍不住了，立刻跑去見老太爺。可老太爺也沒聽她哭訴完，就說：

「不就是喝醉了嗎？醒過來，叫他以後少喝，不就得了！」

三娘不敢再說什麼了，很明顯，老太爺不想得罪孫大掌櫃。她只好領了一幫僕傭，往城裡趕去。

三娘到達前，林大掌櫃已經打聽出，三爺是在孫北溟那裡慪了氣。所以一見三娘，林大掌櫃就說：

「三爺也是太能委屈自己了。領東不把東家放在眼裡，康家還沒這種規矩吧？天成元是康家第一大號，先染上這等惡習，我們也跟上學？」

三娘聽得心裡酸酸的，可還努力平靜地說：「林大掌櫃你也知道，三爺他脾氣不好，哪能怨別人？再說，他在口外慣下了喝燒酒的嗜好，太貪杯！」

林大掌櫃說：「三娘你是不知道，孫大掌櫃眼裡有誰？我倒不是跟他過不去，是怕壞了你們康家的規矩！康家理商有兩大過人之處，一是東家不干涉號事，一是領東不功高欺主。天成元功高，也不能欺負三爺吧！三娘，你們該給老太爺提個醒。」

「外間大事，我們婦道人家可不便插嘴。我看，也不怨誰。三爺脾氣不好，辦事也毛糙，以後有得罪林大掌櫃的，還請多包涵。」

林大掌櫃也看出來了，他說的意思，三娘都記下了，只是嘴上點水不漏吧。他不再多說，忙引三娘去看三爺。

三爺依然醉得不省人事。三娘雖心疼不已，面兒上卻沒有露出多少來，只是說：「他貪杯，罪也只能自家受，誰能替他！」

三娘只略坐了坐，安頓僕傭小心伺候三爺，就離開天盛川，返回康莊。她是個精明的女人，見老太爺不想得罪孫大掌櫃，也就不敢將事情太張揚了。

三爺醉臥天盛川的事，孫大掌櫃自然很快聽說了，但他也不後悔。反正做到頭了，得罪了三爺就得罪了吧。這輩子，伺候好老東家也就夠了，少東家以後有人伺候呢。一把老骨頭了，伺候完老的，再伺候小的，實在力所不逮。

其實在孫大掌櫃心底，他哪能看得起三爺四爺這些少東家！

三爺這樣跟他慪氣，也好，他正可藉此提出告老歸鄉的請求。所以，只隔了一天，孫北溟就又往康莊跑了一趟。

見了康笏南，孫北溟也沒提三爺的事，只是說：「人老了真不經凍。今年也不知是天冷，還是更不經凍了，成天都暖和不過來，光想烤火，不想理事。」

哪想，他沒說完，康笏南竟說：「你是想說，人老了，料理不動號事了，該歇了，對吧？」

「老東臺真是眼毒！既看出來，那就成全了我吧，我實在是老得給你守不住天成元了。遇了今年這樣的危難，更該啟用年富力強的高手！」

康笏南居然說：「我也早有此意，新的大掌櫃我也物色好了。只是，孫大掌櫃你弄下的這個殘局，人家不願接手呀？」

孫北溟可沒想到老東臺會這樣回答他，幾乎語塞，半天才說：「老東臺，眼下這殘局也不是我一人弄下的吧？」

「不是你弄下的，是我弄下的？」

「今年年景不好，連朝廷也扛不住，失了京城。西幫同業中，又有誰家保全了，未受禍害？」

「我也想怨朝廷呢，可人家能理我？你是領東，也只好怨你。反正天成元有一小半的莊口關門歇業了，原本全活的一個大字號，給你弄得殘缺不全，人家誰願意接手？新做領東的，誰不想接過一個囫圇的字號？就像娶新媳婦，誰不想娶個全活的黃花閨女？」

「字號沒有難處，我這老朽也能張羅得了，還請高手做甚？」

「孫大掌櫃，我們閒話少說，你想告老退位也不難，只要把天成元復原了，有新手願意接，就成。」

「老東臺，你這不是難為人嗎？朝廷亂局未定，我一人豈可迴天！」

「幾十年了，孫大掌櫃的本事，我還不知道？」

孫北溟終於聽出來，康笏南是在跟他戲說。眼前，老傢伙不會答應他退位的。於是，他想就輕慢了三爺，賠兩句不是。但剛張口，就被康笏南岔開了：

「閒話少說，我問你個正經事。孫大掌櫃，依你看，朝廷會不會遷都西安？」

「遷都西安？誰說的？」

「我猜的。」

「我看不會吧？遷都那麼容易？再說，朝廷也窮得很，它哪有錢遷都？」

「沒錢，可以滿天下搜刮。我看西太后是叫洋人嚇怕了，她很想偏安西安。可洋人哪能答應她？這頭一旦定都西安，洋人握在手裡的京師就不值錢了，還怎麼訛詐你？這就像綁票，事主要是不在乎撕票，那綁匪不是瞎忙乎了？」

「老東臺看得毒辣。」

康笏南當然也看出來了，孫北溟對眼前時局真是糊裡糊塗，難怪老三窩了那麼大的火。可在眼前這樣的亂局中，也真不能換馬。換大掌櫃是件大事，弄不好，就成了外亂加內亂了。而三爺的表現，也很令康笏南不滿。即便是孫大掌櫃糊塗，你也不能這樣針尖對麥芒吧？再沒有別的本事了，只會拿燒酒往死裡灌自家？還是這樣嫩！

這天，康笏南留孫北溟吃飯，把二爺、四爺、六爺、何舉人都叫出來作陪。席間，談笑風生，好像什麼事也沒有發生。

三爺恢復過來後，也沒有再提舊事。他只是向老太爺提出，想去江南走走，眼下生意全靠南邊了。老太爺欣然同意，別的也沒多說。

聽說父親要往江南，汝梅執意要跟了去。三爺居然也爽快答應了。

三娘說，眼看進臘月了，等過罷年再走吧。三爺沒有答應。

父女倆啟程那一天，天陰著，似乎會下雪。不過，一路走去，終於也未遇到一場雪。

三爺走後，康笏南就給全家發了一道訓示：時事艱難，生意不振，全家需勤儉度日。往後，只初一、十五吃肉食，平日一律吃素。過年，無論老少都不再添置新衣。年下，除祭祖、開市之外，不能多擺酒席。原定臘月要辦的兩件喜事：六爺婚娶，汝梅出嫁，也推後再說吧。

## 5

三爺臨走時，才想起邱泰基託他帶回的那封家信，忙打發一個下人，送往水秀村。

姚夫人讀到男人寫來的新家信，心裡自然又是翻江倒海。男人很訴說了一番思子之情，併為未見面的兒子起了個乳名：復生。寓意是，去年他失足受貶，幾乎輕生，幸獲夫人搭救，死而復生，才得此子。故以「復生」記夫人大恩，也記邱家新生。孩兒的大名，等下班回去時，再鄭重起吧。

男人有這一份情義，姚夫人當然是感動不已。自去年受貶後，男人寫回來的家信也變了，變得謙和向善，多情多義。只是，這個「復生」，很叫姚夫人聽著刺耳：雲生，復生，偏偏都帶一個生！也許該復一信給男人，就說乳名已經起下了，還是請高人按八字起的。但想了想，還是作罷了。為了不叫男人掃興，復生就復生吧。

離男人下班歸來，還有一年半吧。這一屆班期，真是過得異常快，也異常的驚心動魄。外間不平靜，她自己的生活更不平靜。

但她喜歡這樣！她已經無法再回到以前那種死水一般的平靜中了。

在這個寒冷而又紛亂的冬天，姚夫人卻正暗暗享受著一種溫暖和甜蜜。

她對新招來的溫雨田，疼愛無比，溫情有加，雖然時時就在眼前，卻依然有種惦念拂之不去。而這個英俊、靦腆的雨田，又是那樣有情義，對她的每一份疼愛，分明都能感知！這就叫她更惦念他了。

雲生當初，簡直就像是木頭！

雨田既然管帳，姚夫人就叫他住進了那間男人在家時才啟用的帳房裡。這間帳房，就在她深居的裡院。她住正房，帳房在西廂房。她放出去的理由，是為了奶小娃方便，小娃一哭，她在帳房也能聽見。其實，她是為了叫雨田離她近些。

離這樣近，也是她常到帳房去。雨田到正房見她，還是不叫不到。她已經這樣疼他了，雨田依然一點也不放肆。特別是有人在場，他更是規矩守禮。這也使姚夫人很滿意：他真是懂事。

在沒有別人在場的時候，雨田倒是很願意跟姚夫人說話，他想說的話原來也很多。尤其外出辦事回來，會把所見所聞很詳細地說給姚夫人聽。姚夫人又總是聽得很有滋味，該誇的時候誇他，該逗的時候也逗他。這種時候，雨田會很快活，姚夫人當然也很快活。

有時候太快樂了，雨田總要問那句話：「夫人，你為什麼待我這樣好？」

姚夫人聽多了，總是嗔怪他：「盡說傻話！想找個黑心的，你就走。」即使這樣，他還是斷不了問那句話。有一次他又這樣問，姚夫人脫口說：

「你的先母託夢給我了，求我待你好些。我既答應了，就是想罵你兩聲，也不敢呀！」

本來不過是玩笑話，雨田卻聽得發了愣。

那天雖冷，太陽卻好。姚夫人抱著小娃來到雨田住的廂房時，整個裡院又是異常清靜的。姚夫人十歲的女兒，由女僕蘭妮伺候著，照常到本族學館念書去了。近年族中學館也學本邑富商巨室，准許自家女童入學館發蒙識字。姚夫人早幾年就教女兒識字，現在能入學館，當然願意送她去再圖長進。再者，小姐漸大，留在眼前也有許多不便。她一去學館，裡院當然就安靜了。

在這種清靜的氛圍中，姚夫人說話便很隨意，也更盡興。雨田呢，也就放鬆了來享受主家夫人的疼愛。於是，他忍不住又問了那樣一句傻話，姚夫人也是興之所至，脫口就回答那樣一句。

不過，她倒是真夢見過雨田的母親，其母也真求她來：望能善待苦命的田兒。那次的夢，曾使姚夫人驚醒過來，所以記得清楚。夢中自稱雨田母親的那個女人，樣子很厲害，雖是跪了求她，神情也很嚴厲。驚醒後，她心跳得更厲害，猜疑雨田先母的在天之靈，一定看透了她的心思！所以，她也不敢把這個夢告訴雨田。只是在不經意間問過他幾次：你母親長得什麼樣，是怎樣一個女人？雨田說出來的，與姚夫人夢見的那個女人，很不相同。但她還是不敢說出做過這樣一個夢。想起這個夢，就不免有些懼怕。

現在，她無意間說出了這個夢，本來已經不在乎了，哪想雨田竟聽得發了愣！他也害怕了？

「雨田，你又發什麼愣？」

「夫人，你真夢見了先母？」

「跟你戲說呢，我連你母親長什麼樣都不知道，到哪夢去？就是真夢見了，我也認不得呀！我是看你總不相信我真心待你好，才編了這樣一個夢。」

姚夫人更沒有想到，她這樣剛說完，發愣的雨田竟突然給她跪下了：「夫人，我能當母親來拜你嗎？」拜她做母親？姚夫人雖感意外，但還是很受感動的，雨田他到底有情有義。只是，她當然不會答應做他的母親！

姚夫人溫暖地笑了笑，說：「雨田，快起來吧，我可不給你當乾媽。」

「夫人，我是真心……」

姚夫人更溫柔地說：「要是真心，你就先起來。」

雨田站起來，發現夫人異樣地瞅著他。

姚夫人低聲說：「雨田，世間親近你的人，不只是母親吧？」

雨田也低聲說：「夫人待我，真像母親似的。」

「雨田，你知道世間還有比母親更親的人嗎？」

比母親更親的人？雨田不知該如何回答，他倒想說：夫人你就是這樣的人，又覺不妥。他不能忘記自己的母親。不過，他已經有些明白了姚夫人的暗示。

姚夫人輕柔地笑了笑，低聲說：「有沒有，想明白了再告我。」

說完，她抱著小娃走了。

過了些時候，天又驟然變陰，有些要下雪的陣勢。可一白天就是憋著不肯下，只是天黑得更早。

天黑後，邱家也關門閉戶，都早早歇了。

姚夫人住的五間正房，東西兩頭都生著爐火。照她的吩咐，這兩頭的爐火都由雨田照看。一來是就近，二來，也不想叫粗傭進她和小姐的房中來。這天臨睡前，雨田照例進正房封火。先到小姐這頭，小姐倒沒有攔住他說長問短，只問了兩句會不會下雪。也許是天太冷吧，想早些鑽進熱被窩。

到了姚夫人這頭，夫人卻攔住了，說：「天怪冷的，先不要封火，多烘一烘屋子再說。」

雨田就說：「天陰得重，可風早停了，也不算太冷吧。」

「你就想偷懶。大人不怕凍吧，小娃怕凍！」

「我是說天氣呢，不封火，就多烘一會。」

「你看會下雪嗎？」

「老天爺今年跟人慪氣呢，你越盼下雨下雪，他偏不給你下。」

「我可沒盼下雪。夜間下了雪，後半夜才要冷呢。」

「真要下了雪，我還不趕緊給夫人添一個木炭火盆？」

姚夫人異樣地看著他，低聲說：「要這樣，那就下場雪吧。」

雨田低下頭，說：「等一會，我再來封火。」

他給爐火裡添了炭，出來了。

雨田是一個敏感、早慧的青年，他已經預感到要發生的事了。但他沒有懼怕，在難以平靜中似乎還有幾分渴望。

這位美貌的主家夫人，對他這樣好，他起初真是當母愛來享受的。十歲以後突然淪為孤兒，他是受盡了人間寒冷。那是一種不能訴說的寒冷，因為天下已經沒有一個人願意聽他訴說了。叔父、親戚聽他訴說一兩回，就不願意再聽，彷彿他是應該受盡寒冷的。慢慢熬著，熬到了什麼都能承受，飢寒凌辱，什麼都不在乎了，卻更沒有人願意理他。他想說好聽的話，想說說罕見的一點喜悅，也一樣沒有人願意聽。他成了與誰也不相干的人，那才是徹骨的寒冷！對父親，他沒有多少記憶，他天天回憶著的，就只是母親重病時丟捨不下他的那雙淚眼。只有母親放心不下他，此外，普天下誰還在乎他！他已經快習慣了世間的寒冷，忽然就遇見這位主家夫人。本來已經淪為奴僕，忽然就像母親再生了。

主家夫人當然不是他的母親。她親切似母，可又常常親暱得不像母親。但無論如何，她是天下最親近的人。他已經離不開她。

這當然也是姚夫人所希望的。這一次，她以為自己可以從容來經營了。但自己還是很快陷了進去。她竟真心喜歡上了這個年少的男子。她甚至有些不想往前走了，不想拉了雨田走向罪孽。但這又怎麼可能！

所以，在這天夜深人靜後，雨田走進來封火時，姚夫人輕輕地說：「不用封火，再添些炭，把火攏旺，我暖和不過來。」

雨田靜靜地添了火。

姚夫人更輕聲說：「你也不用走了，我暖和不過來。」

雨田聽到了自己的心跳，也聽清了夫人的話：事情終於要發生了。但此後一切，都是在靜默中展開的。悲苦和幽怨，溫暖和甜蜜，激動和哭泣，都幾乎沒有聲響。

那一夜，也沒有颳風，也沒有下雪。

## 6

進入臘月，也沒有下一場雪。這年的年景真是叫人害怕。

快到臘八的時候，康笏南忽然收到祁縣喬家的一封拜帖，說喬致庸老太爺想到府上來拜訪，也不為什麼，說說閒話吧。喬老太爺也是七十多歲的人了，十冬臘月的，遠路跑來，就為說閒話？

康笏南一見這架勢，就知道要說正經事，便對喬家派來送帖的管家說：「這天寒地凍的，哪敢勞動你們喬老太爺！他悶了，想尋個老漢說說話，那我去你們府上。我這個老不死的，愛走動。」

喬家的總管慌忙說：「我們老太爺說了，他就是想出來走動走動！只要貴府定個方便的日子，他一準過來。」

康笏南就說：「我這頭隨時恭候。」

喬家總管說：「那就臘八過來吧。」

送走喬家管家，康笏南就放不下這件事了。喬老太爺是西幫中有作為的財東，不為要緊事，不會親自出動。眼下最要緊的，就是西幫的前程了。大清的天下還能不能坐住，只怕神仙也說不清。天下不穩，西幫就這樣跟著倒塌？這種事也真該有個計議了。

要是計議這等事，還該再邀來幾位吧？

康笏南在太谷的大財東中，挨個兒數過去，真還沒有幾位愛操這份心的。多的只是坐享其成的，不愛操心的，遇事不知所措的。想想這些財東，也不能不替西幫擔憂！他想來想去，覺得適合邀來議事的，也就曹家的曹培德吧。

曹培德雖年輕，但有心勁，不想使興旺數百年的曹家敗落。曹家又是太谷首戶，在此危難時候，也該出面張羅些事。

康笏南就寫了一封信，只說想請曹培德來喝碗臘八粥，不知有無興致？別的也沒有多寫。曹培德要是真操心，他就會來。

這封信，康笏南也派管家老夏親自去送。老夏回來說，曹培德看過信，立刻就答應前來，很痛快的。

康笏南會心一笑。

俗話說，臘七臘八，凍死王八。但到臘八那天，倒也不算特別冷。

按康笏南估計，當然是本邑的曹培德先到。哪想，居然是喬老太爺先到了！到時，康家才剛剛用過早飯：食八寶粥。由祁縣來，幾十里路呢，居然到的這樣早，那是半夜就起身了？

康笏南慌忙迎到儀門時，喬老太爺已經下了馬車。

「老神仙，你是登雲駕霧來的吧，這麼快？」
「我是笨鳥先飛，昨天就到太谷了。」
「昨天就到了？怎麼也不說一聲？」
「趕早了，不是能喝碗康家的臘八粥嗎？」
「那你還是晚來一步！」
康笏南將喬致庸引進客房院一間暖和的客廳，還沒寒暄兩句呢，喬致庸就說：「春生，你知道我為何挑臘八這個日子來見你？」
春生是康笏南的乳名，喬致庸今天以乳名呼之，看來真是想說些心理話。喬致庸的小名叫亮兒，康笏南就說：「亮哥，我哪知道？你是顯擺不怕凍吧？」
喬致庸竟有些急了，長嘆一聲，說：「都過成什麼日子了，我還有心思顯擺？眼下的日子真像過臘八，天寒地凍，又少吃沒喝，翻箱倒櫃，也就夠熬鍋粥喝！日子都過成這樣了，春生，你也看不出來？」
康笏南說：「我們早就是這種日子了。可你們喬家正旺呢，秋天朝廷路過時，你們一出手，就放了三十萬的御債！」
「你也這樣刻薄我們？你不也搶在我們前頭，跑到徐溝一親天顏？」
「我那是為了省錢。」
「春生，我是說西幫的生意，不是說誰家窮，誰家富！你說，西幫的日子過成什麼樣了？」
「天下局面大壞，我們豈可超然於外？」
「你看大局到底有救沒救？」

「亮哥，我哪有你那毒辣的眼睛？」

「我是老眼昏花，越看越糊塗。戰又戰不過，和也和不成，不死不活要耗到什麼時候？洋人做的不過是綁票的營生，扣了京城，開出票來，你想法贖票就得了。無非是賠款割地，這也不會？」

「兩宮在你家大德通住過，亮哥你也親見聖顏了，你看太后、皇上，哪位是有聖相的？哪位像是有本事的？」

「反正是人家的手下敗將，畫押投降，還要什麼大本事？早就聽說寫好了和約，總共十二款，怎麼還不見畫押？」

「想爭回點面子吧。叫我看，騎在皇上頭上的那個婦人，太不明事理，哪能治國？」

「春生，要不我來見你呢！要是沒指望了，我們西幫真得另做計議。」

就在這時，曹培德也到了。他不知道喬致庸會在場，有幾分驚異。康笏南忙說：「喬老太爺是老神仙了，聽說我們湊一堆過臘八，他倒先降到了。」

曹培德客氣了兩句，就說：「我也正想見見喬老太爺呢！」

喬致庸笑問：「我不該你們曹家的錢吧？」

曹培德就說：「快了，我們也快跟你們喬家借錢了。」

喬致庸還是笑著說：「想借，就來借。御債我們都放過了，還怕你們曹家借錢？」

曹培德說：「你們喬家放了這筆御債，自家得光耀，倒叫我們得禍害！」

喬致庸說：「看看，曹家也這樣刻薄我們！」

曹培德說：「你們喬家在朝廷跟前露了富，算是惹得朝廷眼紅上西幫了，以為家家都跟你們喬家似的，幾十萬都算小錢！這不，前些時收到西安帳莊的信報，說太后過萬壽，來跟我們借錢，張口也是幾十萬！」

康笏南一聽，先笑了，說：「太后也打劫你們曹家了？我還以往只打劫了我們一家，揀軟的欺負呢。」

曹培德忙問：「也跟你們康家借錢了？」

康笏南說：「可不！我們的掌櫃哭了半天窮，還是給打劫走六萬！六萬兩銀子，在你們兩家是小錢，我可是心疼死了。」

喬致庸說：「你們還用在我跟前哭窮？我知道，祁太平的富商大戶都埋怨喬家呢，嫌我們露了西幫的富！可西幫雄踞商界數百年，裝窮豈能裝得下？喬家歷數代經營，終也稍積家資，衣食無憂了，可在西幫中能算老幾？秋天放御債之舉，實在有曲意在其中。兩位是西幫中賢者，我不信，也看不出來？」

康笏南說：「亮哥，你大面上出了風頭，底下還有深意？」

曹培德說：「我也只覺貴府出手反常，真還沒看出另有深意。」

喬致庸說：「你們曹家最該有所體察呀！」

曹培德說：「為何這樣說？」

喬致庸說：「兩宮駐蹕太原時，誰家先遭了綁票？」

康笏南說：「兵痞綁票，與你們出風頭有何關係？」

喬致庸說：「二位設想一下，西幫富名久傳天下，朝廷逃難過來了，我們倒一味哭窮，一毛不拔，那將招來何種禍害？尤其軍機大臣、戶部尚書王文韶親自出面，幾近乞求，我們仍不給面子，後果真不敢想！朝廷打不過洋人，還打不過我們？不要說龍廷震怒，找碴兒殺一儆百，就是放任了兵痞，由他們四出洗劫，我們也受不了呀！從京師逃難出來，隨扈的各路官兵，還不是走一路，搶一路嗎？」

康笏南說：「我們也有此擔憂。要不趕緊拉攏馬玉昆、岑春煊呢。」

喬致庸說：「不拉攏住朝廷，哪能管事！」

曹培德說：「當時我也曾想過，西幫大戶該公議一次，共圖良策，該出錢出錢，該出人出人。可我是晚輩，出面張羅，誰理你呀！」

喬致庸說：「我倒是出面跟平幫的幾家大號遊說過，可人家似有成竹在胸，只讓一味哭窮，不許露富。沒有辦法了，只好我們出風頭吧！」

康笏南說：「早年間，西幫遇事，尚能公議。這些年，祁太平各劃畛域，自成小幫，公議公決越來越難了。今年出了這樣的塌天之禍，竟未公議一次，實在叫人不安！」

喬致庸拍案說：「我也為此擔憂呀！老了，夜裡本來就覺少，一想及此，更是長夜難眠。」

曹培德就說：「兩位前輩出面張羅一次祁太平三幫公議，亦正其時也！」

康笏南說：「我看，還是由祁太平三幫的首戶，一道出面張羅，才可玉成此舉的。」

喬致庸說：「叫我看，張羅一次西幫公議，真也不容易了。就是真把各幫的財主請出來，只怕也尿不到一起。那些庸碌糊塗的，請出來吧，又能怎樣！倒不如像我們這樣，私下聯繫些志同道合的，先行集議幾件火燒眉毛的急務。眼下，我看祁太平的富商大戶，都快大難臨頭了！」

曹培德慌忙問：「喬老太爺，你不是嚇唬人吧？」

康笏南忙也問：「聽到什麼消息了？」

喬致庸說：「大難就在眼前了，還要什麼消息！為了逼朝廷畫押受降，德法聯軍及追隨其後的眾多教民，一直陳兵山西東天門、紫荊關，隨時可能破關入晉。朝廷為禦洋寇，不斷調重兵駐晉。與洋人一天議和不成，大難就離我們近了一步！」

曹培德說：「東天門、紫荊關都是易守難攻的天險，洋人真能破關入晉？」

康笏南說：「與洋人交手，朝廷的官兵真也不敢指望。再說，毓賢被革職後，接任撫臺的錫良大人，我看是給嚇怕了，只想與洋人求和，哪有心思守關抗洋？聽說這位撫臺總想打開東天門，迎洋人入晉？」

喬致庸說：「他哪有這麼大的膽量？他是接了爵相李鴻章的檄文，才預備開關迎寇。不是馬軍門奏了一本，只怕德法洋軍早入晉了。西安行在接到馬玉昆的奏報，立刻發來上諭：『山西失守，大小臣工全行正法！』山西一失，陝西也難保了，朝廷當然不敢含糊。」

曹培德說：「只是與洋人議和是早晚的事。錫良撫臺豈能看不出？我看他守關禦敵也不會太賣力的。」

康笏南說：「他就是賣力，只怕也統領不起守晉的各路官兵。」

喬致庸說：「西幫大戶遭難，第一水，只怕也是駐晉的官兵！洋人破關，先一步潰逃過來的，就是官兵。一路潰逃，一路洗劫，也是他們的慣習。所以不等洋人犯來，我們各家多半已一片狼藉，不用說祖業祖產，連祖宗牌位怕也保不全了。洋人攻不進來，這樣對峙久了，官兵也難免不會生亂。現在駐晉官兵，也似八國聯軍，除了原駐晉官兵和馬軍門的兵馬，陸續調來的尚有川軍、湘軍、鄂軍。他們遠路而來，兵餉不足，辛苦萬狀，再一看晉省富室遍地，哪能保住不生亂？」

曹培德說：「駐晉的重兵，還是馬玉昆統領的京營大軍吧。馬軍門與我們西幫還是有交情的。」

喬致庸說：「京師失守時，馬軍門倉皇護駕，統領的兵馬係一路收編，也是雜牌軍。一旦亂起，他能否震懾得住，也難說了！」

康笏南說：「亮哥，你真說得我直出冷汗！」

曹培德也說：「大難臨頭了，我還迷糊著！」

康笏南說：「都迷糊著呢！」

曹培德說：「可我們的祖業祖產都在這裡，也不是說藏起來，就能藏起來，說帶走，就能帶走！」

康笏南說：「靠形意拳，靠鏢局，怕也是雞蛋對石頭。」

喬致庸說：「要不我著急呢！」

曹培德說：「我看，當緊還得張羅一次公議，就是議不出良策，也得叫大家知道，大難將臨頭！」

——中卷完

# 白銀谷——風雲際會，從京津陷落到西安行都

作　　者：成一
發 行 人：黃振庭
出 版 者：複刻文化事業有限公司
發 行 者：複刻文化事業有限公司
E-mail：sonbookservice@gmail.com
粉 絲 頁：https://www.facebook.com/sonbookss/
網　　址：https://sonbook.net/
地　　址：台北市中正區重慶南路一段61號8樓
8F., No.61, Sec. 1, Chongqing S. Rd., Zhongzheng Dist., Taipei City 100, Taiwan
電　　話：(02)2370-3310
傳　　真：(02)2388-1990
印　　刷：京峯數位服務有限公司
律師顧問：廣華律師事務所 張珮琦律師

定　　價：550元
發行日期：2024年11月第一版
◎本書以POD印製
Design Assets from Freepik.com

**國家圖書館出版品預行編目資料**

白銀谷——風雲際會，從京津陷落到西安行都 / 成一 著. -- 第一版. -- 臺北市：複刻文化事業有限公司, 2024.11
面；　公分
POD版
ISBN 978-626-7595-63-3(平裝)
857.7　113016040

電子書購買

爽讀 APP

臉書